EL PRECIO DE LA PAZ

LAS SIETE ISLAS
LIBRO UNO

A.R. KNIGHT

CAPÍTULO I
ÚLTIMO CUMPLEAÑOS

La Guardiana de las Islas, Protectora del Aegis, Heroína del Pueblo, solicitó la tarta de fresa. Esperó por ella. Las abrasadoras cocinas escalonadas en la ladera de la montaña trataron su adición al frenesí de la cena vespertina primero con desdén y luego, tras la amable aclaración de Ami sobre el destinatario de la tarta, con reverencia.

Al menos esperaba en el crepúsculo. Una fría barandilla de hierro negro era su fiel compañera en el mirador que servía como entrada principal para los pocos que se aventuraban a las fábricas de comida sobre la única y más concurrida ciudad de Noctia. La pendiente salpicada de arbustos caía debajo de ella, curvándose hacia el océano. A lo largo del camino, la roca y las plantas cedían ante la piedra esculpida y la luz de las linternas. Cada hogar, cada edificio inclinaba sus tejados de piedra para recoger el rocío hacia barriles de lluvia.

Ami pasó las manos por sus brazos, trazando el filamento naranja en las mangas de la túnica. Casi el mismo tono que las fraguas calientes de su hogar, en las que trabajaba, riendo, no hace mucho tiempo.

Las aguas de Noctia sostenían velas, cada una contando su propia historia. A la izquierda se alzaban los triángulos inclinados de Kance, cortadores construidos para la belleza y la velocidad. Podían aprovechar la más ligera brisa y surgir sobre las olas. Después, una rara hoja ancha de la costa oeste de Vis, sus costados ámbar aceitados y curvados, manteniendo separados los barcos de Kance de las dentadas navajas de Rana.

Por último, como siempre en los atracaderos más grandes, se encontraban los gruesos galeones de Foti. Carga moviéndose dentro y fuera, maldiciones curtidas y charla marinera elevándose hasta aquí arriba.

—Guardiana —llegó una voz reverente detrás de Ami, y ella se volvió para ver una cesta tejida extendida hacia ella. Con la cabeza inclinada, envuelto en el ligero traje gris culinario, el camarero parecía un suplicante—. Su pedido está listo.

—Entonces dámelo —respondió Ami, reprimiendo una palabra más dura cuando el camarero no se movió—. No soy tu señora.

—Por favor —dijo el camarero.

Ami miró más allá de la patética figura mientras tomaba la cesta, encontrando al chef observándolos. Buscando una razón para maltratar al camarero. Le dio al hombre, cubierto de grasa y salpicaduras del día, la más leve mirada fulminante.

Él le devolvió una amplia sonrisa mientras el camarero escapaba hacia la seguridad de su siguiente entrega.

No importaba cuánto tiempo viviera aquí, Ami nunca adoptaría las costumbres de Noctia. Y sospechaba que el chef nunca dejaría de provocarla con lo mismo.

El camino desde las cocinas hasta su destino se volvía cada vez menos civilizado con cada paso. Las formas y funciones de Noctia se disipaban mientras Ami escalaba la ladera de la montaña, sus botas crujiendo sobre grava fresca. Una necesidad dada la lluvia de ayer, los guijarros esparcidos para evitar que visitantes descuidados y distraídos se deslizaran por el costado de la pendiente. A su derecha, una sola cuerda atada separaba a Ami de una larga caída. De vez en cuando, un poste de fabricación Foti se elevaba desde la roca, una antorcha ardiendo cerca del nivel de los ojos de Ami para iluminar el camino.

Las mínimas medidas significaban que, al anochecer, pocos se aventuraban por el peligroso sendero. El camino de regreso estaría desierto. Si Ami decidía regresar esa noche.

A veinte minutos de la cocina —Ami había cronometrado la caminata— el sendero se detenía, girando bruscamente a la izquierda hacia el interior de la montaña. No fue una caverna lo que recibió a Ami, sino una mancha púrpura y negra con filigrana. La aversión de Noctia por los bordes rectos hacía que Ami se sintiera casi mareada de cerca: los arcos y remolinos en la puerta desafiaban cualquier punto focal fácil. Alguien, cuando Ami vino aquí por primera vez hace tanto tiempo, le había dado un discurso agotador sobre por qué Noctia hacía esto. La hora tardía escondía el razonamiento en su memoria.

Sosteniendo la cesta en su mano izquierda, Ami dirigió su atención hacia el par que se apresuraba a levantarse ante su aproximación.

Las cartas de juego estaban dispersas alrededor de un fuego de baja intensidad en la entrada de la puerta, el calor un toque bienvenido mientras el ascenso enfriaba las cosas lo suficiente para que Ami se ajustara la capa un poco más.

Los restos de una comida, dos cuencos, una olla de sopa, se encontraban cerca de dos bancos de piedra gemelos. Sus antiguos ocupantes ahora enfrentaban a Ami, la imagen de la despreocupación de Noctia.

—Guardiana —dijo el primero, parándose más alto que Ami, aunque su juventud hacía temblar la postura. Su voulge temblaba en la grava, el extremo curvo de la lanza captando la luz del fuego como algún insecto nervioso—. ¿No la esperábamos?

El segundo, mayor pero no más seguro de sí mismo, mantenía ambas manos en su propio voulge para mantenerlo estable. Detrás de ellos, junto a su comida en el suelo, yacían dos chakrams, los afilados discos sin hacer ningún bien en el polvo.

—¿A quién esperaban? —respondió Ami, manteniendo su mano izquierda libre a su costado.

—A nadie, en serio —dijo el joven—. Es tarde.

—Lo noté. Apartaos.

Los dos se separaron, su suelta malla púrpura y negra tintineando con el movimiento. Mal ajustada. Restos arrojados por apariencia. Había sido así la última vez también, cerca del final.

El túnel no era largo, pero Ami se tomó su tiempo. Por un lado, el terreno nivelado marcaba un descanso de la subida y la cueva le daba cobertura contra el viento. Principalmente, sin embargo, reservaba los minutos para las tallas.

Rostros y años grabados en las onduladas paredes color canela. Hechos con detalle, las cabezas emergían de la piedra en alto relieve, mostrando a las personas que habían hecho tanto por tantos. A estas alturas, Ami los conocía a todos, y repetía cada nombre mientras avanzaba, aunque los rostros cubrían ambos lados. En unos pocos más, según había oído, comenzarían a duplicarse, añadiendo otra fila debajo de las antiguas.

Si las cosas duraban tanto tiempo, de todos modos.

Reclamando un espacio al final del lado derecho, aureolado en el resplandor de la antorcha de Ami, estaba el único rostro que realmente conocía. De alguna manera, habían logrado capturar la bondad en los duros rasgos de Catya. Determinación mezclada con el agotamiento que ya se estaba instalando, aunque la escultura se hizo un mes después de su... ¿cómo lo llamarías, reinado?

Ami resopló, metió la antorcha en el soporte a la salida. La recogería de nuevo al regreso. Más eficiente que alinear todo el túnel con esas cosas.

No necesitaría la luz para este último tramo.

La cueva terminaba en un profundo cuenco, la roca extendiéndose bajo ella en un acogedor cráter. Escalones, completos con otro pasamanos de cuerda, marchaban hacia el centro del cráter. Arriba, Sichi, la luna rosa, tomaba su lugar en un cielo sin nubes. Afortunada. Ni siquiera Ami era lo suficientemente cínica como para negar la maravilla que la luz de la luna hacía del lecho del cráter.

Lelune, plantas púrpuras de seis pétalos que crecían cerca del suelo, se estiraban y florecían bajo el resplandor de Sichi. El cráter lucía una alfombra violeta, brillando a través del cuenco hasta que los lados más empinados formaban un borde desigual. Insectos dardo se daban un festín con el milagro, líneas azules apareciendo por instantes mientras iban de una flor a otra.

Si no tuviera una tarta que entregar, Ami se habría quedado allí durante una hora solo mirando. Quizás lo haría aún, después del postre. Después de Catya.

Su mano izquierda, liberada de sus deberes con la antorcha, encontró su camino hacia la empuñadura en la cintura de Ami. Solo tocar el metal envuelto ayudaba, como siempre lo había hecho. Estabilidad, defensa, muerte, todo bajo el control de Ami.

Así reforzada, tomó los escalones hacia abajo casi saltando, sus botas de tela raspando cada escalón antes de deslizarse al siguiente. Sin grava aquí, y la sólida piedra le hablaba como siempre lo hacía. Un lenguaje difícil de aprender, uno fácil de usar.

El centro del cráter tenía una cúpula, un manto holgado como de seta. Siendo esto Noctia, la cúpula coincidía con las flores florecientes, con metal negro entrelazando la lona fabricada por Kance. El metal corría desde los bordes de la cúpula hacia la roca, tanto manteniendo la tela segura como sirviendo de embudo para cualquier visitante.

Una sola entrada, fila única, con un solo guardia estacionado afuera.

A diferencia de los bufones en la cresta, esta, una Vigilante, estaba en uniforme completo. Voulge plantado en la piedra, chakrams colgados en su espalda, y el pequeño escudo circular atado firmemente a la muñeca derecha de la mujer. Ami no encontró miedo en el rostro que la miraba, directamente en la sombra proyectada por las flores.

Sin antorchas aquí fuera. No esta noche.

—Guardiana —dijo la Vigilante—. Llegas tarde.

—Las cocinas estaban ocupadas —respondió Ami, luego inclinó la cabeza—. ¿Tus amigos en la casa de guardia dijeron que no me esperaban?

—No escuchan —dijo la Vigilante—. Un problema que debe ser corregido —Inclinó el voulge hacia el arma en la cintura de Ami—. Quítatela.

—¿Eres nueva?

La Vigilante parpadeó. Definitivamente nueva, entonces. Bien podría darle un respiro.

—Soy la Guardiana de Catya —dijo Ami—. Ella no tiene nada que temer de mí.

—Aun así...

—No me voy a quitar esto —Ami lo mantuvo medido, levantó la cesta de la tarta—. Se está haciendo tarde. Muévete.

Cada nueva Vigilante significaba otra lucha de poder. Cada vez, ahora, iba más rápido que la anterior. Ninguna había obligado a Ami a quitarse su elegida de la cadera, y esta no sería la primera.

La Vigilante llegó a la misma conclusión, apartándose y haciendo un gesto a Ami para que pasara. Ami le dio un asentimiento al pasar. Suficiente cortesía para asegurar un encuentro tranquilo la próxima vez.

El interior tenía un aire miserable. Siempre lo tenía, salvo la primera vez que los ojos de Ami contemplaron la Herida. Entonces, había quedado asombrada por la leyenda hecha realidad. Ahora, su estómago se retorcía y un ceño familiar encontraba su rostro.

En el centro exacto del cráter había un pozo lo suficientemente ancho como para tragarse a Ami entera. Un círculo perfecto, uno con un fondo que nadie podía ver. Las antorchas arrojadas al interior desaparecerían en profundidades incognoscibles. Las historias de Noctia afirmaban que algunas almas valientes y condenadas habían intentado descender, solo para que sus cuerdas fueran izadas, sin volver a ver a los exploradores.

Sentada en una silla acolchada con vista a la Herida, como lo había estado sin cesar durante los últimos once años, estaba Catya.

—¿Te trata bien el trono? —preguntó Ami.

Una broma mala, y una que Catya recibió con un lento suspiro. O tal vez era el viento, libre para silbar dentro a través de la suelta reja metálica de la cúpula.

Ami sintió más miradas sobre ella mientras entraba, otras dos Vigilantes observando desde los lados opuestos de la cúpula. Estas dos mantenían la misma alta vigilancia, sus armas listas.

No, sospechaba Ami, por ella.

—Tengo una sorpresa —dijo Ami, agarrando la pequeña mesa lateral, arrastrándola cerca de Catya, el pozo y su silla—. ¿Sabes qué día es?

Catya miró hacia Ami ante eso, un giro lento, pelo blanco etéreo soplando a través de su rostro. ¿Había una sonrisa ahí, o Ami estaba imaginando cosas?

Ami abrió la cesta, sacó la tarta y los dos calentadores Foti. Rompió cada uno, los delgados palitos mezclando minerales y humeando durante varios minutos mágicos. Ami puso la tarta encima, luego miró de nuevo en la cesta buscando utensilios.

Solo un juego, pero ese no era el problema —en el camino, Ami, Catya y los demás compartían todo— lo que hacía dudar la mano de Ami era una taza cubierta. Encima había una pequeña nota garabateada en fino papel de Tamas.

"Ella comerá esto. Disfruta de la tarta."

Ami sintió una mano sobre la suya, vio la piel desgastada, las uñas ásperas, el agarre débil. Siguió el brazo de Catya hasta su hombro cubierto por un chal, hasta el amplio collar. Bronceado y moteado, la banda sostenía siete pequeñas piedras, cada una tenue.

Tan débiles ahora. Tan rápido.

Catya mostró una sonrisa genuina mientras bebía de la taza, una versión ligera del relleno de la tarta. Ami, después de reconciliarse consigo misma de que la tarta no debía desperdiciarse, devoró el postre con la suficiente habilidad para evitar que la fresa se le esparciera por todas partes.

Entre bocados, Ami habló. Repasó los chismes de Noctia, visitantes de nota, el conflicto en curso entre Whent y Rana. Catya escuchaba, no decía nada.

No había hablado en un tiempo. Eso le sucedía a cada Aegis, o eso le habían dicho a Ami. Lo que no decían era cuán cerca del final significaba el silencio. ¿Un año? ¿Varios?

¿O menos?

Mientras terminaba la tarta, Ami ralentizó sus historias. La sonrisa suelta de Catya cayó en un ceño concentrado, los ojos de su amiga cayendo hacia el pozo.

La Oscuridad de Abajo. Así es como Noctia lo llamaba, lo que fuera que yacía allí abajo. El nombre parecía susurrar mientras Ami lo pensaba, un sonido áspero, una hoja raspada contra la roca. Ami se inclinó hacia el pozo, mirando hacia su negra boca abierta, su mano izquierda estirándose y agarrando la de Catya.

El sonido volvió. No un susurro del viento esta vez, no. Con él vinieron pasos, las Vigilantes acercándose. Una dejó a un lado su voulge para tomar un chakram. Ami mantuvo el agarre de la mano de Catya.

El arañazo se hizo más fuerte, más cercano y más frenético. Algo chilló, siseó, gorgoteó. Catya respiró profundamente, y la piedra dorada de su collar brilló muy ligeramente.

Los sonidos cesaron. Sin gemidos, sin gritos de agonía.

Las Vigilantes se relajaron. Ami se sentó sobre sus talones.

—Todavía lo tienes —dijo Ami—. Feliz cumpleaños, Catya.

Su amiga, la Aegis, protectora de Las Siete Islas, volvió

su rostro marchito hacia Ami. Una pregunta iluminó los ojos de Catya.

—Treinta —respondió Ami—. Todavía una jovencita.

Ni un alma en la habitación pensaba que Catya vería los treinta y uno.

CAPÍTULO 2

UN GOLPE CERTERO

Tres pasos y la rama se mantuvo firme. Al cuarto, la madera marrón dorada tembló. Wax extendió los brazos, colocó sus pies talón con punta, y esperó a que el viento susurrante se calmara. No es que Vis dejara de hablar jamás: si no era el viento, entonces las aves y bestias llenaban el aire con su parloteo.

Y, si no eran ellos, Wax y sus amigos.

Un grito de alegría surgió a la derecha de Wax, un deleite burbujeante mientras Sawi pasaba volando junto a él, deslizándose por una liana desde el dosel. La liana se tensó, impulsando a Sawi hacia arriba frente a la rama de Wax. Se soltó, su cuerpo estirándose a través del hueco entre la liana y su objetivo.

—Ladrona —le gritó Wax, interrumpiendo su cuidadosa caminata para dar un salto de dos pasos al aire libre.

Vis se extendía debajo de él, una densa masa repleta de verdes, amarillos, azules y rojos. Agujas y ortigas. Hojas y mantillo.

Wax no le dedicó ni una mirada, manteniendo su vista fija en la gigantesca fronda que tenía delante y debajo. Sawi ya había aterrizado, desapareciendo en un deslizamiento por la larga hoja, cuyos lados se curvaban hacia arriba como un tubo cortado por la mitad.

Dejando que el aterrizaje le quitara las piernas de debajo, Wax se recostó en la fronda, golpeando con las manos a los costados para ganar velocidad. Levantó la cabeza y vio a Sawi llegar al extremo levantado de la fronda y volar por el aire.

Una oportunidad.

Wax, sintiendo cada vena de la fronda contra su espalda desnuda, pasó por el extremo y siguió a Sawi en el aire, su cuerpo más grande le dio suficiente altura para hacer un mortal hacia atrás, para alcanzar hacia arriba y agarrar una liana suelta que Sawi no había alcanzado.

Delgada y débil, la liana se desprendió con el tirón de Wax, pero la resistencia dio más curva al vuelo de Wax, permitiéndole alcanzar un tronco más grueso y sinuoso. Nudoso y retorcido, el tronco se iluminó como un objetivo cuando Wax soltó la liana que fallaba. Los ajustados zapatos de cuero ayudaron a sus pies a aferrarse a la corteza mientras Wax aterrizaba, giraba y encontraba una rama por la que correr.

Sawi, a juzgar por su voz, estaba en algún lugar debajo y a su izquierda. A juzgar por sus palabras, creía que había ganado la carrera.

Siempre arrogante, esa chica.

Un pájaro, sus plumas negras ocultando un reluciente plumaje rojo debajo, se sobresaltó ante la llegada de Wax, graznando indignado mientras Wax pasaba como un relámpago, esquivando el nido lleno de huevos de la criatura. La rama se estrechó ante él, terminando en una ligera bifurcación.

Sin movimiento obvio a continuación.

Adelante estaba la meta, una flor sana en plena floración. Sus pétalos rosados con bordes blancos sobresalían planos, permitiendo que el centro azul-dorado alcanzara el sol. Esos mismos pétalos alejaban a los árboles invasores, dando a la sana su propio lugar en el dosel.

Y dándole a Wax una idea.

Cuando su pie golpeó el último punto delgado de su rama, Wax llevó su mano derecha a la cintura, arrancando la cuerda enrollada y aceitada de su envoltura tipo cinturón. Wax se encontró en el aire, un momento ingrávido con hojas sueltas arriba, jungla abarrotada abajo, y lanzó la cuerda hacia adelante.

Un árbol estrecho esperaba, la cuerda enganchándose en la corteza blanca moteada y manteniéndose firme. La caída libre de Wax se convirtió en un balanceo, aunque tuvo que apartar su cuerpo para evitar estrellarse contra el tronco del árbol. En su lugar, recibiendo solo unas pocas hojas en la cara y un rasguño en el hombro, Wax sobrevoló el árbol y entró en el espacio de la sana. Mientras volaba, Wax empujó la cuerda hacia arriba, indicando a las púas adherentes en su extremo que se soltaran. La cuerda obedeció, deslizándose libre y siguiendo a Wax mientras se disparaba hacia la sana.

La hermosa flor reclamaba su dominio con algo más que pétalos: el tallo que trepaba hasta el dosel tenía un cuerpo ondulado, placas duras cediendo aquí y allá a espinas salientes. Más de un nativo de Vis se había encontrado empalado al final de una carrera como esta.

No es que Wax fuera a tener ese problema.

Flotando libre, Wax golpeó la sana hacia el centro del tallo, justo encima de las espinas dentadas. Sus pies encontraron apoyo en la superficie rugosa, su mano izquierda agarrando el tallo mientras la derecha enrollaba la cuerda en posición.

Wax ya no podía oír a Sawi. Solo a ese pájaro enfadado.

La escalada fue rápida, los dedos de Wax encontrando huecos en las defensas de la sana. Sus botas se acurrucaron en ligeras crestas, marcas hechas por criaturas con garras. El sudor corría libremente, las gotas deslizándose sobre la tinta naranja y azul que cubría la piel de Wax. Su pelo, al menos, no era un problema: cortado ayer para estar listo para la ceremonia, su flequillo ya no amenazaba con apuñalarle los ojos. Ni una sola vez sintió que sus brazos ardieran o que sus piernas pidieran un descanso.

¿Por qué lo harían? Esto era la vida, esto era todo en Vis.

Llegar a la cima de la sana era algo complicado. El tallo de la flor terminaba en un bulbo, los lados esféricos curvándose hacia arriba y alejándose de Wax. Estudió, tomando su mano izquierda para desprender algo de corteza de sana y metérsela en la boca. Masticó, sintiendo el dulzor ácido al tiempo que su saliva descomponía el material rígido. Pegajoso, también.

Wax sacó la corteza, se la frotó en las manos. Probó colocar las palmas en el costado de la sana, sintió la succión. No suficiente para sostenerlo durante mucho tiempo, pero ¿en una escalada rápida?

De todos modos, ganaría puntos por originalidad.

Wax masticó un par de trozos más de corteza, dio a sus manos un buen revestimiento, lanzó un grito —un desafío sin palabras a la naturaleza— y saltó. Enganchando sus piernas lo mejor que pudo alrededor del exterior curvado hacia arriba, Wax se arrastró, colocando sus manos pegajosas una tras otra. El jugo se desprendía con cada golpe, con cada tirón.

El pétalo rosa blanco esperaba, brillando como una

nube al amanecer arriba. Wax dio un impulso, sus manos soltándose, sus piernas sin conseguir del todo un agarre. Sus dedos izquierdos se estiraron, encontraron el borde del pétalo. Aguantaron.

Y se soltaron.

El brazo de Sawi se balanceó hacia abajo, su mano aferrándose a la muñeca de Wax cuando comenzaba a caer. Tumbada sobre el pétalo, Sawi tiró, levantando a Wax lo suficiente para que pudiera agarrarse.

—Buen rescate —dijo Wax, desplomándose en el pétalo junto a Sawi, ambos mirando hacia el sol resplandeciente. Sin nubes hoy—. Aunque lo habría logrado.

—¿De verdad? —dijo Sawi, sin molestarse en mirar hacia él—. Tu cuerda está enrollada.

—Soy lo bastante rápido.

—Entonces la próxima vez te dejaré caer.

Wax sonrió. Debajo de él, la sana se sentía firme y suave a la vez. Lo suficientemente cómoda para dar ideas, pero Sawi ya se estaba incorporando, dirigiéndose hacia el centro de la sana. Su cabello decolorado por el sol envolvía la flor que perpetuamente descansaba entre sus mechones, los pequeños discos en sus orejas coincidían con los de Wax en el color verde oscuro de la juventud. Por ahora, al menos. Desenrolló la bolsa de sus pantalones cortos tejidos de tallo, abriendo la pequeña bolsa y llenándola con zarcillos azules y dorados.

—¿No vas a relajarte un minuto? —preguntó Wax, siguiendo su ejemplo. La bolsa se ataba a los tejidos que le llegaban a la rodilla, facilitando su transporte en viajes de saltos entre árboles como este—. Es hermoso aquí arriba.

—Si dijera que sí, estaríamos aquí arriba una hora —Sawi sonrió—. Si hubieras sido más rápido, tal vez tendríamos tiempo.

—Deberías haberme avisado, habría intentado esforzarme más.

—¿Un aviso? ¿Dónde está la gracia en eso?

Se pincharon y jugaron, la escaramuza verbal que siempre terminaba estas aventuras. En casa, captarían cada puesta de ojos en blanco que sus amigos y familias tuvieran que dar. ¿Aquí arriba? Un juego privado y especial.

—¿Ves eso? —dijo Sawi mientras volvían a enrollar sus bolsas, sentados en un pétalo diferente y mirando hacia el mar del norte.

—Parece un barco Foti —dijo Wax, protegiéndose del sol con la mano y adivinando por la vela cuadrada, la cubierta de madera negra elevándose sobre las olas—. El segundo esta semana.

—Casi el final del verano —reflexionó Sawi—. Apuesto a que quieren hacer una última travesía hacia el norte.

Wax se encogió de hombros.

—Mientras sigan trayendo esos caramelos, no me importa.

Sawi se rió. Dejaron colgar sus piernas sobre la distante caída. Sus dedos se encontraron, y observaron el barco cortar su lento camino sobre las olas hacia la ensenada que marcaba su hogar.

Vis se extendía a su alrededor, colinas ondulantes cubiertas de color. Halcones y buitres se lanzaban en picado a su altura, mientras lejanos aullidos y gritos marcaban a las criaturas conversando. Un brillo persistente, algo que Wax absorbió con una respiración profunda y un suspiro feliz.

—¿Crees que Pan se pregunta dónde estamos? —dijo Wax.

—Tiene la nariz metida en la tierra —respondió Sawi—. ¿Deberíamos ir a rescatarlo?

Era cierto, la tarde avanzaba. Aunque Vis era bastante mágico de noche, esa magia se experimentaba mejor en un lugar más seguro que arriba. Como, digamos, de vuelta a casa. Con una comida caliente y un baño junto al mar.

—Supongo que sí.

La tierra negra y rica se separó sin resistencia, gruesos granos rodando entre los dedos de Pan. Levantó lo que quedaba a su nariz, tomó una lenta inhalación. Leyó lo que los aromas le decían.

El día ya había sido bueno, estaba a punto de mejorar aún más.

En la distancia, Sawi o Wax gritaban, sus alegres exclamaciones puliendo el ánimo de Pan. Rayos dorados de sol bailaban en el suelo del bosque, hojas gigantes y pequeñas susurraban, y las bolsas cargadas de Pan descansaban sobre sus piernas mientras se ponía en cuclillas, alcanzando su próximo objetivo.

Bajo un tronco caído, cubierto de musgo, yacía el verdadero tesoro: colmenillas, grandes y esponjosas, perfectas para cualquier comida. Wax y Sawi podían pasar todo el tiempo que quisieran saltando entre las ramas, Pan recibiría mejor acogida por su trabajo aquí abajo.

Sin mencionar la sombra, ¿la opción de caminar descalzo y sentir el suelo bajo sus dedos?

Se quitó una bolsa, dejándola descansar sobre hojas que se descomponían junto a él mientras Pan se ponía a trabajar. Cortar las colmenillas resultaba más fácil con el cuchillo Foti, una simple hoja gris, atada a su cintura. Cada corte liberaba otra seta beige, cada lanzamiento añadía a la cosecha.

El hallazgo era tan bueno que Pan ni siquiera escuchó el cambio a su alrededor. Voces animales que se elevaban y morían rápidamente en el silencio. Un crujido en el suelo del bosque detrás de él. La respiración suave mientras algo nuevo se acercaba.

Pan sí escuchó perfectamente el siseo entrecortado. Giró, cayendo de su posición en cuclillas para aterrizar de trasero en la tierra, cuchillo extendido en alguna débil amenaza. Las colmenillas se derramaron de la bolsa volcada.

Un hanoko, de pelaje amarillo arenoso, líneas oscuras entre el dorado, y babeando de sus dos lenguas bifurcadas, gruñó cuando alguien más arruinó su emboscada. La bestia peluda de seis patas se paró sobre sus patas traseras, su alta posición permitiéndole cuatro golpes al rígido palo de bambú que lo azotaba. Los ojos de Pan siguieron el palo hasta quien lo blandía, aunque debería haberlo adivinado.

Cubierta de tinta azul y dorada, Bliss apartó las garras antes de pinchar al hanoko en el pecho. No un golpe mortal, ni siquiera uno que le hiriera, solo una advertencia. El hanoko, con ojos verdes en las hendiduras más estrechas que Pan había visto jamás, dio otro desagradable y escupidor siseo —una ducha que Bliss probablemente querría lavarse— y huyó, sus colas gemelas azotando entre la maleza.

Bliss siguió la huida de la criatura durante unos segundos mientras Pan recargaba su bolsa. Los hanokos podían volver, hacer creer a su presa que habían ganado solo para atacar desde algún lugar nuevo. Este, sin embargo...

—Creo que le has dado un buen susto —dijo Pan—. No atacará de nuevo.

Bliss le envió una mirada de desaprobación, una mano dejando el palo para parpadear a través de un lenguaje que pocos conocían, salvo Wax, su familia y algunos amigos.

"No puedes saber eso."

—No —respondió Pan—, pero puedo adivinarlo. Nada quiere un golpe de tu palo a menos que esté desesperado, y hay demasiadas cosas más fáciles de comer por aquí.

"¿Como tú?"

—Aparentemente —Pan se puso de pie, se echó las bolsas al hombro—. Estoy agradecido, pero ¿qué haces aquí?

"Mi hermano me pidió que te vigilara porque iba a estar ocupado."

Pan entrecerró los ojos hacia la chica, intentando detectar algún indicio en su expresión seria.

—Estás mejorando. No sé si estás mintiendo o no.

El rostro de Bliss se iluminó, su mano destelló más rápido, demasiado rápido para que Pan siguiera y tuvo que repetir los gestos.

"¿De verdad? ¡He estado practicando!"

Pan se rió.

—Entonces practica manteniéndolo hasta el final la próxima vez. No sirve de nada si abandonas la mentira a mitad de camino —Pan asintió más allá de ella, a través del bosque de regreso hacia casa—. Vamos, las bolsas están llenas y tengo hambre.

Bliss miró más allá de él ahora, pero en dirección opuesta. Pan igualó su mirada, sin ver señal de Wax y Sawi.

—No te preocupes por ellos —dijo Pan—. Mi suposición es que volverán a casa sin tocar nunca el suelo.

"Están yendo solos muy a menudo", señaló Bliss, pero acompañó el caminar de Pan.

—Porque ambos saben lo que viene.

"¿Es realmente gran cosa? Sawi no se va, ¿verdad?"

—El cambio es cambio —respondió Pan—. Ahora, las cosas van bien. ¿Mañana? ¿Quién puede decirlo?

CAPÍTULO 3
UNA CIUDAD ELEVADA

Los comerciantes decían que el hogar de Wax era el lugar más hermoso del mundo. Anidada en una bahía con imponentes colinas cubiertas de árboles por todos lados, Kitaye aprovechaba su paisaje. Muelles aceitados se extendían hacia aguas turquesas, con pequeñas olas lamiendo una suave playa de arena blanca. Pasarelas atravesaban las dunas, conduciendo a talleres techados con frondas, mercados, restaurantes y cualquier otra cosa que una persona pudiera desear. Escaleras, tanto de cuerda como de madera, colgaban de los enormes árboles, guiando las miradas curiosas hacia el cielo para descubrir toda una segunda ciudad anidada entre las ramas de arriba.

La familia de Wax, junto con todos los nativos de Kitaye, vivía entre las hojas. A salvo de depredadores, tanto naturales como humanos. Aunque Wax no había visto una incursión de Kance o Rana en toda su vida, las historias contaban de invasores que llegaban para encontrar conchas vacías y una lluvia de flechas.

Una o dos veces así y los invasores habían encontrado objetivos más fáciles.

—Como tú —dijo Wax, deslizándose por una palmera descascarada para aterrizar junto a Pan y Bliss. Sawi se había adelantado, la tarde avanzada la arrastraba hacia obligaciones en las que Wax se negaba a pensar.

—¿Como yo qué? —preguntó Pan, sin detener su caminar, con las alforjas cargadas balanceándose mientras pasaba sobre palos, hojas aplastadas y atravesaba zonas fangosas.

—Bliss dijo que estabas a punto de ser la cena de un hanoko —dijo Wax, adelantándose a Pan y levantando las manos como si fueran garras—. ¿Demasiado absorto en tus pensamientos otra vez?

Pan le lanzó una mirada a Bliss declarándola traidora, ella solo sonrió en respuesta. Así que Pan mostró sus premios en su lugar.

—Era un buen lugar —dijo Pan, y luego notó la bolsa ausente de Wax—. ¿Sawi se llevó la tuya otra vez?

—Se la di como regalo —respondió Wax, caminando hacia atrás. Bailaba mientras se movía, sintiendo los contornos con sus pies descalzos —los zapatos para trepar se los quitaba en cuanto Wax tocaba el suelo del bosque— y esquivando palos y piedras sin mirar—. Intentando ser amable, ¿sabes?

Bliss giró sus dedos. Pan se rió.

—Definitivamente perdiste la carrera.

Las bromas iban y venían mientras el trío se acercaba a Kitaye, la distancia se medía más por las especias de cocina que llenaban el aire que por los metros recorridos. Para cuando llegaron a las afueras de la ciudad, los tres podían escuchar el rugido de sus propios estómagos, un sonido que ni siquiera las flautas de bambú huecas y los tambores de coco podían ahogar.

Los espesos árboles hacían que la aparición de la ciudad fuera algo instantáneo, un paso o dos del deambular aislado al bullicio de la multitud. Wax dudó en el último paso, todavía enterrado entre helechos e insectos zumbantes, mientras Pan y Bliss seguían adelante. Pasarían horas antes de que pudiera abandonar la ciudad de nuevo por el trance de la jungla, horas que no podían pasar lo suficientemente rápido.

"¿Vienes?", preguntó Bliss, mirando hacia él. Su bastón de bambú ya no parecía tan ridículo en su espalda. ¿Cuándo había crecido tanto? "¿O tienes miedo?"

—¿Miedo? —Wax resopló y dio un paso adelante—. ¿Miedo de qué?

"De lo mucho más genial que soy que tú". Bliss se irguió, se estiró, mostrando el nuevo tatuaje en su brazo derecho superior.

—¿Cuándo pasó esto? —Wax agarró el brazo de su hermana, mirando más de cerca—. Eres demasiado joven.

Un círculo descentrado cubría su omóplato, con espinas apuntando hacia adentro a lo largo del borde. Una flor sana se posaba en el medio, sus pétalos morados eran el único color en la tinta, por lo demás negra.

"No se trata de la edad", signó Bliss, retirando su brazo. "Lo que importa es la habilidad".

Wax intentó ver a Bliss, iluminada por la luz descendente del sol en su lado derecho, como la defensora que ese tatuaje indicaba que era. Wax no tenía uno en su hombro, la mayoría de la ciudad tampoco. Una insignia como esa te ponía en primera línea si Kitaye o su gente te necesitaban. Algún desastre, como un incendio, un depredador o alguien perdido en el bosque.

A pesar de todo, Wax no podía verlo. Bliss seguía pareciendo como siempre había sido, una chica graciosa con un fuerte balanceo. Y sin embargo, captó un matiz diferente en su mirada hacia él, algo que sí reconoció.

Un matiz que cualquier hermano mayor reconocería.

—Oye, eso es genial —dijo Wax—. Felicidades, pequeña flor. Estoy orgulloso de ti.

Por una vez, Bliss no se estremeció ante su antiguo apodo.

"¿Celoso?"

—Para nada. Mientras tú estás vigilando a Pan recolectar hongos, yo estaré columpiándome arriba. Puedes quedarte con la tinta. Yo me quedo con los árboles.

Pan no escuchó el desaire, el hombre hacía tiempo que se había dirigido hacia el mercado de la ciudad. Cambiaría todos esos hongos por una mejor cena, desayuno y quizás algún otro objeto. Sin nada propio para intercambiar, Wax y Bliss no se molestaron en ir hacia las tiendas de la costa, en su lugar se dirigieron directamente a las fogatas de cocina.

Kitaye se extendía alrededor de toda la ensenada, barrios separados por arboledas. En esas arboledas, en el suelo del bosque, áreas despejadas funcionaban como lugares para comidas, juegos y reuniones. Desde el amanecer hasta el anochecer, Wax podía encontrar un bocadillo allí, podía encontrar personas que había conocido desde su primer aliento esperando para preguntarle qué había visto ese día, qué había encontrado allá afuera.

Si le preguntaban a su padre, el mayor de Wax describiría cuando Kitaye solía vaciarse, todos corriendo hacia el bosque o subiendo a los enormes botes en forma de hojas ahuecadas para ir a pescar al mar. Al cerrar el día, la ciudad cobraba vida con los retornos, todos compartiendo la abundancia, un festín comunal nocturno.

Wax podía ver piezas de ese pasado ahora, mientras él y Bliss pasaban por talleres más profundos, jardines, cobertizos de almacenamiento hasta su propio claro. Los recolectores de su barrio dejaban sus hallazgos en una vasta mesa en el centro, donde otros vendrían, tomarían lo que necesitaban y regresarían a sus fuegos humeantes para asar los premios para la cena. Las comidas olían bien, la mesa rebosaba de frutas, cocos, pescados ensartados, pimientos y más. Un buen día.

—Una imagen triste —gruñó el padre de Wax cuando sus hijos lo alcanzaron en la mesa. El hombre encorvado escudriñaba entre pitahayas espinosas de color púrpura-rosa, metiendo algunas en su alforja—. Tienes suerte de no conocer el pasado.

—Hola a ti también, papá —dijo Wax, su padre le echó un vistazo en respuesta, buscando su bolsa y no encontrándola—. Se la di a Sawi hoy. Como regalo.

—Perdiste la carrera otra vez —Su padre resopló, sacudió la cabeza—. No puedes seguir haciendo esa apuesta si nunca ganas, Tywinax.

Wax frunció el ceño ante la sombra de su padre, su nombre formal. El hombre duplicaba a su hijo en corpulencia, una progresión alineada con su cambio de correr por la selva a capitán culinario. Nueva tinta pintada sobre la antigua, completando los bucles en la espalda de su padre con adornos amarillos que marcaban el cambio de profesión. Las propias marcas de Wax permanecían abiertas, esperando a que llegara su futuro.

—No actúes como si no hubieras hecho lo mismo —replicó Wax, deslizando una mano para agarrar un pimiento dulce.

—Sí, pero yo ganaba.

Bliss tenía la sonrisa más grande en su rostro cuando Wax se dio la vuelta, con el premio del pimiento en la mano.

'Ríe ahora', signó Wax en respuesta. 'Irá por ti después'.

'¿Por qué?', respondió Bliss. 'Soy perfecta, ¿recuerdas?'.

'Hasta que vea esa marca, quieres decir'.

Bliss entrecerró los ojos, pero no ajustó su bastón. Cuando habían entrado en el círculo de cocina, Bliss había cambiado la correa del hombro que sujetaba el palo de bambú para cubrir la tinta fresca. Alguien le contaría a su padre eventualmente, pero aún no.

Y, sin importar cuánto pudiera querer, ese alguien no sería Wax.

—Id a buscar a vuestra madre —dijo su padre, con un gran cuenco tejido ahora cargado en sus enormes manos—. No querrá perderse la comida.

Wax y Bliss no necesitaban preguntar dónde estaba su madre. Con el barco Foti llegando, ella, junto con los otros comerciantes de Kitaye, estaría al borde del agua buscando un trato.

Si los círculos de cocina se dividían por barrio, el mercado del litoral se dividía por habilidad. Si sabías algo lo suficientemente bien como para venderlo, te ganabas un lugar a lo largo de la costa. Cuando llegaban barcos nuevos, y llegaban casi todos los días, los encantadores de Kitaye acudían en masa a sus lugares para pregonar los tesoros de Vis.

Extendiéndose tanto a la derecha como a la izquierda desde la entrada central de Wax, el mercado seguía la ensenada alrededor de su curva. Altos postes con banderas pintadas ondeantes seccionaban las diversas mercancías, con alimentos y plantas a la derecha y bienes elaborados a la izquierda. Cada puesto, madera cubierta de frondas, tenía un mostrador de exhibición y estanterías en la pared. Cada uno, también, tenía un maestro y aprendices.

La madre de Wax dirigía un puesto de hongos a la derecha, una estrecha caseta entre vendedores más populares de mango y piña. Pan había llegado antes que sus amigos, ya descargando las colmenillas de su alforja cuando Wax y Bliss se acercaron al frente.

La madre de Wax, recién repintada esa mañana con patrones anaranjados que señalaban su rango —maestra— y rol —comerciante—, mantenía la atención de un escuálido Foti. El hombre delgado y de barba espinosa daba vueltas a una bola de hongos en sus manos, silbando por el tamaño.

—Se transportará en cajas —dijo la madre de Wax mientras su hijo se acercaba. Bliss pasó junto a él para ayudar a Pan, dejando su bastón clavado en la arena como un poste—. Tenemos varias más, si deseas hacer un lote.

El Foti asintió.

—Las compraré si las tienes —Miró hacia arriba, pareció notar a Pan por primera vez—. ¿Tienes shrives ahí dentro?

Wax miró a Pan. No había forma de que hubiera encontrado alguno de esos hoy. Pan habría estado jactándose todo el camino de regreso si lo hubiera hecho.

—No tuve suerte —respondió Pan—. No fui lo suficientemente profundo.

—¿Lo harás mañana? —preguntó el Foti—. Tengo una gran necesidad de uno. O tantos como puedas conseguir.

—No es un viaje rápido ir tan profundo —dijo la madre de Wax, esbozando una triste sonrisa—. Necesitaríamos prepararnos, y no hay expedición...

—Puedo pagar bien —interrumpió el hombre Foti—. Lo suficiente para que valga la pena. —La madre de Wax suspiró mientras el hombre Foti la atropellaba con sus palabras—. Estoy diciendo que tengo cosas mejores. Auténtico equipo Foti que cambiaría vuestras vidas. Nadie os dará lo que yo tengo por vuestros plátanos, por vuestras cestas. Conseguidme esos shrives, y lo tendréis.

—¿Tener qué? —preguntó Wax.

El hombre Foti le dio a Wax una desagradable sonrisa, alcanzó por encima de su hombro y tiró del arma enfundada detrás de su espalda. Todos en Vis sabían lo que era una espada, todos sabían que esas cosas no eran necesarias. Ningún cazador necesitaba una espada cuando había lanzas, arcos y flechas alrededor.

Armas de guerra, así decía el padre de Wax, solo servían para traer la guerra a quienes las empuñaban.

Pero era difícil negar el perfecto corte plateado en el metal azul zafiro mientras el hombre Foti desenvainaba la hoja, mientras atrapaba el atardecer y retenía el fuego.

—Tráeme tres shrives y la hoja es tuya —dijo el Foti—. Tráeme cinco y te daré el cuchillo que va con ella.

—¿El cuchillo? —Wax arrugó la nariz—. ¿Por qué un cuchillo?

Más rápido de lo que Wax podría agarrar una hoja, el Foti llevó una mano a su cintura, sacó una hoja más pequeña de tono azul del largo de su antebrazo. Sosteniendo la espada más grande al frente, el hombre Foti apuñaló hacia adelante con la hoja más pequeña, directo hacia el estómago de Wax.

—Bloquea con una, destrípales con la otra. Manera rápida de acabar una pelea —el hombre Foti mantuvo su sonrisa—. Por lo que he visto, este par te haría rey de la isla.

—¿Cinco shrives? —dijo Wax, ignorando el ceño fruncido de su madre, las miradas confusas de Pan y Bliss—. ¿Dos días?

—Dos días —El Foti guardó sus armas, escupió en una palma y la extendió hacia Wax—. Trato hecho.

Wax igualó el escupitajo, golpeó su palma contra la ofrecida. El Foti se rió, tomó las bolas de hongos empaquetadas de la madre de Wax y hurgó en su bolsa del hombro. Sacó una sartén de hierro fundido nueva y la colocó en el mostrador.

—Como acordamos —dijo el hombre Foti.

—Como acordamos —respondió la madre de Wax, aunque su encanto había huido, dejando solo hielo en su estela.

—Dos crepúsculos, amigo —dijo el hombre Foti, dándole un asentimiento a Wax y aventurándose de regreso hacia su barco.

Wax observó al hombre caminar unos pasos de vuelta hacia el centro de la ensenada, donde se encontraban los muelles principales. Los únicos que podían sostener un barco del tamaño de este, esos muelles bullían ahora mientras el comercio entraba en pleno apogeo.

La madre de Wax no sería la única que llegaría tarde a la cena esta noche.

CAPÍTULO 4
HERMANOS

S i los días en Kitaye zumbaban, las noches cantaban. Wax balanceaba las piernas desde la casa del árbol de su familia mientras observaba las olas rosadas iluminadas por la luna, visibles a través de las ramas colgantes, plataformas de cuerdas y similares. Sichi brillaba intensamente esta noche. En su mano derecha, Wax hacía girar una caña entre sus nudillos, adelante y atrás. Normalmente, a esta hora, estaría encontrándose con Sawi para correr por la playa, quizás tomar un bocadillo en algún lugar del dosel. Normalmente...

—Mira quién sigue aquí —dijo una versión musculosa y más áspera de Wax, aunque Quik probablemente diría que Wax era la copia más flacucha y tonta de sí mismo. Brazaletes rojos y una pluma carmesí tomada de alguna presa marcaban el rol de Quik. Una cadena tejida colgaba de su cuello, con un disco de madera tallado con el símbolo con garras del cazador—. ¿Cuándo fue la última vez que pasaste una noche en casa, hermano?

—No lo recuerdo.

Quik deslizó sus piernas fuera de la plataforma, dejándolas colgar. El hermano le llevaba un par de años a Wax, y se notaba en los círculos completados en rojo y negro en los brazos de Quik. También tenía un par de cicatrices por cacerías que salieron mal.

—Diría que eso es señal de que estás fuera demasiado tiempo, pero sé que no lo tomarás así —dijo Quik.

—¿Cómo lo tomaría?

—Que estoy intentando atarte a esta familia. Responsabilidad y todas esas palabras que tratas como maldiciones.

—¿No se suponía que ese era tu trabajo? ¿La familia?

Quik bajó la mirada hacia sus manos. No hacía girar ninguna caña, solo tenía los dedos planos sobre los muslos. Ambos llevaban tejidos finos para dormir, sin decoraciones, sin herramientas. Sin aventuras planeadas.

—¿Viste lo que hizo Bliss? —preguntó Quik.

—Siguiendo tu ejemplo —Wax evitó mirar hacia Quik. Los árboles eran un paisaje más agradable que la mirada juzgadora de su hermano—. Es buena con ese bastón.

—Lo es. Kitaye tiene suerte de tenerla —Quik respiró hondo, siempre una señal de que iba a embarcarse en algún discurso—. También tendríamos suerte de tenerte a ti, si te lo tomaras en serio.

—¿Qué quieres decir?

—Mamá me contó sobre tu trato con ese Foti. ¿Vas a ir tras los shrives? ¿Solo dos días?

—Soy lo suficientemente rápido para llegar —Wax se encogió de hombros—. Está ofreciendo una espada de verdad, Quik. La vi.

Quik resopló.

—Lo único que harías con una hoja sería cortarte a ti mismo.

—O cortar al próximo hanoko que intente algo con Pan —Wax señaló más allá de los árboles, donde el barco de los

Foti proyectaba su sombra—. ¿Ves lo grandes que se están volviendo? ¿Cuántas cosas nuevas hay en cada uno que viene aquí? Nosotros ofrecemos lo mismo de siempre. Nada cambia para nosotros.

—¿Estás diciendo?

—Estoy diciendo que papá y mamá hablan de cómo solíamos sufrir asaltos hasta que construimos las casas en los árboles. Foti, Kance, Rana. Ellos se están haciendo más fuertes, nosotros seguimos igual.

Quik sonrió, atrayendo la mirada de Wax. El rostro de su hermano mostraba risa, una ligera burla.

—¿Y tu única espada cambiará todo eso? —preguntó Quik.

—Será un comienzo. Convencerá a la ciudad de...

—Esto es por Sawi, ¿verdad?

Wax parpadeó.

—¿Qué?

—Pronto recibirá su marca, y tú no la tendrás al menos por otro año más. Así que, ¿qué va a hacer el pobre Wax para estar a la altura?

—Eso no... —Wax se detuvo, suspiró—. ¿Qué sabes tú de esto? Nunca has tenido a nadie. Pasas todo tu tiempo con los cazadores.

—Lo sé —dijo Quik, aparentemente abandonando la pelea antes de que empezara—. Pero voy a embarcarme en este.

La confesión explicaba por qué Quik estaba aquí en primer lugar. Él y Wax no solían tener charlas íntimas. Probablemente porque ambos mantenían sus días ocupados, manteniéndose separados.

De todas formas, la idea de Quik saltando a algún barco Foti y zarpando hizo reír a Wax.

—¿Cómo vas a hacer eso? —dijo Wax, mientras la cara

serena de Quik le robaba algo de alegría. Su hermano parecía serio. Ridículo—. ¿Vas a comprar pasaje con tu belleza? ¿Con esas garras?

—Soy fuerte, entusiasta, y no tendrán que pagarme mucho —respondió Quik—. Eso es todo lo que se necesita.

—¿Pero por qué? ¿Por qué marcharte?

—Por la misma razón que te adentras en la selva cada día. Aventura. Una oportunidad de encontrar algo nuevo.

—¿O a alguien?

La sonrisa de Quik creció.

—Es un mundo grande allá fuera, Wax. Podría haber alguien en las otras islas a quien estoy buscando.

—No puedo discutir contra eso, entonces —Wax puso una mano en el hombro de su hermano—. ¿Cuándo zarpa?

—Gracias a tu apuesta con los shrives, en unos días al menos. Tal vez más tiempo —La sonrisa de Quik se desvaneció—. Se rumorea que hay clippers Kance por ahí. Su segunda reina quiere hacerse un nombre.

—¿Con la piratería?

—Con el saqueo —Quik se puso de pie—. Si realmente vas a hacer ese viaje, más te vale darte prisa. Si sales más tarde que al amanecer, no volverás a tiempo.

—Siempre cuidándome.

—Oye, si te lastimas, podría tener que ir a cuidarte.

—Por favor —Wax se levantó—. Bliss será quien dirija todo esto cuando te hayas ido.

Quik no lo negó, y ambos hermanos abandonaron el borde para volver al interior de la casa del árbol de tres habitaciones, con hamacas y mosquiteras colgando de las esquinas. La música, los bailes, los ocasionales gritos y aullidos tanto humanos como de cálaos pusieron a Wax a soñar rápidamente.

El despertar llegó más rápido, llegó con los mismos

gritos. La fiesta para algunos en Kitaye nunca terminaba, y Wax se desenrolló de su hamaca de cuerda seca preguntándose cómo esa pobre gente podía sacrificar un día por la noche.

Bliss y Quik compartían su habitación, la más grande de las dos, junto con los elementos esenciales para vivir de la familia. Dos barriles de lluvia intercambiaban lugares a medida que se llenaban, y un cucharón de uno de ellos con su taza de madera le dio a Wax un refresco. Después vino un mango, algo de cecina seca de dos cajas a lo largo del único mostrador de la casa del árbol. Varios tejidos y equipos colgaban sobre cada una de sus hamacas, y Wax tomó su cuerda, su camisa y pantalones más gruesos para el día.

Podría balancearse más rápido con ropa más ligera, pero los shrives no estaban en territorio seguro. Mejor algo que pudiera desviar una garra o una espina.

Después de llenar un odre, metiendo más fruta y cecina en una gran bolsa con correa para el hombro, Wax salió y saltó a la escalera de cuerda que descendía. Dejó los pies fuera de los peldaños, permitiendo que sus manos controlaran el descenso todo el camino.

Los juerguistas nocturnos de Kitaye se mezclaban ahora con otros madrugadores. Cazadores, recolectores y comerciantes encontraban a sus amigos y se dirigían a los círculos de cocina. Algunos, como Wax, partían hacia el bosque. Ninguno, sin embargo, se dirigía hacia el borde occidental, el terreno más difícil y, tras un largo trecho, las profundas ciénagas y cuevas donde podían encontrarse los shrives.

El aire agradablemente fresco se fundía con una niebla que llegaba hasta los tobillos mientras Wax se dirigía hacia las afueras de Kitaye, dejando la ensenada atrás. La ruta hacia la ubicación de los shrives no era exactamente un camino, pero él la había recorrido antes, aunque durante varios días y con muchas más personas para una misión de toda la ciudad.

Una cosa divertida, aquellas, cuando toda Kitaye se unía y seleccionaba un grupo de novatos y adultos experimentados para ir juntos y encontrar verdadera aventura. Un elemento básico hace cinco o siete años, habían prácticamente desaparecido ahora gracias a los mismos tipos Foti que le ofrecían este trato a Wax.

A diferencia de este, la mayoría de los comerciantes de las otras islas no querían nada especial. Frutas, tejidos, hierbas y herramientas artesanales hacían el sustento de Kitaye, así que ¿por qué arriesgarse a viajes más largos y peligrosos?

Por lo que Wax había oído, también Mottilan, la única otra ciudad de la isla, en la costa oriental de Vis, había adoptado la misma postura. La mayor parte de la isla quedaba abandonada para que la naturaleza hiciera lo que quisiera, sus secretos permanecían sin descubrir. Al menos, hasta que Wax decidió ir a buscarlos.

—¿Realmente lo vas a hacer, eh? —gritó Pan, sacando a Wax de su fantasía de explorador. Su amigo, por una vez llevando su propia cuerda con sus bolsas de hongos, se apoyaba contra un árbol a la derecha de Wax—. Bliss pensó que lo harías.

—¿Qué haces aquí?

—¿Qué parece? —respondió Pan, levantando dos bolsas. Al igual que Wax, llevaba puesto un grueso tejido esmeralda. Ya calzaba zapatos de escalada—. Tú quieres conseguir shrives, yo también.

Wax miró la cuerda alrededor de la cintura de Pan.

—No eres lo suficientemente rápido.

—No le digas que no es rápido —dijo Sawi, atrayendo la

mirada desconcertada de Wax de vuelta hacia la ciudad para ver a su novia acercándose. Junto a ella, también con una cuerda de escalada alrededor de su cintura y viéndose muy satisfecha de sí misma, estaba Bliss—. Nos ayudamos unos a otros y llegaremos allí y volveremos a tiempo y bien, fácil.

Por un breve momento Wax quiso protestar, y extendió los brazos con ese efecto, pero antes de que una sola palabra saliera de su boca, Wax leyó las expresiones. Pan, Sawi y Bliss tenían sonrisas que no admitían negativas. Tenían el equipo adecuado, bolsas y odres de agua llenos y listos. El día era joven y perfecto para la aventura.

"Te reto a que digas que podría ser peligroso", gesticuló Bliss.

Wax sacudió la cabeza y sonrió.

—No pensaba ser niñera hoy, pero está bien. Si todos queréis ir a buscar algunos shrives, hagámoslo.

La escalada comenzó unos cuantos bosquecillos más allá del límite de Kitaye. El árbol, marcado con una cuerda teñida de rojo alrededor de su base, se extendía desde el suelo hasta el dosel. Escalones tallados en el enorme tronco facilitaban el ascenso, con Wax a la cabeza. Los zapatos mantenían su agarre en la madera, sus manos tenían más problemas con el rocío matutino, pero por eso Wax iba primero: sus grandes dedos apartaban la humedad, despejando el camino para los demás. Sawi iba última, lista para agarrar una cuerda si alguien caía.

Justo debajo de las hojas más altas, Wax se detuvo en una rama principal que se dirigía hacia el oeste. A esta altura abundaban las opciones, pero balancearse con velocidad significaba elegir un curso que mantuviera el impulso. Las caídas a lo largo de frondas gigantes o flores le darían velocidad, mientras que las lianas soltadas en el momento adecuado enviarían a Wax disparado hacia arriba para recuperar la altitud perdida. El instinto lo llevaría el resto del camino.

—Primera parada —dijo Wax, con los otros tres esperando en medio de la escalada detrás de él—, es el Nido de Ying. ¿Todos conocen el camino?

—He estado ahí cien veces —dijo Pan.

—Mejor que tú —añadió Sawi.

Una mirada hacia abajo captó un asentimiento de Bliss. Muy bien, entonces. Hora de saltar.

Wax eligió su ruta antes de dar un paso. Dejó su cuerda envuelta alrededor de su cintura, comprobó dos veces que su bolsa llena de mangos y su odre de agua estaban bien atados y ajustados contra su espalda. Todo bien.

Un paso, luego un impulso hacia adelante, cada pie colocado justo delante del anterior. La rama no se tambaleó hasta que Wax llegó a su extremo más estrecho, con una larga caída debajo de él. Con la longitud de una zancada restante en la rama, Wax plantó su pie derecho y saltó.

El viento golpeó su cara, el aire húmedo se coló a través de su tejido, pero las manos de Wax encontraron la enredadera de flores blancas que se curvaba en el aire abierto. Sus manos se deslizaron a lo largo de la espina verde, esparciendo pétalos mientras la serpiente aflojaba su agarre del dosel. Aflojaba, pero no lo perdía.

La enredadera se tensó y Wax se balanceó hacia adelante, el camino por delante bloqueado por gigantescos helechos de hojas divididas. Los enormes helechos llenaban los espacios entre los árboles, proporcionando buen cobijo a los cazadores abajo y dulces deslizamientos para los que se balanceaban arriba. Mientras Wax se balanceaba hacia arriba, soltó la enredadera, lanzando sus piernas al vacío.

Voló casi de lado, la enredadera que había estado soste-niendo regresando para que Pan la agarrara.

Wax golpeó el helecho en su espalda, rebotando en el lado derecho de la hoja para quedarse en el tallo central. Inclinándose hacia adelante mientras se deslizaba, Wax pasó de un deslizamiento de espaldas a una caída incli-nada. Juntando las piernas, Wax saltó cuando el tallo se volvió casi vertical, conservando su impulso y saltando sobre el centro descendente del helecho.

Golpeando el helecho de enfrente en plena carrera, Wax cayó hacia adelante, arañando con sus zapatos y sus manos, tratando de mantener tanta velocidad como pudiera. Un mal resbalón aquí y Wax se deslizaría todo el camino hacia abajo. No sería fatal, pero retrasaría el viaje.

Y Sawi nunca le dejaría olvidarlo.

El helecho tenía fuerza en sus grandes hojas esmeralda, sin embargo, y sostuvieron la forma tirante y pateante de Wax hasta que se acercó a la punta del helecho. Otra enre-dadera esperaba, ésta ya suelta y colgando de algún ante-rior acróbata.

Arriesgándose a mirar, Wax captó la forma de Pan desli-zándose por el primer helecho. Detrás de él, muy atrás, Bliss daba su salto corriendo hacia la enredadera. Sawi se subía a la rama detrás de ella.

Wax lanzó el primer grito del día, su voz resonando a través de la selva.

¿Cómo podía Quik querer dejar esto?

CAPÍTULO 5

CAZADORES DE HONGOS

Tomaron descansos cuando la necesidad lo exigía, como cuando Pan falló un salto y acabó en el helecho equivocado, o cuando Wax tomó un ángulo erróneo y espantó a varias aves que disfrutaban su propio refrigerio matutino. El cuarteto encontraba perchas donde posarse, mordisqueaban un mango o un plátano, y luego volvían a lo suyo. Los gritos de entusiasmo fueron reemplazados por quejas sobre músculos adoloridos conforme pasaban las horas, pero estas volaron.

Los grupos de recolección en Vis se movían rápido, pero su cuarteto dejaba en ridículo a los esfuerzos más numerosos de Kitaye. Sin carros ni pesadas alforjas que los lastraran, Wax y sus amigos podían mantenerse en el aire, podían bailotear sobre ramas delgadas o deslizarse bajo una espina de sana para mantener la velocidad.

El pantano emergió cuando el día se deslizaba hacia la tarde. Primero llegó el aire más denso, el olor más fuerte y las nubes de insectos. Atravesar la selva significaba tragarse bichos como algo habitual, pero Wax se encontró tosiendo después de cada liana oscilante. También notó que esas lianas eran más difíciles de encontrar a medida que el pantano bajaba el dosel, desvaneciéndose los árboles más grandes y sus fuertes ramas para dar paso a altos pastos y arbustos delgados.

Con un gesto de Wax, descendieron desde las alturas cubiertas de corteza hasta el suelo blando. Los zapatos de escalada fueron a las bolsas, y los pies descalzos y encallecidos ofrecían mejor tracción en el terreno fangoso.

El pantano también señalaba su territorio con una música diferente. Los cantos de las aves cedían ante el croar de las ranas, ante los ondulados movimientos de criaturas más grandes y peores deslizándose por el lodo. Y los zumbantes insectos.

—Este lugar es horrible —señó Bliss—. ¿Quieres saber por qué no me uno a tu secta? —Bliss se volvió hacia Sawi—. Porque los recolectores tienen que venir a estos sitios todo el tiempo.

—Es el precio que tenemos que pagar por la libertad —Sawi se encogió de hombros. Se agachó, recogió algo de barro fresco del suelo y lo untó en sus brazos—. A embadurnarse, gente.

Si la velocidad significaba el ocasional insecto en la boca, quedarse quieto en un lugar como el pantano significaría un mes sin dormir, con el cuerpo ardiendo por los mosquitos y cosas peores haciendo de las suyas. Sin embargo, un poco de barro en los lugares adecuados, y Wax podría salir de aquí a solo un baño de distancia de sentirse bien.

—Se ven bien —dijo Pan una vez que todos se habían convertido en monstruos de barro—. ¿Vamos?

Los shrives tendían a hacer sus hogares bajo árboles caídos y pudriéndose en los bordes del pantano. El agua viscosa mezclándose con el tronco fresco y jugoso producía los hongos milagrosos. Azules y blancos, con un brillo nocturno, los shrives obraban maravillas medicinales. También, según entendía Wax, no crecerían en ningún otro lugar. Las otras islas podían llevarse un mango, robar un plátano e intentar cultivarlos, pero no un shrive.

Eran el tesoro de Vis, y solo de Vis.

Bliss tomó la delantera ahora, cambiando la cuerda oscilante por su bastón de bambú y abriendo camino con su extremo romo. Lo agitaba en las aguas cuando tenían que cruzar, lo usaba para apartar la maleza de sus puentes de rocas y troncos.

Al recorrer el borde del pantano llegaron junto a los manglares, cuyos matorrales de corteza blanca y hojas suaves añadían su propio olor especial al aire, una vida pungente que arrugaba la nariz. Aves ocultas entre las ramas los observaban al pasar. Pan, de vez en cuando, arrancaba otro hongo, o una planta juncosa, y lo metía en su alforja.

—Ustedes están aquí por los shrives —dijo Pan cuando Wax le preguntó el motivo—. Yo estoy aquí por todo lo demás.

Wax se retrasó hasta quedar junto a Sawi, aunque las estrechas rutas que Bliss encontraba significaban que caminaba un paso por delante o por detrás más que a su lado. Ella lucía como siempre lejos de la ciudad: en paz.

—¿Tú no? —respondió Sawi, lanzando una sonrisa al pantano a su alrededor—. ¿No te parece hermoso todo esto?

—Prefiero el dosel cualquier día.

—Tienes que apreciar dónde estás, Wax —dijo Sawi—. Especialmente si esto es lo que quieres hacer. Kitaye no siempre quiere hebras de sana.

—¿Te estás poniendo seria conmigo, Sawi? —Wax le dio un toque en el hombro, su dedo resbalando en el barro.

—Solo cuando lo necesitas.

El silbido de Pan atrajo su atención hacia adelante, donde su camino de rocas y troncos se acababa. No en las aguas arremolinadas del pantano, sino en las elevadas y musgosas piedras que marcaban el borde occidental de Vis. La montaña —en realidad varias, una cadena que sobresalía como un muro que mantenía a la selva alejada del vasto océano más allá— se alzaba desde el pantano como si hubiera sido plantada como alguna vasta semilla de piedra. Las estribaciones quedaban al norte; aquí la montaña se erguía solitaria.

—Así que estamos avanzando rápido —dijo Wax. Todos estaban de pie sobre un matorral blando, formado cuando un árbol había caído quién sabe cuánto tiempo atrás—. ¿Sabemos dónde estamos?

—No silbé porque estuviera perdido —dijo Pan—. Tu hermana notó algo.

Bliss, tomando la iniciativa, apuntó con su bastón de bambú hacia la montaña. A Wax le tomó un momento seguir la punta del bastón más allá de los salientes evidentes y rincones cubiertos de vegetación hasta un parche sombreado, marcado por un tocón roto.

—La fuente del matorral, a menos que me equivoque —dijo Sawi.

—¿Y qué? —añadió Wax, mirando al suelo para asegurarse de que no se había perdido algo. Solo hojas podridas y ramas, ya reclamadas por los hongos del pantano—. No hay shrives aquí.

—No el tocón, idiotas —dijo Pan—. ¿Qué hay detrás?

Wax se encogió de hombros, sintió a Bliss tirar de su brazo. Ya estaba señando cuando él miró.

—...obviamente no estoy hablando del tocón. ¡Hay una cueva!

Wax sintió un escalofrío ante la palabra, dejó que sus ojos flotaran nuevamente hacia allá. Efectivamente, ahora que la buscaba, la montaña parecía curvarse justo detrás de ese tocón. Incluso si no compartía del todo el optimismo de Bliss, la posibilidad merecía una mirada.

Claro, los shrives podían encontrarse bajo troncos musgosos si tenías suerte. Pero en una buena cueva, ¿una que no hubiera sido vaciada?

Podrían encontrar suficiente para conseguir más que una espada y un cuchillo.

—Podríamos tener a los Foti dándonos todo lo que tienen —murmuró Wax—. ¡Vamos!

—¿Ni siquiera un gracias? —señó Bliss mientras Wax sacaba su cuerda—. ¿Por mis increíbles ojos?

—Todos en Kitaye te lo agradecerán cuando hayamos terminado —respondió Wax.

—Ha pasado tanto tiempo desde que alguien encontró una nueva cueva —añadió Pan. Wax lanzó su cuerda hacia arriba, sintió que mordía—. ¿Y con comerciantes en el pueblo?

—Bastante suerte —dijo Sawi.

—No es suerte —gritó Wax mientras subía, alcanzando el tocón un minuto después—. ¡Todo es talento! Bliss, eres increíble. ¡Hay una cueva aquí arriba seguro!

Dejar el pantano fangoso por la roca polvorienta se sintió, al menos, más fácil para los tobillos. Wax volvió a ponerse sus zapatos —la cueva ofrecía un suelo irregular y afilado— mientras iba más allá de la abertura semicircular. La entrada arqueada parecía tan perfecta que Wax la miró fijamente mientras los demás subían, tratando de descubrir qué podría haber hecho un techo tan liso con un suelo tan escabroso.

Nada que él conociera, en todo caso.

Sawi sacó un par de antorchas de su espalda, los palos cortos envueltos en hojas de palma empapadas en aceite destinados a cualquier viaje nocturno ahora resultaban útiles. Sawi se quedó con una, Bliss tomó la otra. Usando pedernal dentado, Sawi encendió su antorcha.

Bliss mantuvo la suya atrás, señando que solo necesitaban una por el momento. Mejor mantener la segunda en reserva.

—¿Qué tan profunda crees que va a ser esta cueva? —se rio Wax—. Le doy unos minutos de caminata, como mucho.

—Entonces tenemos la antorcha para esta noche —respondió Bliss.

—Hablando de eso —dijo Pan—, vamos, Wax. No quiero perder la luz del día antes de que dejemos el pantano.

Buen punto. A las criaturas desagradables les gustaba la noche, y resbalar hacia el pantano sin buena visibilidad arriesgaba un rápido ahogamiento.

Sawi tomó la delantera, avanzando con Wax a su lado. Bliss y Pan los seguían, la línea volviendo a ser de uno en fila cuando la cueva se estrechó. Las paredes de roca no eran puras: las plantas se estiraban hacia el sol cerca de la entrada, mientras que más adentro los musgos y restos de animales dejaban sus marcas. Nada valioso, nada peligroso.

Pero la cueva continuaba.

—Va en pendiente hacia abajo —murmuró Sawi después de que hubieran superado la predicción de cinco minutos de Wax—. ¿Hasta dónde quieres llegar?

La cueva se extendía no mucho más allá de los hombros de Wax, un ambiente sofocante que, sin embargo, mantenía su techo liso y su plan de suelo rugoso. En algún punto del camino, un pequeño arroyo se les unió, goteando medio oculto bajo la roca a su derecha. Podría ser que, en días más lluviosos, el pequeño riachuelo desbordara sus orillas y corriera sobre su camino.

—¿Pan? —preguntó Wax—. Tú eres mejor controlando el tiempo. ¿Deberíamos regresar?

—Aún no —dijo Pan, sus ojos oscuros a la luz de la antorcha de Sawi, pero ávidos—. ¿No lo huelen? Hay algo bueno más adelante.

Wax olisqueó. Había encontrado el aire de la cueva polvorienta y algo ligero, como si no circulara mucho. Pero ahora que Pan lo señalaba, un familiar aroma a tierra húmeda persistía por debajo. El aroma de un hongo.

Sawi tomó el entusiasmo de Pan y siguió adelante; su recompensa apareció solo unos minutos más abajo por el tramo en pendiente.

La cueva se ensanchó, con una leve curva hacia la derecha, como si hubieran entrado en la concha inferior de una almeja. El arroyo seguía el giro, formando un charco en el centro de la sala, y con él llegó el deleite de Pan.

Shrives, fácilmente quince o más, se agolpaban con otros musgos y hongos a lo largo de los bordes del charco. La razón no fue difícil de encontrar, confirmando el pensamiento anterior de Wax: el arroyo, cuando estaba lleno, arrastraba palos, plantas y tierra hasta aquí, donde las cosas se acumulaban. Húmedo, desprovisto de depredadores y otros problemas naturales, los hongos tenían un hogar perfecto.

—Ahora sí que ha valido la pena —dijo Pan, pasando junto a Wax y Sawi para mirar más de cerca—. Son de primera calidad, chicos. Están intactos. Vamos a dejar sin nada a los Foti con estos.

Wax compartió la sonrisa de su amigo.

—Te lo dije —le dio una palmada en el hombro a su hermana—. Grandes ojos, Bliss.

Ella asintió, cruzó los brazos y observó, sonriendo, mientras Pan comenzaba a llenar sus alforjas. Sawi, a la izquierda de Wax, sostuvo su antorcha más alta y se dirigió alrededor del borde del charco hacia la parte trasera de la sala.

—Sigue más allá —dijo Sawi, señalando con la antorcha hacia otra vía que continuaba descendiendo—. ¿Quieren explorar?

Pan tarareó.

—¿Después de recoger estos? Creo que ya tenemos lo que vinimos a buscar. Voto por que salgamos de aquí y empecemos el regreso.

—Pero nunca volveremos aquí —dijo Sawi, mirando directamente a Wax.

Juntos. Eso es lo que Sawi quería decir. Al regresar a Kitaye, los atarían a sus roles, especialmente a Sawi, y viajes como este, los cuatro juntos, no serían posibles. Escaparse por una tarde alrededor de la ciudad era una cosa, pero una escapada de varios días a través de la isla...

—Pan, avisa cuando acabes con los shrives y daremos la vuelta —dijo Wax—. Bliss, cuida su espalda, ya que todos sabemos que él no lo hará.

Pan no objetó, Bliss solo se encogió de hombros. La sonrisa de Sawi creció.

La pendiente se hizo más pronunciada después de la sala de los shrives, el arroyo se unía al camino y obligaba a dar pasos cuidadosos. Las paredes brillaban ahora, extrañas piedras crecían del suelo y del techo. Gotas y borboteos resonaban. Una sinfonía diferente a la que Wax conocía, y tanto él como Sawi guardaron silencio mientras se desplazaban, solo escuchando. Abrazando la naturaleza.

Sawi se detuvo en un punto, inclinando la antorcha

hacia abajo y a la izquierda. Un pequeño grupo púrpura-azulado centelleaba a la luz del fuego. Brillando.

—¿Qué crees que es eso? —susurró Sawi.

—Ni idea —respondió Wax, alcanzando y abriendo su bolsa—. ¿Crees que debería llevármelo?

—Pan podría tener alguna pista —concordó Sawi.

Wax se acercó, desprendió la planta musgosa de la roca. Cálida y suave al tacto, la piel púrpura-azulada se desprendió en sus dedos mientras arrojaba el premio en la bolsa.

—Mira —dijo Wax, agitando su mano brillante.

—Supongo que si la antorcha se apaga, tenemos otras opciones —dijo Sawi.

Unos minutos más llevaron a la pareja a una sala más grande, fácilmente el triple o más del tamaño de la cámara de los shrives. El agua, a la luz de la antorcha de Sawi, brillaba con un azul profundo. Clara y limpia.

—Oye —dijo Wax—. ¿Podría darme un baño?

—Definitivamente podrías —respondió Sawi, igualando su sonrisa traviesa. Puso la antorcha en la roca. Tocó el agua, silbó—. Más cálida de lo que pensaba.

—Perfecto —Wax se quitó la alforja, metió una pierna. Como el mar en un caluroso día de verano—. ¿Te unes?

—Pensé que nunca lo preguntarías —respondió Sawi, y saltó, desapareciendo en lo profundo.

Wax se deslizó el resto del camino, se encontró pateando sus pies ya que ningún fondo lo esperaba. En la tercera patada sintió algo rozar su pierna, su estómago, y Sawi apareció frente a él, con los ojos brillantes. Sus brazos se envolvieron alrededor del cuello de Wax.

—No es exactamente como una sana al atardecer —susurró Sawi—. Pero servirá.

CAPÍTULO 6

VÍSITANTES

El empujón con el hocico derribó a Svarde de su estrecha cama hasta el limpio suelo de madera clara de la cabaña. No era precisamente una forma agradable de despertar, pero así era como a Kivi le gustaba hacerlo. Mejor, en todo caso, que un lengüetazo.

Svarde, frotándose la sien derecha, rodó sobre su espalda y miró hacia el férrite. La cabeza de Kivi, un hocico redondeado de color pizarra y plata como una piedra pulida, asomó por encima del colchón y resopló. El sonido, como el de alguien lanzando una piedra contra una pared, disipó en un instante los últimos vestigios de sueño de Svarde.

—¿Qué estás oliendo? —preguntó Svarde, incorporándose. Su cabello largo y decolorado por el sol se le pegaba al cuello y la espalda. En la cabaña hacía bastante fresco, pero Kivi siempre convertía la cama en una sauna.

Una sauna. Eso sería algo que Vis podría usar. Probablemente toda la isla no tenía ni una. Solo plantas, pantanos, bichos y... Svarde dejó a un lado sus quejas mientras se ponía de pie y veía el resplandor del inicio de la tarde a través de las ventanas con mosquiteras de la cabaña.

La ladera de la montaña se extendía bajo la casa de Svarde, un descenso pronunciado hasta una playa plana y un océano resplandeciente. Un largo camino, ahora transitable gracias a los escalones y el sendero despejado en todo el trayecto. No es que nadie fuera a usarlo.

Excepto él, claro.

Kivi se estiró desde el colchón, sus cuatro patas moteadas de granito negro la llevaron como un resorte que se desenrolla hasta el suelo cerca de Svarde. Resopló de nuevo y movió su brillante lengua naranja hacia el este. Al hacerlo, la lengua de Kivi rozó sus labios, lanzando chispas.

Svarde frunció el ceño. Kivi no solía agitarse mucho últimamente. Solo cuando un hanoko u otra criatura estúpida se acercaba demasiado, y todas las bestias de los alrededores ya habían aprendido a dejar a Svarde en paz.

Quizás algo nuevo necesitaba que le enseñaran una lección.

Kivi lideró el camino por la ladera de la montaña, siguiendo un sendero originalmente estrecho pero que, gracias al tiempo y al esfuerzo, había sido ensanchado por Svarde y su amiga comedora de rocas. Vestido, por primera vez en días, con algo más que su ropa interior, Svarde caminaba con una ballesta de mano dorada lista para disparar. Una bolsa, tejida en Vis y blanqueada por la luz del sol, colgaba de su hombro, bajo su capa naranja y gris. Llevaba suficiente comida y agua para durar una semana: Kivi solía arrastrar a Svarde a largas persecuciones, y el cazador había aprendido a prepararse.

Esa preparación también se veía en las hachas gemelas sujetas a su espalda. Las había afilado la noche anterior, observando las estrellas. Estaban listas para la sangre.

—Si tenemos suerte —susurró Svarde—, hoy probarás un poco.

Intentó no pensar en lo que significaba que hablara con sus armas, que la última conversación con una persona real hubiera sido...

Kivi resopló nuevamente, deteniéndose y arqueando su ondulante espalda de escamas de piedra. Tan larga como Svarde era de alto, la forma de Kivi cambió, las placas rocosas deslizándose y preparándose para saltar.

—Espera —dijo Svarde, agachándose y avanzando lentamente junto a Kivi.

El sendero aquí descendía bruscamente, apoyándose en algunas rocas bien talladas para terminar en un saliente. Una cueva, en la que Svarde había estado algunas veces antes de abandonarla, esperaba allí. Y, por supuesto, un camino hacia el pantano. No era su destino favorito: las picaduras de insectos obtenidas en una hora allí lo perseguirían durante una semana.

Sin embargo, un camino hacia abajo también podía usarse para subir. Desde arriba, las huellas se destacaban claramente en la entrada polvorienta y cubierta de maleza de la cueva. Varias personas habían trepado hasta la entrada y, por lo que se veía, habían entrado.

—¿Eso es lo que te pone nerviosa, Kivi? —preguntó Svarde al férrite.

Kivi sacudió la cabeza, sus tres ojos esmeralda brillando hacia Svarde. No eran los humanos, entonces.

—Bueno —dijo Svarde, retrocediendo unos pasos y quitándose la bolsa de la espalda—, esa cueva termina en un estanque. Pronto veremos quién está echando un vistazo. —Svarde abrió la bolsa, sacó un poco de carne bien curada de su última cacería. Un odre lleno de agua de lluvia

—. Mientras tanto, me tomaré ese almuerzo del que me has privado.

Pero cuando Svarde le ofreció un trozo a Kivi, el férrite lo rechazó, sin apartar nunca la mirada de la entrada de la cueva.

CAPÍTULO 7

DEMONIO

Ha estado llamándonos por unos minutos —dijo Sawi mientras ella y Wax descansaban al borde de la piscina, con la antorcha ayudándolos a secarse junto con sus tejidos—. ¿Cuánto tiempo pasará antes de que Pan envíe a tu hermana a investigar?

—No son tan tontos —Wax se estiró. Sintió la roca rasparle la espalda. No era el sitio más cómodo para relajarse, pero los nadadores no podían elegir—. Aunque no sé cuánto más puede aguantar mi espalda.

Unos minutos más observando a Sawi bajo la luz del fuego sería un placer, sin duda, pero el día avanzaba hacia el atardecer. Cualquier posibilidad de volver a Kitaye ya se había esfumado, lo que significaba que tendrían que encontrar un buen árbol donde dormir.

Preferiblemente uno bien alejado del pantano y sus interminables insectos.

—¿Lista? —preguntó Wax, poniéndose de pie.

—No —respondió Sawi, y Wax se detuvo, frunciendo el ceño hacia ella. Su tono era diferente mientras contemplaba la piscina—. ¿Esto es todo? ¿El último momento como este que tendremos?

—No sabes eso. Siempre podríamos escabullirnos —Wax se puso su tejido mientras Sawi, suspirando, hacía lo mismo—. Quizás yo también me una a los recolectores, así iremos juntos.

—Ya estás marcado para otra cosa —dijo Sawi, tocando el hombro de Wax, donde el semicírculo con muescas prometía un futuro entre los cazadores.

—Entonces tendremos la ciudad. Noches salvajes, días hermosos —intentó Wax.

Sawi recogió la antorcha. —Quizás.

Pan gritó de nuevo, esta vez con un tono que denotaba algo más que un poco de irritación. Terminó con una amenaza sobre dejarlos atrás.

—¡Vamos para allá! —respondió Wax mientras Sawi daba el primer paso, con la antorcha sostenida hacia adelante.

Fue su segundo paso el que hizo que ambos se detuvieran. En lo profundo de la cueva, los únicos sonidos más allá de sus voces provenían del goteo del arroyo. Ni siquiera una brisa silbaba. Así que cuando un rugido sordo comenzó detrás de ellos, tanto Wax como Sawi se giraron, curiosos. En el centro de la piscina, donde el agua parecía negra en el límite de la luz de la antorcha, comenzaron a formarse ondas. Burbujas, al principio pequeñas pero que se hacían cada vez más grandes, aparecieron en el centro.

—¿Qué crees que sea eso? —preguntó Wax, girándose para enfrentarlo directamente. Su mano fue hacia su cuerda, un instinto sin razón.

—¿Crees que algo estuvo ahí todo el tiempo? —preguntó Sawi, sosteniendo la antorcha hacia la piscina.

El retumbar creció, el bajo profundo ganando matices,

menos los ritmos de tierra moviéndose y más el tenor vivo de un gruñido. Sawi retrocedió un paso y Wax la imitó.

Había reglas sobre la caza en la jungla, comenzando por nunca dejarse acorralar. Cualquier criatura podía ser peligrosa en espacios estrechos; era mejor mantener las cosas abiertas, darse opciones.

La cueva no ofrecía muchas, salvo una:

Correr.

Sawi y Wax resbalaron, forcejearon, golpearon su camino de vuelta por la cueva. Entre jadeos, Wax gritó hacia adelante, diciéndoles a Pan y Bliss que se fueran. Detrás, la criatura salía de la piscina con chapoteos húmedos, el sonido de escupitajos y gruñidos siguiendo cada embestida hacia adelante.

Los ruidos asquerosos y la repentina aparición hicieron que los recuerdos pasaran por la mente de Wax mientras seguía la silueta de Sawi. Cuando era pequeño, se hablaba de monstruos como estos. Kitaye había cerrado sus puertas durante meses, permitiendo solo a grupos armados y cautelosos salir en busca de provisiones. Pocos barcos llegaron entonces, y Wax recordaba día tras día en la playa con los cazadores de la ciudad vigilando a los niños cada minuto.

Y recordaba, justo como ahora, cuando un demonio —así los llamaban, demonios— emergió de las olas. Wax tenía un palo, había estado jugando con Sawi y algunos otros en la arena. El demonio irrumpió en la orilla, rugiendo y mordiendo con sus varias cabezas similares a las de un tiburón. Wax recordaba su furia, su cuerpo escamoso y devastado, ya herido por algo, y luego las manos de alguien que lo levantaron, lo llevaron lejos mientras los cazadores de Kitaye, lanzando gritos de desafío, corrían en la dirección opuesta.

Aquí no había cazadores. Nadie que llevara a Wax lejos

tampoco. Todo lo que tenía era instinto, velocidad y Sawi guiando el camino. Llegaron chapoteando a la sala de las almejas; una mirada rápida bastó para confirmar que Pan había completado su cosecha de confesionarios. Los dos se habían ido. Bien. Sawi fue a la derecha, abriéndose camino alrededor del borde del agua, la antorcha en alto. Wax la siguió, tratando de no resbalar.

Al demonio no le importaba ser cuidadoso.

El gruñido alcanzó un tono triunfal, una espuma dorada volando hacia la sala antes de que la criatura la siguiera. Impulsado por aletas resbaladizas, aquella cosa, que parecía un hanoko empapado y con melena, irrumpió por el pasaje y aterrizó en el agua sucia. La salpicadura empapó a Wax con agua fría, empujándolo contra la pared de la sala. La antorcha cayó de la mano de Sawi cuando ella cayó hacia adelante, el agua amortiguando su caída mientras alcanzaba el otro lado de la sala. Al golpear la roca húmeda, la antorcha siseó, proyectando sombras y humo por toda la sala.

—¡Levántate! —gritó Wax, limpiándose los ojos y dando otro paso.

Tres o cuatro zancadas más y estaría libre. Sawi se puso de rodillas, alcanzó la antorcha. Su mano agarró el mango cuando el demonio surgió de la piscina, lanzando el agua hacia adelante en una ola furiosa. La cresta pasó sobre Sawi, empapó la antorcha y extinguió su brillo. El gruñido áspero llenó la sala, haciendo eco.

Wax se quedó paralizado. No podía ver un paso al frente, no podía distinguir adónde ir. Sus piernas temblaban, las rocas estaban resbaladizas. El demonio estaba justo al lado de Sawi, y Wax no podía hacer...

Su mano se movió tan rápido como su mente, la

izquierda metida en su bolsa y sacando el musgo brillante. La derecha arrancó la cuerda de su cintura.

Sawi maldijo, soltó un grito ahogado. El demonio golpeó la roca.

Wax arrojó el hongo, viéndolo volar y golpear la espalda del demonio, una melena ondulante y viscosa de color azul oceánico. La criatura se irguió ante el golpe, no se dio vuelta, sus aletas traseras continuaban empujando al monstruo hacia adelante.

—¡Oye! —gritó Wax—. ¡Todavía estoy aquí!

Al demonio parecía no importarle lo que dijera, pero la criatura ciertamente notó cuando la cuerda de Wax enganchó sus garfios en su pelaje. Siseando con furia, el demonio giró, sus aletas golpeando contra la cueva. Con el hongo luminoso en la espalda de la criatura, la visión de Wax volvió a sumergirse en las sombras.

—¡Corre, Sawi! —llamó Wax, oyendo al demonio chapotear en el agua. Tiró de la cuerda, los garfios se soltaron.

No era mucho como arma. Sawi tampoco respondió. Quizás había logrado escapar.

El agua se agitó a su izquierda, los borboteos acercándose. Quedarse significaba morir, así que Wax se arriesgó, dio un paso rápido hacia adelante y luego otro. Vaciló, pero mantuvo su impulso, fue por un tercero, casi llegando al otro extremo y a un sprint rápido hacia la salvación.

El demonio barrió una aleta bajo el pie plantado de Wax, derribándolo y enviándolo a estrellarse contra la piscina. El líquido viscoso se le pegó, las manos y los pies de Wax pateaban y golpeaban cosas que podrían haber sido palos, podrían haber sido hojas, o podrían haber sido las aletas del demonio.

La criatura descubrió su ubicación rápidamente, deslizándose hacia donde Wax había caído y plantando una aleta sobre el pecho del hombre. Los pulmones de Wax implosionaron, el aire salió expulsado por el peso que lo aplastaba contra el suelo. El agua corría sobre su boca, sus ojos. Llenó su nariz, pero Wax no podía toser, no podía hacer nada más que ahogarse mientras los ojos leonados y dorados del demonio, lo único visible en la oscuridad, se inclinaron cerca.

Con todos sus saltos, todos sus movimientos salvajes a través de la jungla, ni una sola vez Wax había sentido que la muerte se acercara tanto. Había emociones, roces con el peligro, pero nada real. Nada que perdurara más allá de una historia junto a la fogata.

Su mente se fijó en esos dos ojos, sus músculos se crispaban y fallaban, las manchas en su visión convirtieron el resplandor dorado del demonio en cuatro, ocho, doce círculos cambiantes. Todo lo demás se desvaneció, todas las sensaciones. Hasta que, por fin, esas luces danzantes y hermosas también desaparecieron.

CAPÍTULO 8

HACHA Y PIEDRA

El demonio tenía su presa. Svarde y Kivi podían verlo claramente. Las rendijas del ferrite brillaban anaranjadas, liberando el excesivo calor corporal de la bestia y ofreciendo una buena visibilidad del monstruo. También ayudaba una extraña mancha púrpura en la parte trasera del demonio, ahora a la derecha de Svarde.

—Ve a por él, chica —dijo Svarde, y Kivi resopló.

El cazador levantó su ballesta y disparó un virote. El proyectil impactó al demonio justo donde su rostro tocaba el agua, en el instante preciso antes de que Kivi embistiera contra el costado de la criatura. Aunque el monstruo debía triplicar el tamaño de Kivi, pocas cosas igualaban la densidad de un ferrite. Kivi se lanzó contra el centro del demonio, haciendo rodar al monstruo, ahora con un virote en la frente, hasta dejarlo de espaldas.

—¿Aletas? —murmuró Svarde, recargando mientras avanzaba.

Los demonios siempre te sorprendían. Encontraban toda clase de formas de romper las convenciones naturales, como si un dios demente estuviera sentado en algún agujero secreto combinando las peores ideas.

Aunque eso no importaba: Svarde había matado muchos antes, y también acabaría con este.

Levantó la ballesta mientras el demonio golpeaba a Kivi con sus aletas y la atacaba con sus fauces. Las aletas rebotaron, con vapor brotando donde el agua encontraba las ventilaciones de Kivi. ¿Y los dientes?

El demonio había estado rugiendo y silbando, pero cuando sus colmillos mordieron la piel de Kivi y se rompieron, esos ruidos guturales se convirtieron en aullidos de dolor. El demonio se agitó más violentamente, echando la cabeza hacia atrás dentro del charco. Svarde apuntó hacia donde la criatura volvería a emerger mientras Kivi arañaba con sus garras de piedra.

Y entonces la maldita cabeza de un hombre surgió del agua, tosiendo y escupiendo. Debía ser el cuarto del que gritaban los idiotas de fuera.

—¡Aléjate! —gritó Svarde. El muchacho se impulsó hacia la voz de Svarde con brazadas débiles. No lo suficientemente rápido—. ¡Sigue nadando!

Svarde soltó la ballesta y se lanzó hacia adelante con la precisión justa para mantener el equilibrio. Extendió el brazo, y su mano enguantada atrapó una mano arañada y empapada antes de tirar del joven para liberarlo. Sin decir una palabra más, Svarde lanzó a su rescatado hacia atrás, oyendo cómo el hombre golpeaba el suelo rocoso y comenzaba a vomitar.

Vivo. Eso sería suficiente.

Mientras Svarde jugaba a ser héroe, el demonio encontró algo de energía. Al darse cuenta de que sus aletas no harían mucho daño a Kivi, el demonio optó por rodar, volteando a Kivi. El peso del ferrite jugó en su contra, y la amiga de Svarde cayó del demonio y se sumergió en el charco. Para cuando Svarde volvió a centrarse en la pelea, la propia Kivi estaba chapoteando, sepultada bajo el volumen del demonio.

—Quítate de encima, trapo mohoso —dijo Svarde, adentrándose en el charco poco profundo mientras desenvainaba sus hachas.

El agua le heló hasta los muslos. Los chapoteos de la pelea hacían que Svarde parpadeara mientras se acercaba al resplandor púrpura; el brillo anaranjado de Kivi emitía vapor bajo el agua y bajo la desaliñada melena del demonio. La oscuridad solo importaba si tu objetivo era difícil de acertar, y un demonio de este tamaño era un blanco fácil.

Svarde optó por el frenesí, con la intención de atraer la atención del demonio más que intentar matarlo directamente. Blandió las hachas rápida y ligeramente, cortando a través de la melena y trazando largas líneas rojas por el cuerpo de la criatura. El demonio respondió como Svarde quería, dirigiendo sus ojos dorados hacia él y rugiendo con su destrozado hocico.

—Ahí estás, feo —dijo Svarde.

Cara a cara, sin escapatoria. Una muerte rápida para uno u otro.

Una aleta se lanzó hacia Svarde, encontrándose con un hacha. El golpe con la mano izquierda cortó el miembro ofensivo limpiamente, dando a Svarde una oportunidad para entrar y silenciar los terribles sonidos del demonio con un remate fatal.

Mientras el monstruo caía inerte, Kivi se retorció para salir de debajo de su masa. El ferrite resopló, se arrastró hasta el borde del charco y se sacudió, despidiendo vapor y recuperando su reconfortante resplandor anaranjado.

Svarde recuperó su hacha de la cabeza del demonio y observó más de cerca lo que había matado.

Los signos eran evidentes: la melena, tan enmarañada en movimiento, tenía manchas negras y quemadas. La piel del demonio mostraba heridas más graves a lo largo de su vientre y espalda, que no habían sido causadas por los golpes de Svarde ni por las garras de Kivi. Miró hacia el hombre que había salvado, que estaba sentado y le devolvía la mirada. Delgado, vestido con un tejido de Vis.

No era un luchador.

Svarde pasó los dedos por la piel del demonio, notando lo fina y suelta que se sentía. Descomponiéndose. La lenta desintegración que condenaba a cualquier demonio que intentara atravesar la superficie mientras el Aegis aún viviera.

—Así que ella aún no está muerta —dijo Svarde a Kivi.

Pero para que un demonio llegara tan lejos, para que siguiera siendo tan fuerte... debía estar cerca.

—¿Quién eres? —preguntó el hombre, ahora de pie, aunque con las manos apoyadas en las rodillas.

Mientras pensaba una respuesta, Svarde sintió algo rozar su pierna izquierda. Extendió la mano hacia abajo y sacó una cuerda de Vis. Ingenios astutos, aunque Svarde jamás los usaría. Hebras tan finas en las que confiar todo tu peso, volando entre aquellos árboles.

—No importa quién soy —respondió Svarde, levantando la cuerda—. ¿Esto es tuyo?

El hombre dio su nombre durante el camino de regreso, mientras ambos seguían a Kivi a través de las vueltas y recovecos de la caverna. Tywinax, aunque todos lo llamaban Wax.

Esperó a que Svarde diera su propio nombre como respuesta, como si debiera ser un intercambio equitativo.

—¿Por qué estabas aquí? —preguntó Svarde en su lugar.

Wax frunció el ceño y se concentró en pisar correctamente. Bastante ágil, como todos los Vis. Svarde extendió el brazo, agarró el tejido de Wax y lo detuvo en seco. Kivi sintió el movimiento y dio media vuelta con sus ojos esmeralda.

—Te he hecho una pregunta —dijo Svarde—. Respóndela.

Wax miró directamente a Svarde. No era una mirada llena de miedo, sino de un cansado recelo. Una mirada que el propio Svarde había visto tantas veces cuando...

—Shrives —dijo Wax, liberándose del flojo agarre de Svarde con un encogimiento de hombros—. Son difíciles de encontrar, pero ese charco tenía un montón.

—¿Eso es todo? ¿Shrives?

—¿Qué otra cosa estaríamos buscando? —preguntó Wax, ahora con una mirada confusa.

A mí, quiso decir Svarde, pero en su lugar negó con la cabeza. Quién sabía si alguien lo buscaba ya, si a alguien le importaba. Aunque, por otro lado, él había abandonado a la única persona que le importaba, así que, ¿por qué el mundo no le devolvería el favor?

—¿Estás bien? —preguntó Wax—. Agradezco que me salvaras de lo que fuera eso, pero pareces un poco perdido.

Svarde empujó a Wax hacia la salida.

—Sigue moviéndote. Siempre existe la posibilidad de que haya otro.

Ante esa posibilidad, Wax finalmente captó la indirecta de Svarde y echó a correr.

CAPÍTULO 9
NOCHES EN EL ACANTILADO

Sostenía la antorcha en una mano, sintiendo el calor chocar con el aire fresco de la cueva, y el bastón de bambú en la otra. Bliss observó mientras Pan recogía los shrives, suspiró con él cuando terminó y no encontraron ni a Sawi ni a Wax. Los dos tenían la costumbre de desaparecer, por razones que ni Pan ni Bliss querían mencionar.

Al menos el paso del tiempo le dio a Pan una excusa para acortar el tiempo de juego, sus gritos por la caverna al menos consiguieron la respuesta de Wax. Bliss estaba lista para burlarse de su hermano cuando regresara, pero esa diversión se arruinó cuando el siguiente grito de Wax resonó hacia arriba.

Corran, y corran rápido.

Ambos dudaron, Bliss apretando el agarre en su bastón. La cueva no era un buen lugar para pelear, ya que sus estrechos corredores significaban que estaría limitada a lanzar estocadas hacia adelante. Sin barridos amplios, sin ataques acrobáticos con saltos.

—Tu hermano es payaso, pero no estúpido —dijo Pan, pasando junto a Bliss—. Vámonos.

—¿Y si necesitan ayuda?

—Entonces la pedirían.

Habían salido de la cueva, encontraron al cazador y su extraña mascota observando. El hombre les había preguntado quiénes eran, qué estaban haciendo, pero Pan lo interrumpió. Dijo que tenían dos amigos en la cueva que estaban en problemas.

El cazador, sin embargo, prestó más atención a los crecientes bufidos de su mascota. La bestia rocosa finalmente hizo su propio movimiento, bajando por la ladera de la montaña y corriendo hacia la cueva sin una segunda mirada a Pan, Bliss y las bolsas cargadas de shrives. El cazador, soltando una maldición que Bliss nunca había oído antes, lo siguió.

Durante demasiados minutos Pan y Bliss permanecieron en el mirador, el sol desvaneciéndose hacia el anochecer. Sawi emergió, llorando, su pierna derecha sangrando donde algo la había golpeado contra la roca. Pan entró inmediatamente en modo enfermero, sacando los vendajes y las cataplasmas que siempre llevaba en estas caminatas.

Bliss escuchó mientras Sawi describía la cosa, pero mantuvo sus ojos en la cueva. Su antorcha aún ardía. Podía, quería correr hacia adentro. Su hermano podría morir, podría...

Wax salió tambaleándose. Moretones púrpuras cubrían su pecho, visibles a través del tejido. Rasguños salpicaban sus brazos y piernas, aunque no tenían la profundidad o el propósito mortal de los de Sawi. Las paredes de la cueva, el suelo, los culpables más probables.

Bliss soltó su bastón, envolvió a su hermano en un abrazo, y por primera vez en su vida lo sintió apoyándose en ella. Wax se desplomó, sus pulmones casi jadeando. Bliss afirmó sus piernas, rodeó a Wax con sus brazos y lo sostuvo, lo sostuvo como su madre podría hacerlo si hubieran tenido una pesadilla, si se sintieran enfermos.

En general, una experiencia desconocida.

—¿Tenéis un campamento? —preguntó el cazador, emergiendo detrás con su mascota, sin dirigirse a nadie en particular.

—Íbamos a regresar —respondió Pan, terminando de vendar a Sawi.

—¿A Kitaye? —El cazador ahora era quien resoplaba—. No esta noche, seguramente.

—Ya no —dijo Wax, separándose de Bliss, colocándose entre el cazador y sus amigos.

Un movimiento estúpido. Wax no estaba en condiciones de pelear ni contra una mosca, mucho menos contra un hombre corpulento como ese. Bliss notó las hachas, ambas de vuelta en sus fundas. El cazador sostenía una ballesta en su mano, inactiva en su cintura pero cargada. Lista. El monstruo de roca se agachaba, con vapor escapando de las grietas en sus escamas de piedra, cerca de las piernas del cazador.

Bliss calculó que podría llegar a la mano del cazador con su bastón en menos de un segundo, golpear la ballesta a un lado. Eso podría comprar tiempo para que Wax y los demás corrieran —el monstruo de piedra no podía ser tan rápido, ¿verdad?— lo que dejaría a Bliss sola, pero uno podría sacrificarse para que tres vivieran.

Vis pedía eso a su gente de vez en cuando.

—Entonces venid conmigo —dijo el cazador, asintiendo hacia su hombro derecho—. Mi lugar no está lejos, y hay suficiente espacio en el suelo para vosotros. Podemos atender esas heridas y hablar sobre lo sucedido.

Wax no tenía una respuesta preparada. Sawi tenía las

manos en su pierna herida, sus ojos casi cerrados. Sin escuchar, o sin importarle. Pan mantenía el ceño fruncido, pero no era del tipo que tomaba decisiones como esta.

Bliss tocó a Wax con su bastón, haciéndolo girar. El cazador observaba, con una ceja poblada levantada.

—¿Él te salvó? —preguntó Bliss.

—Nos salvó a mí y a Sawi —respondió Wax por señas—. Y a vosotros dos. Esa cosa era rápida.

—¿Confías en él, entonces?

—Si quisiera que estuviéramos muertos, podría haberse quedado lejos. —Wax miró de nuevo al cazador—. Estamos agotados, heridos. Si nos acoges, te lo agradeceríamos.

Así es como solían ir las conversaciones de Bliss con Wax. Unas pocas señas de ida y vuelta y su hermano encontraría la conclusión obvia. Por muy extraño que pudiera ser el cazador, aún no había intentado matarlos, y Vis de noche tenía muchas cosas que lo harían.

A lo largo del sendero de la montaña hacia su cabaña, Svarde se presentó al grupo, contó una historia que, para Bliss, sonaba quizás como medio cierta. Svarde hablaba de sí mismo como un luchador cansado que buscaba retirarse y vivir sus días en paz, pero a menos que Bliss no pudiera juzgar la edad en absoluto, Svarde tendría muchísimos años para pasar solo.

Wax y Pan se turnaron para contar su historia mientras Bliss caminaba con Sawi. La ferrita de Svarde —qué nombre— mantenía la retaguardia absoluta, bufando y arrastrándose por las rocas bien holladas. Bliss le dio su bastón a Sawi para caminar, su amiga necesitaba el apoyo mientras cojeaba.

Bliss intentó obtener algunos detalles de ella, pero Sawi mantuvo la boca cerrada. Eso, más que cualquier otra cosa, hizo que Bliss sintiera curiosidad. Sawi no dudaría en lanzarse volando hacia la jungla más profunda, no dudaría ante la escalada más espinosa. Había ahuyentado a hanokos antes. Pero aquí estaba, tropezando, temblando y respirando rápidamente aunque cualquier peligro había pasado hace tiempo.

¿Qué había estado allí en esa cueva?

La cabaña de Svarde cambió el ambiente. La cosa parecía una caja con un triángulo de lado apilado encima. Se presionaba contra la montaña, chocando torpemente contra las rocas. Nada parecido a las casas en los árboles de Kitaye, las que se mezclaban con los árboles, hojas y ramas como amigos cercanos.

Ver la cabaña hizo que Bliss esbozara una sonrisa, una risa ahogada. Wax, Pan e incluso Sawi se lanzaron miradas mientras Svarde se explayaba en una ruidosa descripción de cómo había construido el lugar, el esfuerzo puesto en arrastrar la madera hasta aquí y someterla.

—Se ve bien —logró decir Pan cuando Svarde hizo una pausa.

—¿De dónde eres? —preguntó Wax. Svarde no parecía mucho alguien de Vis, pero lo que más lo delataba que su cuerpo era cómo había construido esta cosa. Nadie de la isla habría levantado un hogar de esta manera. Al menos, nadie que prestara atención.

—De Foti, por lo que importa —dijo Svarde, guiándolos por los últimos escalones hasta la única puerta de la cabaña —. Hace mucho tiempo que no pongo un pie en ese maldito lugar.

Llegar a la cabaña suavizó la conversación, los cuatro acomodándose según las indicaciones de Svarde. El calor de principios del otoño significaba que las mantas de Svarde podían extenderse por el suelo, formando camas para el grupo. Compartieron sus frutas, añadieron algo del pescado salado de Svarde, y devoraron.

Wax y Pan intentaron sondear a Svarde para obtener más detalles sobre quién era, qué quería, de dónde venía, pero el cazador se cerró tan pronto como estuvieron dentro. Como si estar en su propio espacio le recordara que estos cuatro caminantes de Vis podrían no ser amigos para siempre, que podrían volver a casa y contarle a otros lo que encontraron aquí.

Bliss nunca dejó que su bastón se alejara de su lado. Svarde colgó sus hachas, su ballesta, mientras Kivi se acurrucaba cerca de la puerta, ojos esmeralda observando. Svarde era humano, tan vulnerable como cualquiera a un buen golpe en la cabeza. ¿Pero Kivi?

Bliss estudió a la criatura mientras comía un mango. ¿Dónde estaban las debilidades? ¿Las rendijas por donde el vapor estallaba de vez en cuando?

Eso llevó sus ojos a las hachas. Afiladas, lo suficientemente delgadas para entrar en una de esas grietas, quizás.

Ese era el plan, entonces. Noquear a Svarde, esperar que Kivi no fuera lo suficientemente rápido para atraparla antes de que Bliss pudiera agarrar un hacha y asestar un tajo, con suerte, mortal.

—Bliss —la voz de Wax la sacó de la ensoñación—. Vamos a quedarnos aquí esta noche, ¿de acuerdo?

—Claro —hizo señas. No parecía haber otras opciones: Sawi ya parecía medio dormida, acostada sobre la manta de piel. Los ojos de Pan se cerraban mientras se apoyaba contra la pared trasera, con una bolsa de shrives en cada mano—. ¿Te sientes mejor?

Wax miró sus moretones, los rasguños ahora tratados con áloe.

—Bailé con la muerte y salí vivo —dijo Wax—. Es difícil

sentirse mejor que eso. —Miró a Svarde, que había dejado su cama y parecía estar rellenando una pipa—. Te conozco. No te quedes despierta toda la noche. Mañana tendremos una larga caminata.

—Por supuesto, hermano.

—Despiértame si te preocupas.

Bliss sonrió, asintió hacia su bastón. —Lo sabrás.

Le dio dos minutos a Svarde antes de seguirlo afuera. Los otros tres ya estaban dormidos, el sol hacía tiempo que se había hundido en la oscuridad. Los esmeraldas de Kivi también estaban cerrados, la criatura emitiendo ronquidos retumbantes por la cabaña.

Svarde se sentó en el saliente de la cabaña que daba al mar, una repisa del ancho de un paso que se cernía sobre el espacio. Tenía su pipa cerca de una piedra de chispa, y unos rápidos golpes con el pedernal la hicieron humear. Bliss observó desde la esquina frontal de la cabaña, bastón en mano.

No es que fuera una espía, pero confiar en un extraño armado y mortal no era algo que hicieras y sobrevivieras. Al menos, eso no es lo que le decían los cazadores de Kitaye cuando empezó a correr con ellos. Un hábito secreto, uno que a sus hermanos no les gustaría.

Pero entonces, cuando salvara a esos tontos, entenderían.

—¿Vas a quedarte ahí toda la noche? —preguntó Svarde, sin volverse para mirarla, su rostro iluminado por el brillo de la pipa.

Bliss se encogió de hombros, miró hacia la izquierda, observó las estrellas. Una noche sin nubes. Poco viento. Los sonidos del oleaje se elevaban desde muy abajo, un suave colchón.

—He notado que no hablas mucho —continuó Svarde—. ¿No estarás asustada, verdad?

Bliss le lanzó una mirada fulminante. Calculó los pasos alrededor del saliente y los tomó. Se negó a mirar hacia abajo, en cambio, manteniéndose cerca de la pared de la cabaña hasta que llegó a distancia de golpear a Svarde.

Él la miró, una evaluación escrutadora que Bliss reconoció porque ella misma lo hacía tanto. Quería encontrar sus debilidades, sus fortalezas, sus miedos y si tenía espíritu de luchadora.

Así que arrebató la pipa de su mano y se la llevó a los labios, dio una calada. Sintió cómo la áspera hierba bajaba por su garganta y golpeaba sus pulmones con un calor mentolado. Devolvió la pipa, tosió, se atragantó, mientras Svarde se reía.

—Lo entiendo —dijo Svarde, sacando su odre de agua y entregándoselo—. Tienes que probarte ante el extraño. Te veo. Veo tu bastón.

El agua fue lo mejor que había bebido jamás en ese momento. Algunos en Kitaye usaban pipas comerciadas de Foti, la mayoría liaban las suyas propias si se molestaban. Bliss no hacía ninguna de las dos cosas, ni planeaba hacerlo. ¿Por qué estropear el aroma natural con una hierba ardiente?

—¿No era la respuesta que buscabas? —preguntó Svarde. Su sonrisa se desvaneció—. Tu palo de bambú no hará ni una maldita cosa contra lo que había en esa cueva. Si quieres proteger a tu hermano ahí dentro, necesitarás algo mejor.

Como si Svarde supiera lo que ella podía hacer con el bastón. Solo porque no fuera de hierro como esas hachas no significaba que no pudiera ser igual de mortal.

—Esa cosa es un demonio —dijo Svarde—. ¿Has oído hablar de ellos antes?

Por supuesto que sí. Todos sabían lo que eran los demonios, cómo no deberían ser vistos a menos que...

—Ahora lo estás entendiendo. —Svarde asintió—. Si hay un demonio aquí arriba, entonces el Aegis se está rompiendo.

Y si el Aegis, el escudo sobre Noctia, se estaba debilitando, entonces los demonios podrían estar en cualquier parte. Bliss miró hacia el este, como si pudiera doblar su vista alrededor de la montaña, sobre la jungla hasta Kitaye.

—Todo está en riesgo —dijo Svarde—. Lo que no sabemos es si este es el primero. ¿No has oído hablar de otros?

Bliss negó con la cabeza. Intentó pensar. La última Renovación, el llamado para un nuevo Aegis, no había sido hace más de una década. Esto debería ser demasiado pronto...

—Entonces podría ser temprano —dijo Svarde—. Podemos advertirles. Adelantarnos. Asegurarnos de que las islas tengan sus defensas listas.

¿Nosotros?

—Vine aquí para alejarme —Svarde sonrió—, pero, a decir verdad, la soledad no es todo lo que se dice. Se sintió bien blandir esas hachas hoy. —Miró hacia ella—. ¿Qué dices, Bliss? ¿Te importa si Kivi y yo nos unimos a vosotros en vuestro viaje de regreso?

CAPÍTULO 10

EL REGRESO

Tres días de caminata lenta los llevaron de vuelta a Kitaye. Herido, Wax no intentó sugerir los rápidos saltos oscilantes que habían utilizado antes. La cojera de Sawi y las miradas severas de Svarde hacia los altos árboles descartaron la idea. En su lugar, caminaron, primero por terreno pantanoso y luego por el suave suelo del bosque. Pan, Wax y Bliss se turnaron para cuidar del grupo, buscando agua y comida.

Svarde, con toda su misteriosidad, se guardó sus habilidades de supervivencia para sí mismo. Cavilaba junto a las fogatas, fumaba su pipa, daba paseos errantes y afilaba sus hachas hasta que relucían. Nadie logró sacarle mucho al hombre, un silencio que Wax atribuía a haber vivido en un acantilado durante quién sabe cuántos años.

Kivi, aunque era un ferrite aseado, tampoco mantenía precisamente conversaciones.

Sawi pasó los días de viaje en una bruma silenciosa. Rechazó los intentos de afecto de Wax: abrazos e invitaciones para subir en el campamento a ver la puesta de sol desde el cielo. En su lugar, desenrollaba una manta prestada por Svarde y se desplomaba.

En la última noche, cuando Wax comenzó a hacer otra insinuación para subir al dosel, Svarde, sin apartar la mirada de la fogata, le dijo a Wax que la dejara en paz.

Cuando Wax le preguntó qué le daba a Svarde permiso para decir eso, el hombre solo le dijo que mirara a Sawi.

—Cada uno maneja la muerte de manera diferente —concluyó Svarde, antes de silbar a Kivi y partir en una de sus caminatas.

Otra rareza. Antes de este viaje, Wax siempre sintió que la jungla era su segundo hogar. Se acurrucaba en alguna rama y se sentía tan seguro durmiendo como si estuviera de vuelta en su propia hamaca. Ahora, con Svarde merodeando y Bliss, a menudo, siguiéndolo como una sombra, Wax encontraba las noches agitadas, estresantes.

Kitaye, afortunadamente, marcó el fin de todo eso.

Al llegar a las afueras, Svarde pidió al grupo que se detuviera, que formaran un círculo.

—Cuenten a todos lo que sucedió —dijo primero Svarde—. Preguntarán, y tienen que ser claros. Un demonio los atacó. Usen esa palabra, y solo esa palabra.

—¿Crees que la gente nos creerá? —preguntó Pan—. Es demasiado pronto.

Svarde señaló a Sawi, luego a Wax.

—Todavía tienen sus heridas. Muéstrenselas. Hagan que sus familias y amigos entiendan. Cualquiera que salga de la ciudad ahora debería ir en grupo y armado.

—No sé quién crees que somos —dijo Wax—, pero a nadie le importará lo que digamos.

—Eso es cosa de ellos —respondió Svarde—. Solo pueden mostrarle a la gente la verdad. Ellos tienen que creerla.

"¿Qué va a hacer él?", signó Bliss a Wax, quien repitió la pregunta.

Svarde miró a Kivi, que descansaba junto a su rodilla derecha.

—¿Dijiste que hay un barco Foti en la ciudad? Planeo conseguir un viaje. Kitaye no es el único lugar que debería saber que los demonios están llegando.

Sawi se marchó a casa, al igual que Bliss, dejando a Wax, Pan y Svarde dirigiéndose hacia los muelles. Una calurosa tarde avanzaba, la caminata cubriendo a Wax de sudor a pesar de la sombra del bosque. Las tempranas especias de cocina llegaban con la brisa marina, una perspectiva tentadora después de días alimentándose de bayas, plantas y alguna que otra criatura cazada por la ballesta de Svarde.

Las multitudes de Kitaye reservaron sus miradas para Kivi; el ferrite recibía la molesta atención de los niños y los murmullos preocupados de los padres. El propio Svarde se parecía bastante a los Foti visitantes, aunque las hachas gemelas provocaron algunas ofertas de intercambio a voces.

El hombre no dijo una sola palabra a ninguno.

Wax se encontró observando a Svarde más que a sus propios pasos. Estar callado y concentrado en la jungla era una cosa: nunca se sabía dónde esperaba una planta desagradable o un depredador, pero Kitaye era un lugar tranquilo. Svarde podría haberse relajado, podría haber quitado la mano de su ballesta y haber saludado. En cambio, Svarde parecía perdido en recuerdos lejanos.

—Algún día podremos hacer eso —dijo Wax a Pan mientras se acercaban a la playa, a los puestos comerciales.

—¿Qué, parecer que comimos demasiados hongos?

—No, él tiene historias, Pan —respondió Wax—. ¡Ha vivido! Ha hecho cosas que ni siquiera podemos imaginar.

—Cosas que lo llevaron a vivir solo en una roca —Pan inclinó la cabeza hacia Svarde—. Si quieres eso para ti, ve a buscarlo, amigo. Svarde dijo que se va, apuesto a que puedes volver y reclamar su cabaña.

—Solo estás asustado.

—¿Asustado de qué? No estamos haciendo nada.

—¡Ese es mi punto!

Wax perdió la oportunidad de reforzar su argumento cuando el trío llegó al muelle que conducía al barco Foti. Los tres días en puerto no lo habían cambiado mucho, excepto que ahora las cajas a bordo tenían mercancías Vis en lugar de equipos Foti. El barco mismo bullía de actividad, los marineros preparando la embarcación para una partida que, según escuchó Wax, sería a la mañana siguiente.

—Justo a tiempo —dijo el hombre Foti, bajando por la gran rampa de su barco hacia el muelle—. Os vi venir y me dije, ahí está la prueba de que Vis sabe criar buenos hombres.

Wax lanzó una mirada interrogante a Pan, ¿buenos hombres? Svarde se cernía detrás de ellos, buscando su pipa mientras Kivi olfateaba el agua tranquila al lado del muelle.

—Un buen hombre cumple sus tratos —explicó el Foti —. Supongo que esos son los shrives, ¿verdad? Tuve que convencer a mi tripulación de esperaros. —Los ojos del hombre brillaron cuando Pan abrió la primera bolsa, revelando los hongos plateados-azulados—. Vaya vista más hermosa.

—No fue fácil conseguirlos tampoco —dijo Wax. Nunca renuncies a nada en una negociación, como decía su madre, y toma lo que puedas—. Un demonio nos atacó mientras los recogíamos.

La sonrisa del Foti murió, la mano que se extendía hacia la hoja negociada se detuvo en seco.

—¿Qué palabra has usado? —preguntó el Foti, bajando la voz casi a un susurro.

—Un demonio —repitió Svarde, interrumpiendo a Wax—. No un felino de la jungla o una planta. Un demonio. Sabes lo que eso significa.

El Foti miró a Svarde, su rostro endureciéndose. Una respuesta aceptable proporcionada.

—¿Estuviste allí?

—Él estuvo —dijo Wax, tratando de pararse un poco más erguido. Pan solo miraba de un lado a otro—. Sin él, podríamos haber muerto.

—Podrían haber muerto —el Foti se cruzó de brazos, sus brazaletes metálicos brillando en el crepúsculo naranja-púrpura. Se centró en Svarde—. No eres de Vis, ¿verdad, amigo?

—He estado aquí el tiempo suficiente —respondió Svarde. Sostuvo su pipa sobre una de las antorchas del muelle, captó una luz, la llevó de vuelta—. Vino de la Oscuridad de Abajo. Estoy seguro.

El Foti dirigió sus ojos hacia Wax.

—Está seguro, ¿eh? Hoy en día todos capturan una criatura y la llaman demonio, como si todo el mundo estuviera pescando una crisis. ¿Viste esta cosa?

Wax pasó un dedo sobre su pecho donde, a través del tejido, sus moretones se hacían notar.

—Me hizo esto. Nunca he visto algo así antes. —Wax señaló la espada—. Trajimos los shrives como prometimos.

—Recibiréis vuestra recompensa —el Foti pasó la mano por su barba desgreñada, atada en su parte inferior con un simple nudo—. Ver un demonio cambia las cosas, eso es todo. Cambia mucho, si es cierto.

Svarde subió por la rampa, apartando a Wax con su mera corpulencia. Metiendo la mano en su camisa raída, Svarde sacó un círculo del tamaño de la palma de su mano unido a una cadena de bronce oxidado alrededor de su cuello. El hombre había llevado el amuleto cada momento que Wax lo había visto, pero Svarde nunca lo había sacado hasta ahora.

Las sombras hacían difícil ver el detalle del amuleto, pero los siete círculos eran bastante claros. Cada uno tenía su propio diseño en el interior, y todos tenían líneas curvas que los unían al más grande de los siete en el centro del amuleto.

Detrás de Wax, Pan ahogó un jadeo, convirtiéndolo en tos. La reacción del Foti fue similar, el hombre se quedó paralizado, luego se relajó, con los brazos colgando a los lados y los hombros caídos.

—¿Me crees ahora? —preguntó Svarde.

—No quería creerlo —respondió el hombre Foti. Desenganchó la espada y se la entregó a Wax. Sacó el pequeño cuchillo y también lo lanzó hacia Wax, con la misma mirada distante que Svarde había mostrado durante todo el camino por la ciudad—. ¿Qué haces aquí entonces?

—Buscando transporte —dijo Svarde.

El Foti asintió, se enderezó, como si volver a los negocios normales fuera un cambio vigorizante.

—¿Noctia? —preguntó el Foti.

—La Ciudad Anillada —confirmó Svarde.

—Eso es fácil —el Foti hizo un gesto para que Pan le entregara los shrives—. Puedo venderlos allí igual que en Kance. ¿Zarpamos mañana?

—Al amanecer —dijo Svarde—. Ni un momento después.

—Estarás arruinando la última noche de mi tripulación con esa orden.

—Arriesgarán sus vidas de lo contrario —dijo Svarde—. ¿A menos que estéis equipados para luchar contra demonios en este barco?

La mirada del Foti se dirigió a la espada que acababa de entregar a Wax, luego el hombre negó con la cabeza.

—Tiempos de paz para nosotros. Llevamos más carga sin los cañones.

—Entonces tu decisión está tomada.

Wax sintió que Pan tiraba de su tejido. Retrocedió un par de pasos mientras Svarde y el Foti caían en otra conversación, ambos subiendo por la rampa hacia la cubierta del barco. Kivi les dio a Wax y Pan un resoplido amistoso, luego siguió a Svarde.

—Estaba escuchando —dijo Wax, sosteniendo la hoja enfundada en una mano y el cuchillo en la otra—. ¿Por qué me apartaste?

—No quieres estar en eso, Wax —dijo Pan, tragando saliva—. De lo que están hablando, no es para nosotros.

—¿No es para nosotros?

Pan levantó la otra bolsa de shrives.

—No es para mí, en todo caso. Voy a deshacerme de estos, tener una buena comida. —Wax se encogió de hombros, miró hacia el barco Foti, y Pan le agarró del hombro, volviéndolo hacia él—. La ceremonia de Sawi es mañana. ¿No deberías estar ayudándola?

Sí, Wax debería estar haciéndolo, pero todavía había tiempo. Esto, fuera lo que fuese, pronto desaparecería. Había probado el mundo más amplio, ¿y quién sabía cuándo tendría una segunda oportunidad?

—¿Sabes siquiera qué era ese amuleto? —preguntó Pan,

cambiando el tono de advertencia amistosa a urgencia enojada.

—Lo sabría si no me hubieras apartado.

—Es un amuleto de Guardián, Wax. No cualquier medalla. ¿Viste los siete círculos? Los únicos que los obtienen son los que llegan hasta el final.

—¿El final?

—Los que tienen el Égida. —Pan miró con Wax, observando a Svarde en el barco mientras hablaba, ahora a toda una multitud de marineros Foti—. Ni siquiera es tan viejo. Apuesto a que estuvo allí, justo en la última Renovación.

Wax lanzó una mirada escéptica, con los ojos entrecerrados, a Pan.

—¿Cómo sabrías algo de esto?

—Porque mi abuelo fue un Guardián, hace un par de veces —dijo Pan—. Su Renovación no llegó lejos. Se rindió, creo, pero el abuelo hablaba de estos. De cómo quería uno.

—¿Entonces Svarde es un Guardián? ¿Y qué?

—Wax, no sé qué haría que un Guardián como ese se fuera a vivir solo, pero no puede ser nada bueno. De lo que ha estado hablando, demonios y todo eso, matarán a gente —dijo Pan—. Eso no va conmigo, no va con nosotros. Conseguiste tu espada.

Wax levantó la hoja de zafiro enfundada. Parecía un poco simple ahora, junto a lo que acababa de ver. ¿A quién le importaba una espada si no podía hacer nada con ella?

—¿Puedo tener el cuchillo? —preguntó Pan.

—¿Qué?

—Yo coseché los shrives y los llevé casi todo el camino —dijo Pan—. En realidad, debería ser yo quien reciba los bienes, no tú.

—Mi idea, mi hoja —replicó Wax, pero sonrió—. Claro, puedes quedarte el cuchillo.

Pan ató el pequeño cuchillo a su cinturón, puso una mano en el hombro de Wax.

—Vamos. Este no es nuestro problema.

Por mucho que Wax quisiera que lo fuera.

CAPÍTULO II

RITUAL

Bliss logró terminar una combinación de coco, pescado y algas marinas antes de que interrumpieran su cena en el círculo de cocina. Sentada junto al fuego elegido por su familia, comunicándose por señas con Quik y su padre, Bliss apenas había dejado el tenedor y la cuchara de madera cuando varias sombras se proyectaron sobre las brillantes llamas.

El trío, dos mujeres y un hombre, vestían tejidos gris-negro que subían desde sus tobillos hasta sus cuellos. A diferencia del que Bliss llevaba, estos tejidos no dejaban espacios, no mostraban piel y tenían cordones del grosor de un dedo. Sobre sus cabezas, telas envolvían sus cuellos, listas para levantarse si necesitaban cubrirse el rostro. Eran uniformes que exigían respeto, unos que Bliss no había visto desde su infancia.

—Han vuelto —dijo Quik en voz baja, olvidándose de su plato medio comido.

La mujer del centro señaló a Bliss sin decir palabra. Bliss miró a su padre, quien asintió.

—Si los Lira te quieren, vas —dijo él, aunque las repentinas líneas alrededor de sus ojos y la tensión en sus brazos le indicaron a Bliss que esto no iba a ser bueno.

Cuando Quik se levantó para seguirla, el Lira masculino puso una mano firme sobre su hombro y lo obligó a volver al tronco donde había estado sentado.

—Pero Bliss no habla —protestó Quik—. ¿Cómo entenderán sus señas?

Si el argumento de Quik causó alguna impresión, los tres Lira no lo demostraron. De nuevo, la mujer del centro hizo un gesto hacia Bliss con su mano. Esta vez, empezaron a caminar. Esta vez, Bliss los siguió.

Si el regreso con Svarde había atraído atención, caminar con los Lira provocó exactamente lo contrario. El trío vestido de negro guió a Bliss en silencio, y en todas partes por donde pasaban, desde el círculo de cocina hasta las calles de tierra cubiertas de árboles de Kitaye, la gente miraba una sola vez y luego apartaba la vista.

¿Se estaban escondiendo, como Bliss debería haber hecho? ¿Estaba siendo conducida a algún tormento que no conocía, que otros no querrían recordar?

Escrutó su memoria durante el camino, mientras la habitual belleza nocturna de Kitaye se desvanecía en un azul y la ansiedad recorría sus nervios como relámpagos. Ni una sola vez sus padres habían mencionado a los Lira, excepto de pasada en viejas historias. Guerreros ocultos, excusados de los límites normales de las leyes de Kitaye, de su sociedad. Protectores misteriosos, que aparecían y desaparecían según caprichos invisibles.

Quiénes eran, cómo se les convocaba, Bliss no lo sabía, no podía adivinarlo.

Buscó su bastón, esperando que sujetar sus firmes fibras

le trajera algo de consuelo, pero en su espalda faltaba su peso: lo había dejado en la hoguera. Bliss tenía su tejido, sus manos y nada más.

Los Lira no miraron atrás durante todo el camino. O bien escuchaban los pies descalzos de Bliss pisando tras ellos o bien suponían, correctamente, que nadie sería tan insensato como para huir.

Su camino llevó a Bliss lejos de la ciudad. Las antorchas y las conversaciones de Kitaye se redujeron a oscuridad y a los ruidos nocturnos de la selva. Los insectos, ya no asustados por el humo, vinieron a investigar. Helechos y ramas, algunos con espinas, invadían el camino. Bliss dejó de lado la curiosidad y se concentró en plantar bien los pies, balanceando las piernas y las caderas alrededor de los peligros menores.

Dondequiera que la estuvieran llevando, Bliss supuso que no se vería bien llegar arañada y magullada.

En algún momento —sin el cielo, sin puntos de referencia más allá de árboles tenues y tallos de sana, el seguimiento del tiempo era imposible—, los Lira se detuvieron. Un pequeño claro, suficiente para albergar a su cuarteto y nada más. Noctias lelunas bordeaban el círculo, captando la luz de la luna y abriéndose en un carmesí vibrante. Las flores no eran naturales de Vis. Alguien las había traído aquí, plantado esto con un propósito.

La líder de los Lira, la mujer que había hecho señas a Bliss para que se acercara, desenrolló la cuerda de su cintura. Con un rápido chasquido, lanzó la cuerda hacia las ramas de arriba. Para Bliss, mirar en esa dirección no mostraba nada más que un enredo sombrío. La cuerda de la Lira, sin embargo, encontró algo. Con un tirón, acompañado de sonidos de ruptura, como ramitas partiéndose, la cuerda volvió a caer a la tierra.

Siguiéndola no un segundo después bajó una gruesa escalera de cuerda. Atada doblemente, con peldaños reales. No los trepadores anudados improvisados que usaban demasiadas casas de Kitaye, sino una escalera real. La Lira líder y el hombre saltaron por los peldaños rápidamente, sus manos y pies apenas tocando cada cilindro de madera antes de impulsarse al siguiente.

La última Lira tocó el hombro de Bliss y señaló la escalera. Bliss tragó saliva y miró hacia arriba. Pero, ¿qué opción tenía realmente? Incluso si corriera ahora, Bliss tendría dificultades para regresar a Kitaye. Y los Lira la seguirían, podrían no ser tan amables la próxima vez.

Había charlado con Wax lo suficiente sobre aventuras. Había estado entrenando con los cazadores, tratando de hacer de eso su destino seguro. Eso significaba valentía, coraje, una disposición para enfrentar lo desconocido.

Bueno, aquí estaba su oportunidad.

Los peldaños estaban fríos al tacto, la escalera se balanceaba mientras subía. Sus pies descalzos se curvaban con cada pisada, el arco envolviéndose alrededor del peldaño mientras sus manos agarraban el siguiente. Abajo, la Lira comenzó a subir tras ella y escalaron en silencio, la escalera moviéndose con ellos.

Bliss emergió en un grupo de copas de árboles. Enredaderas, moldeadas en patrones apretados, unían ramas gruesas formando una plataforma natural. Por encima, hojas sueltas proporcionaban la más leve separación del cielo. De no ser por las paredes curvas y talladas alrededor, Bliss supuso que habría podido ver el océano.

En cambio, vio a los Lira.

Un conteo rápido sugirió más de veinte. Se distribuían alrededor del espacio, más grande de lo que parecía, iluminado tenuemente con musgos azules y púrpuras. Al menos, eso es lo que Bliss pensó que era esa sustancia, los grumos pegados en los rincones más oscuros de la casa del árbol. En las paredes, también, colgaban telas con palabras escritas en tintes rojos.

Bliss se alejó de la escalera cuando la última Lira alcanzó la cima, sus ojos vagando, escaneando las paredes. Los propios Lira no parecieron prestarle mucha atención, y ella no podía leer mucho en sus oscuros tejidos. Los tapices de las paredes ofrecían más: nombres, años, ubicaciones por todo Vis.

La escalera subió de golpe, encajando en su lugar, y con ello el ambiente cambió. Las conversaciones silenciosas terminaron, los Lira volviéndose casi como uno solo para mirar a Bliss. Una, la mujer de antes, salió de la multitud y entregó a Bliss un paño para escribir, una tabla de madera y un lápiz de carbón. Este último instrumento captó la atención de Bliss: solo los Foti se molestaban en traerlos aquí, y la única razón por la que alguien lo usaría en lugar de tinte y palo sería la precisión.

—¿Viste un demonio? —preguntó la Lira.

Bliss negó con la cabeza. Usó el lápiz ante sus silenciosas miradas.

"Mi hermano lo vio. Yo no."

El garabato negro y borroso habría sido difícil de leer hasta que una Lira diferente trajo adelante una linterna Foti. Con una chispa provocada por algún interruptor en la cosa, surgió una llama color melocotón.

Una herramienta cara, el combustible aún más. Bliss solo había visto linternas usadas en algunos lugares donde las llamas abiertas podían causar desastres. Como, por ejemplo, una casa de árbol estrecha muy por encima del suelo del bosque.

—¿Pero era un demonio? —preguntó la Lira.

"Svarde lo dijo."

—¿El hombre que encontraste?

"Sí."

—¿Sabes quién es?

La Lira hizo la pregunta como su madre podría haberle preguntado si Bliss sabía usar un tenedor.

"¿Lo sabes tú?"

La Lira, todos ellos, se quedaron mirando a Bliss en silencio.

"No sé quién es. ¿Alguien importante?"

Los susurros estallaron a su alrededor, canalizados como el viento hacia la mujer que había estado liderando todo esto.

—¿Sabes lo que somos?

Bliss negó con la cabeza. Leyendas y rumores eran solo eso. Mejor comenzar desde la fuente.

—Somos los protectores —dijo la Lira—. Bendecidos por el propio Vis para mantener su hogar seguro hasta que pueda regresar.

"¿Seguro de qué?" Bliss no había visto a los Lira aparecer durante tormentas fuertes, incendios o incluso ataques de hanokos rabiosos. Si los Lira eran protectores, eran terriblemente selectivos.

—Del verdadero enemigo —respondió la Lira—. La Oscuridad de Abajo.

Otro nombre de viejas historias polvorientas. Algún lugar muy por debajo de la tierra de donde surgían los demonios. Supuestamente.

Todos los Lira miraban a Bliss ahora, como si debiera estar asombrada por la declaración. En cambio, ella se encogió de hombros.

Wax y Sawi podrían haberse topado con alguna criatura desagradable en el fondo de una cueva, pero un solo monstruo, uno que Svarde había matado sin demasiados problemas, difícilmente parecía necesitar una sociedad secreta para frustrar.

La idea quebró la fachada alrededor de Bliss. El misterioso paseo, la encantadora casa del árbol con sus crípticos garabatos se convirtieron en algo más que un poco estúpido. ¿A qué estaba jugando toda esta gente, colgando aquí en la oscuridad?

—¿Te divierte? —La mujer Lira, aparentemente, no veía las cosas igual que Bliss.

"No entiendo", escribió Bliss.

La mujer asintió, miró a su izquierda. Bliss intentó seguir la mirada, no vio nada más que rostros enmascarados en las sombras.

—Me han dicho que estás lista para aprender —dijo la mujer.

"¿Aprender qué?"

—Cómo mantener a tu familia con vida en la tormenta que se avecina.

Bliss se rio. No pudo evitarlo. Tanta gravedad, tanta fanfarronería. Pero apenas había comenzado a sonreír, apenas había dejado escapar la primera risa cuando alguien le deslizó un paño grueso sobre la cara, la boca, los ojos.

Un olor suave y ardiente llenó su boca y nariz. Bliss tosió, intentó luchar, pero otras manos encontraron sus brazos, los sujetaron. Otra presionó el paño húmedo contra sus labios.

Los susurros comenzaron a su alrededor, atravesando el pánico de Bliss solo porque hablaban al unísono. Las voces se elevaron en una oración, una que Bliss conocía de memoria, una que había conocido desde que era una niña pequeña.

Un verso simple, pidiendo a Vis fuerza, honor y perdón. Las palabras se repitieron, una melodía mientras los brazos de Bliss se volvían flácidos, sus piernas se volvieron invisibles, y flotó en la oscuridad antes de perderse en ella por completo.

UNA PETICIÓN SIMPLE

Cinco días cruzando las olas. La brisa marina tenía un carácter diferente en la cubierta de un barco que en la ladera de una montaña. Como si Svarde hubiera sido invitado a un baile en lugar de simplemente observarlo. Él y Kivi pasaban día y noche al aire libre en cubierta; bajar significaba sofocarse en hamacas con los marineros Foti. Con el calor de vapor de Kivi, Svarde podía soportar el viento más frío y mantenerse cómodo, algo bueno con la llegada del otoño.

Los navegantes evitaban a Svarde y a su amiga, aunque algunos valientes se atrevían a quejarse sobre la interrupción de su circuito planeado. Recorrer las islas, yendo de una a otra e intercambiando mercancías era una práctica estándar, y casi siempre rentable.

Una vida que Svarde podría haber llevado si el momento hubiera sido el adecuado.

Ella también podría haber estado allí mismo con él.

Noctia emergió, como siempre lo hacía, en sombras. Las brutales curvas de la isla central se desvanecían en el horizonte, una banda gris-negra que iba tomando forma a medida que el barco se acercaba. El tráfico marítimo también aumentaba, más mercaderes y escoltas armadas ocasionales navegando cerca. Las balistas que montaban las cubiertas más peligrosas siempre se descargaban tan cerca de Noctia.

Nadie sería lo suficientemente estúpido para arriesgarse a la ira de la isla iniciando una pelea a la vista de ella.

La Ciudad Anillada no competía con su hogar en grandiosidad. Jugaba un juego diferente, con sus torres elevadas adornadas con banderas, sus calles bullendo de vida mientras los acantilados detrás se erguían en desolación estoica. El color dominaba, las facciones de Noctia proclamándose a sí mismas con tintes y metales moldeados enmarcando puertas y ventanas. Cada una anunciaba cierta experiencia, cierta vida.

Tantas opciones, pero al elegir una, perderías todas las demás.

El barco Foti se dirigió hacia el Puerto Comercial, una decisión sensata. Svarde no era diplomático, no eran soldados regresando de una batalla ni artistas buscando intercambiar talento por sustento. La Ciudad Anillada rodeaba toda Noctia, y aunque había muchos puertos más pequeños, el barco Foti fue directamente hacia el más grande, el único digno de su verdadero nombre.

—Un paseo —dijo Svarde a Kivi mientras el barco se asentaba en su amarre.

El sol matutino se ocultaba tras las montañas de Noctia, y más que eso, la sombra caía sobre el barco Foti gracias a su vecino: un galeón Kance con velas de cuero similares a alas. La embarcación salía mientras el barco de Svarde entraba, y él esperó varios largos minutos para verlo partir.

Un barco Kance bajo un buen capitán se deslizaba sobre el agua, y este no era una excepción. Como si solo tuviera que alcanzar y agarrar el aire, el barco dio la vuelta y se alejó veloz, rumbo a casa con una estela espumosa detrás.

Cinco días para que el barco Foti llegara aquí. Si al barco Kance le tomaba la mitad de ese tiempo llegar a casa, su capitán debería renunciar por vergüenza.

—Algún día te llevaré en uno —le dijo a Kivi mientras la pareja desembarcaba, uniéndose a la tripulación Foti que se derramaba en el miasma del muelle.

Kivi resopló. Hacía tiempo que había aprendido a considerar las promesas de Svarde con sano escepticismo.

Cada marinero que se dirigía a tierra llevaba una bolsa de lona colgada al hombro. Los sacos de lona contaban historias, la mayoría decorados con emblemas, teñidos de diferentes colores o perforados con baratijas adquiridas quién sabe dónde. Svarde tenía la suya, un poco más ligera después de comprar comida para el viaje.

El amuleto de un Guardián servía para conseguir transporte, no le conseguía una cena.

Cajas y cestas alineaban los muelles, todas colocadas en cuadrados pintados según su orden de carga. Las pizarras de anotaciones colgaban de postes para que los jefes de muelle garabatearan detalles, aunque a estas alturas de la mañana, los negocios del día ya estaban organizados.

Más allá de las mercancías esperaban los almacenes, las vastas bodegas con techos inclinados diseñados para guiar el agua de lluvia hacia barriles de espera. Después de tanto tiempo en Vis, donde cualquier cosa natural siempre era abundante, la dura escasez de Noctia provocó un ceño fruncido. Un olfateo le recordó a Svarde más desagrados.

Meter a demasiada gente en un lugar pequeño, y los olores serían tanto manifiestos como nauseabundos.

El Colmillo de Rata podría haber sido desagradable para algunos, pero no para ningún marinero que conociera el oficio. Escondido detrás de dos almacenes y debiendo su vida a un incompetente planificador urbano, el Colmillo de Rata se parecía a su homónimo y daba la bienvenida a los parásitos del mundo.

Svarde, con Kivi a sus talones, siguió a otros dos marineros Foti al interior. Tenue, salvo por algunas linternas colgadas del lejano techo, la taberna compensaba su escasa luz con vida brillante. Las voces estridentes ahogaban la cacofonía aleatoria del muelle, ninguna más que la de la camarera, la dueña, la gran Che-Ri.

—Svarde, ¿por qué sigues vivo? —gritó Che-Ri mientras la figura del hombre llenaba su puerta—. He perdido tantas apuestas ya.

Su sonrisa hablaba de mentiras, no de pérdidas de juego, y Svarde negó con la cabeza mientras reclamaba un simple taburete cerca del mostrador. El Colmillo de Rata tenía mesas esparcidas, la mayoría cubiertas con bebidas derramadas nunca limpiadas, pero aún así estaban ocupadas. Siempre ocupadas.

A pesar de su interior abierto, algo en la acústica del bar hacía difícil escuchar conversaciones ajenas, así que si querías un lugar discreto para discutir algún detalle, el Colmillo era una buena elección.

Los ojos de Svarde se desviaron hacia el fondo, una alta y tambaleante mesa todavía en pie allí. Ahora ocupada por un par de monjes Tamas, comenzando su día con varias rondas por lo que parecía.

Cuántos años desde que había estado sentado allí con...

—Te daré una bebida —dijo Che-Ri, deslizando una jarra gris moteada hacia la barbilla de Svarde—. Después pagas como todos los demás.

—Vaya bienvenida —respondió Svarde.

—La amistad es gratis —Che-Ri le guiñó un ojo—. La cerveza no.

Llenó la jarra con ámbar. Temprano para el alcohol, y Svarde no lo había probado en demasiado tiempo. Los marineros Foti, quizás por lástima por su solitario viaje, le habían ofrecido un grog marino que parecía tan probable que lo matara como cualquier otra cosa. Eso había sido un fácil no.

Esto era un sí más fácil.

Por encima de Che-Ri, con una escalera apoyada contra la pared a un lado, había una gran pizarra. Líneas blancas sobre fondo negro establecían las tarifas del día: cuántas jarras podía conseguir un hombre con una libra de verduras, algunos metales preciosos, pescado fresco. Tan cerca de los muelles, el Colmillo podía aceptar perecederos y hacerlo funcionar.

Otra razón por la que seguía en el negocio: flexibilidad.

—Entonces, ¿por qué un hombre que todos asumieron que había muerto aparece en mi bar? —dijo Che-Ri, regresando después de atender a los otros tres en el mostrador.

—¿Querer una bebida no es razón suficiente?

Che-Ri miró la jarra—. No has dado ni un sorbo todavía. Y aunque hace mucho que no te veo, la memoria me dice que no eras de beber por la mañana.

—Aún no me lo había ganado.

—¿Hoy sí te lo has ganado?

Svarde echó un vistazo alrededor, observando los atuendos, las islas presentes. Parecían la mayoría, excepto Vis. Con toda su abundancia, la gente de esa isla selvática raramente salía. Sus botes de hojas, por muy ingeniosos que fueran, tendían a desintegrarse en mares serios.

—Eh —Che-Ri golpeó el mostrador, atrayendo la atención de Svarde—. Te estoy hablando.

—Lo siento, ha pasado tiempo.

—¿Desde qué?

—Desde que he estado rodeado de gente —respondió Svarde. Los modales básicos volvieron a él y Svarde esbozó una sonrisa, levantó la jarra—. Por los viejos amigos.

Che-Ri chocó una jarra fresca y vacía contra la de Svarde. No la llenó, no tomó un trago que correspondiera al del hombre.

Mala suerte, esa.

—Realmente no te alegras de verme —dijo Svarde después de dejar que un sorbo lavara el salado y persistente desayuno.

—Que alguien como tú aparezca ahora significa que los buenos tiempos realmente están acabando. —Che-Ri suspiró, apoyándose en el mostrador. Su cabello, lleno de cuentas tintineantes, hacía su propia música cuando se movía—. Nada personal, pero los Guardianes traen malas vibraciones.

—Estamos tratando de mantener a todos a salvo.

—A nadie le gusta que le recuerden todas las cosas que hay ahí fuera intentando matarlos.

Svarde agitó la jarra—. Actúas como si yo no fuera la primera señal.

Che-Ri negó con la cabeza—. Los Najahn probablemente me multarían si hablara de ello, pero no hay forma de ocultar los rumores. —Sin embargo, Che-Ri recorrió la sala con la mirada antes de continuar—. Se están encontrando demonios otra vez. Heridos, moribundos, pero están pasando más allá de ella.

Svarde asintió—. Más rápido, entonces.

—El más rápido, quieres decir. —Che-Ri tamborileó

con los dedos sobre el mostrador—. Pedir otra Renovación tan pronto no le sentará bien a nadie, pero por lo que veo, el viejo Fassle no tiene elección. Al menos, así van las apuestas.

Esa, ahí, era la razón por la que Svarde venía al Colmillo de Rata. Por qué cualquiera con cabeza venía, de todos modos. Se podía encontrar buena cerveza a un precio justo en cualquier parte de Noctia, pero la información confiable requería un ojo más exigente.

—Por eso estoy aquí —dijo Svarde, cumpliendo su parte del trato. Che-Ri estaría difundiendo su llegada, y si podía endulzarla con su propósito, tanto mejor—. Un demonio apareció donde he estado viviendo. No uno pequeño, además.

—¿Dónde es eso?

Ahora Svarde se inclinó, dejando que Che-Ri se acercara para encontrarse con él—. Te lo digo, tú necesitas decirme cuándo es la próxima reunión.

Che-Ri resopló, miró hacia la entrada y la línea soleada en el suelo de afuera—. Llegaste justo a tiempo. Los últimos dos llegaron ayer. Apuesto a que están hablando ahora.

Svarde se puso de pie, vació su jarra—. Entonces ahí es donde necesito ir.

Cuando dio su primer paso hacia la salida, Che-Ri le gritó—: ¿No has olvidado algo?

Mirando por encima de su hombro, Svarde saludó con la mano—: ¡Un viaje a Vis suena bien, lo recordaré!

Claro, el intercambio no tendría sentido para nadie que escuchara, pero para el Colmillo de Rata, eso encajaba demasiado bien.

Llegar a cualquier lugar importante en Noctia significaba caminar cuesta arriba. Los caminos escalonados rodeaban la isla, cada uno pavimentado en tres niveles. En el lado izquierdo, subiendo, había piedras lisas para carros con ruedas y personas con más prisa que sensatez. En el medio venía la roca tachonada, un compromiso entre la rampa y la última y más pequeña sección: escalones de losas.

Svarde y Kivi tomaron la ruta central, subiendo rápidamente desde el agua hacia la colección de agujas más alta y apretada del mundo.

Che-Ri había dicho que los Najahn podrían estar molestos si demasiada gente hablaba de los demonios. Eso era simplificarlo un poco: los Najahn eran una herramienta. Una herramienta armada, blindada y obediente, pero no operaban por su cuenta. Alojados en esas agujas estaban los Tenets, las manos guiadoras de los Najahn. Alojados allí, también, estaban todos los problemas a los que se enfrentaba este maldito mundo.

—Tan feas como las recordaba —dijo Svarde a Kivi mientras caminaban, resoplando y moviéndose la ferrita. Ocasionalmente mordiendo las losas cuando nadie pasaba caminando—. Tantos años y no pueden hacerlas más bonitas.

Las agujas vigilaban a Noctia y se correspondían con ella. Los desagües estropeaban sus formas lisas, envolviéndolas como cicatrices horribles. Svarde suponía que ni siquiera los Tenets podían escapar a las realidades de vivir aquí, pero incluso así, había muchos edificios en la isla que combinaban mejor sus necesidades con la belleza.

Aunque, de nuevo, la belleza no era realmente el objetivo.

A medida que su caminata se acercaba —y dejaba atrás los distritos más pobres— los Najahn aparecían con más frecuencia entre la gente que iba y venía. Llevando sus volges y chakrams, su armadura púrpura-negra brillando a la luz del día, los bastardos imperiosos caminaban como si fueran dueños del lugar. Lo cual, por supuesto, eran.

Lo que Svarde nunca pudo entender, sin embargo, fue la deferencia. Incluso ahora, mientras él y Kivi pasaban junto a un trío de Najahn, un grupo escolar cercano detuvo su excursión para correr hacia los soldados y bombardearlos con preguntas felices. Los Najahn también respondían, proporcionando detalles sobre cuántos años más tendrían que esperar los niños antes de poder unirse, lo que un buen Najahn necesitaba saber, y así sucesivamente.

Cada respuesta empujaba el estado de ánimo de Svarde a un lugar más desagradable, una tendencia revertida solo cuando captó un sonido diferente.

La voz de Ami tenía un timbre de espada al blandirse, un filo rápido que atrapó el viento y llevó su insulto directamente a los oídos de Svarde.

—¿Pensaba que eras feo antes, pero mírate ahora? —llamó Ami, avanzando desde las puertas al final de la calle ascendente.

Los dos guardias Najahn de pie al lado de la estructura de piedra arqueada giraron sus cabezas con casco para observar el acercamiento de Ami, para asombrarse ante el abrazo que le dio a Svarde.

—Espinosa como siempre, ya veo —dijo Svarde, teniendo cuidado de no meterse el cabello suelto de Ami en la boca—. Esos soldados parecen como si nunca te hubieran visto feliz.

Ami se separó, los dos tomándose un largo momento para mirarse. Ami llevaba su armadura plateada-naranja sobre la combinación de túnica y pantalones de tela ondulada que había sido su preferida desde que Svarde podía recordar. Por lo demás, se veía limpia, cuidada, saludable.

—Realmente pareces una mierda —dijo Ami, frunciendo el ceño—. ¿Qué te has estado haciendo a ti mismo? —Miró hacia abajo a Kivi—. ¿Se supone que tú debías cuidarlo?

Kivi resopló, se acercó a Ami y se dio la vuelta. La barriga de piedra rosada de la ferrita invitaba a Ami a acariciarla, y ella cedió, arrodillándose mientras Svarde daba la versión corta de la última década.

—Necesitaba buscar respuestas en mi alma —dijo Svarde.

—¿Eso es todo? ¿Durante diez años?

—Construí una cabaña. —Svarde se encontró luchando por encontrar palabras, por encontrar recuerdos o explicaciones. Los días habían pasado, uno tras otro en un tumulto. Había pasado horas, días, meses, años cazando, pescando, creciendo y observando el mar. No había querido nada, y nada lo quería a él—. No sé qué más decir.

Ami se puso de pie, soportando un resoplido insatisfecho de Kivi, quien aceptaría tantas caricias como pudiera conseguir.

—Di que estás aquí para ayudarme —dijo Ami—. Como prometiste.

—Cumplí mi juramento.

—Al mínimo. Luego huiste.

Svarde miró a la izquierda, hacia abajo sobre la ciudad hasta el océano más allá. ¿Por qué se había sentido obligado a volver aquí de nuevo? Che-Ri había dicho que los demonios ya estaban apareciendo en otros lugares. La noticia habría viajado sin él.

—Ahora estás pensando en hacerlo de nuevo —continuó Ami, cruzando los brazos—. Lástima. No te lo permitiré.

Eso llamó la atención de Svarde—. ¿Qué?

—Ella te necesita ahora, Svarde.

—¿Qué se supone que debo hacer?

—Ser un amigo —respondió Ami—. Ser lo que eras. Su luz casi se apaga. Dale algo antes de que se vaya.

Svarde asintió, suprimió un estremecimiento y un suspiro. Habría tiempo para analizar las palabras de Ami, lo que significaban, más tarde.

—Oí que los Tenets están reunidos —preguntó Svarde—. ¿Ahora?

—Han estado en ello toda la mañana —respondió Ami—. Solían dejarme entrar. —Sonrió, siempre la imagen de un lobo—. Ahora lo mejor que consigo es un resumen de algún paje borracho en un bar.

—¿Puedes conseguirme entrada?

Ami miró de vuelta a través del arco—. ¿Quieres jugar según las reglas?

—Eso no suena como la Ami que conocía.

Esa Ami apareció rápidamente cuando volvieron a las puertas. Parada erguida, caminando con zancadas largas, Ami dejó que su confianza hablara por ella. Ningún guardia, aunque ambos observaban, se atrevió a cuestionarla, ni al hombre con quien caminaba.

En cuanto a Kivi, la ferrita solo recibió miradas de asombro.

—La seguridad de Noctia no es lo que era —murmuró Svarde mientras pasaban bajo el arco.

—Te acostumbras al poder —respondió Ami—. Lo han tenido durante generaciones.

—Demasiado tiempo.

Ahora Ami lo miró—. Cuidado con lo que dices aquí. No a todos les importa quién eres.

—Quizás a mí no me importan ellos.

—Debería importarte si quieres su ayuda.

Un hecho con el que Svarde aún no había terminado de

luchar. Todo el tiempo que había estado en Noctia, su fuerza seca le había estado carcomiendo. Cada Najahn, cada nativo de esta isla y su propósito proyectaba una invencibilidad altiva. La civilización corría por estas obras de piedra en pendiente y sus dueños lo sabían.

Si hubiera cualquier otra manera...

—¿Llevas tanto odio por ellos incluso después de todo este tiempo? —preguntó Ami, llevando a Svarde hacia la derecha después de salir del arco.

Habían pasado más allá de la ciudad, hacia una amplia plaza con una estatua en su centro. Plata pulida —frotada hasta brillar cada mañana temprano— mostraba a una mujer con ambas manos cerca de su pecho, sosteniendo un collar familiar. Siete círculos, cada uno, en esta estatua, rellenos con una piedra preciosa. Los ojos de la mujer estaban cerrados, su rostro tenso en feroz concentración. No en paz, siempre protegiendo.

En otro tiempo, ver a la primera Aegis habría impulsado adrenalina, honor, orgullo a través de Svarde. La amargura los reemplazó.

—Nunca dejaré de sorprenderme de que tú no lo hagas —dijo Svarde.

—Por Catya, haré cualquier cosa. Ese es el juramento.

—Del que fuiste liberada tan pronto como ella se sentó en esa silla.

Ami mantuvo sus facciones neutrales. Eso, al menos, era nuevo. La pólvora que había sido propensa a arrebatos, peleas de bar e incesantes provocaciones había encontrado una manera de controlarse.

—Es mi juramento —dijo Ami—. Haré lo que quiera con él.

Alrededor del patio, amplias calles se dividían en cuatro direcciones. Una conducía directamente adelante, hacia el conjunto de agujas. A la izquierda, dos bajaban por la pendiente de la montaña, una más severa que la otra. Siguiéndola, si Svarde recordaba correctamente, te llevaría a los muelles privados de los Najahn. La otra te llevaba a los barracones, a los alojamientos de los sirvientes, al corazón vivo y respirando de toda esta empresa.

La última salida, a la derecha, subía por el acantilado. En su final habría un túnel corto, luego un cráter, y luego alguien a quien Svarde le gustaría mucho ver.

O quizás no. Los recuerdos y la realidad no siempre deberían mezclarse.

El patio bullía a su manera. No la mezcla despreocupada de vida cruda de abajo —por un lado, nadie aquí llevaba bolsas sobre sus hombros. Lo que se necesitara sería proporcionado. Las preocupaciones no arrugaban los rostros que veía, y la mayoría vestía túnicas ligeras, camisas y pantalones. La calidad denotaba la posición, con la excelencia púrpura-negra fluyendo con personal de alto rango y los básicos tonos grises y caquis cubriendo a los trabajadores.

Risas, charlas, estufas de cocina. El patio en sí zumbaba con las comodidades diarias, los espacios entre las calles llenos de cafés controlados, tiendas, bares. La multitud tardía del almuerzo.

¿Cuántos a su alrededor estaban planeando apuñalar a sus amigos por la espalda?

Si vivías aquí el tiempo suficiente, tal vez no podrías sentirlo, pero para Svarde la sospecha, la manipulación, el uso se sentían como una canción insidiosa. Desde el momento en que llegó por primera vez hace años, la sutil capa debajo de cada conversación había irritado la brújula moral más simple de Svarde de mala manera. Incluso escuchando la charla que pasaba, la misma sensación volvía.

¿Una pregunta sobre cómo se sentía alguien era realmente una búsqueda de debilidad? ¿El soldado de allí que quería más tiempo de práctica con un compañero admitía que no era lo suficientemente bueno?

—Recuerda que estás tratando de hacer amigos aquí —dijo Ami mientras rodeaban la estatua, dirigiéndose hacia las agujas—. Esa cara fea no te va a ayudar en nada.

—No necesito amigos...

—Solo creyentes —Ami lanzó a Svarde una severa mirada de reojo—. Lo sé, lo sé. Los Foti somos todos sobre hechos, pero vas a necesitar más que eso aquí. Las ruedas de Noctia giran sobre influencia y ventaja.

—Les estoy dando la ventaja de la supervivencia.

—No es suficiente.

—Entonces haré que Kivi se coma a uno. Veamos si eso cambia sus mentes.

Ami se rió. El hielo se derritió, el sol de arriba suavizando, muy ligeramente, el humor de Svarde. Se dirigían a un círculo repleto de burócratas, manipuladores sin espina dorsal que solo necesitaban asustarse. Entonces harían lo que Svarde pidiera.

Otro arco con puerta esperaba mientras las tiendas y restaurantes del patio disminuían. Este no estaba abierto, y era vigilado por cuatro Najahn más alertas que los dos de la entrada. Dos sostenían sus volges en posición vertical, mientras que los otros, de pie atrás, mantenían sus chakrams apoyados contra sus pantorrillas, listos para un lanzamiento amplio. Este grupo también lucía un delineado dorado oscuro a lo largo de los bordes de su armadura.

No las tropas de infantería, entonces.

—Ami —dijo el líder, saludándola con un gesto de

cabeza, luego dirigiendo su atención a Svarde—. ¿Quién es este?

—Está un poco más peludo —respondió Ami mientras Svarde daba al guardia una mirada directa—, pero este es Svarde. Ha vuelto con un mensaje para el Círculo.

—¿El Guardián? —preguntó el líder, sus ojos entrecerrados visibles fuera de la protección nasal del casco. En Foti, un casco así significaría una cara empapada en sudor. Aquí, Svarde adivinó que el frío de Noctia mantenía las cosas soportables—. ¿Qué quieres decir?

—Eso es para el Círculo —respondió Svarde.

Ami se frotó la frente mientras el entrecejo del guardia se estrechaba.

—En efecto —el guardia arrastró la palabra—. Entonces, por el momento, considérame el Círculo. Convénceme como lo harías con ellos, y te dejaré pasar.

—No tengo tiempo para eso —respondió Svarde—. Hay peligro acercándose, y tu Círculo necesita saberlo.

—Yo responderé por él —se metió Ami.

El guardia deslizó sus ojos de un lado a otro. Necesitaba un empujón más.

—Déjanos pasar —dijo Svarde, tratando de reducir el desprecio, reemplazarlo con astucia en su lugar—, y tienes una buena excusa. Dos Guardianes. Retenernos, y cuando la gente comience a morir, las preguntas que se harán conducirán a ti. ¿Es eso lo que quieres?

El guardia respiró hondo, retrocedió—. Puedes continuar, pero tus armas —miró hacia abajo a la criatura—, y tu bestia se quedan aquí.

—Kivi viene conmigo —replicó Svarde, facilitando la discusión al quitarse las hachas de la espalda. Sacando la ballesta de su funda de la cintura—. Ella come metal. No creo que quieras que mordisquee tu bonita armadura mientras estoy fuera.

—Deever —agregó Ami, poniendo una mano en el hombro de Svarde—, prometo que no pasará nada. Una charla, eso es todo.

Deever coronó su suspiro anterior con uno más grande —. Tengo familia, Ami. Si pierdo este puesto, perdemos nuestro hogar. Nuestra comida. Esto no es un juego.

—No, no lo es —dijo Svarde—. Por mi vida, nada saldrá mal. Kivi se comportará.

La confianza de Deever parecía que podría haber necesitado más masaje, pero el guardia cedió e hizo un gesto para que pasaran. Algún observador oculto vio la señal y envió la puerta de hierro negro con barras cruzadas —un original Foti si Svarde había visto uno— rodando hacia arriba. Antes de que el sello de las Siete Islas en el centro de la puerta desapareciera, Ami, Svarde y Kivi ya estaban abajo y a través.

Un segundo patio esperaba, este sin estatuas y con siete árboles en su lugar. Espaciados uniformemente, cada planta venía de la isla en cuestión, con la nativa escuálida de Noctia en el centro. Claros carteles, codificados por colores, con escritura y concluyendo con el signo del destino de la dirección marcaban las divisiones. Nada de café, ni multitudes aquí. Unos pocos Najahn apurados, nada más.

Y sin embargo, los nervios de Svarde se inquietaban. Los ojos estaban sobre ellos, lo estarían siempre ahora.

Las agujas dominaban, como los árboles masivos de Vis sin los doseles. Los canales de agua de lluvia se curvaban por los lados de piedra, desapareciendo bajo las calles hacia piscinas de recolección muy, muy abajo. Cada aguja tenía su propio color, exhibía banderas con la facción propietaria claramente escrita. Las sombras pasaban entre ventanas pequeñas y grandes. Más maquinaciones escondidas.

El Círculo celebraba sus reuniones irregulares en la aguja central, la más grande de Noctia y hogar de los Tenets. Los bastardos arrogantes del imperio de Noctia, aunque Svarde no había logrado llamar así a uno en su cara.

Adornada con el mismo púrpura, negro y ribete dorado que los Najahn de nivel superior, la aguja se negaba a estrecharse a medida que se elevaba, permaneciendo un cilindro grueso en todo momento. En su parte superior, la aguja se aplanaba en forma de cuenco. Según lo entendía Svarde, el agua recogida allí iba a los barriles privados de los Tenet para evitar cualquier envenenamiento.

¿Qué clase de poder era cuando tenías que vigilar lo que bebías?

No más guardias esperaban por ellos en la entrada, otro arco superpuesto con los siete círculos y piedras preciosas falsas. Las puertas de madera y hierro se abrieron cuando los dos se acercaron.

—Veo que la palabra todavía viaja rápido —dijo Svarde.

—Demasiado rápido, si me preguntas —respondió Ami.

Más allá esperaba una alfombra violeta, llevándolos hacia adelante mientras puertas cerradas de madera oscura a ambos lados sugerían opciones para personal mejor calificado.

Kivi resopló, aparentemente poco impresionada.

—¿Cuál es su problema? —preguntó Ami mientras seguían caminando, otro conjunto de puertas dobles no muy adelante marcando su destino.

—No hay suficiente metal aquí —respondió Svarde—. Demasiada madera.

A Kivi tampoco le había gustado mucho Vis al principio, pero había encontrado suficiente para gustarle en los elementos naturales de la montaña. Era difícil estar demasiado enojado cuando tenías un festín literal fuera de tu puerta en cualquier momento que quisieras un bocadillo.

—Te presentaré —dijo Ami cuando llegaron a la entrada de la cámara de reunión del Círculo. Dos guardias Najahn esperaban fuera de esta, pero ellos también debían haber sido advertidos. Ninguno cuestionó, ni siquiera miraron en su dirección—. Una vez que haya despejado el...

—No —dijo Svarde, y empujó las puertas para abrirlas, ya avanzando mientras se abrían de par en par.

Linternas, encendidas y brillantes, marcaban cada uno de los nueve asientos alrededor de la larga mesa. Una mesa demasiado grande, con varios metros entre cada Tenet. Un área central se sentaba un poco más abajo, accesible con un solo paso, y lista para destacar al orador. Sobre ellos, colgando del techo, había una araña otra vez dispuesta como el collar de la Aegis. Y frente a la entrada, hacia donde los ojos de Svarde lo llevaron, se sentaba el presunto gobernante de Noctia.

El Círculo se quedó mayormente en silencio cuando Svarde entró. Un almuerzo servido le dijo a Svarde lo que habían estado haciendo, la comida aún siendo masticada por algunos cuando Svarde fue directamente al centro. Agradable, al menos, que no tuviera que desplazar a nadie.

Cortar un discurso significaba hacer un enemigo, y a pesar de toda su fanfarronería, Svarde realmente necesitaba que estos tontos siguieran su consejo.

Y tontos todos eran, todos seguían siendo. Svarde aprovechó el silencio para examinar la sala, encontrando que reconocía a más de la mitad de la última vez que estuvo aquí. Encontró, también, ni un alma sorprendida de verlo.

Ami tenía razón. La palabra viajaba demasiado rápido.

Svarde se fijó en el Enlace de Vis. La mujer, con sus

túnicas verdes y naranjas que combinaban con los colores que Noctia asignaba a la isla selvática, devolvió la mirada de Svarde con un cuidadoso estudio.

—Guardián —vino una voz pegajosa que Svarde recordaba demasiado bien—, bienvenido de nuevo a nuestra isla, aunque parece que has olvidado algo de decoro en tu tiempo fuera.

El Enlace de Vis vendría después. Svarde se volvió hacia el orador, sentado en el centro entre los nueve. Fassle, el Precepto, líder de Noctia y conspirador completo, estaba sentado con un panecillo pegajoso en cada mano. El hombre siempre había tenido una inclinación por los dulces, siempre parecía estar comiendo algo, pero seguía siendo un maestro musculoso.

Cómo, Svarde no lo sabía. No le importaba.

—El decoro es el menor de tus problemas, Precepto — dijo Svarde, pero realizó el ritual barrido arqueado a través de su pecho con su mano derecha, terminando con el gesto de palma hacia afuera en dirección al Precepto. Su deber aquí no exigía menos—. Vengo con palabras oscuras y peticiones esperanzadoras.

—Entonces compártelas —respondió el Precepto—. Tienes a cada Enlace aquí, más a mí mismo y nuestros dos Acuerdos. No podrías pedir mejor audiencia.

—Pediré tu confianza, tu creencia y tu ayuda — respondió Svarde, volviéndose de nuevo hacia el Enlace de Vis. Ella permaneció impasible—. Hace cinco días, en tu isla, me encontré con un demonio. —Svarde dejó que la palabra persistiera. Nadie habló, algunos continuaron comiendo. No exactamente el silencio conmocionado que estaba buscando. Che-Ri había dicho la verdad, entonces—. Uno grande. Herido por la Aegis pero aún peligroso.

—Los deslices ocurren —dijo el Enlace de Rana, un

hombre servil que se marchitó cuando Svarde se volvió hacia él.

—Ocurren, pero no así. Si no lo hubiera encontrado, el demonio podría haber matado. Habría matado.

—¿Entonces deberíamos agradecerte? —preguntó el Enlace de Vis—. ¿Viniste todo este camino buscando otra medalla?

Burla, condescendencia, Svarde podía soportar esas bofetadas. Las había soportado antes. Había cosas más importantes, así que dio al Enlace de Vis una lenta negación con la cabeza.

—Vengo a pedir una oportunidad —dijo Svarde—, para un cambio. Sabemos lo que sucederá. Los deslices aumentarán. La gente se asustará. Pedirán otra Renovación y, después de que demasiadas vidas se pierdan, la gente dejará de fingir...

—¿Fingir? —preguntó el Precepto—. Creo que estás menospreciando demasiado la paz y la armonía.

—¿Paz? —Svarde resopló—. Solo hoy escuché que Whent y Rana siguen en lo mismo. Las reinas de Kance se sostienen cuchillos contra las gargantas de la otra. Vis y Tamas apenas interactúan con el mundo. Esto no es paz.

—Para alguien que ha estado escondido en una montaña, haces muchas afirmaciones —dijo el Precepto. Ahora que Fassle había entrado en la conversación, los otros Enlaces, los dos Acuerdos a ambos lados, se mantendrían en silencio a menos que fueran invitados. Svarde solo tenía que persuadir a un hombre, ahora—. Pero tengo curiosidad. Pones tan poca fe en la Renovación. ¿Qué harías en su lugar?

Svarde separó los pies, enderezó su postura. No solo por las apariencias, sino que sentirse listo para una pelea le dio el coraje que necesitaba para decir lo que había querido decir hace tanto tiempo.

—Quiero ir a la Oscuridad de Abajo y acabar con los demonios para siempre —dijo Svarde, y ahora, por fin, el crujido y la masticación se detuvieron—. Dame una fuerza para liderar, y juro que podemos detener este ciclo maligno.

Nadie habló. Nadie parecía respirar mientras la exigencia de Svarde flotaba en el aire. Svarde encontró la mirada del Precepto, esos ojos oscuros bailando a la luz de las linternas.

Y esperó.

CAPÍTULO 13
NOCHE LARGA

Incluso en su peor día, Wax pensaba que Kitaye tenía que ser una de las ciudades más bonitas de las islas. Las familias colgaban flores de sus casas en los árboles. Pájaros y otras criaturas anidaban libremente entre las vigas de paja tanto en el aire como en el suelo. Los visitantes de Foti hablaban de humo y hollín, nada de lo cual encontrarías aquí: los cuidadores de arboledas tomaban los restos de cada fuego y los usaban para nutrir las plantas que producían la vida de Kitaye. Todo resplandecía con el beso de la naturaleza.

Hoy estaba lejos de ser el peor día de Kitaye. Los preparativos para la ceremonia de graduación del año, el paso de joven adulto a miembro pleno de la gente de la ciudad, estaban casi completos. Con los barcos comerciales prohibidos en el muelle principal, flores doradas y azules bordeaban el largo embarcadero que se adentraba en la ensenada. Al final, ahora se alzaba un pequeño escenario, con antorchas a ambos lados. Esta noche, ese escenario acogería a Sawi, la llevaría a una vida separada de la suya.

Wax observaba el muelle desde la arena húmeda de la

playa. Sostenía la hoja Foti en su mano derecha, captando la luz del sol en su peligroso filo de tono azulado.

El trato se había hecho en nombre de la aventura. Los shrives, un hongo lo suficientemente raro para conseguir un arma real, una que permitiría a Wax y a sus amigos adentrarse más en las selvas de Vis en busca de... cualquier cosa, realmente. Emoción, maravilla, historias. Como las de las canciones que se cantaban alrededor de las fogatas hasta altas horas de la noche, las mismas que se invocarían esa misma tarde cuando los especialistas de Kitaye indujeran a sus elegidos en sus filas.

A partir de mañana, Sawi ya no iría a esas aventuras. Al menos, no con frecuencia. Si ella iba donde decía, entonces las horas de Sawi serían absorbidas. Las tardes, un día o dos aquí y allá quizás. Hasta que Wax enfrentara su propio viaje al escenario el próximo año, después de lo cual se uniría...

—Te ves sombrío —dijo Pan, acomodándose en la arena junto a Wax. Sumergió los dedos de sus pies en la marea que se acercaba—. ¿No has hecho las paces con ello?

—¿La ceremonia?

—No, tu cara fea.

Wax recogió algo de arena con su mano libre y la arrojó a Pan, quien se agachó, pero no logró esquivar los granos aglomerados.

—Cuando Quik pasó por todo esto, solo me sentí orgulloso, ¿sabes? —dijo Wax—. Todo el año había estado hablando de ello, diciendo que no podía esperar para salir allí con un propósito real en lugar de cuidarnos.

—¿Eso es lo que pensaba que estaba haciendo? —Pan negó con la cabeza—. Tu hermano sufre delirios. ¿Cuántas veces Bliss casi fue devorada? Te rompiste esa costilla intentando trepar un sana, ¿recuerdas?

—Quik no era el mejor. Pero lo entiendo.

—¿Porque se veía muy parecido a como te veías tú hace un segundo?

—Solo estoy tratando de entenderlo.

—¿Entender qué?

Wax agitó la hoja, la hizo silbar a través de la luz. No podría llamarse a sí mismo un experto en nada metálico, pero desde la empuñadura hasta la punta, la espada se sentía equilibrada. Perfecta.

—La vida —respondió Wax.

Pan silbó, —Suena profundo. Antes de que te enredes todo en, eh, la vida, ¿dónde está Bliss?

—Llegó temprano. Como al amanecer. Todavía estaba durmiendo cuando salí.

—¿Tu hermana hace muchas excursiones nocturnas?

—Probablemente tú lo sabrías mejor que yo —dijo Wax, lanzando una mirada astuta hacia Pan.

Su amigo se rio, —No, no ha pasado, nunca pasará.

—¿Estás diciendo algo sobre mi hermana?

—Estoy diciendo que has estado tan metido en tu propia cabeza durante tanto tiempo, Wax, que es un milagro que recuerdes que existimos.

Un argumento que Wax realmente no podía negar. Desde que Sawi había sido reclutada para ser cuidadora de arboledas, la proximidad de la ceremonia se había vuelto algo real. Había estado dando vueltas a su propio futuro o al de Sawi excluyendo todo lo demás. Wax lo sabía, pero seguía haciéndolo de todos modos.

—Es algo importante —protestó Wax con toda la energía de un pez medio muerto.

—Y nosotros no lo somos —dijo Pan.

—Eso es... —Wax se cortó con una risa frustrada para sí mismo—. ¿Qué pasa, Pan? No viniste aquí solo para hostigarme, ¿verdad?

—Tristemente, no. —Pan se retorció, se pasó el morral por encima y lo colocó en la arena—. ¿Adivina qué hice?

—¿Qué?

Pan abrió el morral, sacó una tela blanca desteñida. Doblando las piernas frente a él para hacer espacio, Pan extendió la tela. Sobre ella, delineada con un fino trazo negro demasiado preciso para los marcadores de carbón y tinte que Kitaye tenía disponibles, había una isla familiar.

—¿Intercambiaste por un mapa de Vis? —Wax se inclinó—. ¿Por qué?

—Teníamos shrives extra. Pensé que podríamos usarlos para algo especial —dijo Pan, bajando la voz a un susurro que casi se perdía con el sonido de las olas—. Este no es cualquier mapa, Wax. Mira estos.

Dispersos por toda la isla había pequeños símbolos. Círculos, principalmente, pero con diferentes puntos y líneas dentro de ellos. A lo largo del lado derecho del mapa, esos mismos símbolos reaparecían deslizándose desde la parte superior derecha, cada uno con una explicación.

—Objetos de valor —asintió Pan cuando Wax hizo un silbido propio—. Más lugares para shrives, pero también gemas. Plata. Tiene todo.

—Pan, ¿de quién es este mapa?

Los ojos de Pan brillaron, el mismo brillo que encontraba siempre que hacía un trato particularmente bueno o tenía una pista sobre algo valioso.

—Hay algunos Najahn aquí. Están cambiando de puesto, dejando Vis. Al parecer a uno le gustan tanto los shrives que me cambió esto.

—Eso explica cómo ese pequeño puesto de avanzada siempre se mantiene tan bien abastecido —dijo Wax.

El mapa marcaba tanto Kitaye como el puesto avanzado Najahn, un punto situado cerca del centro de la isla. Al sureste de Kitaye, más cerca de la otra ciudad de Vis en la costa este, Mottilan. Unos días desde aquí hasta el puesto de avanzada, pero valía la pena la caminata para ahorrar tiempo de navegación.

¿Y quién querría ir a Mottilan de todos modos? La ciudad anidada en acantilados costeros servía como granja para Kance. No había diversión allí.

—¿Entonces estás pensando en qué? —dijo Wax.

—Después de que termine esta ceremonia, digo que busquemos a Bliss y los tres vayamos a encontrar algunas de estas cosas —dijo Pan. Dobló el mapa, lo puso en el morral y se puso de pie—. Tú tienes esa espada, yo tengo el cuchillo, pero Bliss aún no tiene un arma Foti. Y creo que podríamos usar nuevos tejidos.

—O un lirio —asintió Wax hacia la ensenada, donde los grandes botes de hojas enroscadas flotaban sobre las olas —. Nadie de nuestra edad tiene uno.

—Sí, porque no los entregan.

Wax recogió la hoja, la deslizó en su vaina y se puso de pie con Pan. —Tendrán que hacerlo cuando encontremos ese oro.

—¿Ves? Ahí está el Wax que recuerdo. —Pan golpeó a Wax con el morral—. No todo está perdido, amigo. Quién sabe, tal vez Sawi se impresione con lo que encontremos.

Wax asintió. —Estará celosa.

Sawi ya estaba celosa, o eso le dijo a Wax cuando se encontraron un par de horas más tarde, después del almuerzo.

—Ya están planificando mi vida —dijo Sawi mientras vagaban bajo los barrios de casas en los árboles de Kitaye —. Días y semanas y meses dedicados a hacer crecer cosas.

—¿No los elegiste tú? —preguntó Wax.

—No quería perderlo todo. —Su mirada hacia la

selva explicaba lo que quería decir—. No estoy muriendo, ni tú tampoco, pero se siente como si algo lo estuviera.

Al iniciar la conversación, Wax había planeado empatizar, lamentar su presente que se desmoronaba y un futuro aburrido. Ver a Sawi enfurruñarse eliminó esa idea y puso a Wax donde prefería estar.

—Oye, encontraremos alguna solución —dijo Wax—. Pan me mostró un mapa que compró hoy. Es bastante interesante.

—¿Un mapa?

—De Vis. Cubierto de aventuras que podemos tener.

Sawi suspiró, —¿Y cuándo vamos a tener estas aventuras?

—¿Me estás diciendo que no serás la mejor cuidadora de arboledas que Kitaye haya visto jamás y que no tendrás tus plantas perfectas antes del mediodía?

Eso le ganó una risa.

—Supongo que puedo intentarlo —dijo Sawi—. Compitiendo contigo hasta algún nuevo tesoro suena divertido.

—Perdiendo contra mí, querrás decir.

—¿Perdiendo? —Las cejas de Sawi alcanzaron el cielo —. Palabras audaces, Wax.

—¿Acaso soy algo más que eso?

Algo en el tono de Wax descolocó a Sawi. Ella se separó de su caminata, se sentó junto a un árbol de tronco grande. Uno de los pocos que no tenía una casa en el árbol tan adentro de los límites de Kitaye. Niños gritando pasaron corriendo, inmersos en algún juego. Sus pies esparcían tierra, hojas, insectos.

—¿Todavía te duele? —preguntó Sawi mientras Wax se sentaba a su lado.

—Las costillas, principalmente —respondió Wax. Se frotó el costado izquierdo—. Esa cosa era realmente pesada.

—Aterradora, también. Pensé que estaba muerta con seguridad.

—Yo también. Por eso intenté alejarlo de ti. Pensé que ya estaba acabado de todos modos, al menos te daría la oportunidad de correr.

Sawi esbozó una pequeña sonrisa. —Porque yo era más rápida que tú.

Wax asintió. —Lo has sido durante mucho tiempo.

—Es la ruta, no la velocidad. Siempre te lo pones más difícil.

—O más divertido.

Sawi puso los ojos en blanco, apoyó la cabeza contra la corteza del árbol.

—Svarde dijo que habría más —dijo Sawi—, pero no los ha habido.

—Que sepamos. Incluso con la ceremonia acercándose, ha estado más tranquilo últimamente.

—¿Tú crees?

—Seguíamos hablando de lo que pasó. Si los Lira existen, estoy seguro de que están cazando.

—Ojalá pudiera haberlos elegido a ellos.

—Yo no. —Wax encontró la mano de Sawi. Correspondió a su mirada interrogante con una sonrisa de labios cerrados y una sacudida de cabeza—. Serías la mejor, y entonces siempre estarías ausente.

La Floración. El nombre oficial y obvio.

Vis quería recibir a sus nuevos adultos con estilo. Wax, junto a Pan y vistiendo su atuendo completo de pintura corporal y tejidos, estaba de pie en la playa. Bien atrás del muelle —como jóvenes, todavía no calificaban para posiciones privilegiadas— observaban cómo las antorchas cobraban vida. Un crepúsculo rosa-naranja esta noche, ondulando a través de un frente de tormenta que marchaba hacia el sur. Wax calculó que estaba a unas pocas horas, tiempo suficiente para terminar con los asuntos oficiales.

La fiesta posterior se pondría enlodada.

Alrededor de trescientos caminaban por el muelle este año, los jóvenes de Kitaye convirtiéndose en adultos en una procesión supervisada por la luz de las antorchas, flores esparcidas y canciones brillantes. Wax y Pan caminarían el próximo año, seguirían los mismos pasos que Sawi cuando ella, regresando por el muelle, fuera al arco de hojas doradas para su nueva familia de cuidadores de arboledas.

—He visto esto cada año y nunca pensé que estaríamos tan cerca —dijo Wax a Pan mientras los últimos caminantes disminuían—. Piensas que durará para siempre, ¿sabes?

—Lógicamente, no.

—Dime otra vez por qué somos amigos.

—¿Porque soy muy bueno encontrando las cosas buenas?

Wax tuvo que concederle eso a Pan. Nadie que lo conociera dudaba que Pan sería reclutado por los Recolectores el próximo año, que lo lanzarían de inmediato a las expediciones más lejanas en busca de los mejores y más raros tesoros que Vis tenía para ofrecer. El tipo debía haber nacido con un segundo olfato, o así lo llamaban los Recolectores: una forma de detectar qué secretos yacían debajo.

Cuando el último caminante abandonó el muelle, personas apostadas junto a las antorchas arrojaron tintes a la llama, transformando los destellos anaranjados en brillantes azules, verdes, rosas y todos los demás colores reclamados por los grupos de Kitaye. Las canciones estallaban, una tras otra, el himno de cada grupo elevándose en la noche que se profundizaba.

Wax se habría llamado a sí mismo un cínico, resistente a la idea de dejarse envolver en el espectáculo, pero cuando miles y miles de su gente se alzaban juntos, era difícil resistirse a la llamada. Su voz cantaba con el resto, un lío enredado de disonancia que encontraba magia por pura voluntad.

Esa voluntad se extendió a la celebración propiamente dicha. Cervezas y vinos frescos habían sido importados de Tamas para la ocasión, como cada año, y la apertura de barriles era tanto un deleite como un honor. Sawi, resplandeciente con su pintura y frescas flores azul-doradas, golpeó uno con un solo martillazo.

Wax vitoreó tan fuerte como cualquiera.

Varias copas y horas después, se encontró de vuelta en la playa. Sichi, sin interrupción de nubes, daba un buen empujón a la oscuridad, permitiendo a Wax sumergir sus pies en la cálida marea. Con el vino calentando aún más su vientre, el mañana y su nueva realidad se sentían distantes. El demonio en la cueva y lo que significaba, igualmente.

Un objeto frío le tocó el hombro. Bliss, ofreciéndole una taza no de vino sino de agua fría. Parecía completamente despierta, lista para salir y lo opuesto a los ciudadanos de Kitaye.

—Gracias —dijo Wax, tomando la bebida.

—Pan dijo que te encontraría aquí lamentándote.

—No estoy lamentándome. Es una noche hermosa.

—¿No te unes a Sawi?

—Está ocupada con todos sus nuevos amigos.

—Así que sí te estás lamentando.

—Bien, quizás lo esté haciendo. —Wax se sacudió lo que pudo de la bruma del vino, dando a su hermana una mirada más atenta. No solo estaba vestida para la acción, su bastón descansaba en su correa de hombro. ¿Y eran esos zapatos de escalada atados a sus muslos, junto con una cuerda alrededor de su cintura?—. ¿Qué estás haciendo?

Una mueca, —Nada de lo que debas preocuparte.

—¿No acordamos hace mucho tiempo que no habría aventuras nocturnas en solitario?

—No estoy sola. —Bliss asintió hacia la ciudad—. Sawi no es la única con nuevos amigos.

Dos años menor que Wax, la propia graduación de Bliss debería haber sido algo lejano. Él negó con la cabeza. —¿De qué estás hablando?

—Quizás algún día te lo diga —respondió Bliss.

—¿Jurada al secreto?

—Algo así.

Una ola rompió con más fuerza de lo esperado, el agua subiendo para empapar las piernas de Wax. Bliss retrocedió rápidamente, esquivando la humedad. Esquivando, también, la larga línea azul-negra que dejó atrás. Al principio Wax pensó en algas, algún kelp flotando desde más allá de la bahía y encontrando su descanso final entre la arena.

Pero las algas no suelen retorcerse. Ni son tan largas que desaparecen de nuevo en el mar.

Wax se inclinó hacia adelante, observó el zarcillo mientras se estremecía. Bliss le tocó el hombro de nuevo, señalando a lo largo de la playa. Extendiéndose lejos de ellos a ambos lados había más líneas, más de una docena, más de veinte. Se agitaban y rodaban en el revuelto de lodo.

—¿Qué? —dijo Wax, poniéndose de pie. Buscó la hoja Foti, pero la encontró ausente.

¿Por qué llevar un arma a una ceremonia?

Bliss silbó. Metió dos dedos en su boca y sopló, un ruido

cortante y fuerte que se elevó por encima de los tambores de plantas secas, flautas y canciones ebrias. La celebración no cesó con el ruido —pocos estaban en la playa, la mayoría sumidos en una juerga de borrachos— pero Wax sintió que los pelos de su nuca se erizaban de todos modos.

Otra ola rompió mientras él y Bliss observaban los tentáculos, esta trayendo más para llenar los espacios con hebras más cortas. Mirando de cerca, notó que el mar tampoco tenía su habitual negrura uniforme.

Rojo burbujeaba en esas aguas.

—Mira allá. —Bliss señaló de nuevo, más adentro en la bahía.

Chapoteos. Criaturas moviéndose, atacando, peleando. Los tiburones eran conocidos en todo Vis, pero las criaturas raramente entraban en la ensenada. Con tanta sangre en el agua, sin embargo...

—¿Qué es eso? —Ahora le tocó a Wax señalar, esta vez a un bulto que se elevaba más allá del extremo del muelle principal.

Al principio, parecía un shrive, la ondulante parte superior del hongo elevándose del mar en un géiser plateado-azul. El agua salpicó, y Wax tuvo tiempo de contemplar la monstruosidad por medio segundo antes de que Bliss lo jalara hacia atrás.

El demonio —no había otra posibilidad— tenía la parte superior de un hongo, sí, pero la parte inferior de un insecto, un caparazón amarillo fundido salpicado de largas patas serradas que desaparecían en el agua. Esas frondas se derramaban de los bordes superiores como mal pelo, colgando por cientos bajo las olas.

Tiburones, peces y otras criaturas marinas se aferraban al demonio, desgarrando, mordiendo, buscando su cena como podían. El demonio ciertamente tenía suficientes heridas para atraer el festín: varias patas parecían ya cortadas, y un ardiente entramado cubría la parte superior del demonio, arruinando su belleza etérea con heridas brutales.

Bliss tiró de Wax, apartándolo en un movimiento que Wax comenzó a protestar hasta que notó lo que el ascenso del demonio había traído consigo: una enorme ola se estrellaba hacia ellos, oscura y silenciosa más allá del plateado reflejo de la luna.

Detrás de ellos, la celebración continuaba, aunque mientras sus pies se arrastraban por la arena, mientras Wax y Bliss corrían hacia las dunas, más silbidos y algunos gritos comenzaban a interrumpir la música.

Kitaye estaba bajo asalto, y toda la ciudad tenía que movilizarse.

Esos momentos de la infancia de Wax pasaron de nuevo, sentado en la playa protegido por adultos. Lanzas, arcos y flechas, cantos fuertes y pinturas corporales irregulares listas para la guerra. Un contraste total con ahora, cuando Wax tenía arena en las manos y miedo pulsando en su sangre.

—Vamos, Bliss —dijo Wax, el simple acto de hablar devolviéndolo del borde salvaje. Igual que con Sawi. Tenía que concentrarse, ser el responsable—. ¡Tenemos que retroceder más!

Bliss, sin embargo, lanzó a Wax más allá de ella. Si reconoció lo que Wax dijo, no lo mostró. En un movimiento suave, sacó su bastón por encima de su cabeza, un bastón que, Wax notó a la luz de la luna, tenía un nuevo envoltorio saludable. Con un fuerte empujón, Bliss clavó el bastón en la arena, hundiendo los pies cuando la masiva ola golpeó la playa.

Arena, conchas, peces y escombros volaron. Wax, sentado sobre su trasero, se arrastró lo que pudo. A su derecha, el muelle, adornado con todas sus maravillas, desapareció. Crujidos, chasquidos y luego gritos resonaron en una noche repentinamente silenciosa.

La ola golpeó a Bliss después, casi de su altura y con suficiente velocidad que debería haberla llevado volando hacia atrás, debería haberse perdido. El agua la envolvió, llegó rugiendo hacia Wax y lo arrastró, la última imagen siendo Bliss y su bastón sobresaliendo sobre la ola, aferrándose firmemente contra su fuerza imposible.

Una palmera resultó ser un baluarte, atrapando a Wax a través del pecho y manteniéndolo firme en su enredo. Arañazos y raspaduras se hicieron notar, mientras los viejos moratones de la cueva del demonio regresaban como malos recuerdos. Aun así, Wax podía moverse, podía respirar. Tosió, se enderezó y miró hacia donde había estado su hermana.

Nada permanecía allí ahora, y por un momento de shock blanco, Wax estaba seguro de que Bliss había sido arrastrada. El miedo murió casi tan rápido cuando notó una peculiaridad en la escena: el gigantesco demonio se alzaba sobre la bahía, sangrando y enfurecido, sus frondas y patas azotando tanto a la naturaleza como a los recién llegados.

Si Wax pensaba que la noche era oscura, entonces las formas que cubrían la playa ahora eran verdaderamente negras. La luna las destacaba con su plateado, sombras precipitándose hacia la marea para lanzar proyectiles, disparar arcos, o incluso nadar hacia el demonio. El ataque era aleatorio, desordenado, pero, por lo que Wax podía decir, efectivo.

Flechas, algunas ardiendo, golpeaban la parte superior brillante del hongo del demonio y lo hacían chisporrotear, salpicando llama líquida por los costados del monstruo. Arpones fabricados con madera bien afilada hacían incursiones punzantes en el caparazón fundido, un asalto facilitado mientras el demonio continuaba su lento avance hacia la orilla.

—Lira —dijo Wax, luchando por ponerse de pie. Las leyendas hechas realidad. Una sociedad secreta, y allí, de pie en el agua con su bastón, estaba Bliss con ellos—. Ahí es donde has estado yendo.

Yendo, y ahora luchando. Mientras Wax se liberaba de la palmera, vio a su hermana dar algunos golpes, apartando una fronda cercana. No formaba parte del asalto principal entonces. Bien, deja que los verdaderos Lira...

Gritos de caza se elevaron desde su ciudad anegada. Nuevas antorchas avanzaban desde los barrios mientras Kitaye respondía a la amenaza. A su derecha e izquierda, padres, adultos, guerreros y cocineros, comerciantes y cazadores de trufas por igual emergían en una canción espumosa. Más arcos, más bastones y, resplandeciendo a la luz del fuego, algo de acero verdadero.

La hoja Foti.

Ver otros tesoros obtenidos mediante trueque le recordó y Wax corrió hacia su propia casa. Dirigirse hacia allí significaba cruzar el camino del demonio, pero el monstruo parecía preocupado, tambaleándose y agitándose mientras la defensa se intensificaba.

Los zarcillos en la playa se retorcían ahora, buscando objetivos que agarrar y lanzar, personas que golpear. Sin embargo, para cada ataque convulsivo había un contraataque, un Kitaye lo suficientemente valiente para aplastar al agresor con un martillo o un Lira lo suficientemente preciso para cortarlo con una hoja.

El demonio mismo se elevaba tan alto como los árboles, dominando la playa, pero su majestad dañada temblaba ahora. Sus patas se doblaban y crujían, el corazón amarillo sangrando en el mar. Wax alcanzó la avenida principal que llevaba de regreso a su casa, y escuchó un grito triunfante, mirando atrás para ver nuevos arpones clavándose en la parte superior del hongo del demonio. Cuerdas colgaban de estos, y por esas cuerdas trepaban los Lira, moviéndose más rápido de lo que Wax podría haber soñado.

Los asesinos alcanzaron al demonio, saltando encima y sacando sus varias muertes de bolsas, fundas, correas. No solo apuñalaban entonces, no, sino que tallaban su camino hacia adentro.

Algo que Svarde había dicho durante su viaje de regreso surgió entonces mientras Wax vacilaba, sintiendo que la hoja Foti, incluso si la encontraba, no sería de utilidad ahora: *ningún demonio es fácil de matar. Debes destruirlo por completo, porque no sigue las mismas reglas que tú y yo.*

El demonio no tomó bien este nuevo ataque. Hasta ahora, el monstruo no había hecho mucho ruido más allá de la destrucción por golpes y choques —Wax vadeaba a través del agua, las pertenencias de su ciudad flotando junto a él. Una vez que los Lira golpearon el cuerpo del demonio, un aullido agudo estalló, menos como un felino de la selva y más como un mosquito zumbando amplificado un millón de veces. Con el sonido vino un renovado enfoque, las frondas azotando desde el mar y lanzándose hacia la cabeza del demonio. Algunos zarcillos encontraron objetivos, golpeando a los Lira en una larga caída hacia olas demasiado poco profundas. Otros, Bliss entre ellos, nadaron hacia adelante para rescatar a las víctimas, llevándolas de vuelta a la orilla.

No es que quedara mucha orilla intacta por el monstruo. Cuando golpeó el extremo del muelle, las vastas patas se hundieron en el suelo, elevando a la criatura aún más alto. Todo Kitaye se unió al asalto, y Wax creyó ver a su propio hermano y padres allí, golpeando las patas blindadas como si fueran un árbol que necesitaba ser derribado.

¿Pero qué pasaría cuando lo fuera?

Ese pensamiento hizo que Wax diera la vuelta otra vez, chapoteando a través del agua hacia su casa. Las miradas atrás confirmaron el avance continuo del demonio, su continua destrucción. Las olas rugían, algunas derribando a Wax contra puestos rotos o haciéndolo caer en una maraña de tos y escupitajos.

Para cuando llegó al hogar de su familia, escaló la escalera y encontró su hoja Foti —envuelta en el estante junto a su hamaca— los gritos de los guerreros de Kitaye eran constantes, en un tono febril. Corriendo de vuelta a su balcón, Wax vio al demonio tambaleándose hacia adelante mientras su pata delantera fallaba, rompiéndose en su base. Con otro aullido agudo, el demonio rodó hacia adelante, surgiendo en la calle principal de Kitaye con su cuerpo fluorescente azul y amarillo.

Árboles y sus hogares asociados crujieron y colapsaron, las tiendas simplemente desaparecieron. Las antorchas encendidas para la celebración chisporrotearon y desaparecieron, algunas iniciando fuegos más nuevos y brillantes mientras las llamas encontraban combustible en las membranas del demonio. Los Lira siguieron, sus luchadores lanzándose sobre el demonio caído y agitándose para encontrar nuevas vulnerabilidades.

¿Era esa Bliss allí, cerca de la parte superior de la cosa, buscando algún lugar para clavar su bastón?

Wax observó mientras su familia, sus amigos, su hogar se lanzaban sobre el demonio caído como hormigas sobre un animal, cubriéndolo en un esfuerzo frenético, sin contención, para salvar su ciudad. Desde la casa del árbol, aparentemente segura ahora, Wax simplemente observaba, boquiabierto.

Había visto desesperación antes, había visto y luchado por su propia vida en las tierras salvajes de Vis, pero esto era otra cosa. Esta era una batalla por la existencia, no solo para uno, sino para todos.

Wax permaneció en la casa del árbol, observando, hasta mucho después de que el demonio dejara de agitarse. Hasta mucho después de que el trabajo cambiara de matar a cortar, a rescatar y salvar. Solo cuando el sol comenzó a salir, Wax descendió, encontrando un lugar para apretujarse en el esfuerzo de toda la ciudad.

Había necesitado todo ese tiempo para recomponerse, para reconciliar por qué la vida que había pensado que era suya ya no lo era. No si algo como esto podía surgir, podía destruir una ciudad en una sola noche.

Mientras Wax se unía al corte, al apilamiento, al secado y al salvamento, escuchó una palabra saliendo de las bocas de aquellos lo suficientemente mayores para saber, para recordar:

Renovación.

CAPÍTULO 14

UNA LLAMADA

Debate, debate y más debate. Eso fue lo que dijo el Precepto y lo que hizo el Círculo después de echar a Svarde. Él y Ami habían pasado el resto de la tarde, la noche y la madrugada esperando una resolución, alguna señal de que ocurriría algo más allá de cabezas parlantes.

Nada llegó.

Svarde y Kivi se alojaron en una habitación junto a la de Ami, parte de varias reservadas para visitantes de Noctia importantes para el Círculo. Eran rígidas, de piedra, opulentas pero carentes de espíritu. Un verdadero colchón de Kance después de tanto tiempo en su jergón de la jungla, en las hamacas del barco Foti, le dio a Svarde el peor sueño que había tenido en años: demasiada comodidad, no suficiente dolor.

Las comidas vinieron estándar, mezcladas con suficientes cosas que Svarde no había probado en mucho tiempo como para que su estómago lo obligara a retirarse temprano. Ami se rio al principio, recordándole a Svarde su antiguo dominio glotón, pero esa risa murió rápido cuando

Svarde tuvo que abandonar antes de una segunda ronda. Nada grave más allá de una indigestión, pero Ami se lo tomó mal de todos modos.

Quizás realmente estaba sola aquí.

El desayuno y un hermoso amanecer no trajeron respuestas. Ningún mensaje esperando, ningún pregonero de Noctia difundiendo noticias desde la aguja hasta el puerto. Solo Ami, encontrándose con Svarde fuera de su habitación con algo de pan simple y agua.

—¿Te sientes con ánimos para dar un paseo? —preguntó.

Mientras lo llevara lejos de esa caja de piedra, Svarde pensó que podría ir casi a cualquier parte.

El camino por el que ella los dirigió le resultó inquietantemente familiar. Había subido la senda del acantilado suficientes veces, y no había cambiado ni un ápice en la década desde la última vez que había pisado las piedras hacia el túnel del cráter. En aquel entonces se había retorcido con un odio desconsolado, sueños rotos llenándole la boca de ceniza. Ahora seguía a Ami, y Kivi los seguía a ambos, con la seca y cínica medida de la sobriedad en su lengua.

Ami habló durante todo el camino, continuando las historias que había comenzado la noche anterior. Si es que se les podía llamar historias. Para Svarde, el tiempo de Ami había transcurrido con menos placer que sus años en el acantilado de Vis. Había sido reducida a una mandadera, un apoyo emocional para el Aegis mientras Catya tropezaba a través de su lenta, inevitable y crucial decadencia.

—Basta, Ami —dijo Svarde cuando se acercaban al primer puesto de guardia—. Creo que no puedo soportarlo más.

—¿Soportar qué? —sonó genuinamente confundida.

—Tu miseria.

—¿Mi miseria? ¿Qué...?

—¿Contra cuántos demonios luchamos a través de estas islas, Ami? —preguntó Svarde.

Podría haber respondido a la pregunta él mismo, pero la dejó en el aire. ¿Podría ella recordar tan atrás? Una vez había sido una guerrera, la brillante espada Rompeflamas otorgada por los más altos rangos de Foti. Sin embargo, Svarde no la había visto llevar una sola arma en las horas que habían pasado juntos.

—Demasiados —respondió Ami, con la mirada distante y ralentizando su paso—. Estaban por todas partes entonces.

—Porque el Círculo esperó demasiado para hacer el llamado. Necesitábamos verdaderos Guardianes la última vez. Nos necesitábamos a nosotros, no a esas escoltas glorificadas que tuvieron antes. —Svarde no había pretendido arrastrar el día actual a esto, pero la torre de guardia del túnel desencadenó el pensamiento—. Todos menos dos Renovaciones murieron la última vez sin siquiera oler Noctia.

—No cometerán ese error de nuevo.

—¿Por qué?

—Porque no se lo permitiremos.

Svarde pateó las rocas. Los pequeños guijarros recibieron su ataque sin quejarse, dispersándose por la ladera. Ojalá el Círculo pudiera tomar su petición de la misma manera, salir volando para hacer lo que Svarde les exigía.

Nunca había deseado ser rey hasta que el poder demostró ser necesario.

—No quieren arruinar lo que tienen —dijo Svarde—. Están cómodos en sus castillos, contando sus conversos.

—¿No deberían estarlo? —dijo Ami, girándose completamente y deteniendo el ascenso—. ¡Diez años de paz es un logro! Unas pocas escaramuzas menores, pero las islas están en gran parte intactas, Svarde. Quizás no lo viste desde tu escondite, pero las cosas están bien aquí.

—¿Tan bien que ya no necesitan a gente como nosotros? ¿Eso es lo que estás diciendo?

Ami miró hacia el mar —Somos un arma envainada ahora, Svarde. No los culpo por ser reacios a mostrar el acero. Una vez que hacen el llamado, no se puede deshacer.

—Tampoco pueden deshacerse las vidas perdidas mientras ellos se sientan en sus sillas.

—No. No pueden. —Ami asintió hacia la torre—. Vamos. Está mejor por las mañanas.

A través del túnel y bajando hacia el cráter inclinado. El lelune yacía gris y silencioso bajo el sol, como un campo en barbecho esperando su próxima siembra. Los dientes del cráter se elevaban alrededor en un vasto anillo, ninguna aguja llegaba cerca de superar esas crestas furiosas. La cúpula blanca en el centro adoptaba una apariencia alienígena, su afilado dosel demasiado perfecto para el entorno natural.

Svarde no podía reunir odio por eso, sin embargo. Mantuvo su ceño fruncido, su mirada fulminante para la Najahn que estaba afuera. No había traído sus hachas ni su ballesta y se sentía desnudo sin ellas, pero la mujer Najahn lo registró de todos modos. Su rostro, la leve reverencia hablaba de reverencia, sus manos hablaban de deber.

Al menos protegían a su prisionera.

—La ferrita espera afuera —dijo la Najahn, y Svarde tomó la opinión de Kivi sobre el asunto.

La bestia de roca resopló, luego fue a escarbar en algo del lelune, excavando en busca de rocas más sabrosas bajo la superficie. No era un problema, entonces.

—Estará bastante contenta —dijo Svarde, y luego siguió a Ami al interior.

Había pasado quién sabe cuántas noches imaginando este momento, pero la preparación no hizo temblar el corazón de Svarde. Su aliento no desapareció, su pecho no se tensó. No hubo tragos ni tropiezos cuando Svarde vio a la mujer que había amado desde su primer encuentro en Foti.

Porque, él lo sabía, ella lo sabía, ese amor se había perdido hace mucho tiempo.

Catya estaba sentada en el trono de la Herida, esa silla forjada en piedra tan fea como siempre había sido. Túnicas púrpura-negras con filigrana dorada enmarcaban su forma marchita, haciendo que pareciera que la cabeza de Catya descendía a un pozo alquitranado que se derramaba de la silla al suelo. Cerca, como tentando a Catya con un salto fatal, se encontraba el estrecho abismo de la Herida.

Eso, al menos, no había cambiado.

Dos Najahn más esperaban dentro, vouges y chakram listos. A través de alguna señal tácita, cada uno fijó su mirada en Ami o Svarde. El instinto del Guardián lo tuvo calculando el tiempo que le llevaría a uno cruzar la habitación corriendo, vouge listo para dar la estocada mortal.

¿Podría hacerlo? ¿Podría poner fin al dolor de Catya antes de que lo alcanzaran?

—Estoy bien —dijo Catya, como si leyera su mente. Su voz, siempre ligera, ahora salía como un susurro apenas audible—. Te veo peludo.

Las palabras, unidas a una fuerte sonrisa, sacaron a Svarde de su sombría ilusión. ¿Estaba bien? Casi seguro que no, pero Catya no parecía enojada, ni abatida. Y Svarde estaba, de hecho, peludo.

—Es difícil encontrar navajas en la ladera de una montaña —respondió Svarde, acercándose al trono y arrodillándose. Extendió la mano, encontró la de Catya. Percibió que Ami mantenía la distancia—. Estás tan hermosa como siempre.

—¿En serio? —Catya resplandeció—. Ha pasado mucho tiempo desde que alguien me dijo eso. Ami no cuenta.

—Nunca contó.

La sonrisa de Catya se deslizó —Ella es tan parte de esto como tú, Svarde.

Quería protestar por eso, quería negar todo lo que había ardido desde que Catya tomó el maldito manto, pero Svarde encontró que la ira se evaporaba. Catya siempre tuvo ese efecto, siempre pudo convertirlo de león en cachorro.

¿Cómo había encontrado la llave de él tan rápido?

—El Colmillo de Rata todavía está allí —dijo Svarde, intentando un terreno más seguro.

—¿Por qué habría desaparecido? —respondió Catya—. He estado manteniendo todo a salvo, ¿recuerdas?

—He estado tratando de olvidar.

—No seas así. Sacrificamos demasiado.

—Algunos de nosotros seguimos sacrificándonos.

Catya cerró los ojos, se estremeció, y el medallón ámbar en su collar destelló. Un parpadeo momentáneo, pero lo suficientemente brillante como para inundar la habitación con luz color miel. Svarde se mantuvo quieto, manteniendo el agarre de su mano.

—¿Cuántos? —preguntó Svarde cuando los ojos de Catya se abrieron de nuevo.

—Demasiado a menudo ahora —dijo Catya, y si antes susurraba, ahora las palabras salían como un soplo de aire —. Es como si supieran que me estoy cansando. El poder está menguando.

—¿Duele?

—Cada vez. Imagina agarrar algo en llamas y no poder

soltarlo hasta que se enfríe. —Catya levantó la mano, dejó que sus dedos, más hueso que piel, tocaran el collar—. Al principio, tenía guantes gruesos, tenía agua y hielo. El demonio más ardiente moría en un instante. Ahora no tengo nada más que estas palmas y el dolor que puedo soportar.

Svarde no dijo nada. Tomó la mano de Catya de nuevo y la sostuvo con más fuerza.

—¿La peor parte? —continuó Catya, deslizando su mirada de Svarde a la Herida—. Ya no puedo detenerlos a todos. Especialmente a los fuertes.

—Lo sé. Por eso estoy aquí.

—Cuando ya no puedo soportarlo más, los suelto y los siento moverse. No sé adónde, Svarde. No sé adónde van o a quién van a lastimar, pero no puedo, no puedo detenerlos.

—No deberías tener que hacerlo. Vamos a convencerlos de que empiecen de nuevo. Tu trabajo está casi terminado.

Un destello de sonrisa, la comisura inclinándose hacia arriba. —Se lo dije hace meses, Svarde. El Precepto quiere que dure. Otro año, dicen, y tendré mi oportunidad.

Svarde se puso de pie, soltando la mano de Catya y lanzando una mirada fulminante a Ami.

—¿Lo sabías? —preguntó Svarde—. ¿Otro año?

Los guardias Najahn apretaron sus empuñaduras. No es que a Svarde le importara. Que intentaran atraparlo. Esas lanzas descuidadas tenían abundantes debilidades, y un chakram no estaba hecho para espacios estrechos como estos.

Ami asintió —Pero esperaba que pudieras convencerlos de lo contrario. Es fácil descartar demonios si son débiles y están medio muertos cuando llegan a la superficie. No hemos tenido un gran avance aquí.

—¿Aquí? —Svarde agitó sus brazos alrededor—. ¿Aquí,

donde tienen guardias armados por todas partes? Rescaté a unos niños, prácticamente. Sin un arma a su nombre, buscando setas, Ami. No habrían durado ni cinco minutos más.

Le había dicho lo mismo al Precepto, vio cómo la historia rebotaba en los ojos calculadores de Fassle.

—Svarde —dijo Catya, y el hombre volvió a arrodillarse—, ella está haciendo lo que puede. Todos lo estamos. No te enfades. No ahora, no esta última vez.

—¿Última vez? —preguntó Svarde—. ¿Qué significa eso?

—Me estoy desvaneciendo, y duele —respiró Catya—, pero duele más verme a través de tus ojos. Quiero que me recuerdes como era, no como soy, no como seré cuando este collar arranque mi último ser.

Para cuando él y Ami bajaron por el acantilado hasta el Colmillo de Rata —había otros bares, pero ninguno que a Svarde le gustara tanto— la noticia se había extendido. Vis había sido atacada por un demonio gigantesco. Kitaye había sido dañada, salvada solo por el hecho de que tantos edificios estaban fuera del suelo. La multitud vespertina zumbaba, la cerveza fluía más libremente que antes, con Che-Ri incluso ofreciendo una pequeña jarra gratis a todos los que entraban.

—Descuento por pánico —dijo Che-Ri cuando Svarde agarró sus primeras dos pintas.

La camarera parecía haber tomado algunos tragos de pánico ella misma, pero entonces, también lo parecía todo el mundo. Los demonios y su propensión a la muerte aleatoria tenían ese efecto en las personas.

A medida que se acercaba el anochecer, el Colmillo de Rata adquirió un aura diferente. El brillante interior añadía color, Che-Ri y su personal cambiaban el cristal de las linternas por paneles de tonos púrpura y azul. Oscuro pero no acogedor, ideal para los negocios que mantenían el bar a flote.

Ideal, también, para un par de Guardianes que podrían haberse encontrado rodeados por los temerosos al aire libre.

—Lo que no entiendo —dijo Svarde, frotándose las patillas—, es cómo lo sabemos siquiera. ¿Anoche? Antes, solo oíamos de un ataque importante después de días.

—Noctia está en todas partes ahora —respondió Ami. No había tocado su pinta todavía, parecía estar medio perdida en su propia mente mientras miraba alrededor del lugar—. Los Tenets cocinaron algo con los cuervos, por lo que entiendo.

—¿Cuervos?

—Las aves.

—Conozco a las aves. ¿Pueden hablar?

Ami parpadeó libre de su neblina para mirar con los ojos entrecerrados a Svarde. —¿Hablar? Perdiste mucho en esa ladera de montaña, ¿no?

Svarde se sintió un poco tonto cuando Ami explicó el proceso. Las pequeñas notas atadas a las patas, las rutas claras en las que las aves negras estaban entrenadas. No por primera vez, Svarde deseó que el mundo simplemente se hubiera quedado estático mientras él tenía su pequeño retiro.

—Van a hacer el llamado —dijo Ami, finalmente atacando su bebida. Svarde notó que la bebida llegó solo después de que él había pedido pescado frito, su salado sabor marino secándole la garganta—. Apuesto a que lo sabremos mañana por la mañana.

La Renovación era la apuesta más fácil del mundo en este momento. Noctia podría haber sido reticente cuando se trataba de pequeños bichos asustando a unos pocos niños, matando a un par de solitarios. Destruye una ciudad como Kitaye y de repente la preciosa economía está amenazada. Ahora tenían que actuar.

El problema era que estarían haciendo lo incorrecto.

—Todo es un retraso —dijo Svarde.

Ami parpadeó —¿Qué es un retraso? ¿La Renovación?

—Sí.

—Por supuesto que lo es. Compramos tiempo para el mundo con una sola vida. Ese es literalmente el punto. —Ami de nuevo le dio a Svarde la mirada inquisitiva—. ¿Has tomado algo más fuerte mientras no miraba?

—Pero no está funcionando.

—Creo que está funcionando demasiado bien.

—No —Svarde levantó las manos, negando con la cabeza—. Me refiero a las Renovaciones. La de Catya ha durado ¿cuánto, diez años? La anterior duró doce. La anterior a esa, ¿cuántos?

—Trece.

—Entonces, ¿qué pasa cuando sean cinco años? ¿O cada seis meses? —Svarde giró, extendió un brazo hacia el bar abarrotado—. ¿Quién va a estar haciendo algo cuando los demonios estén en todas partes, todo el tiempo?

Ami suspiró —Apuesto a que el Precepto espera estar muerto para entonces.

—Nosotros no lo estaremos.

—¿Hay algún punto en esta diatriba, Svarde?

El hombre apoyó los codos en su pequeña mesa, inclinándose sobre el pescado como si fuera algún tesoro que proteger. Sus ojos brillaron, los músculos de su garganta se tensaron mientras un rubor, bien oculto por la iluminación del bar, recorrió su rostro.

Una de las muchas razones por las que Svarde no podía

jugar a las cartas, o a cualquier otra cosa que requiriera un farol.

—Necesitamos atacar la fuente, Ami —dijo Svarde—. Todo esto es un juego de mierda. Vamos a perder eventualmente.

—Ya se ha intentado —dijo Ami.

—Mentira. No lo ha intentado nadie serio. No en cien años.

Había antiguos poemas, viejas historias sobre aventureros que habían entrado en las cuevas más profundas, que habían descendido a la Herida. Invariablemente las historias los describían como grandes héroes, invariablemente siempre desaparecían, para no volver a ser vistos.

—No es cierto —habló Ami más bajo esta vez, con los ojos en su jarra.

—Di lo que estás pensando.

—Huiste. Catya se puso el collar y tan pronto como viste lo que significaba, te fuiste. Yo me quedé. —Ami puso su mano derecha plana sobre la mesa, donde Svarde podía ver los anillos en cada dedo. Cada uno ganado en Whent, cada uno por una victoria honorable—. ¿Sabes lo que le hace a alguien como yo, que había derribado a cada oponente que había encontrado, ver a mi mejor amiga morir minuto a minuto, día a día?

—Lo sé —dijo Svarde—, por eso no podía quedarme. No podía verla. No a Catya.

—Huiste. Yo traté de encontrar una salida.

—¿Qué quieres decir?

—No hay respuestas, Svarde. Cuando le pregunté al Círculo, dijeron que habían enviado gente abajo. Exploradores. Luchadores. Todos desaparecieron, y ahora nadie quería intentarlo más. —Ami terminó su pinta, hizo una señal para pedir una segunda—. Así que fui a los científicos después. Los doctores y sus agujas. Todos tenían teorías, nadie tenía soluciones. ¿Adivina cuántos querían probar algo en el Aegis, sabiendo lo que significaba el fracaso?

Kivi, acurrucada alrededor de sus pies, resopló junto con Svarde ante esa idea.

—Así que me quedé —dijo Ami—, y me dije a mí misma que iba a hacerlo lo más fácil, lo menos doloroso posible para ella, porque ese fue el juramento que hice.

—Juramos protegerla, Ami. No verla morir.

—¿Es eso lo que hiciste entonces?

Che-Ri dejó la segunda pinta de Ami. Ami le lanzó una flor de lelune, recogida ese día —y expresamente contra la ley de Noctia— del cráter. Che-Ri silbó, guardó la frágil flor rosada.

—No lo hice —dijo Svarde—. No puedo negarlo. Pero estoy aquí ahora. Listo para arreglar las cosas.

Ami se rio, bebió su segunda pinta en un trago de tres segundos. Una señal, entre otras, de cómo había pasado los largos años en la isla. Antes de que Svarde pudiera decir algo más, Ami empujó hacia atrás su silla, se puso de pie.

—¿Sabes qué, Svarde? —dijo Ami—. Ha sido agradable verte. Me alegro de que estés aquí para arreglar las cosas. Buena suerte.

Antes de que Svarde pudiera balbucear una disculpa, Ami salió por la puerta, hacia la noche, y se alejó.

Para cuando regresó a su habitación bajo las agujas, para cuando llamó a la puerta de Ami y no recibió respuesta, las señales de humo estaban encendidas. Nubes doradas y púrpuras, generadas por enormes hogueras que rodeaban toda la isla de Noctia.

Serían visibles desde cualquier lugar de Las Siete Islas, y significaban una cosa.

Renovación.

A la mañana siguiente Svarde irrumpió en la conferencia del Círculo sin la ayuda de Ami. Kivi también vino, la ferrita apresurándose más allá de los guardias Najahn que se dispersaban para escoltar a su amigo a la cámara. La conversación se detuvo cuando Svarde entró, varias islas en acaloradas discusiones sobre cuántos recursos de Noctia merecían para lidiar con las probables incursiones de demonios.

Fassle simplemente puso los ojos en blanco ante Svarde, levantando un solo dedo en su dirección mientras el Guardián pisoteaba hacia el centro rebajado de la sala.

Tres tazas de café en el cuerpo y Svarde tenía una confianza burbujeante. Casi ignoró a Fassle y soltó lo que había venido a decir, pero los últimos jirones de su autocontrol, quizás provenientes del desdén de Ami la noche anterior, mantuvieron la boca de Svarde cerrada mientras Vis y Rana se atacaban mutuamente.

Al menos, lo hicieron hasta que Fassle golpeó su mano en la mesa. La madera carecía de la grandeza del metal resonante, pero Svarde tuvo que admitir que el golpe sólido sirvió de todos modos.

—Mis amigos —anunció el Precepto—, parece que nuestro estimado Guardián ha regresado para, solo puedo suponer, ¿agradecernos por iniciar lo mismo que vino a sugerir ayer?

Los ojos se dirigieron hacia él, ni uno solo de ellos compasivo. Incluso Foti le dio a Svarde una mirada cristalina, como si fuera un niño que se había salido mucho de los límites.

Bueno, estaba aquí, y ellos lo escucharían hablar de nuevo.

—No exactamente, Precepto —dijo Svarde, de nuevo enfrentando al hombre principal y a los dos Acuerdos sentados junto a él—. La Renovación es una opción, sí, pero quiero intentar una solución más permanente.

El Círculo esperó, observó, escuchó mientras Svarde exponía su recomendación: un equipo, hábil y dirigido por él mismo, para ir al Oscuro Inferior y enfrentarse a los demonios y su fuente. Acabar con ellos allí en la profundidad e impedir que vuelvan a subir.

—No más Renovaciones, no más monstruos sorprendiendo a nuestras familias y amigos —Svarde se lanzó a su conclusión—. ¿Dices querer paz, Precepto? Así es como puedes tenerla. Para siempre.

Silencio. Un peso inmóvil. Tamas se rascó la nariz, mientras Kance miraba hacia el techo. Entonces el Precepto suspiró y Svarde supo que había perdido.

—O no conoces los hechos —dijo Fassle—, o los conoces y los estás ignorando. Todos los que entran en el Oscuro Inferior mueren allí, Guardián. Esto se ha intentado antes, y no sancionaré vidas para que se pierdan. —El Precepto frunció el ceño—. Tú, por supuesto, eres libre de hacer lo que quieras. Si puedes encontrar a tu tripulación, puedes ir y tirar tus vidas como desees. Pero no lo harás en mi isla, y no con mi aliento.

—Todos sabemos que la Renovación tiene sus fallos, pero es lo único que sabemos que detiene a los demonios. Lo único que sabemos...

—Es una sentencia de muerte para cualquiera que sobreviva —dijo Svarde, sabiendo muy bien que interrumpir al Precepto no se hacía—. Todo lo que estás haciendo es condenar a otro niño, todo porque no intentarás nada más.

Fassle empujó hacia atrás su silla, se puso de pie. El Precepto era más alto de lo que Svarde esperaba, encontrándose con el guerrero a la altura de sus ojos.

—No presumas saber lo que estamos haciendo, Guardián —dijo Fassle—. Lo que ocurre aquí no es para que tú lo sepas, y no seré juzgado por la ignorancia. Dije que eres libre de perseguir tu sueño. Ahora vete mientras aún tienes tu cabeza.

Si Kivi no hubiera golpeado su cabezota contra las espinillas de Svarde, el Guardián podría haber vuelto contra Fassle. En cambio, Svarde gruñó, se volvió y salió furioso del Círculo.

¿La peor parte? Antes de que siquiera se hubiera ido, las islas estaban de nuevo en ello, negociando por suministros y soldados. Peones en una guerra perdida.

Los murmullos furiosos hicieron un buen compañero bajando por la ladera urbanizada de Noctia. Al menos mantenían a cada persona que pasaba a una buena distancia de él. Kivi se movía despacio, tomando mordiscos furtivos de los adoquines cuando nadie miraba.

¿Adónde quería ir Svarde, qué quería hacer? No estaba seguro, así que caminó, maldiciendo al Precepto y al Círculo sin agallas. Renegó también de Ami, la cobarde.

¿Y qué si otros habían intentado bajar a la oscuridad antes? Esos "otros" no tenían sus talentos. Svarde podría hacer algo diferente, podría terminar con un resultado que rescatara al mundo entero. ¿No sería intentarlo mejor que condenar a algún pobre niño a una muerte temprana y dolorosa?

¿No habría sido mejor para Catya?

—Tómalo con calma, cariño —dijo Che-Ri, sacando a Svarde del mundo nebuloso en el que se había hundido—. Tu bolsa se está aligerando y tus párpados se están volviendo pesados. Toma algo de agua.

La mañana se había convertido de alguna manera en la tarde. Kivi roncaba alrededor de sus pies, y la bolsa de

Svarde, una vez repleta de vegetales de raíz de Vis y otras exquisiteces negociables de esa isla, de hecho se sentía suave contra sus hombros. Si quería seguir ahogando su día, Svarde tendría que pedirle a Che-Ri un turno detrás del mostrador.

Pero la cantinera no había estado fuera más que un par de minutos antes de que un nuevo alma tomara el asiento junto a Svarde. A diferencia de su capa maltratada y vieja y su ropa gastada de Foti, ella resplandecía en el verde azulado salado común a Rana.

La isla del río tenía su reputación, ganada una y otra vez con sus humores cambiantes. Sus marineros tendían a ser segundos para ninguno, pero trataban a todos los demás como si fueran segundos para ellos mismos. No tanto una falta de respeto como una ambivalencia, como si el resto del mundo fueran juguetes para jugar, saquear o intercambiar por cosas mejores.

Así que cuando esta mujer puso su mano en su barbilla y miró a Svarde como podría mirar un artículo del mercado, Svarde le dio el gruñido de vete.

—Enérgico, ¿eh? —respondió la mujer. Movió su hombro, dejando que Svarde viera las dos corrientes de esmeralda que atravesaban su peto de zafiro —por qué Rana insistía en usar uniformes completos en los bares desconcertaba a las islas. Esas líneas verdes significaban que había ganado un barco propio, hizo a Svarde un poco más curioso—. Eso es bueno. Odio ver a los Guardianes perder su filo.

—Me conoces.

—Todos en este bar te conocen ahora. Desde tu segunda pinta has estado lamentándote sobre el Círculo lo suficientemente alto como para que todos te oigan.

—Se merecen una buena paliza.

—Sin duda —la mujer levantó dos dedos hacia Che-Ri. La cantinera se acercó, frunciendo el ceño hacia Svarde—. Si quiere beber, déjalo beber.

—¿Svarde? —preguntó Che-Ri.

El Guardián levantó su taza de agua, la vació, derramando gran parte en el suelo. Kivi se sobresaltó, resopló con frustración humeante. Svarde la ignoró, volvió a poner la taza vacía en el mostrador.

—Llénala, si ella invita —dijo Svarde.

La capitana de Rana metió la mano en su bolsa, sacó una resplandeciente cuenta de oro. —Esto debería cubrir nuestras rondas para la noche, ¿no?

Che-Ri tomó la cuenta, todavía frunciendo el ceño, y la miró de cerca. Suspiró después de un momento, luego miró a la capitana de Rana.

—Si se emborracha lo suficiente como para hacer un berrinche, tú limpiarás después de él.

—Por supuesto.

Jarras rellenadas, Svarde se esforzó a través de la neblina alcohólica para concentrarse en su benefactora.

—¿Qué quieres de mí, entonces? —preguntó Svarde.

—Quiero lo que tú quieres —dijo la capitana de Rana —. Algo diferente.

—Quieres ir allá abajo.

Ella asintió —No es fácil encontrar a otros que quieran hacer lo mismo, pero he estado construyendo una tripulación durante un par de años. Están dispuestos, pero las probabilidades no eran lo suficientemente buenas.

—¿Las probabilidades? ¿Qué estás...?

—No vamos a pasar por la Herida. Los Najahn no nos dejarán —dijo la capitana—. Lo he intentado antes. Iba a intentarlo de nuevo esta semana. —Giró su jarra, sin beber de ella, en el mostrador—. Con todos los ataques de demonios surgiendo, esperaba que fueran más receptivos. Pero tú demostraste que eso era un error.

Svarde miró fijamente, bebió, esperó.

—Whent es la siguiente mejor opción. No está muy al norte, y sus cuevas son más profundas que en cualquier otro lugar. Si queremos darle a esto una oportunidad real, empezamos allí. —La capitana agarró el asa de su jarra, su rostro tensándose—. Por eso te necesito.

—¿Qué tengo que ver yo con Whent? No soy ningún mordedor de rocas.

—Eres un Guardián. El Guardián, en lo que a mí respecta. Contigo en mi barco, hay una posibilidad de que podamos llegar allí. Una posibilidad de que nos dejen atracar.

Svarde parpadeó. Tal vez era la cerveza, pero no podía recordar ningún privilegio especial que tuviera un guardián para moverse de una isla a otra, al menos no uno sin una Renovación a su cargo.

—Realmente has estado fuera mucho tiempo —dijo la capitana, la intensidad desvaneciéndose hacia algo más suave, más curioso—. El mundo no es como lo dejaste, Svarde. Las cosas están inquietas.

Ah. Svarde podía leer ese código. Rana tenía más cosas en su contra además de su vanidad.

—Los están asaltando de nuevo, ¿verdad? —preguntó Svarde.

La capitana se encogió de hombros —Son objetivos fáciles. Pero eso hace que atracar en Whent sea una propuesta más complicada.

—Eso no cambiará conmigo a bordo.

—Creo que sí —respondió la capitana—, y si no, creo que estás dispuesto a hacer lo que sea necesario.

Svarde tragó las palabras con un nuevo sorbo. La

cerveza, picante y amarga, se fundió con el Colmillo de Rata en un cálido manto. En una vida diferente, podría haber estado contento aquí. Haberse tomado un papel de celebridad como el de Ami, tener sus jarras y sus comidas en esa aguja de piedra hasta que Catya se marchitara hasta la nada.

—Digamos que estoy dispuesto —murmuró Svarde en su bebida—. ¿Cuándo zarparíamos?

—Mañana. Al amanecer.

Svarde asintió. —Entonces creo que tengo algunas cosas que empacar. ¿Cuál es tu barco?

—El *Tsuro*. Pregunta por Maena —dijo la capitana—. Me alegra que estés dispuesto a salvar el mundo, Svarde.

—Ya lo hice una vez —dijo Svarde—. Bien podría hacerlo de nuevo.

CAPÍTULO 15

EN LA ENREDADERA

Bliss jugueteaba con el emplasto que envolvía su muslo derecho. Bajo él, la marca irregular causada por los tentáculos taladradores del demonio parecía estar sanando, aunque sus ardientes dolores se manifestaban de vez en cuando. Un recordatorio, según dijo una de las Lira, de que aún tenía mucho que aprender.

Varias docenas de personas flotaban desde la bahía en ataúdes de hojas plegadas cuando la llamada de Noctia se hizo oficial. Todos habían visto el humo, las luces la noche anterior mientras limpiaban los escombros, mientras trozaban el monstruoso cuerpo del demonio, pero nadie en Kitaye tenía la autoridad para hacer la declaración.

Hizo falta un hombre imperioso desplegando un pergamino, de pie con su armadura púrpura-negra bajo el sol abrasador, con agua hasta los tobillos en el lodo que antes fuera la plaza principal de Kitaye, para que comenzara la Renovación.

Aun así, la ciudad tenía problemas mayores. Bliss tenía problemas mayores. Mientras la mayoría de las casas quedaron intactas, excepto las más cercanas a la playa donde partes errantes del monstruo demolieron techos de paja y paredes de bambú, no podía decirse lo mismo de las tiendas y puestos comerciales. Los muelles estaban golpeados y rotos, la bahía misma bloqueada por el enorme tamaño del demonio.

Así que Kitaye se movilizó, con líderes vecinales organizando turnos. La propia Bliss cabalgó sobre la adrenalina durante toda la noche directamente hacia el fragor de las reparaciones, deteniéndose solo cuando las Lira señalaron su pierna herida.

Se había quedado atónita ante su propia sangre. En ese momento, aquella noche, todo había sido instinto. El entrenamiento Lira controló sus músculos como si Bliss hubiera perdido la cabeza: clavando el bastón en la arena para mantener su posición, estrechando su perfil mientras hundía sus pies para resistir mientras la ola se estrellaba a su alrededor. Avanzando después de la embestida, apartando los tentáculos golpe tras golpe, reaccionando a órdenes silbadas para proteger a arqueros, jabalineros y escaladores.

Y finalmente escalar una cuerda ella misma, trepando sobre las aguas ensangrentadas para atacar la parte superior fluorescente y blanda del demonio. Bliss ahora no podía distinguir momentos individuales: la batalla se sentía como una mancha en su mente, indistinta y maravillosa.

Las Lira lucharon como una sola, y cuando todo Kitaye se unió, Bliss no era solo ella misma.

Esto, ahora, era una versión más simple de lo mismo. Como una flor iluminada por la luna vislumbrada en un día nublado. Removía barro y tierra, encontrando ropa, herramientas, tesoros y apilándolos en improvisadas barcazas de madera. La carga flotante sería enviada al centro de la ciudad, donde los dueños que las buscaran podrían ver qué no se había perdido.

En cuanto al cuerpo del demonio, sus pedazos serían arrojados al mar. Alimento para criaturas dispuestas a comer el horror. Tiburones y peces carroñeros aún rondaban la bahía, frenéticos por la sangre, y las Lira permanecían vigilantes con bastones para alejar a cualquier intruso de la tierra anegada. En general, la ciudad no se había detenido, sino que había adoptado un tipo diferente de vida.

Al mediodía, sin embargo, la declaración de la Renovación encontró su asidero. Aquellos que podían poner en pausa sus limpiezas lo hicieron, siguiendo el sonido de un cuerno de caracola para reunirse cerca de la frontera sur de la ciudad con la selva. Allí, al menos, todo estaba seco.

Y con su emplasto finalmente libre de la humedad, los arañazos de Bliss le picaban.

—Presta atención —dijo Pan, de pie junto a ella—. Puede que esta vez califiques.

Bliss le lanzó una mirada escéptica, pero el hombre mantenía los ojos fijos al frente. Como siempre, la bolsa de Pan parecía cargada. Si realmente había salido a recolectar o simplemente había cogido algunos restos flotantes para sí mismo, Bliss no podía saberlo. De cualquier manera, parecía fresco. Ningún trabajo nocturno para él.

Wax estaba a la izquierda de Pan, igualmente cautivado por el soldado Najahn que nuevamente se preparaba para hablar a la multitud. Esta vez, el sudoroso hombre tenía dos soldados más a su flanco, cada uno con sus lanzas curvas y grandes discos afilados en la espalda.

Ella dio un codazo a Pan: "¿Por qué están armados?"

—Porque los demonios pueden llegar en cualquier

momento —susurró Pan en respuesta—. Vis siempre es la primera isla en ser atacada.

"¿Por qué?"

Pan se encogió de hombros.

—No lo sé. Simplemente es así. Al menos eso decían mis padres.

Otro soplido del cuerno de caracola y la asamblea se calmó. Bliss echó un vistazo alrededor y calculó que varios miles estaban de pie en el claro. Una buena parte, pero no tantos como hubiera esperado para algo así.

La razón llegó rápidamente.

—El Precepto ha declarado una Renovación —anunció el capitán Najahn, clavando su voz en cada palabra—. Cada isla puede nominar a un único candidato para este honor, y ese candidato deberá viajar a las siete islas para ganarse sus scars. El primer candidato en completar esta tarea y regresar a Noctia será honrado como el próximo Aegis, dedicado a proteger al mundo de la Oscuridad de Abajo. —El Najahn tomó un largo respiro. Bliss se rascó el emplasto nuevamente—. Debido a que la Renovación es exigente y el Aegis requiere juventud, solo aquellos entre dieciocho y veintidós años pueden intentar el viaje.

Palabras, airadas y confusas, estallaron entre la multitud y el Najahn los dejó hablar. Bliss, con diecisiete años, miró a Pan, quien murmuraba algo con Wax.

—Se vuelven más jóvenes cada vez —decía Pan—. En la última Renovación querían a alguien de hasta veinticinco años.

—Esta fue tan corta —respondió Wax—. ¿Los matan más rápido, así que necesitan que sean más jóvenes?

—Tal vez —dijo Pan.

"¿Entonces por qué no ir aún más joven?", signó Bliss,

metiéndose en la conversación. "Soy lo suficientemente fuerte para intentarlo."

—Puedes preguntarle —dijo Wax—. Apuesto a que no te dirá nada. A todos los Najahn les gustan sus secretos.

"¿Ustedes dos van a intentarlo?"

Wax y Pan se miraron. El par no tenía ninguna sutileza, y Bliss supuso que no lo habían considerado hasta ese mismo momento.

—¿Para qué? —preguntó finalmente Pan—. Es peligroso.

Wax no parecía tan rápido para subirse al barco de Pan. En cambio, se encogió de hombros y asintió hacia el Najahn.

—Parece que el cabeza de hierro está listo para hablar de nuevo.

El Najahn tenía preparado otro discurso, este más largo y más ventoso que el primero. Cualquier candidato a la Renovación podía tener Guardianes, tantos como eligiera, y su séquito tendría protección en todas las islas. Dicho esto, el peligro estaría presente, ya que ninguna skar podría ganarse sin prueba.

—Y los demonios tienen una manera de encontrar a las Renovaciones —dijo Pan—. La mayoría de los candidatos mueren.

—¿De dónde sacas estas cosas? —susurró Wax la pregunta.

—Guardián en la familia, ¿recuerdas?

El Najahn llegó a una conclusión, levantando una mano y obteniendo otro sonido de cuerno para calmar a la multitud.

—Al próximo toque del cuerno, exactamente a esta hora —el Najahn sacó un pequeño reloj de sol, lo sostuvo frente a él—, comenzará la competencia de Vis. El primer candidato en escalar el Gran Sana y tomar el skar será declarado la Renovación de Vis. Les deseo a todos suerte, y que la fuerza de Noctia esté con ustedes.

El Najahn observó el reloj de sol durante un largo minuto mientras la multitud se miraba entre sí, sopesando quién podría ir. La mayoría parecía enferma ante la idea, asustados o agotados.

Entonces sonó el cuerno y una pesada mano cayó sobre el hombro de Pan. Mientras la multitud comenzaba a dispersarse, Pan, Wax y Bliss se volvieron para ver al padre de Pan, un fornido hombre con bastón, sujetando firmemente a su hijo.

—Irás tú —dijo el hombre, y con su mano libre, extendió una segunda bolsa.

Dentro de su abertura, Bliss vio comida envuelta, odres de agua. Los zapatos de escalar de Pan colgaban de ganchos en los costados de la bolsa.

Pan tragó saliva.

—¿Qué?

—Tu abuelo fue un guardián —dijo el padre de Pan—. Yo lo intenté en la última Renovación. Tú lo intentarás en esta.

—Pero...

—Cuando las islas piden ayuda, nuestra familia no ignora la llamada. Toma esto y ve. —El hombre extendió la bolsa. Pan la tomó. Su padre mantuvo la mano extendida, y Pan miró confundido—. Tu otra bolsa, Pan. No la necesitarás ahora.

Luciendo tan aturdido, tan vacilante como Bliss lo había visto jamás —y con Pan, eso realmente decía mucho—, el joven se quitó su propia bolsa y se la entregó a su padre.

—Vete ahora —dijo el padre de Pan—. Es un largo camino hasta el Gran Sana. —Los ojos del hombre brillaron, mirando tanto a Wax como a Bliss. Una pequeña sonrisa revoloteó en sus labios—. Pero no necesitas recorrerlo solo. Una Renovación necesita a sus Guardianes.

Wax caminó con Pan por el camino de la selva, Bliss avanzando junto a ellos, hasta que el padre de Pan desapareció detrás de los árboles, la multitud, la ciudad. Como tirados por alguna señal oculta, los tres dejaron el sendero de tierra y se deslizaron hacia un lado, sentándose entre algunos helechos. Detrás de ellos, algunas personas de su edad, gente que Wax conocía, avanzaban por el camino.

Algunos llevaban bolsas completas, otros menos, y sus estados de ánimo abarcaban todo un espectro.

Algunos parecían que iban a acompañar por un tiempo, quizás un día. Tenían un aire aventurero, pero carecían del equipo. Sin cuerdas en la cintura, sin bastones u otras armas sobre sus espaldas. Wax los conocía, conocía a los tipos que alardeaban de su juego sin realmente jugarlo nunca.

Los otros, un grupo más pequeño, parecían haber tomado las palabras del Najahn como un evangelio. Caminaban con la cabeza alta, con bolsas repletas. Bolsas rebosantes de agua se adherían a sus piernas. Marchaban, algunos ya desenrollando cuerdas y buscando una oportunidad para elevarse por los aires.

El aire zumbaba con energía y propósito, algo que Wax absorbía después de la desesperación inútil tras la llegada del demonio.

Pan, sin embargo, no parecía sentirlo.

—Si no quieres ir —dijo Wax—, entonces no tienes que hacerlo.

—Escuchaste a mi padre —suspiró Pan, ajustando la bolsa—. No es como si tuviera elección.

"Escóndete un par de días", signó Bliss. "Ve a buscar

hongos o algo así. Vuelve y di que lo intentaste pero no funcionó."

Pan le dio una sonrisa temblorosa.

—Él olerá esa mentira. —Se enderezó—. Además, podría ser divertido. Al menos por un tiempo, y significa que no tendré que limpiar la casa.

Pan los miró.

—Sé que Sawi no puede venir, ¿pero ustedes dos vendrían?

Bliss estaba negando con la cabeza: "No puedo. Al menos, no sin obtener permiso."

—¿De las Lira? —adivinó Wax.

"¿Tan obvio?"

Pan parecía confundido, así que Wax le explicó:

—No lo adiviné hasta que hiciste ese movimiento en la playa. Explicó todas esas noches que has estado fuera.

—¿Está en las Lira? —preguntó Pan—. ¿Cómo?

"Habilidades."

Wax se rio, levantando las manos cuando Bliss le lanzó una mirada fulminante.

—Lo siento, te lo mereces tanto como cualquiera. —Miró a Pan—. ¿Me estás pidiendo que sea tu Guardián?

—No puedes ser realmente un Guardián a menos que yo sea una Renovación —dijo Pan—, y eso no va a suceder. Pero claro, llámalo como quieras.

"Mamá y papá no estarán contentos", signó Bliss. "Queda mucha limpieza por hacer."

—Seguro que Quik se encarga de todo. —Wax dio una palmada en el hombro de Pan—. Déjame correr a casa y recoger mis cosas. Luego nos vamos.

Pan no objetó y Bliss no tenía otras buenas razones para que Wax se quedara en casa, así que Wax se dirigió chapoteando hacia su bolsa, la hoja Foti y la aventura.

Wax no pudo mantener la alegre caminata a través de las calles inundadas, el desastre empujó la promesa de aventura del Najahn fuera de su mente.

No había visto a Sawi salvo por un vistazo después de la celebración. Ella había sobrevivido, y estaba siendo encargada de recuperar los jardines y sus cultivos vitales. Eso la envolvería durante días, semanas, tal vez más tiempo. Kitaye como conjunto colgaba responsabilidades sobre todos los demás también: no expediciones de largo alcance. Quedarse cerca, viajar en grupos. Tener miedo y estar a salvo.

Estar encerrado en una casa del árbol o volver a cubrir de paja los techos rotos no era la vida para la que Wax se había apuntado. De ninguna manera.

No cuando tenía su nueva hoja Foti.

Esperándolo, con los tobillos cruzados y apoyada contra el tronco de su casa del árbol, estaba Sawi.

Llevaba su rango sin preocupaciones, el contorno castaño rojizo alrededor de sus brazos y piernas tatuados mostrando el nuevo papel de Sawi. Tres líneas verticales en su mejilla izquierda, cada una terminando en un helecho de cuatro frondas, ponían el lugar específico de Sawi en perspectiva: una recolectora, sí, pero una hecha para lo salvaje.

—Ha pasado un tiempo, extraño —dijo Sawi mientras Wax se acercaba, sus pies descalzos chapoteando a través del suelo aún embarrado.

—No por elección —dijo Wax, y cuando Sawi encontró sus ojos, dejó de lado la torpeza del momento y fue a por un fuerte abrazo.

Wax sintió los hombros tensos de Sawi, sus tensos brazos apretarse, luego relajarse. Sus tejidos se juntaron, el estrés, el miedo, el alivio de los últimos días drenándose.

Habían estado separados antes, por supuesto, pero

nunca con la posibilidad de que uno pudiera no regresar. Wax, mejilla con mejilla con ella mientras miraba hacia innumerables árboles, edificios en reparación y gente pasando hacia el mar, intentó encontrar el pasado.

Sawi lo dejó alejarse, rompiendo el abrazo y volviendo al tronco del árbol, como si su sólido volumen reforzara lo que estaba a punto de decir.

—Me voy —habló Sawi, cruzando los brazos y girándose hacia la selva—. Toda el agua arruinó demasiada comida. Vamos a ir a los pueblos más pequeños con lo que podamos intercambiar.

Wax esbozó una sonrisa de lado.

—Yo también.

—¿Tú también?

—¿Has oído hablar de la Renovación?

Ambos miraron al norte, aunque Noctia y su humo no podían verse. Entonces Sawi se rió.

—¿Vas a intentarlo? —preguntó Sawi—. ¿Tú, el tipo que galantea por la selva en sus propias aventuras? ¿Vas a inscribirte para eso?

—Uno, oye. Y dos, no es tan simple —Wax se lanzó a un rápido resumen del discurso de la mañana y el alistamiento forzoso de Pan en la carrera—. De todos modos no vamos a llegar allí. Es una farsa para satisfacer a la familia de Pan. Eso es todo.

Ahora la sonrisa de Sawi tomó un sabor genuino, sus ojos haciendo el trabajo correspondiente.

—Eso suena más como tú. Aunque no estoy segura de que confiaría en ti para mantener a Pan lejos de problemas.

—Es una carrera rápida con una multitud. Estaremos de vuelta en una semana, y eso será todo. —Wax asintió hacia la casa—. Si algo se pone aterrador, tengo mi nueva espada.

—¿Sabes cómo usar esa cosa?

—Los pincho con el extremo puntiagudo.

Sawi soltó una risita.

—Entonces parece que estás listo.

—¿Tú lo estás?

La sonrisa se desvaneció.

—Es como unirse a una nueva familia, Wax. Tengo que sumergirme y hacer amigos. —Sawi se apartó del árbol—. Hablando de eso, nos reuniremos pronto. Solo quería, ya sabes, decir adiós.

—Adiós por ahora, Sawi. Solo por ahora. Cuando volvamos, veremos quién tuvo la mejor aventura.

—Siempre un concurso contigo, Wax —Sawi negó con la cabeza.

—Hay que mantener las cosas interesantes.

Wax encontró a Pan cerca de donde lo había dejado, el recolector de hongos habiendo mejorado su equipo de viaje con tejidos extra, zapatos de escalar y su cuerda. Wax, con su propia bolsa igualmente repleta, le entregó su bolsa a Pan y tomó la de su amigo a cambio. Ambos realizaron la verificación de preparación pre-aventura, un paso vital antes de adentrarse en las selvas de Vis, para asegurarse de que ninguno había olvidado nada importante.

—Estás mejorando en esto —dijo Wax cuando terminaron, sin que ninguno hubiera olvidado un artículo—. ¿Recuerdas cuando Bliss y yo traíamos extras para ti?

—Difícil olvidarlo cuando me lo recuerdas cada vez que vamos a cualquier parte.

El camino que conducía al sur desde Kitaye se dividía como la vena de una hoja, extendiéndose en direcciones desiguales hacia asentamientos más pequeños, maravillas naturales conocidas y, el más amplio, hacia la costa este de Vis y la otra ciudad que esperaba allí. Entre las dos, anidada contra el Gran Sana, se encontraba el hogar de Noctia en la isla. Wax nunca había estado allí, porque ¿quién querría ir a una aventura donde la gente ya vivía?

Pero había oído bastante de los comerciantes, cómo Noctia, y más específicamente, las fuerzas Najahn que dirigían el lugar, tenían una clara falta de aprecio por los rasgos únicos de Vis.

—Y nunca intentan columpiarse —dijo Wax mientras él y Pan se alejaban, siguiendo la tierra y las hojas acolchadas hacia el sur—. Simplemente se esconden detrás de su muro y esperan a que termine su tiempo.

—Suena pacífico —respondió Pan—. A diferencia de todo esto.

El camino no estaba abarrotado, pero Kitaye tenía suficientes aspirantes a la Renovación para hacer zumbar el paseo por la selva. El canto de los pájaros, el viento a través de las hojas, ambos sofocados bajo la conversación entre parejas, tríos y grupos más grandes. De vez en cuando alguien pasaba volando por su izquierda o derecha, gritando mientras iba. La apariencia, la sensación era de un pueblo enterrando el trauma con emoción, aventura, esperanza.

O, al menos, distracción.

—Nunca hablamos de ello —dijo Pan mientras la pareja caminaba bajo el dosel, apartando de vez en cuando alguna enredadera colgante—. Solía preguntarle a mi padre cómo era vivir una Renovación y él me decía que lo aprendería por mí mismo. No pensé en lo que eso significaba hasta ahora.

—¿Los demonios?

—Todo esto —dijo Pan, agitando los brazos hacia el camino, las parejas y tríos generalmente jóvenes caminando delante—. Es como si nuestras vidas simplemente se detuvieran.

—¿Porque no vas a recolectar más hongos?

Pan lanzó una mirada de puñal hacia Wax.

—¿Crees que eso es todo lo que soy? ¿Encontrar hongos?

—Es todo lo que has sido últimamente —Wax hizo un gesto hacia las gruesas ramas de arriba—. ¿Recuerdas cuando solíamos columpiarnos? Saltaríamos durante horas.

—Sí, luego encontraste a Sawi y el "nosotros" dejó de ser una cosa.

—No me digas que vas a volver a sacar eso, ¿verdad?

Pan no respondió, mantuvo su mirada hacia adelante, el paso firme. Wax midió su ritmo, uno suave que los llevaría a algún pueblecito al anochecer. Un lugar en el que nunca se había quedado, del que ni siquiera recordaba el nombre, pero que estaría abrumado por aspirantes a la Renovación. Tendrían suerte de encontrar un buen montón de hojas para dormir.

—Soy bueno en eso —dijo Pan en el vacío.

—¿Bueno en qué?

—En encontrar hongos. Y las otras plantas. —Pan se enderezó, ajustó sus bolsas para que descansaran cuadradas sobre sus hombros—. Los recolectores me reclutarán el próximo año.

—Probablemente.

—Pero eso no es todo lo que soy.

—¿Ah, sí?

Pan reemplazó el ceño fruncido con una sonrisa maliciosa. Su mano cayó hacia su cuerda.

—¿Y si ganamos?

Wax resopló.

—Estamos muy por detrás, amigo.

—Eres el mejor saltador de árboles del pueblo, Wax. Salvo quizás Sawi. Yo te seguiré, tú guía. Los alcanzaremos.

Wax encontró su propia mano dirigiéndose hacia su cuerda, como siempre hacía cuando surgía la idea de saltar por el aire de la selva. Sintió que su corazón se aceleraba, y sus ojos escaneaban el bosque a su alrededor, tratando de encontrar un buen punto de partida.

—Si nos ponemos en marcha, podemos saltarnos la primera parada —dijo Wax—. Conseguirnos una cama decente. —Arqueó una ceja hacia Pan—. ¿Por qué te importa tanto de repente?

—Solo encuéntranos un comienzo, Wax. Mis pies están cansados de caminar.

El árbol apareció unos minutos más adelante, uno entrelazado con enredaderas frondosas. Ramas gruesas tan cubiertas que hacían invisible su corteza. Gruesos hilos proporcionaban asideros fáciles, Wax liderando el camino mientras Pan lo seguía. Los habituales saltadores de árboles de Kitaye disminuyeron a medida que el par dejaba la ciudad atrás, dejando como únicos espectadores a otros candidatos a la Renovación y a los comerciantes habituales que cruzaban Vis. Esos ojos y bocas lanzaron preguntas, una burla o dos, al dúo escalador, y Wax respondió de la única manera que le gustaba:

Con una buena actuación.

—Mantente cerca —le dijo Wax a Pan cuando llegaron a una rama a medio camino del dosel. Pan se mantuvo en el tronco mientras Wax caminaba hacia fuera—. Vamos por velocidad aquí. Directamente hacia el sureste. Sin buscar hongos.

—Gracias por el recordatorio.

—Soy tu Guardián, ¿recuerdas?

—No eres nada a menos que yo consiga el skar —dijo Pan.

¿Y qué haría Pan entonces? Wax casi se rió mientras calculaba la caída, las enredaderas del dosel maduras para un columpio.

¿Pan realmente abandonaría Vis? ¿Wax iría con él?

Preguntas para responder más tarde. Por ahora, una hebra enroscada con flores amarillas tan gruesa como el brazo de Wax yacía a un buen salto por delante. Con los zapatos de escalar puestos, sus suelas con clavos hundidas en la rama, Wax tomó un largo respiro.

—¿Listo? —preguntó.

—Después de ti.

Tres zancadas, cada paso colocado justo delante del anterior. Doblar la rodilla izquierda, sentir la punta de la rama hundirse con su peso y saltar.

El suelo del bosque se extendía bajo él, el sendero a la derecha, la naturaleza densa a su izquierda, y aire libre volando ante él. Las manos de Wax alcanzaron, siguieron sus ojos y se cerraron alrededor de la hebra.

Su grito resonó, y Wax voló.

CAPÍTULO 16

UN PASEO Y UNA CHARLA

Bliss intercambió un hermano por otro. Con su bastón a la espalda, la bolsa equipada para el viaje y tinta fresca sombreando las espinas de sus hombros, Bliss entró en la arboleda empapada del lado suroeste de Kitaye. Retrocediendo unos días, el círculo rodeado de flores podría haber recibido a varios cientos de personas en taburetes y bancos tallados. Ahora la mayoría estaba de pie, charlando, esperando y observando, los asientos despejados para hacer más espacio.

Quik saludó a Bliss con un gesto en cuanto atravesó las frondas colgantes que cubrían la entrada, menos una puerta y más un espacio entre árboles delgados y apreta-dos. Su hermano tenía su propia bolsa cargada, sus guante-letes colgando de la cuerda alrededor de su cintura. Su absoluta falta de sorpresa al ver a Bliss le demostró que su mal guardado secreto estaba completamente descubierto.

—No podrían haber encontrado mejor recluta —ofreció Quik con un asentimiento mientras Bliss se abría paso hacia su lado—. No es que me agrade que mi hermana se meta en la pelea.

"Lo hago mejor que tú".

—Cuando ese palo tuyo se rompa, veremos quién es mejor.

Bliss ya movía sus manos para responder cuando un silbido agudo mató la conversación, mató todas las conversaciones. Una mujer alta, ataviada con un tejido de plumas y resplandeciente con la tinta blanca anaranjada del Cazador, emitió el sonido. Se encontraba cerca de la entrada, con un arco sobre un hombro y cuchillos Foti cruzándole el pecho en una coraza. Plantó una amenazante lanza, con plumas rojas extendiéndose bajo su cabeza, en el musgo a sus pies.

—Deshiva —susurró Quik—. No puedo creer que venga con nosotros.

La mujer confirmó la identificación de Quik con una rápida presentación. Cortó con sus palabras, explicando cómo los cazadores de Kitaye saldrían en grupos separados para confirmar que las aldeas periféricas supieran del demonio, la Renovación, los tiempos difíciles que se avecinaban.

—Las que lo necesiten, las fortificaremos. Las que no, nos aseguraremos de que haya un camino despejado desde aquí hasta allá —dijo Deshiva, recorriendo la sala con la mirada—. Esto no es una broma, ni un agradable paseo por la selva. Todos vimos lo que esa cosa le hizo a nuestra ciudad. Adonde vamos hoy, no tienen a Lira para protegerlos. No nos tienen a nosotros. Pero también los necesitamos.

Deshiva no tuvo que explicar esa parte. Los abundantes almacenes de comida de Kitaye, su atractivo como puerto comercial, todo venía de los productos básicos que hacían su lento camino hacia la ciudad desde los pueblos más pequeños. Los padres de Bliss se aseguraron de que lo entendiera, ya que seguían pensando que ella sería quien dirigiría su puesto comercial algún día.

Una suposición equivocada, pero Bliss les permitió seguir viviendo con ella. Esa sería una pelea para otro momento.

El grupo en la arboleda tenía un objetivo, un pueblo directamente al oeste, cerca de unos acantilados y algunas de las únicas minas de Vis. Aunque el sol indicaba que el día se acercaba al almuerzo, Deshiva no ofreció un descanso.

Tenían varios días de caminata por delante, mejor comenzar de inmediato. Deshiva terminó sus órdenes, se dio la vuelta y salió, como si esperara que todo el grupo la siguiera.

Así lo hicieron.

Viajar con un grupo de varios cientos perdió su encanto después de los primeros diez minutos. En las aventuras con Wax, Pan y Sawi, Bliss solía balancearse, explorar arriba y abajo en busca de algo interesante. En cambio, aquí caminaban en grupos de cuatro o cinco a lo largo de un camino ancho. Los árboles de arriba brillaban bajo la luz de la tarde, el canto de los pájaros y las olas distantes se colaban en la conversación.

Quik la mantenía cerca, Bliss caminando junto a varios cazadores más mayores. Como Deshiva, todos tenían la tinta naranja y blanca, pero sus cuerpos seguían frescos, sus muertes y logros aún esperando.

La sombría realidad de Kitaye se desvaneció en el camino, reemplazada por la naturaleza más agradable. La ruta ascendente significaba que el terreno seco llegó rápido y el ritmo aumentó, Deshiva pidiendo intervalos regulares de trote.

Bliss intentó encontrar a otros Lira entre las carreras.

Sus propias instrucciones, susurradas mientras trabajaba para reparar una escalera rota el día anterior, insinuaban que no sería la única dirigiéndose por este camino. Las espinas, sin embargo, estaban entintadas dentro de otros diseños, un secreto para quienes sabían buscarlo. Entre toda la gente, sus bolsas, tejidos y armas, Bliss no pudo encontrar un alma afín.

—¿Estás bien? —preguntó Quik horas después, con el primer punto de parada para cenar acercándose—. Has estado callada.

"Has estado hablando con ellos", respondió Bliss, cortando la frase con un ligero movimiento de dos dedos en el aire. "Si quieres que me quede a tu lado, al menos reconoce que estoy aquí".

—Lo siento. No estoy acostumbrado a tenerte conmigo —Quik sacudió la cabeza hacia sus amigos mientras caminaban—. Siempre estamos juntos. En cada cacería.

Todos conocían los principios de caza: trabaja con el mismo equipo y te convertirás en uno solo, cada miembro sabiendo dónde estarían los demás. Atrapar presas, emboscar a una criatura peligrosa, todo resultaba más fácil cuando sabías qué harían tus compañeros.

Bliss sabía todo eso, luchó por quitarse la irritación creciente con las palabras de Quik. Fracasó.

"Entonces deberías haberme dejado caminar sola", gesticuló Bliss. "Así podría haber hecho amigos".

Contuvo su propia respiración al final, se preguntó por qué se había puesto tan irritable, por qué se había ganado un ceño fruncido de su hermano. Un ceño que se profundizó mientras Quik la miraba más de cerca, sus pasos aún en marcha uniforme con el grupo.

Con el sol tan bajo, poniéndose a la derecha de Quik,

Bliss entrecerró los ojos cuando el naranja le dio en los ojos. La sombra envolvía la mirada de Quik, pero no hacía nada para bloquear el suspiro frustrado que salía de sus labios.

—Te están exigiendo mucho, ¿verdad? —dijo Quik, en voz baja para que solo Bliss pudiera oír.

"Estoy bien".

Cada noche. Cenaba ligero porque las horas posteriores las pasaría corriendo por la selva, entrenando o ayudando con alguna tarea aleatoria. Los Lira no se molestaban mucho con el trabajo de construcción, pero asumían las misiones más difíciles: encontrar hierbas raras para medicinas, rastrear cuerpos perdidos del ataque del demonio, asegurarse de que las fronteras de Kitaye permanecieran sin ser violadas por nuevos monstruos.

El entrenamiento, sin embargo, era lo que más la exigía. Bliss y otros nuevos reclutas —quizás no sea la palabra correcta, ya que todos fueron elegidos, no solicitados— se reunían en un sitio susurrado. A veces los ejercicios eran físicos, combates con armas, con manos y pies. Otras veces eran carreras. En algunas, las noches más agotadoras, dejaban atrás Vis.

Las otras seis islas existían, por supuesto, pero Bliss no había estado ni considerado visitar ninguna otra. ¿Cuál era el punto, cuando Vis tenía hogar y aventura todo empaquetado en un solo lugar?

Sin embargo, los Lira no adoptaban la misma filosofía. A la luz de las antorchas, Bliss aprendió a escribir en papel de Noctia. Usó un planeador de Kance y se elevó, bueno, cayó lentamente hacia la tierra. Probaron cervezas especiales de Tamas y encontraron que su habla cambiaba, sus inhibiciones desaparecían y los secretos brotaban.

A Bliss le recordaban cada noche que los Lira no solo protegían a Vis y Kitaye de los demonios.

Pero toda esa protección se desgastaba en Bliss durante el día, filtrándose en sus huesos, sus músculos, su mente. Si Deshiva no hubiera insistido en un ritmo cuidadoso para preservar la resistencia del grupo, Bliss podría haberse quedado atrás.

Como si su orgullo lo hubiera permitido.

—No sé por lo que estás pasando —dijo Quik—, pero estamos aquí. Si necesitas algo, solo pídelo.

"¿Estamos?"

—Mamá, papá, Wax y yo, obviamente.

"Wax está con Pan. Están intentando la Renovación".

Ante la expresión confusa de Quik, Bliss le explicó lo de esa mañana, una historia que duró hasta que Deshiva ordenó parar para cenar. Entre mangos y agua, además de pescado seco, Bliss terminó la historia, una que Quik selló con una risa.

—¿Te imaginas a Wax y Pan? —se rio Quik—. ¿Esos dos como la Renovación? Vis nunca lo superaría.

"¿Por qué dices eso?"

—Porque tu hermano nunca se ha tomado nada en serio en toda su vida, por eso.

Los plátanos siempre sabían mejor bajo las estrellas. Wax peló el segundo con la espalda apoyada contra la copa del árbol. Las ramas delgadas traqueteaban a su alrededor, la brisa aumentando mientras descendía la noche. Lo suficiente como para que no durmiera ahí por miedo a que el viento enviara a Wax precipitándose desde sus sueños hasta su muerte.

No es que Pan permitiera tal siesta de todos modos. Apenas había mordido su primera fruta, el joven desviaba la mirada entre la luna de arriba y el suelo, oscuro e invisible abajo.

—No es tan malo —dijo Wax, con las piernas colgando.

—Sigues diciendo eso como si fuera a cambiar mi opinión —respondió Pan—. Simplemente me gusta cuando hay algo sobre mi cabeza.

—¿Por qué?

—Porque el mundo no se siente tan grande de esa manera.

—¿Mundo? Pan, estamos a menos de un día de casa. Fuimos más lejos buscando a las shrives.

—Si ganamos esto, tendremos que abandonar la isla.

Wax le lanzó un segundo plátano a Pan —su balanceo los había llevado junto a un árbol cargado— y rebotó en su hombro, desapareciendo abajo.

—Esta mañana estabas entusiasmado con ganar. ¿Qué pasó con eso? —preguntó Wax.

—Sigue ahí. Supongo que puedo estar nervioso al mismo tiempo.

Wax podía verlo, aunque no tenía mucho sentido. Una vez que elegías un rumbo, bien podrías seguirlo con entusiasmo. Si no lo hacías, las cosas podían ir muy mal.

Especialmente si ese rumbo era balancearse por la selva.

A esta altura, la brisa y el ocasional insecto aventurero zumbando eran los únicos ruidos. Al menos, eso pensaba Wax hasta que algo diferente irrumpió, interrumpiendo la táctica conversacional de Wax y dirigiendo la atención de ambos hacia abajo.

Tras el ataque del demonio, Wax había escuchado más gritos humanos pidiendo ayuda de los que necesitaba experimentar de nuevo. Sin embargo, aquí se alzaba otro, tanto molesto como en evidente agonía.

—Deberíamos haber adelantado a todos los demás —dijo Pan.

—No solo hay Renovaciones en el camino. ¿Podría ser alguien viajando?

—¿De noche?

Wax puso los ojos en blanco.

—¿De qué te preocupas, Pan? Esto sigue siendo Vis. Sigue siendo nuestro hogar.

Los labios apretados de Pan, sus ojos preocupados decían que no estaba tan seguro de eso.

El hombre podía quedarse con sus preocupaciones. Wax tiró el plátano, desenrolló la cuerda de su envoltorio seguro alrededor del tronco del árbol.

—Voy a bajar —dijo Wax—. ¿Vienes?

Pan suspiró.

—¿Qué dirá mi padre si mi Guardián hace que me maten?

—¿Qué te importará? Estarás muerto.

Wax, con la cuerda atada a su cintura, se deslizó a través del dosel. Bailó con sus pies, sus manos, usando el tronco como contrapeso para sus saltos y resbalones. A mitad de camino, pasando por un grueso racimo, Wax confirmó que sus bolsas seguían en un viejo nido de pájaro que habían encontrado. Atadas con fuerza para mantener alejadas a las criaturas curiosas, las bolsas se veían opacas bajo la luz rosada de la luna.

Antes de descender más —esos sonidos, más claros ahora, definitivamente eran de alguien que no lo estaba pasando bien—, Wax sacó su hoja Foti. Se puso la vaina. Definitivamente era más incómodo trepar con el arma, pero aventurarse al suelo del bosque por la noche desarmado sería demasiado loco, incluso para Wax.

—Eso no ayudó —susurró Pan, alcanzando a Wax mientras este ajustaba la hoja.

—¿Qué no ayudó?

—Decirme... —Pan se detuvo, suspiró—. ¿Por qué me molesto en hablar contigo?

—¿Porque soy el único que se molestará en hablar contigo?

Una maldición desde el suelo del bosque, un epíteto particular dirigido al dios homónimo de Vis por su descuidada indiferencia, hizo que Wax y Pan miraran hacia abajo. Una pequeña chispa, no, un pequeño fuego adornaba ahora el suelo. Una sombra se encorvaba cerca, con la pierna estirada, el tobillo en un ángulo extraño.

—¿Encendiendo un fuego? —susurró Wax—. Están realmente arriesgándose.

—Supongo que será mejor que los salvemos de sí mismos, ¿verdad?

—Es lo que el Aegis haría. —Wax guiñó un ojo a Pan, un gesto probablemente invisible en la oscuridad—. Mejor empieza a practicar.

Escalaron el último tercio del tronco lentamente, con Wax a la cabeza. El fuego daba pistas sobre la persona que lo encendió, revelando su capa púrpura y dorada, su armadura de cuero desechada en un montón. Una alabarda descansaba en el suelo junto al fuego. Cerca yacía una bolsa, una delgada y casi vacía. Hojas ásperas y ramas abarrotaban el suelo, excepto el anillo oscuro donde la persona había marcado su fuego.

No era estúpida, al menos.

Wax intentó echar un mejor vistazo. Vis no era conocida por bandidos, por emboscadas en la oscuridad, y no parecía haber mucha razón por la que alguien acechara este pedazo particular de selva para robar, pero sintió un extraño impulso de cautela.

La inquietud de Pan estaba afectándole, aparentemente.

Wax desechó la idea, saltó libre del tronco y aterrizó en el suelo blando sin perder el equilibrio. Su mano derecha fue hacia la hoja Foti, descansando en la empuñadura.

No es que realmente supiera cómo luchar con ella si la Najahn —porque ¿quién más podría ser— decidiera agarrar su alabarda y ensartarlo, pero el metal envuelto tenía su propio consuelo.

—¿Quién está ahí? —preguntó la Najahn, girándose hacia Wax.

La luz del fuego reveló el rostro golpeado de una mujer, que Wax situaría en la edad de su madre, con arrugas aquí marcadas con la mancha carmesí de la sangre. El culpable le cruzaba la frente, un mal corte que, mientras Wax observaba, se correspondía con hermanas a lo largo de las piernas y brazos de la mujer.

—Un viajero —dijo Wax. Ese había sido el nombre en clave sugerido por sus padres cada vez que salía de la ciudad. Evitar detalles hasta que confiaras en alguien. Más seguro así—. Estás herida.

—Malditos gatos —dijo la Najahn—. Fueron por mi bolsa. —Hizo una mueca, siseó entre dientes—. ¿Tienes algo útil en la tuya que me puedas prestar?

La petición disipó la sombra del momento, eliminando incógnitas y haciendo claros los siguientes pasos. Wax silbó, un tono ligero diciéndole a Pan que el hombre debía unirse a él, y una vez que lo hizo, los dos se pusieron a trabajar. Usando ungüentos naturales, algunas hojas envueltas y agua de repuesto de sus bolsas, los dos hicieron rápidos vendajes para la mujer, quien a su vez llenó el tiempo con su historia.

Coincidía con las advertencias que Wax había escuchado, y atendido, toda su vida. Los Hanoko no eran cobardes, exactamente, pero preferían presas solitarias, particularmente aquellas demasiado concentradas en otras cosas para notar su sigiloso acercamiento. Esto, admitió la mujer, había sido culpa suya: había estado mirando la luz de la luna, tratando de ver cuánto faltaría hasta llegar a Kitaye.

—La mejor pregunta es por qué caminabas de noche —dijo Pan, atando el último vendaje alrededor del muslo de la mujer, donde su túnica delgada había sido destrozada—. El atardecer significa abandonar el suelo.

—Para ti, quizás —respondió la mujer, su rostro reluciendo mientras el fuego secaba el agua que había pasado por sus cortes—. Los Najahn no temen a la selva.

—Tal vez deberían —dijo Wax.

Tenía la espalda contra el árbol, mantenía sus ojos recorriendo los bordes del fuego, buscando destellos en la oscuridad. El hanoko sabría que no había conseguido matar, podría estar buscando terminar el trabajo.

—Es solo mala suerte —dijo la mujer. Suspiró—. No estaría aquí fuera de no ser por la maldita Renovación. —Parpadeó, dirigió una mirada lenta a la pareja—. ¿Es eso lo que dos jóvenes como ustedes están haciendo?

—Tal vez —respondió Wax antes que Pan.

La mujer se burló.

—¿Intentando ser reservado? Solo funciona si tienes la inteligencia para respaldarlo, muchacho.

Pan se puso de pie ante las palabras, retrocediendo mientras lo hacía.

—Te ayudamos.

La mujer asintió.

—Así lo hicieron. Déjenme ayudarlos a cambio. Regresen, insensatos. Lo convocaron demasiado tarde esta vez.

Fassle es codicioso, y demasiados van a pagar con sus vidas. —Intentó ponerse de pie, su mano yendo al vendaje en su muslo antes de volver a sentarse—. Es algo delicado, decidir cuándo enviar a tantos al peligro, pero fueron cobardes.

—¿Por qué? —preguntó Wax, aunque ambos tenían sus bolsas al hombro ahora. Listos para correr—. ¿Qué es peor esta vez?

—¿No lo sienten? —preguntó la mujer—. Ese gato lo sabe. Consigue la comida fácil mientras puedas, porque toda esta selva pronto será enterrada. Esta isla invadida. —Su mano fue hacia el mango de su alabarda—. ¿Quieren saber por qué estoy aquí sola? Porque soy la única que sabe que la muerte viene por cualquiera que se quede aquí.

Inclinó la alabarda hacia arriba, un movimiento torpe que reveló su propósito un momento después cuando clavó el extremo inferior de la larga lanza en el suelo. Apoyándose en ella, se puso en pie.

—¿Les importa darme mi bolsa?

Wax hizo los honores rápidamente, un descuidado deslizamiento sobre su hombro, manteniendo un ojo en esa alabarda todo el tiempo.

—Son bienvenidos al fuego —dijo la mujer, girándose hacia el camino y haciendo como si fuera a seguir arrastrándose.

—¿No hablas en serio? —preguntó Wax mientras ella daba el primer paso, la alabarda clavándose en el suelo frente a ella.

—Quiero vivir, muchacho —dijo la Najahn, continuando su caminata—. Si quieres lo mismo, lo mejor es que me sigas.

Los dos la observaron mientras se alejaba, caminando más allá de la luz del fuego hacia la oscuridad. Durante un minuto más pudieron escuchar sus pasos, el suave golpeteo de la lanza en la tierra, luego eso también se desvaneció bajo la noche.

Wax echó algo de tierra sobre el fuego, apagándolo. Luego, con la luz rosada de Sichi reemplazando la naranja, treparon.

LA PLAYA

El hedor putrefacto golpeó a Bliss y al grupo a la vez, provocando toses y maldiciones que se elevaron desde la columna en media mañana. Era el tercer día desde que habían dejado Kitaye y sus alforjas estaban casi vacías, aunque sus odres de agua se encontraban en mejor estado tras reponerlos en los arroyos que habían cruzado. Las provisiones se desvanecieron de la mente cuando Deshiva ordenó al grupo avanzar, no caminando, sino corriendo.

—Estad preparados —dijo Deshiva, repitiéndose la orden hacia atrás en la columna.

Quik, junto a Bliss como había estado durante toda la marcha, repitió las palabras a la línea tras él, y juntos los hermanos aceleraron sus pasos.

Descalza, Bliss sintió la tierra volar entre sus dedos mientras corrían hacia adelante. Sola, correr a través de la selva era una aventura espiritual, ella y los árboles y los pájaros, nada más. Ahora, cada pisada se unía a otras cien. La brisa costera se mezclaba con el aliento de los cazadores mientras la fuerza se movía en conjunto. No se sentía sola, sino parte de algo más grande, un organismo que se alzaba para defender a los suyos.

Como Kitaye, el asentamiento hacia el que se dirigían tenía sus hogares entre los árboles y sus espacios de trabajo en el suelo. Al acercarse, encontraron que ninguno seguía en pie. Los techos de paja colgaban como frondas desecadas, balanceándose con el viento. Tablas y alfombras musgosas yacían esparcidas por el suelo. Hojas y ramas, tanto talladas como naturales, se unían a los escombros en montones aleatorios.

Entremezclado con todo ello estaba el origen de la putrefacción.

Deshiva detuvo al grupo en la entrada del pueblo, mientras Bliss y Quik se apretaban en el lado izquierdo para mirar más allá y contemplar la destrucción absoluta.

Deshiva, asumiendo su mando, esperó a que el grupo se reuniera antes de dar un paso al frente. Echó una larga y panorámica mirada alrededor del pueblo en ruinas, sus árboles rotos y claros ensangrentados, antes de volverse hacia sus subordinados. Bliss no vio rastro de desesperación, ni de ira, solo un juicio sereno.

—Demonios —dijo Deshiva, comenzando y terminando con una palabra. Quedó suspendida en el aire, una pesadilla plural frente a lo que había sido un ataque singular en la cueva, en Kitaye—. Son indiscriminados. Destruyen sin razón. Nos dividiremos, los cazadores veteranos rastrearán las selvas de alrededor y se asegurarán de que los monstruos se hayan ido. El resto de vosotros —Deshiva frunció el ceño, mirando del grupo hacia el pueblo —buscará supervivientes, si es que pueden encontrarse —Levantó una mano—. Además de los cuerpos, recoged las provisiones que encontréis. Nuestro camino debía terminar aquí, pero ahora continúa.

"¿Continúa?", signó Bliss a Quik mientras los grupos se separaban.

—Tenemos que encontrar a los demonios que hicieron esto —dijo Quik, con los ojos fijos en las ruinas—. Seguirán atacando de lo contrario. Son ellos o nosotros, Bliss.

De nuevo Bliss sintió ese temblor, la excitación, la llamada de la aventura. La acompañaban mientras ella y Quik —ninguno calificado entre los grupos veteranos— se unían a los cazadores más jóvenes para recorrer el asentamiento.

A diferencia de la destrucción brutal infligida en Kitaye, el desastre aleatorio del agua y los tentáculos agitados del demonio, caminar por el pueblo tenía un aire mortecino. La conversación entre los cazadores, dos docenas en total, murió mientras levantaban maderas rotas para encontrar los cuerpos debajo.

La costumbre Vis exigía enterramientos cerca de los troncos de los árboles, vida que da a la vida. Un método concebido para muertes únicas y honorables. No para masacres. No obstante, por orden de Deshiva, transportaron a los muertos uno por uno hasta un arbolado dañado cerca del centro del asentamiento.

Bliss encontró su primer cuerpo dentro de un taller derrumbado, un hombre mayor tendido con largos cortes. Como tajos de cuchillo, pero serrados; el hombre estaba desplomado sobre un banco. Un martillo de piedra descansaba inerte en su mano, algo que Bliss intentó quitar solo para descubrir que el agarre del hombre era firme y tenaz.

—Los muertos son fuertes —murmuró Quik, apareciendo detrás de Bliss. Ella se sobresaltó cuando él pasó junto a ella y se arrodilló al lado del cuerpo—. En las horas después de que una persona abandona esta vida, su cuerpo se endurece. Siempre.

"¿Por qué?", signó Bliss.

Quik se encogió de hombros.

—¿Vis mostrándonos que el cuerpo está vacío?

La respuesta no le dio mucho consuelo a Bliss, como tampoco tocar al hombre muerto, sentir su piel fría y sucia. Cuando retrocedió, Quik le dirigió la misma mirada que reservaba para esos raros momentos en que ella lo había decepcionado, a su padre, a su familia.

"¿No tienes miedo?", preguntó Bliss.

—No es mi primera vez —respondió Quik, colocando su hombro bajo el cuerpo y levantándolo de la silla. Gruñó, un sonido que movió a Bliss a ayudar sosteniendo el lado opuesto—. A veces encontramos viajeros en la selva. A menudo en peor estado que este.

Las noches con los Lira le habían enseñado a Bliss cómo blandir su bastón, cómo manejar el peligro inminente, pero no habían hecho nada sobre las secuelas. ¿La emoción que había acelerado sus pies al acercarse al pueblo?

Ahora era un veneno.

El día transcurrió en la limpieza, los cuerpos apilándose sin que se encontrara un solo superviviente. Deshiva retiró a algunos buscadores y les ordenó comenzar los entierros. A pesar del tiempo y el esfuerzo que requeriría, no se dejaría que los caídos se pudrieran sin honor.

Bliss pidió ser excusada de esa tarea; en su lugar, fue con su hermano y varios otros hacia la esquina más alejada del pueblo, una que lindaba con acantilados con vista al mar. Al menos el aire fresco contrarrestaba el hedor de los muertos, devolviendo algo de vida.

Bastidores volcados dominaban este extremo, almacenes para los peces capturados que esperaban ser fileteados y cocinados. Si había habido alguna captura antes, solo quedaban algunos huesos y pieles dispersas. Los propios hornos de ahumado estaban destrozados, las ollas rotas. A los demonios no les importaba solo matar a los vivos.

Bliss pasó más allá de los destrozos hasta el borde del acantilado. Árboles y un único Sana floreciente se cernían sobre ella, algunos curvándose hacia el espacio sobre los acantilados blancos como tiza. Tan alto como varios árboles hasta llegar al océano desde aquí, y sin embargo el pueblo había tallado una escalera larga y sinuosa que llegaba hasta la costa rocosa abajo.

Como en Kitaye, el pescado debía ser su principal fuente de proteínas. Simplemente tenían que esforzarse mucho más para conseguirlo.

Bliss se arrodilló en el borde, miró hacia abajo. Barcas de lirio permanecían allí, volcadas y destrozadas. Tres cuerpos yacían en la marea, balanceándose cerca de las barcas.

Miró hacia atrás a su hermano, a los otros cazadores ocupados moviendo cuerpos, despejando escombros. Deshiva podría querer honrar a los muertos, pero bajar todo el camino por estos parecía una tarea excesiva. Después de todo, una vida entregada al mar seguía siendo una vida entregada.

Excepto que una de esas vidas podría no estar lista para irse todavía. El espasmo no era tan visible por los miembros del hombre, sino por las ondulaciones en la marea que creaban. Moviéndose a contracorriente de las olas, el hombre parecía estar tratando de arrastrarse más arriba por las rocas, una tarea dificultada por el rojo arremolinado que teñía las olas alrededor de sus piernas.

Bliss hizo señas a los otros cazadores, con los dedos listos para signar, pero ninguno la miraba. Estaban demasiado ocupados retirando cuerpos y escombros.

Una elección fácil de tomar.

Bliss alcanzó la escalera tallada con celeridad, sus pies tocando apenas el borde de los escalones antes de saltar al siguiente. La piedra brillaba con la espuma de abajo, lo suficiente como para que Bliss resbalara cada pocos pasos, pero saltar de árbol en árbol le había dado experiencia con el impulso y cómo convertirlo en algo útil. Con una mano rozando el borde del acantilado, Bliss bailó y se precipitó por las escaleras serpenteantes hasta la orilla, donde cambió la piedra pulida por rocas más lisas y conchas afiladas.

Sacando su bastón de la correa sobre sus hombros, Bliss cubrió las últimas zancadas hasta el hombre. El mar le mojaba los tobillos, cálido y suave a esa hora de la tarde. La luz del sol brillaba en la espalda desnuda de su objetivo, apagándose dondequiera que encontraba un corte.

Bliss se arrodilló junto al hombro del hombre, clavando su bastón en el suelo a su lado. Un poste guía, un rescate agarrable si la marea entraba con fuerza para llevársela.

Tocó al hombre. Si hubiera tenido voz, habría podido gritar. Sin ella, el esfuerzo manual sirvió para provocar un espasmo más fuerte. La cabeza se movió, giró hacia ella con una mejilla aún apoyada en las piedras. El rostro del hombre tenía el aspecto bronceado y curtido común entre marineros y pescadores. Su boca se retrajo en una mueca de dolor. Un ojo parecía rasgado, el otro rojo e hinchado por el mar.

Intentó hablar. Ni siquiera un susurro.

Bliss se inclinó, agarró su brazo. Tiró. El peso del hombre superó su escaso agarre en las piedras y ella cayó hacia atrás, el hombre volviendo a su posición desplomada boca abajo. De nuevo en pie, Bliss fue por otra ronda, esta vez asegurándose de que sus talones estuvieran bien apoyados antes de tirar.

De nuevo el agua resultó demasiado difícil de vencer, sus dedos resbalándose del hombre antes de que se moviera playa arriba. Demasiado pesado, demasiado difícil.

Bliss miró hacia atrás, hacia el acantilado. Nadie se asomaba por el borde buscándola. Tendría que conseguir ayuda, y eso significaba...

Sus ojos captaron un destello, un golpeteo y un crujido detrás de ella, subiendo por la playa hacia la pared del acantilado. Bliss había asumido que era sólida, no había mirado en esa dirección mientras corría hacia el hombre. Ahora, sin embargo, vio un nicho socavado, tallado por el agua de mar y mostrando piedra caliza reluciente.

Acurrucada contra esa piedra yacía una forma larga y delgada, angulosa con hombros inclinados, piernas, y un pelo rojo sangre escaso. En el extremo izquierdo, la criatura fácilmente dos veces más larga que la altura de Bliss, había un largo hocico que terminaba en un diente curvo central, del mismo rojo que el pelo de la criatura. Los detalles fueron apareciendo mientras Bliss trazaba a la criatura con sus ojos, cada nueva rareza provocando una punzada discordante en su corazón, en su cabeza.

Nada en estos demonios —que es lo que tenía que ser— parecía coincidir con lo que ella había conocido durante su crecimiento, las criaturas que habitaban Vis.

La primera reacción natural ante algo así era correr, dirigirse hacia esos escalones y alejarse lo más posible. Al menos para encontrar ayuda, algo más fuerte que el palo repentinamente tan inadecuado que sostenía en sus manos.

Había dado tres pasos sin darse cuenta, observando al demonio, que parecía estar dormido. O bien no le interesaba la joven que se había atrevido a invadir su dominio.

Algo atrapó su tobillo, tiró de su pie izquierdo hacia atrás y Bliss cayó sobre su rodilla. Extendió la mano, arrancó su bastón de las rocas y giró para ver al hombre alcanzándola, su único ojo encontrándose con los de Bliss.

De nuevo sus labios se movieron, y aunque no pronunció palabra alguna, Bliss no necesitaba oír para saber lo que decía.

Ayúdame.

La desesperación escrita en grande a través de la piel curtida, sus dedos aún moviéndose mientras luchaba por llegar a ella. Bliss retiró su pie, empezó a levantarse, y el hombre se lanzó de nuevo.

Bliss esquivó el agarre esta vez, la mano del hombre balanceándose ampliamente y golpeando su bastón. El palo se soltó y golpeó las rocas con un chapoteo húmedo. Bliss recogió el bastón rápidamente, miró hacia el nicho.

Había sido un golpe fuerte.

El demonio, en esa cara larga y estrecha, abrió un solo ojo grande. Un amarillo parpadeante, una pupila danzante que la miraba fijamente. Una ola rompió, y mientras retrocedía, el burbujeo de la marea se unió a un nuevo sonido, un pesado jadeo procedente de la criatura mientras sus piernas se movían.

Bliss tragó saliva, puso más distancia entre ella y el hombre que intentaba agarrarla. Cambió la posición de su bastón sosteniéndolo nivelado con ambas manos. El demonio se estiró, sus extremidades anteriores, cada una terminando en garras retorcidas sin pelo, clavándose en la roca. El diente torcido, colgando largo del hocico del demonio, se inclinó hacia Bliss mientras el monstruo continuaba analizando a su presa.

Los Lira tenían un código, una declaración guía: proteger la isla y a su gente. Eso era todo. Sin letras complejas, sin máximas poéticas. Simple y directa, y mientras el hombre detrás de ella gemía de nuevo, el significado retumbaba en la mente de Bliss. Huir sería romper su juramento.

Un juramento que solo había tomado hacía una semana, medio drogada y en un frenesí a media noche.

¿Eso contaba realmente?

Las patas traseras del demonio vinieron después, cada una dividiéndose en su pie en garras gemelas, como el talón de un pájaro copiado dos veces. El demonio se alzó, ahora más alto que Bliss. Aparte del jadeo constante, no emitía ningún sonido.

Solo tenía un bastón. Ninguna otra arma. Su alforja, sea cual fuera su utilidad, esperaba arriba en lo alto del acantilado. Esta no era una pelea para la que Bliss estuviera preparada, no era una batalla que pudiera ganar.

Los Lira y su juramento podían olvidarlo. No se había apuntado para morir. Todavía no.

Bliss se dirigió bruscamente hacia la escalera, sus pies resbalando en las piedras húmedas. Lo que debería haber sido unas pocas zancadas se convirtió en una carrera tambaleante, el demonio observando, tensándose y saltando.

La escalera desapareció, reemplazada por la enorme mole del demonio, su largo pelo rojo volando por el aire como una pantalla mientras Bliss intentaba detener su propio impulso. Sus pies se deslizaron bajo ella, resbalando hacia atrás sobre las rocas y enviando a Bliss, con su bastón inclinado a su lado, hacia las piedras. La marea burbujeaba alrededor de sus piernas mientras el demonio la miraba, su rostro burlón lo suficientemente cerca para que el aliento caliente de la cosa bajara en oleadas y la bañara con su hedor fétido.

La pata derecha del demonio se elevó, cuatro dígitos

arrugados cada uno terminando en un borde serrado, rojo brillante.

No hacía falta mucha imaginación para imaginar el extremo afilado desgarrando su tejido, su piel.

Bliss balanceó su bastón por delante de su cuerpo, poniendo el bambú entre ella y la zarpa que atacaba. El golpe del demonio atrapó el bastón, lo arrancó con tanta fuerza que Bliss no tuvo tiempo de ajustarse, no tuvo tiempo de contraatacar. En un momento sostenía su defensa, al siguiente su bastón rebotaba por las rocas y el demonio volvía a levantar su pata, listo para un golpe mortal.

Bliss retrocedió, sus pies levantando piedras mientras intentaba ganar distancia. El demonio la siguió, jugando con ella. El agua se hacía más profunda detrás de Bliss, sus manos hundiéndose en charcos, su cintura cayendo por debajo de la línea del mar. La marea rompía a su alrededor. El hombre, el que había intentado salvar, yacía inmóvil a su derecha.

La desesperación a veces encuentra caminos, y con su corazón latiendo fuerte, sus ojos abiertos y viendo, de alguna manera, solo ese colmillo, su mano izquierda golpeó una piedra suelta. La agarró, su cuerpo vacilando mientras su brazo izquierdo abandonaba su apoyo, pero la inclinación lateral le dio justo el espacio suficiente para lanzar su brazo izquierdo hacia adelante, soltar la roca justo en su objetivo: el gran diente rojo.

La piedra golpeó ese horrible colmillo, rebotó en él, llevándose consigo una astilla en forma de media luna. El demonio jadeó, echándose hacia atrás. Sus ojos amarillos parpadeantes derramaron lágrimas doradas mientras la criatura le daba a Bliss algo de distancia, mientras pasaba su pata delantera derecha sobre su colmillo dañado.

Nunca des por sentada una ventaja.

Bliss se levantó y se dirigió a la derecha, salpicando a través de las piedras y las arremolinadas charcas de marea hacia su bastón. El demonio jadeó de nuevo, un silbido tosiendo más fuerte esta vez, y giró para seguirla. Bliss oyó, sintió a la criatura lanzarse hacia ella mientras se acercaba a su bastón, el aire dándole justo la suficiente pista para hacer un último salto. Una garra serpenteante atrapó sus polainas, rasgó el tejido de hierba, pero falló su piel. Bliss golpeó las rocas, rodó y se levantó con su bastón de nuevo en ambas manos.

Vivía. De alguna manera, había sobrevivido a los primeros segundos, y esa supervivencia la cambió. Lo que había sido miedo puro se transformó, con el bastón sólido en sus manos, en algo parecido al coraje. Al menos una creencia de que Bliss ahora, en este momento, era más que simplemente una presa.

Se puso de pie, el demonio caminando con más cautela, observando ese bastón. Bliss agitó la larga arma de bambú delante de ella, tratándola como un objetivo, algo para desequilibrar al demonio. Si podía hacer que el monstruo fuera en una dirección, tal vez Bliss podría conseguir un golpe libre.

Se enfrentaron en la luz del atardecer, el oro profundo salpicando las rocas, iluminando los acantilados en bronce. El demonio mantuvo su jadeo, constante mientras los dos se rodeaban. Concentrada, Bliss captó detalles más finos: el demonio no estaba ileso. Además del colmillo astillado, líneas rojas salpicaban su cuerpo, como si algo hubiera atrapado al monstruo en una red cortante. El pelo carmesí colgaba en jirones harapientos, ese tono, Bliss adivinó ahora, más relacionado con la sangre que con el color natural. La piel corta de la criatura también se empapaba en su piel en grumos. Nada prístino en esta cosa.

Hora de terminar el trabajo.

Bliss fingió hacia la derecha, liderando con un golpe de bastón hacia el hombro derecho de la bestia. El demonio tomó el ataque como una apertura, saltando sobre sus extremidades izquierdas en un asalto directo para cortar la garganta. Bliss se agachó, usó el impulso para inclinar su bastón a la derecha, golpeando la sección media de la bestia mientras la garra giratoria pasaba por encima de la cabeza de Bliss. De nuevo el bastón casi se le escapó de las manos, el puro peso del demonio arrastrando el palo. Afianzándose, sostuvo, y el golpe envió al demonio tropezando hacia su derecha, por las rocas y más cerca de la escalera.

Dejar que la criatura recuperara el equilibrio sería dejarla volver al juego.

Bliss se apresuró, empujando sus pies contra las rocas y lanzándose en un golpe por encima de la cabeza. Un golpe con doble agarre dirigido a la cabeza del demonio.

La criatura no esquivó, ni lo intentó. En cambio, jadeando, lágrimas doradas goteando de sus ojos, el demonio levantó su cabeza para encontrarse con el golpe de Bliss. Abriendo su mandíbula, detrás de ese colmillo torcido, el demonio mordió el bastón de Bliss, interceptó el golpe y lo mantuvo firme. Con toda su fuerza, todo su impulso, el golpe que Bliss propinó pareció no afectar al demonio en absoluto. En cambio, los dos quedaron suspendidos allí, el bastón en la boca del demonio y Bliss colgando sobre las rocas.

El demonio se movió primero, tirando bruscamente del bastón y de Bliss con él hacia sí mismo. Esas garras delanteras se prepararon para el golpe, obligando a Bliss a abandonar su bastón nuevamente para caer hacia atrás.

El demonio no le dio espacio esta vez.

Manteniendo el bastón firme, el demonio saltó hacia adelante, plantó una garra en el hombro de Bliss, la presionó contra el suelo. Las garras afiladas se clavaron en su piel y Bliss intentó gritar.

Como lo había hecho desde que era niña, su voz salió en un grito entrecortado, uno que sin embargo se transmitió, un sonido inusual que se fragmentaba contra las olas aplastantes de la noche.

El demonio empujó hacia abajo, la cabeza de Bliss golpeando las rocas. El agua corrió por sus oídos, pasó sobre su boca, hizo nadar su visión. El ojo dorado del demonio se acercó, su bastón en su mandíbula, mientras echaba un buen vistazo a su próxima víctima.

Mientras Bliss sentía que el último aire escapaba de sus pulmones, un retumbar sordo recorrió el agua, zumbando en sus oídos. El ojo dorado, borroso por el mar, se desvió. El peso desapareció de su pecho, la garra arañando a Bliss en su partida. Se sentó, jadeando. Gritos de batalla ahogados llenaban el aire, figuras bailando a su alrededor, lanzándose contra el demonio con lanzas, con cuchillos forjados por los Foti, y su hermano, con la reliquia familiar más larga: guanteletes de madera manchada sujetos firmemente a cada puño, sus puntas metálicas desgarrando al demonio.

Bliss escupió agua mientras veía a su hermano golpear una y otra vez, los nudillos haciendo su trabajo. El demonio, sorprendido, intentó conseguir un ángulo de ataque con su colmillo solo para ser rechazado por otro cazador, lanza empujando hacia la boca mordiente del monstruo. Un tercero, uno que solo minutos antes ayudaba a Bliss a colocar cuerpos en línea, rodeó por detrás al demonio con dos cuchillos Foti desenvainados. El hombre se agachó, buscando un ángulo.

Un golpe de destripamiento. Bliss podía nombrar todas las tácticas, las había repasado con Quik suficientes veces cuando él se unió por primera vez a las filas de cazadores. El trío ahora trabajaba en concierto, dos dañando y distrayendo a la bestia mientras el último se acercaba para el golpe letal.

El demonio, sin embargo, no era una simple presa descuidada de la selva. Al igual que había hecho con el bastón de Bliss —el palo de bambú flotaba a su derecha, ahora, apoyado en algunas rocas— el demonio chasqueó su mandíbula hacia el portador de la lanza, agarró el arma y la arrojó lejos al mar. Flexionándose hacia atrás desde el mismo movimiento, ignorando los continuos arañazos de Quik, el demonio lanzó su mole hacia la orilla, empujando a Quik de su lado y enviándolo rodando. El portador del cuchillo fue a por su golpe, extendió el brazo en una puñalada que Bliss no podía ver, una que el chillido jadeante del demonio dejó claro que había encontrado hogar.

También lo hicieron las garras traseras del demonio, esas garras dobles demostrando ser lo suficientemente flexibles como para patear hacia atrás y a la izquierda, golpeando el costado del portador del cuchillo y girando al hombre ensangrentado hacia la marea.

Justo al lado del herido que había comenzado todo esto.

Bliss se tambaleó hacia su bastón, su pecho doliendo con cada respiración, mientras su hermano rugía un nuevo desafío al demonio. Sin palabras, determinado, todo lo que los cazadores de Kitaye debían ser, el gruñido gutural de Quik rebotó en los acantilados como una leyenda.

El demonio eligió responder con su mandíbula. Azotando hacia la derecha más rápido que cualquier serpiente que Bliss hubiera visto jamás, el monstruo cargó hacia adelante, roca y marea rociando con sus patadas.

Quik saltó para encontrarse con él, sus nudillos balanceándose juntos para atrapar al demonio en una pinza letal. A su derecha, el portador de la lanza sacó un cuchillo de la cuerda en su cintura y corrió hacia adelante también, apuñalando hacia el enorme cuello del demonio.

Justo cuando había corrido hacia Quik y el otro cazador, el demonio rebotó hacia un lado, a la izquierda de Quik y hacia el nicho. Sus garras arañaron la roca, y Quik agarró el pelo de la bestia, los guanteletes del hombre enganchándose en el rojo, desgarrando en su enredo mientras el impulso hacia adelante de la bestia la llevaba más allá del otro cazador.

Y directamente en línea con Bliss.

Mientras el demonio giraba, abriendo la mandíbula para morder a su hermano, Bliss avanzó tambaleante con el bastón. Sus manos, frías y cansadas y magulladas, empujaron el bambú hacia adelante con todo lo que le quedaba, conduciendo el bastón hacia la mandíbula giratoria del demonio, forzando su mordida en un golpe en su lugar. Quik quedó libre, mechones harapientos del demonio cayendo con él, a la playa carmesí.

Bliss retiró su bastón, golpeó de nuevo mientras el demonio giraba su terrible ojo, su colmillo dañado hacia ella. El golpe dio en el blanco, un golpe crujiente en esa misma mandíbula, un chasquido que la bestia ignoró mientras caía en otra carga jadeante.

Bliss bloqueó con su bastón, sintió a la bestia embestirla, levantarla en su duro hocico y llevarla sobre las piedras. A Bliss se le fue el aliento, sus piernas y brazos agitándose mientras el impulso de la bestia la empujaba hacia la pared del acantilado.

Detrás del monstruo, Quik se encorvó, su rostro ardiendo de miedo, cubierto con el pelo que había ganado.

Demasiado lejos para ayudar. Junto a él, el portador de la lanza arrojó su cuchillo, un último golpe volando amplio mientras el demonio tronaba.

Esto sería todo, entonces. Un momento más, luego un final rápido y aplastante. Al menos había muerto haciendo lo que su familia esperaba: poniendo la vida de Bliss, su sagrado deber por encima de todo lo demás.

Bliss golpeó la pared del acantilado, se estrelló contra la piedra y rebotó sin continuación. El demonio no la aplastó, un misterio resuelto solo por los ecos de un grito mayor, un rugido de rabia oxidada puntuado, al fin, no por un jadeo sino por un chillido de la garganta del demonio, una llamada moribunda ganada por una forma singular de pie sobre el cuerpo desplomado del demonio.

Deshiva, su lanza recargada de símbolos y envuelta en bandas forjadas por los Foti, se erguía sobre el monstruo, su arma clavada en un salto desde la escalera de arriba. Bliss, sentada en la piedra, observó el pelo de Deshiva mecerse en la brisa marina, escuchó el grito de victoria de su comandante, de venganza.

Con su mano izquierda, los únicos dedos no entumecidos por la batalla, Bliss elevó su signo al cielo y se unió.

CAPÍTULO 18

EN EL MAR

El *Tsuro* cortaba los mares mejor que cualquier cuchillo, moldeándose con las olas y absorbiendo su poder para convertirlo en su propia aceleración ondulante. La embarcación se hundía y se elevaba, viraba y surfeaba con astuta pericia. Svarde observaba desde cerca del timón del capitán, admirando los controlados esfuerzos de la tripulación mientras se movían de un aparejo a otro, de un control del timón a otro para mantener al *Tsuro* en perfecta armonía con el agua.

El barco Foti que subió desde Vis, en comparación, había sido como un martillo aplastando las olas. Sin sutileza, sin gracia. Solo poder bruto. Aunque, ese era el estilo Foti. Svarde lo sentía en sus hachas, guardadas en un baúl que Maena le había dado para el viaje. Lo sentía también en la capa que pesaba sobre su espalda, en la sangre de sus venas. Poder bruto forjado en algo útil.

El *Tsuro* y sus marineros parecían nacidos de una gracia diferente.

—Te pillé mirando —dijo Maena, alejándose del timón

y entregándoselo al primer oficial—. ¿Nunca has estado en un barco Rana?

—Ni una sola vez.

—Entonces no has navegado de verdad.

Svarde se rio entre dientes.

—Kance tendría algo que decir al respecto.

—Ellos no navegan. Vuelan. Nosotros conocemos el agua, ellos la evitan.

—Me pregunto qué será mejor.

—Creo que no necesitas preguntar mi opinión.

La tripulación Rana, incluida Maena, había prescindido de la pesada vestimenta que los adornaba en Noctia; el aire del mar abierto había provocado un cambio completo de moda. Desaparecieron las armaduras, las insignias y los ornamentos honoríficos de rangos y estatus. La mayoría vestía ágiles túnicas teñidas en colores acordes a su posición, de modo que la cubierta del *Tsuro* parecía menos del monótono marrón y metal que Svarde conocía y más como las exuberantes selvas de Vis.

—¿Siempre bailáis tanto? —dijo Svarde, señalando con la cabeza a la tripulación mientras daban volteretas, se columpiaban y hacían acrobacias por la cubierta—. Tiene que ser arriesgado.

—Si no sabes lo que haces, como cualquier otra cosa —respondió Maena, de pie hombro con hombro junto a Svarde mirando su barco—. Si lo sabes, entonces ahorramos energía. Observa y lo verás.

Era su tercer día en el mar, avanzando rápidamente hacia el norte, así que al principio Svarde interpretó su comentario como que aún no había visto nada realmente. Un insulto, o quizás una invitación. Eligió a dos marineros, uno arriba terminando de atar una vela de repuesto ahora que el viento había arreciado, y un segundo llevando una cuerda desde la proa hasta la popa para alguna tarea desconocida. Al principio sus movimientos parecían rápidos pero aleatorios, sacudidos en direcciones extrañas. Cuando el *Tsuro* bajó por una ola, el portador de la cuerda perdió terreno, retrocediendo con la pesada cuerda sobre sus hombros. Ninguna preocupación se reflejó en el rostro del hombre. Cuando el *Tsuro* subió la siguiente ola, sin embargo, el hombre se inclinó hacia adelante en una carrera, un precipitado avance a lo largo de la cubierta.

Seguro de que iba a caer por la borda, Svarde comenzó a moverse en esa dirección, listo para lanzarse y agarrar al idiota antes de que se perdiera.

Maena lo detuvo.

—Observa, Foti.

La carrera condenada se ralentizó cuando el *Tsuro* alcanzó su punto más alto, el portador pasando por la mitad de la cubierta del barco, acercándose a su destino. El *Tsuro* comenzó a descender, frenando el impulso del hombre, desacelerando la carrera lo justo para dejar al hombre con tres últimos y cuidadosos pasos antes de, mientras Svarde y Maena se dirigían a estribor para ver, colocar la cuerda exactamente en el gancho previsto.

—¿Lo entiendes ahora? —dijo Maena—. Todo con lo que el mar pretende. —Señaló hacia arriba—. ¿Tu otro objetivo?

En el mismo lapso, el marinero se había balanceado de un lado a otro a través de su vela, agarrándose a ganchos a lo largo del mástil. Aunque no eran ganchos, sino una pequeña barandilla donde el clip metálico del marinero lo deslizaba de un lado a otro con el balanceo del barco. Mientras se movía, el marinero había amarrado la lona, completando el cierre sin el riesgo que conllevan las técnicas normales.

—Creo que los Foti podríamos aprender dos o tres cosas de vosotros —admitió Svarde.

—Más que eso, pero nunca lo diremos —respondió Maena. Ante la creciente sonrisa de Svarde, ella frunció el ceño y mató el ambiente soleado del día—. Es lo que hacen las islas, ¿no? Guardar nuestros secretos, enfrentarlos entre sí en el comercio, como si esa fuera la única manera de sobrevivir.

—El hecho de que yo esté aquí sugiere que tú no piensas así.

—La Renovación no es lo único que necesita cambiar.

Las dos primeras noches a bordo, Maena hizo que Svarde comiera con su tripulación. Él había estado esperando a los típicos lobos de mar, marineros curtidos que cargaban mercancías y ataban cuerdas todos los días de su vida adulta hasta que el tiempo los convertía en ancianos que enseñaban lo mismo a sus hijos y nietos.

En cambio, había encontrado revolucionarios. Ni uno solo se preocupaba por su próxima entrega, por cómo se veía la temporada de navegación. La mayoría superaba a Svarde en edad y habían ofrecido sus propios objetos de valor almacenados para financiar la misión. Navegarían, sí, pero solo por una causa.

—Quieren lo que nosotros queremos —había dicho Maena aquella primera noche, mientras todos cenaban en la cubierta abierta del *Tsuro*. El primer oficial mantuvo el barco nivelado durante la comida, cortando entre las olas con tal habilidad que Svarde no vio ni una sola ondulación en su copa de vino—. Todos aquí han perdido a alguien, han conocido a alguien herido por Noctia y su horrible ritual. Juntos, planeamos acabar con ello.

Cuando Svarde preguntó cómo, la respuesta fue unánime.

—Hemos navegado por los vastos mares y no hemos encontrado nada ahí fuera —respondió una marinera, limpiándose las migas de pan de la barbilla mientras hablaba—. Océano sin fin salvo nuestras siete islas alrededor del mundo. Cualquier cosa que podamos encontrar que acabe con todo esto no va a estar ahí fuera. Lo que significa que está dentro.

—Las Tinieblas de Abajo —intervino otro.

—¿Y no tenéis miedo de ir allí? —preguntó Svarde al grupo, tratando de entender cómo había acabado con amigos tan afines—. Sabéis que habrá demonios.

—Por eso buscamos ayuda —respondió Maena—. Si había tantos de nosotros solo en Rana, ¿cuántos más podría haber ahí fuera?

—¿Como yo?

—Exactamente como tú.

Sin embargo, Svarde contó solo Ranas en la mesa, en el barco.

—Al parecer no hay tantos como yo ahí fuera.

Maena se encogió de hombros ante el comentario.

—Buscamos, pero no demasiado. La relación entre las islas no es lo que era.

Svarde consideró adivinar si eso no sería culpa de los propios Rana, pero se contuvo. El resto de esa cena, y los dos días siguientes, habían transcurrido en un estimulante borrón. Incluso Kivi, el ferrita, encontró deleite en la bodega de carga del *Tsuro*, persiguiendo ratas y otras pequeñas criaturas sin lugar adonde ir y, por tanto, presas fáciles para las mandíbulas rocosas, más lentas pero letales, del ferrita.

Para Svarde, simplemente estar rodeado de aquellos que compartían su objetivo, su visión del mundo, inclinó su eje de un desorden solitario y desestabilizado a un enfoque agudo. No estaba loco, no era un viejo ermitaño gruñón que había pasado demasiado tiempo en los acantilados. Otros tenían la misma idea y actuaban en consecuencia, igual que él.

—Propósito —dijo Maena—, eso es lo que estás sintiendo.

Estaban en la cubierta, el portador de la cuerda terminando su recado. Pronto sería la hora del almuerzo. Mañana podrían tener la primera vista de Whent, y después...

La expedición comenzaría en serio.

La tarde comenzó con un grito. Un fuerte llamado del vigía en lo alto del mástil, sujeto a un asiento de madera dura y observando las olas con un catalejo bronceado. Con su pañuelo azul, a juego con sus túnicas, azotado por el aire fresco, el espía hizo su llamada mientras Svarde y los demás recogían su comida del mediodía.

Aunque el grito no parecía tener palabras, algo en el tono debió significar acción, porque los rostros de los Rana se transformaron en una mezcla entre sombrío deber y deleite diabólico. La tripulación se dispersó, su propósito haciéndose claro cuando aquellos que habían corrido bajo cubierta regresaron con sables, garfios y largas lanzas.

—Ven conmigo —dijo Maena, aceptando dos lanzas y entregando una a Svarde—. Vamos a hacer un desvío.

Siguiendo a Maena hasta la proa del *Tsuro*, un roble elevado esculpido como los rápidos hirvientes de un río, Svarde siguió las miradas de los marineros sobre el agua, hacia una línea oscura que cortaba el horizonte. Desde esta distancia, la forma parecía del tamaño del pulgar de Svarde, si lo sostuviera contra el claro cielo azul.

Un barco, sin duda, pero ¿qué inspiraría tal reacción de los Rana?

—¿Alguna vez has codiciado algo? —preguntó Maena a Svarde mientras se detenían en la proa.

—¿Codiciado?

—Sí. Deseado lo que no podías tener.

Svarde dudó, Maena sonrió.

—Esa es respuesta suficiente, Foti. Lo que codiciamos, al menos en parte, está en ese barco. —Maena señaló hacia la mancha—. Eso, a menos que mi vigía esté equivocado, y no lo está, es un transportador de rocas de Whent.

—Sus barcos de carga.

—Exacto. Y por lo que parece, viaja solo, dirigiéndose hacia nosotros. —La sonrisa de Maena creció, pero solo en los bordes—. Está haciendo suposiciones que resultarán falsas.

Svarde arrugó el rostro.

—Cree que está bajo el tratado. La Renovación ha sido convocada. La paz debería...

—Debería, pero no lo está —respondió Maena—. Cualquier cosa que veas impuesta sobre una población sin ningún tipo de aplicación es solo una ilusión. —Maena recorrió con la mirada su barco, a lo largo de las aguas vacías—. ¿Ves algún Najahn aquí?

—Yo... —Svarde negó con la cabeza, frunciendo el ceño—. El tratado existe porque de otro modo sería demasiado peligroso. Librar guerras mientras los demonios asolan es una locura.

—Perder una ventaja por ser demasiado amable es peor —dijo Maena—. En ese barco podría haber cualquier número de armas valiosas, suministros que podemos usar para ir más profundo, más lejos que cualquiera antes.

—Entonces podemos comprarlos.

Maena se rio, una risa carente de su alegría despreocupada.

—Tú eres el que ha pasado tantos años solo, Foti. No asumas que todavía entiendes el mundo. Lo que los Whent podrían aceptar en comercio nos dejaría vacíos. Se llevarían el *Tsuro* entero antes de darnos una manzana.

—Estás asumiendo...

Maena puso una mano en su hombro, y no en un agarre amistoso.

—Svarde. El tiempo de discusión ha pasado. Ya he dado la orden. Tomaremos el barco, aseguraremos lo que queremos, y el resto encontrará su camino hacia el fondo del mar. Víctima del ataque de un demonio. —Lo soltó, retiró su mano y la apoyó en la empuñadura de su sable—. Tienes dos opciones. O bien vas bajo cubierta y esperas hasta que termine la pelea, aceptando que tu inacción podría costar vidas a mi tripulación, podría perjudicar nuestra misión, o aceptas que habrá precios que pagar a lo largo de este camino y caminas junto a mí como acordaste en Noctia.

—Esto no es lo que acordé —dijo Svarde.

—Entonces no escuchaste. Dije que haría lo que fuera necesario. —Los ojos de Maena se desviaron hacia la derecha, hacia el barco de Whent. El casco se acercaba, emergiendo en detalle—. Elige ahora.

¿Cuántos compromisos tenía que hacer Svarde en su vida? ¿Cuántas veces tenía que conformarse con menos de lo que quería, solo para tener una oportunidad de éxito? ¿Cuántas veces le había dicho Ami que se contuviera por miedo a perjudicar las posibilidades de Catya de convertirse en la Égida?

Lo había hecho, había seguido todos sus planes, todas sus esperanzas, y se había encontrado solo y desesperado.

Quizás Maena tenía razón. Quizás había otra forma mejor.

—Si esto ayudará a nuestra misión, tendrás mis hachas —dijo Svarde.

—Bien. —Maena asintió por encima del hombro de Svarde.

El Guardián se volvió, vio a un marinero de pie detrás de él, con el sable desenvainado y listo para ensartarlo.

—Lo que sea necesario —dijo Maena cuando Svarde volvió su ardiente mirada hacia ella—. Ve por tus armas, Foti. Es hora de que veas cómo es un verdadero asalto en el mar.

CAPÍTULO 19

TRAMPAS Y OBJETIVOS

Las vendas bajo su tejido le raspaban mientras Bliss y los demás avanzaban por el valle, siguiendo el rastro dejado por los otros demonios que habían asaltado la aldea. La mañana avanzada trazaba sus líneas doradas que brillaban sobre frondas alteradas, ramas rotas y árboles destrozados. La tierra removida proporcionaba un suave acolchado para los pies de Bliss, raspados por las piedras el día anterior.

Había pasado la noche atendiendo sus heridas, comunicándose por señas con los otros cazadores mientras los más saludables enterraban a los muertos en círculos alrededor de los árboles que lo permitían. Una ceremonia solemne, agravada por los dolores punzantes y los moretones que recorrían todo su cuerpo.

Deshiva, sin embargo, le ofreció a Bliss la cura en una simple frase: venganza.

Derrotar a quienes la habían dañado parecía algo simplista cuando se trataba de extrañas criaturas procedentes de las profundidades de la tierra, pero el punto de

Deshiva, usar la ira y la desesperación como impulso para matar a las cosas que te amenazan, dio claridad a la hasta entonces confusa nueva existencia de Bliss.

Era difícil imaginar que, hace apenas una semana, estaba retozando por estos mismos árboles, corriendo por estas mismas lianas con Wax y los demás sin temor alguno. Los hanokos no representaban una amenaza real, no si prestabas algo de atención, y la vida parecía destinada a ser un viaje idílico tras otro. Incluso después de que todos ascendieran, seguiría siendo lo mismo, todos seguirían en—

—Presta atención —dijo Quik, agachándose junto a ella—. Estamos cerca.

Su hermano tenía sus propios moretones, manchas púrpuras que estropeaban el tatuaje de su lado izquierdo, pero aparte de eso, Quik había salido con más daño mental que físico.

No es que lo dijera directamente, pero su forma de andar y hablar contaba la historia.

Apenas se había separado del lado de Bliss ni un segundo, ofreciéndole y consiguiéndole, incluso cuando ella no lo pedía, comida, bebida, un abrigo más cálido para la noche. Ella nunca había acudido a Quik para nada, y sin embargo, aquí estaba él, cargando con sus heridas como una especie de penitencia culpable.

"Lo estoy", respondió Bliss con señas.

Ridículo. Sus heridas eran culpa suya y de nadie más. Debería haber visto al demonio en su primer paso sobre las piedras, debería haberlo hecho salir y aniquilado de la misma manera que lo hizo Deshiva.

Al menos el hombre vivió, vivió y dio a los cazadores una dirección.

El rastro los llevó hasta aquí, una amplia abertura que se abría desde una colina cubierta de vegetación. Una cueva que Bliss había visitado hace mucho tiempo en un viaje caprichoso. Aquí crecían hongos y otras cosas, y si Bliss recordaba correctamente, ocasionalmente se podían extraer piedras preciosas de sus recónditas pozas y grietas.

Ahora sus varias docenas —Deshiva había dividido al grupo nuevamente, enviando bandas más pequeñas a buscar más demonios— se acercaban en un ángulo lento y sigiloso. Lanzas, guanteletes, cuchillos y más se mantenían listos. La conversación cesó.

Quik y Bliss se acercaron por la izquierda, atravesando una jungla llena de helechos. Las telarañas tiraban de sus piernas, las ramas acariciaban su pelo tenso, pero Bliss dejó esas cosas atrás y mantuvo sus ojos y oídos enfocados en el oscuro agujero.

Más grande que la cueva del pantano donde habían conocido a Svarde, esta se abría con una pendiente más pronunciada, inclinándose hacia la oscuridad con enredaderas, hierbas y flores pisoteadas a lo largo de la entrada. Sonidos resonaban desde el interior: aullidos, arañazos, los mordiscos crujientes de cosas peleando entre sí.

A su derecha, Bliss vio a Deshiva y a sus dos cazadores elegidos acercarse al centro de la cueva. Ellos eran el cebo, dispuestos para atraer a los demonios y que los dos flancos pudieran abalanzarse sobre los monstruos en un frenesí furioso. Una estrategia audaz y básica.

—No podemos ser demasiado inteligentes —había dicho Deshiva en el campamento esa mañana—. Son bestias, no generales sabios. Mantengámoslo simple y venceremos.

¿A qué precio? Nadie había preguntado.

A Bliss, con las manos apretadas en su bastón y las palmas en carne viva por los callos recientes, no le importaba. Quería estar aquí, quería tener otra oportunidad contra estos horrores. Demostrarles que Vis no tenía miedo.

Wax se deslizó a lo largo de una liana, soltándose en su punto más alto y volando, cayendo hacia adelante sobre una fronda ondulante. Cubierta de rocío, el agua se dispersó mientras Wax cabalgaba la fronda hacia abajo, las frías gotas un buen comienzo para lo que prometía ser un caluroso día de carrera. Detrás de él, la fronda se sacudió cuando Pan alcanzó la cima, siguiéndolo.

Habían sido unos días divertidos y sin incidentes, lanzándose a través de una jungla cada vez más desconocida. Cuanto más se alejaban de Kitaye, más tenía Wax que adivinar, que saltar con poco más que esperanza. Pan seguía diciendo que era suicida, mientras que Wax solo sabía que se sentía más vivo de lo que había estado, bueno, desde que los demonios atacaron.

Pero ese no era el punto. Estos saltos eran frescos, estas lianas desconocidas, y cada una trazaba una línea en su memoria, un sendero para seguir en el camino de regreso y siempre que volviera por aquí.

Algunos visitantes de Vis decían que la isla cambiaba cada vez que regresaban, que la jungla crecía y se movía como el ser vivo que era. Para Wax y los otros nativos, sin embargo, era un hogar como cualquier otro, y él podía leer su pasado en las cortezas nudosas, las ramas, los troncos podridos en el suelo del bosque.

Y, sí, en los aullidos que venían desde abajo.

Los hanokos los habían estado siguiendo durante las últimas horas. Los felinos no solían moverse unidos a menos que —Wax frunció el ceño mientras la fronda llegaba a su punto más bajo, permitiéndole incorporarse—algo los asustara lo suficiente para unirse. Juntos, los hanokos podían formar manadas siseantes y asesinas, y parecía que los gatos habían decidido que Wax y Pan serían su próximo bocado.

—¡Vamos! —gritó Wax a Pan mientras alcanzaba la punta estrecha de la fronda, la hoja doblándose hacia delante mientras el peso de Wax presionaba—. ¡Se cansarán si seguimos moviéndonos!

Plantando el pie, Wax saltó al aire, elevándose más alto que su casa en Kitaye. Debajo, el oscuro y fértil suelo tenía su cobertura arruinada por los tres hanokos que seguían el ritmo de Wax paso a paso.

Los felinos podían trepar, podían y harían un barrido para atraparlos a él y a Pan si alguno de los dos se ralentizaba lo suficiente. Pero los humanos tenían manos, una ventaja mortal cuando se trataba de surfear entre los árboles.

—Si me dieras una buena ruta, tal vez te seguiría —la respuesta de Pan resonó mientras Wax alcanzaba la rama a la que apuntaba.

La madera crujió, pero la salud del árbol se mantuvo y Wax continuó su caminar de puntillas a talón pasando el tronco, hacia la siguiente rama y el próximo salto.

Seguir corriendo así durante otra hora o dos y, calculaba Wax, llegarían al puesto avanzado de Najahn. Seguro, vigilado y listo para dar la bienvenida a los dos candidatos más rápidos de Renovación de este lado de la isla.

—Tienes que confiar en mí —dijo Wax, manteniendo la mirada al frente.

Una liana colgaba a la izquierda, un balanceo atractivo pero estropeado por un enlace nudoso y podrido hacia el dosel.

En el medio había un pequeño bosquecillo, una docena de árboles delgados e inútiles que crecían hacia el cielo oculto. A la derecha, un gigante robusto al que le faltaban las ramas inferiores, pero que empuñaba un camino elevado hacia la victoria.

Primero tendrían que trepar algunos muñones, y hacerlo más rápido que los felinos.

—A la derecha esta vez —gritó Wax, acelerando y rebotando en el extremo de la rama.

El aire caliente golpeó el vuelo, no hizo nada para ayudar a Wax cuando chocó contra el tronco del árbol. Un nudo golpeó el hombro de Wax, mientras los restos puntiagudos de una rama se clavaban en su rodilla derecha. Recompensas estándar por saltar entre los árboles.

Trabajó con sus manos y pies calzados, ambos buscando agarres. Arriba y más arriba, cada agarre llevando a Wax más alto. Y hasta ahora, ninguna señal de los hanokos. El árbol no se estremecía con su peso, la corteza no emitía su alarma raspante.

Wax se arriesgó a mirar hacia abajo, desacelerando para confirmar que la esperanza no estaba fuera de lugar.

Y suspiró. No hay nada como la realidad para pinchar un buen momento.

Pan, siguiéndolo por detrás, no había hecho el salto final. Al menos, no bien. Había alcanzado el objetivo un poco por debajo de Wax, enganchando su bolsa en un árbol más pequeño que agresivamente invadía a su primo mayor. Pan ahora estaba parcialmente enredado, con manos y piernas entre ramas, hojas golpeándole la cara, tratando de liberarse del desastre.

Los hanokos vieron lo mismo que Wax, pero en lugar de suspirar, los tres felinos rodearon el área. Sus cabezas peludas como lunas —azul, gris, púrpura esta vez— se balanceaban mientras calculaban la distancia del salto para convertir a Pan en un almuerzo destrozado.

¿Cuál era, el rol oficial de Wax? ¿El que Pan le había pedido que asumiera para esta pequeña excursión?

—Lo que un Guardián tiene que hacer —murmuró Wax y se dejó caer, gritando todo el camino.

CAPÍTULO 20

BEHEMOTH

Ver flotar las rocas Whent nunca dejaba de ser asombroso. Algo en la manera en que esos colosos escarpados lograban abrirse paso por el mar sin moverse un metro, como si la propia naturaleza no pudiera cambiar su rumbo, le dibujaba una sonrisa en el rostro a Svarde. Si tan solo los Foti pudieran forjar algo tan fuerte.

La sonrisa se atenuó cuando Svarde tomó su posición en la tercera fila del barco de Maena. El Tsuro se dirigía velozmente hacia su víctima, cortando a través de los estrechos valles entre las crestas como un ladrón sigiloso acercándose a su objetivo.

¡Y vaya objetivo!

Al mirar hacia arriba, Svarde vio el acantilado festoneado que componía el barco Whent elevarse más y más. Más alto que una casa Noctia, aquella imponente estructura mostraba sus huesos grises por fuera, atravesados por venas negro-plateadas, como si el barco hubiera emergido crepitante de las propias entrañas de Whent.

Crestas recorrían los laterales de la gran nave, con alcobas que conducían hacia dentro donde se podía cargar y descargar mercancía. Grandes rampas colgaban del navío, sujetas a la roca y listas para ser elevadas con cabrestantes, cadenas metálicas escalando la distancia entre los orificios de carga y la cubierta superior. Bastaba tirar de una palanca y esas rampas se deslizarían en su lugar, permitiendo que el leviatán vomitara sus entrañas sobre un puerto asombrado.

Cómo planeaba Maena tomar control de esta cosa masiva con su escasa tripulación parecía una pregunta con una sola respuesta:

No lo lograría, y todos pasarían la noche ahogándose bajo el mar.

Sin embargo, Svarde solo veía sonrisas expectantes. Aquellos cueros Rana habían vuelto, las túnicas sueltas cubiertas ahora con armaduras ajustadas. Los sables descansaban en sus vainas, mientras que los cuchillos se aferraban firmemente a cinturones, botas y algún que otro pañuelo. Varios detrás de Svarde sostenían ballestas, sus combinaciones de metal y madera fabricadas por los Foti apuntando hacia la cubierta superior, listas para disparar no flechas sino garfios mordedores de roca.

A sus pies, Kivi empujó a Svarde y resopló.

—Casi estamos listos —murmuró Svarde al férrite—. Y por última vez, tú te quedas aquí.

Kivi volvió a resoplar.

Al menos los garfios asegurarían que el férrite, que no era lo suficientemente ágil para tal abordaje, no se interpusiera en el camino. O, mucho peor, cayera en aquellas olas.

Maena, al frente, silbó. Hasta ahora Svarde no había visto a un alma asomar la cabeza por el costado del barco Whent, ni un resoplido de resistencia en su dirección. Con el silbido de Maena, los ballesteros apuntaron y dispararon, lanzando sus garfios con un zumbido.

Las garras brillaron a través del sol del mediodía, destellos dirigiéndose hacia su destino, antes de estrellarse contra el barco Whent uno tras otro. La piedra gris se rompió y salpicó mientras cada ballestero se arrodillaba y aseguraba el extremo de su garfio en un bucle en la cubierta del *Tsuro*. Tras varios tirones, las cuerdas, con fibras de un tinte ámbar rojizo, quedaron tensas.

Maena volvió a silbar, y Svarde la vio dar el primer salto desde la barandilla del *Tsuro*, volando por el aire y aterrizando en la cuerda. Un pie tras otro, con los brazos extendidos para mantener el equilibrio, Maena subió rápidamente por la cuerda, con su tripulación vertiéndose tras ella.

¿Aparte de ese silbido? Ni un sonido. Ni canciones de guerra, ni alegres cánticos que los guiaran a la batalla. No era precisamente un asalto estimulante.

Tantas cosas confusas sobre los Rana. Svarde había estado en su isla, conocido sus costumbres y disfrutado de su compañía, pero nunca había luchado junto a ellos hasta ahora.

Hasta el momento, aburrido.

Pero cuando el hombre delante de él comenzó su turno en la cuerda, Svarde observó el camino hacia arriba y se preparó para tomarlo de todos modos. Debajo y delante de él, el mar se agitaba. Arriba, Maena encontró la cubierta Whent, y por primera vez, Svarde escuchó un verdadero grito de batalla.

No era el de ella.

CAPÍTULO 21
EN LA OSCURIDAD

Los demonios no salieron a jugar. Deshiva y sus dos guardias se acercaron cada vez más a los gruñidos, arañazos y siseos que provenían de las profundidades, pero ni uno solo se molestó en aproximarse.

Bliss observaba desde el lado izquierdo, con su bastón en mano, esperando que algo ocurriera. Esperando su oportunidad para exorcizar los moretones que había recibido ayer.

La concentración de Deshiva, su firme agarre de la lanza con la punta guiando su lento avance hacia la cueva, se transformó en un ceño fruncido de frustración cuando ninguna amenaza se ofreció a su punta. Con un rápido asentimiento a sus compañeros, Deshiva bajó la lanza y llevó sus manos a las bolsas de su cintura. En ese segundo, ambos guardias dieron un paso adelante, cruzando sus propias lanzas frente a Deshiva para protegerla de cualquier ataque sorpresa.

—No son cazadores —murmuró Quik—. Son algo más. Ninguna criatura en Vis necesita esta clase de táctica.

«Lira», señaló Bliss, adivinando la verdad.

Quién sabía cuántos había, pero las artes que Lira practicaba bajo la selva iluminada por la luna coincidían con lo que veía aquí: una danza diferente para un demonio más mortífero que los hanoko y otras criaturas de las islas.

De su bolsa, Deshiva sacó dos bolas enrolladas. De un color gris blanquecino, Deshiva las acunaba como si fueran huevos a punto de romperse.

—Bombas foti —murmuró Quik—. No se ven todos los días.

«¿Qué hacen?»

—Creo que estamos a punto de averiguarlo.

Deshiva, cuyos guardias dejaron que su defensa de lanzas se relajara, se agachó, avanzando con cuidado sobre el musgo hasta el mismo borde de la cueva. Todos sus músculos se tensaron, el sudor perlaba su piel mientras la luz del sol la golpeaba de lleno tan cerca de la cueva. Deshiva parecía una con su momento, su elemento. Bliss no pudo encontrar ningún temor en ella.

Algo a lo que aspirar.

—Prepárate —susurró Quik, y Bliss oyó a otros cazadores haciendo ruidos similares.

La venganza estaba en el aire, y sería suya.

Deshiva lanzó una y luego la otra, con dos movimientos tranquilos y sueltos que parecían graciosos en ese momento, al igual que su rápido giro y carrera, con musgo y hierba volando mientras sus pies buscaban apoyo, alejándose de la cueva.

Bliss tomó aire y lo contuvo.

Las bombas estallaron con un decepcionante y hueco estallido. La tierra se estremeció. Los ruidos dentro de la cueva desaparecieron, reduciéndose a nada mientras el humo y el polvo salían a borbotones. En conjunto, no parecía más que un mal fuego y un pequeño temblor.

Deshiva, con la lanza recuperada, hizo una señal al lado izquierdo.

—Este grupo, conmigo. Los de la derecha, cubran nuestra retaguardia. Estén atentos si pedimos ayuda —dijo Deshiva, volviendo a la cueva con confianza.

Bliss y Quik se unieron a otros diez cazadores a su alrededor, formando un escuadrón demasiado grande para caber en una sola línea a través de la entrada de la cueva. Lo suficientemente grande, sin embargo, para manejar cualquier cosa que hubiera dentro.

—Veremos si queda algo —finalizó Deshiva—. Saquen las antorchas. Querremos verlos venir.

Quik encendió una, la luz al principio sin efecto contra el día de la selva. Cuando entraron bajo la cueva, Bliss y su hermano atrapados en medio del grupo, la antorcha encontró su propósito, guiándolos más profundamente en la oscuridad. A su alrededor, rocas suavizadas por la minería mostraban nuevos surcos, tanto cortes limpios como marcas salpicadas de sangre.

Mientras caminaba, los pies de Bliss también encontraron cosas peores que arena entre los dedos. La luz de la antorcha no llegaba tan abajo, y Bliss no pidió mirar.

Algunas cosas era mejor ignorarlas.

CAPÍTULO 22

GARRAS

Wax impactó contra los ojos grandes del hanoko trepador como un coco en caída libre, estrellándose en su zambullida contra la bola peluda con garras y rodando con la criatura los últimos metros hasta el suave suelo del bosque. El felino soltó un pesado suspiro cuando el peso de Wax expulsó el aire de los pulmones del animal, mientras Wax quedaba medio aturdido sobre el terreno.

Eso no fue intencional.

Había lanzado su cuerda por detrás mientras se zambullía, esperando que la línea enrollada se enganchara en una rama, un nudo, cualquier cosa.

Fallar era algo que ocurría a veces en la jungla, siempre con consecuencias desastrosas, pero Wax nunca había terminado bombardeando a un animal.

El felino yacía a su lado, tosiendo, y por un segundo Wax se sintió mal por todo el asunto. Al menos hasta que Pan gritó.

—¡Muévete, idiota! —le llamó Pan desde arriba—. ¡Hay dos más!

Ah, cierto.

Wax apartó sus nervios alterados, se incorporó y miró a los ojos grises de un hanoko púrpura que se le venía encima. El gran felino tenía el lomo arqueado, sus patas avanzaban lentamente, como si esperara a que Wax hiciera el primer movimiento. O quizás, manteniendo su atención para que el otro pudiera rodearlo por detrás.

Si querías vivir mucho tiempo en la jungla de Vis, aprendías rápido las tácticas de caza de los hanoko. Los que no lo hacían solían convertirse en almuerzo para estos bichos.

Así que Wax hizo lo que a los gatos claramente no les gustaba.

Saltó y se dio la vuelta, gritando directamente en la cara del tercer felino cuando este se acercaba para darle un zarpazo en el cuello. En lugar de asestar un golpe mortal, el hanoko saltó con la cola erizada. Las patas de la criatura golpearon el suelo, levantando tierra mientras el gato se lanzaba hacia el bosque.

Metiendo la mano en la vaina de su espalda, Wax desenvainó la hoja Foti con un movimiento fluido mientras se giraba hacia el gato púrpura. El desenvaine salió tan limpio, tan fácil que Wax se encontró mirando su propia espada con asombro: había estado practicando, pero la mitad de las veces que intentaba un movimiento como este, la espada se quedaba atascada y Wax terminaba en el suelo.

Afortunadamente, solo Pan había estado presente estas últimas noches para reírse.

El hanoko no pareció muy divertido con la hoja azul. Tampoco retrocedió. No mostró miedo en su rostro calculador, y Wax tuvo oportunidad de distinguir cicatrices y zonas raídas en el pelaje del hanoko. Sus bigotes colgaban largos y retorcidos, doblados por un millón de carreras en la jungla. El primer hanoko, el cobarde, podría haber sido joven. Este no iba a asustarse tan fácilmente.

Wax nivelió la hoja apuntando al hanoko.

—Tu turno, bola de pelo.

La valentía llegó con el momento, una certeza de mantener la posición provocada por el hecho evidente de que huir de estos gatos sin defensa era morir. El propio Wax nunca había matado un hanoko antes, no tenía deseos de hacerlo, así que agitó la hoja frente a la criatura esperando que se diera la vuelta y huyera.

O, al menos, se escabullera hacia la jungla.

El hanoko no picó el anzuelo. En cambio, abrió la boca, mostrando largos colmillos pálidos y una gruesa lengua rosada. Su aliento, horrible en todos los sentidos, envolvió a Wax mientras el hanoko gruñía, o posiblemente bostezaba, hacia él.

—¿Ya te has ido? —gritó Wax hacia arriba sin arriesgarse a mirar.

—Completamente —respondió Pan, sonando como si se hubiera estado dirigiendo hacia el dosel.

Al menos una cosa estaba saliendo bien.

—Muy bien, gatito —dijo Wax mientras el hanoko cerraba la boca, manteniéndose en posición de salto—. ¿Qué tal si formamos una tregua? Sin peleas, sin muertes. Todos nos vamos a casa felices.

Las pupilas verticales del hanoko se estrecharon. Sus ancas temblaron, y Wax apretó su agarre. Su oportunidad llegaría cuando el gato saltara, un golpe rápido y la esperanza de acabar con la criatura. Cualquier otra cosa significaría la muerte.

A su derecha, el hanoko que Wax había derribado estropeó el momento. Gimiendo, un sonido gutural, el gato se volteó sobre su costado y parpadeó hacia el oponente de

Wax. El gato púrpura abandonó inmediatamente su postura de confrontación, acercándose a la derecha y colocando su voluminoso cuerpo entre Wax y su magullado amigo. El hanoko todavía tenía las garras fuera, pero su postura ahora indicaba defensa, cautela y, Wax se atrevía a soñar, una posible paz.

¿Por qué, sin embargo?

Manteniendo nivelada la espada, Wax intentó mirar más allá del gato púrpura, viendo al azulado detrás por primera vez. Había asumido que el hanoko era adulto, un espía equivocado. Wax había golpeado a un gatito más viejo, lo que convertiría a este en la matriarca púrpura. Y el que Wax había asustado antes... ¿el más joven?

Sawi siempre fue mejor que Wax en fauna silvestre, ella sabría.

Lo básico tendría que ser suficiente.

Wax dio un lento paso atrás, levantando su mano libre.

—Mira, tú y yo no tenemos que pelear. Podemos mantenerlo muy simple. Yo subo, tú te quedas abajo, y todos contentos.

El hanoko púrpura observaba, no siguió a Wax mientras retrocedía varios pasos más. Su espalda ahora golpeó los pequeños árboles. Protección, al menos, contra el tercer gato si decidía volver por más. Ahora, cómo iba a...

Una cuerda colgó frente a él. Wax se arriesgó a mirar hacia arriba, siguiendo la trayectoria, y vio la propia cuerda de Pan atada a la herramienta perdida de Wax.

—Agárrala y te subiré rápido —dijo Pan, apenas visible a través del follaje de arriba.

Un plan mejor que el que tenía.

—A la de tres —dijo Wax, y luego guardó la espada en su vaina con un movimiento rápido.

Tan pronto como la hoja azul desapareció, los ojos del

hanoko se agrandaron y el gato se lanzó hacia adelante. Wax alcanzó la cuerda, la agarró, gritando a Pan que fuera, fuera, fuera, y el hombre, nunca conocido por su prisa, finalmente encontró algo de urgencia cuando se dejó caer de la rama de arriba.

Wax fue jalado hacia el cielo, la cuerda cortando sus palmas. El aire cambió a sus pies, las garras del hanoko fallaron por una distancia demasiado pequeña para que a Wax le importara contemplarla.

En cambio, trepó hacia arriba, hacia arriba, y luego pasó a un Pan en caída. Extendiendo sus piernas, Wax se balanceó hacia el gran tronco del árbol, encontró un punto de apoyo y detuvo el contrapeso.

Pan colgaba allí en el espacio entre el árbol grande y la pequeña arboleda. Debajo de él, los hanokos parecieron adivinar que su presa no valía el esfuerzo, la madre arrastrando a su exhausto gatito hacia la jungla.

—¿Adivina qué? —dijo Pan mientras Wax encontraba una rama estable para recogerlo—. Lo vi.

—¿Viste qué?

—El puesto de avanzada. Estamos casi allí. —La cara de Pan sonrió mientras Wax extendía la mano y agarraba la suya—. ¿Y el sana? ¿El grande? Está floreciendo, Wax.

CAPÍTULO 23

COMEDORES DE ROCA

Los malditos sables eran inútiles. Svarde hizo esta observación en una fracción de segundo mientras trepaba por el costado del barco Whent. Los matones de Maena tenían sus hojas curvas desenvainadas y asestaban golpes contra la superada tripulación Whent, pero los enemigos de vientre rocoso se escondían tras sus escudos y se reían. Como peñascos bloqueando cavernas, los Whent se apostaban frente a sus escotillas, en los umbrales de los camarotes, ante las escaleras que subían al enorme timón. Permanecían sentados, protegidos por sus escudos de piedra y su voluminosa armadura rocosa, soportando los golpes.

Svarde, con hachas en mano y pensando que estaba a punto de encontrarse en medio de una pelea encarnizada, terminó simplemente observando. Cada Whent tenía dos marineros Rana acorralándolo, golpeando inútilmente la armadura de roca marrón negruzca. Nadie oponía resistencia.

El plan parecía ser dejar que los Rana se agotaran contra lo imposible, y luego intentar algo.

Un plan que podría haber funcionado, de no ser por Maena. Svarde la encontró cuando la capitana silbó de nuevo, un agudo trino proveniente de la popa del barco Whent, donde un timón de obsidiana de tres puntas se alzaba desde la cubierta como un amanecer negro.

Utilizando a dos marineros como impulso, Maena saltó y escaló la pared inclinada hacia el timón, mientras los guardias Whent a ambos lados permanecían completamente inmóviles en sus caparazones. Pasó trepando junto a grabados que Svarde leyó mientras caminaba hacia allá, y que interpretó como el contenido del barco. La piedra áspera podía limpiarse en el puerto y ajustarse para que coincidiera con la carga más reciente.

Ingenioso, y menos derrochador que los papeles que Foti seguía utilizando.

No era la primera vez que Svarde se preguntaba cuánto más podrían lograr las islas si realmente comenzaran a trabajar juntas.

Aunque esto no ayudaría ahora.

Maena se impulsó cerca del timón, desenvainando su sable, y miró a su alrededor. Su rostro severo se transformó en una sonrisa cuando nadie subió para embestirla, romperle los huesos o arrojarla al mar. Se volvió hacia la lucha inútil, tomó aire, y Svarde apoyó su espalda contra la pared de roca.

Fuera lo que fuese a ocurrir, la relativa calma no iba a durar.

—¡Comedores de roca Whent! —llamó Maena, su voz quebrándose sobre la brisa cortante de la tarde. El sol lo salpicaba todo, atravesado por el aparejo y las enormes velas Whent—. Hemos venido a tomar lo que queremos, lo entreguéis o no. Dejadnos tenerlo, o giraré vuestro barco tan bruscamente a estribor que la próxima ola lo volcará. Perder algo o perderlo todo, esa es vuestra elección.

Una elección que ningún Whent haría jamás. Svarde negó con la cabeza. Los masticadores de piedra eran de los pueblos más orgullosos que existían en las islas. Solo los Kance les hacían competencia en ese aspecto, y al menos los jinetes del viento eran mucho más ligeros de manejar.

El barco vibró. Svarde rastreó los sonidos, que comenzaban en varios rincones, y se dio cuenta de que no era toda la nave temblando a la vez. No, los Whent estaban golpeando sus pies de roca contra las rígidas tablas de madera, enviándose vibraciones de un lado a otro.

—¡Están hablando! —gritó Svarde—. ¡Preparaos!

Una risa a su derecha le quitó la seriedad a su advertencia. Un marinero Rana, con un cuchillo entre los dientes y el sable sostenido con la punta hacia un Whent inmóvil como piedra.

—¿Primera vez con estos muchachos? —preguntó el marinero, mientras las vibraciones bajo ellos se intensificaban.

—Las incursiones marítimas no son lo mío.

—Entonces sabe esto. Ahora están charlando por todo el barco, planeando su ataque, sería mi apuesta —la maliciosa sonrisa del Rana se ensanchó y sacó la daga con su mano libre—. Estos chicos siempre empiezan lentos, luego se vuelven rápidos, y después sangrientos.

Como si estuviera escuchando el funesto presagio del marinero, las vibraciones cesaron, y el barco volvió a su solemne balanceo. Silencio, salvo por algunas gaviotas aventureras curiosas sobre la conflagración y sus implicaciones para su almuerzo.

Svarde miró alrededor de la cubierta. Contó unos veinte marineros Rana y un tercio de esa cantidad de Whent.

Números suicidas para que los comedores de roca intentaran resistir.

Sin embargo, su retorcido estómago le decía a Svarde que esto terminaría mal en poco tiempo.

Los Whent no dieron ninguna pista de su ataque. En cambio, como volcanes en erupción, los guerreros de granito se lanzaron contra los Rana. Pesados y extraños, con sus armaduras sobresaliendo en todos los ángulos, los guerreros avanzaron arrollando, derribando marineros al mar, aplastándolos contra la cubierta o aplastándolos bajo sus puños de losas de piedra.

Gritos de batalla llenos de deleite se elevaron de los caminantes del río; por fin los marineros tenían la oportunidad de situarse detrás de los Whent, de deslizar sus espadas y dagas a través de las rendijas de la armadura Whent.

El marinero a la derecha de Svarde intentó la táctica, golpeando el masivo brazo cubierto de piedra del Whent con su sable para abrirlo, y luego lanzándose con el cuchillo para pinchar el interior del brazo. La maniobra le valió un violento cabezazo al marinero, que mantuvo su sonrisa hasta que cayó a la cubierta.

La Whent, murmurando algo en la poco utilizada lengua terrestre de la isla, se volvió hacia Svarde. Viéndola de frente, Svarde pensó que la guerrera se parecía más que nada a una tortuga. Baja y rechoncha con su equipo, la luchadora Whent solo mostraba debilidad en los parches de cuero ligero entre la dura piedra rosada. Su rostro, aparte de dos ranuras para los ojos y una sola muesca en la nariz, parecía tallado en granito rojo.

Se lanzó contra él en una carga rodante de hombro, literalmente dejándose caer hacia adelante, que habría enterrado a Svarde en la madera si no hubiera hecho un paso lateral tardío, dirigiéndose a su izquierda y dejando que la Whent pasara de largo. Girando con sus hachas, Svarde fue a por un golpe al hombro, uno que habría convertido un brazo normal en algo inútil y destrozado. En cambio, el hacha golpeó la piedra, produciendo chispas y dejando la mano de Svarde entumecida por la conmoción.

La Whent se detuvo, volviéndose hacia Svarde con una risa. Sus hombros se elevaron mientras tomaba una gran bocanada de aire, lista para lanzarse de nuevo.

Un asalto simple pedía una solución simple. Si las hachas no funcionaban, entonces...

Svarde retrocedió mientras la Whent cargaba, su ciega embestida seguramente lo enterraría. Seguramente, al menos hasta que Svarde saltó por encima de la barandilla del barco. Su salto lo llevó un nivel más abajo, permitiéndole aterrizar con un fuerte crujido en un hueco para descargar carga. Siguiéndolo, estrellándose con un grito furioso, venía la Whent. Pedazos del barco cayeron con ella, todo el conjunto desplomándose junto a Svarde para estrellarse en el mar.

O se quitaba la armadura rápido, o la Whent se encontraría siendo la última pérdida en aquellas profundidades.

No era un problema del que Svarde pudiera preocuparse, especialmente no con las oscuras cavernas del barco Whent esperando frente a él.

Con la pelea continuando arriba, hierro golpeando piedra, Svarde preparó sus hachas y entró.

CAPÍTULO 24

VISTO ENTRE LA PIEDRA

La cueva se abrió al poco tiempo, la pendiente descendente nivelándose en una amplia sala. Soportes fabricados por los Foti perforaban los laterales, su hierro gris mostraba arañazos de demonios mientras se cerraban como una araña sobre las cabezas de los cazadores. Deshiva fue directamente al centro de la sala, agitando su antorcha de un lado a otro frente a ella como si barriera la oscuridad.

Bliss y Quik se desplazaron hacia la izquierda, manteniéndose pegados a la pared exterior mientras la línea avanzaba por la sala. En el extremo más alejado, Deshiva anunció que la cueva continuaba.

Las bombas habían dejado sus marcas aquí, la explosión arrojando un polvo blanco calcáreo al aire, salpicando contra las paredes. El silencio que siguió a las palabras de Deshiva carcomía a Bliss, sus únicos acompañantes eran el arrastre de pies sobre la piedra y el golpeteo de las lanzas cuando sus dueños las hacían rebotar contra la roca.

Afuera, la jungla rebosaba vida y ruido. Las cuevas eran tan... silenciosas.

Junto a ella, Quik redujo la velocidad. Se agachó, y Bliss giró con él, siguiendo su mirada hacia un rincón desierto y sombrío que tenían por delante. La mina, por lo demás abandonada para el invierno que se aproximaba, tenía poco más que sus esqueletos metálicos. El nicho, sin duda hecho para almacenamiento en tiempos mejores, ahora permanecía silencioso mientras Deshiva continuaba su marcha hacia adelante.

Bliss miró fijamente aquel hueco sombrío, con su inquietante parecido a la misma oscuridad enroscada cerca de la costa en la aldea. Un lugar fácil para esconderse.

—Ilumínalo —señaló Bliss con las manos, y Quik empujó su antorcha hacia el espacio desplazado.

Nada. Solo roca.

El polvo se acumuló mientras Bliss se permitía relajarse. Deshiva había arrojado bombas aquí abajo. No quedaría nada. Los demonios o se habían ido o estaban muertos. No había necesidad de ponerse tensa.

A su lado, Quik tosió, luego estornudó. El polvo se dispersó, levantó su antorcha para mantenerla alejada de su saliva, y Bliss siguió la luz, la observó deslizarse por el techo salpicado de beige, los espacios entre aquellas vigas abultados con antiguo mortero.

Mortero viejo y fibroso.

Bliss extendió la mano y agarró la de Quik cuando él empezaba a bajar la antorcha. Miró con más atención mientras los cazadores continuaban pasando junto a ellos.

No sabía cómo se construían las minas, cómo tanta roca podía mantenerse sobre sus cabezas, pero Bliss conocía la naturaleza, las piedras de bordes afilados y las curvas sedosas del músculo natural.

—Mantén la antorcha —señaló Bliss.

—¿Por qué? —respondió Quik, y Bliss le contestó recogiendo una piedra rota del suelo y lanzándola hacia el techo, directamente hacia el bulto arenoso cubierto de polvo.

La roca golpeó, y produjo un sonido decididamente diferente al golpe metálico y sordo que debería haber hecho.

Un ojo dorado se abrió, encontró a Bliss. Sonidos jadeantes resonaron por toda la habitación, desde todas direcciones.

Deshiva llamó a los cazadores a las armas, y los demonios desataron su trampa.

Los monstruos cayeron como lluvia, desplomándose entre los cazadores y atacando en todas direcciones con cada extremidad. Garras y colmillos desgarraban, cuerpos escamosos se abalanzaban a izquierda y derecha, dispersando a los humanos más pequeños como juguetes. Quik corrió hacia el que Bliss había detectado, levantando sus guanteletes de madera y dando un grito como si el hombre estuviera a punto de saltar al mar.

Y Bliss se quedó allí, con las manos en su bastón, mientras los monstruos descendían a su alrededor. Su sangre bombeaba, pero sus nervios se congelaron. Los silbidos jadeantes parecían perforarle la garganta, alejando cualquier reacción de su mente excepto una: quedarse quieta y quizás saldría viva de allí.

La mitad más cuerda de Bliss luchó contra el terror, lanzando una sugerencia razonada tras otra contra el muro de pánico que rodeaba su mente. Ninguna lo atravesó. Ninguna podía hacerla dar un paso más hacia la cosa, incluso cuando el demonio se sacudió los golpes iniciales de Quik para arrojar a su hermano, con un solo golpe, contra la pared de la cueva.

No podía ayudarlo. No podía ayudar a ninguno de ellos.

Todo lo que Bliss tenía era un palo de bambú. Ni siquiera era adulta. Debería estar en Kitaye, recogiendo fruta y preparando la cena con sus padres, no aquí, no aquí, no aquí.

Un palo la golpeó, su contundencia haciéndola caer. Al cazador que la había golpeado, Bliss no lo conocía, pero vio cómo el único colmillo de un demonio barría el área donde ella había estado. El cazador le dio el más leve asentimiento antes de levantar su bastón para atrapar ese colmillo. Enganchándolo, con el colmillo mordiendo hasta el núcleo hueco del bambú, el cazador se arrodilló y balanceó el bastón sobre su hombro. La palanca derribó al demonio, estrellándolo contra el suelo rocoso.

Sin embargo, con todo su triunfo, el cazador se dejó expuesto al demonio que había golpeado a Quik. El monstruo feo y fangoso se deslizó hacia el cazador, preparando una garra desagradable para atacar.

Bliss golpeó primero.

Impulsando el bastón como una lanza, golpeó el costado derecho y blando del demonio, clavando su madera en la carne escamosa y desequilibrando al monstruo. Mientras se tambaleaba sobre dos patas, Quik pasó corriendo junto a Bliss, su hermano lanzándose al cuello del monstruo y derribándolo al suelo.

—¡Ahora, Bliss! —gritó Quik, su voz llegando clara en una cueva que ya no era ni remotamente silenciosa.

Bliss blandió su bastón, un golpe desde arriba que le partió el cráneo al demonio y lo dejó inerte. Quik se escabulló de debajo de la bestia mientras Bliss, con sus instintos más antiguos venciendo al pánico, ajustaba su agarre y buscaba otro objetivo.

—Me alegra que hayas vuelto —dijo Quik—. Sígueme.

Como un gancho de seguridad para su cuerda, Quik

guió a Bliss por el campo de batalla, sus guanteletes abriendo huecos en las defensas de los demonios para que el bastón de ella los atravesara. Luego otros cazadores podían entrar para terminar el trabajo, golpeando, apaleando o destripando a los demonios hasta que las cuatro criaturas yacían muertas en el suelo de la cueva. Tres cazadores compartieron el final de las criaturas, y otros seis sufrieron heridas graves.

Deshiva, ilesa excepto por un rasguño del suelo de la caverna, ordenó que se llevaran los cuerpos y se dejaran atrás los demonios. Afuera, en el fresco crepúsculo, apilaron más bombas Foti alrededor de la entrada de la mina, agotando el suministro. Con una antorcha lanzada —el cazador corrió y se zambulló tras un tronco para cubrirse— las bombas explotaron, rompiendo la entrada de la cueva y colapsando el portal bajo más rocas de las que Bliss jamás querría cavar.

—Una tumba para los malditos —dijo Deshiva después.

Todos sabían que no sería la última.

CAPÍTULO 25
COSTEÑOS

Cuántas veces habían hecho esto, partir en una aventura sólo para regresar victoriosos mientras el sol se desvanecía tras los altos árboles de la jungla?

—Al menos cinco —dijo Pan, caminando junto a Wax por el camino de carreta que subía la colina hacia el puesto avanzado Najahn, con el Gran Sana elevándose sobre la irregular empalizada de manera similar a como el demonio se cernía sobre Kitaye días atrás.

—¿Cinco? Creo que te faltan algunas —rebatió Wax.

La arcilla batida se pegaba a sus pies descalzos, con alguna piedra ocasional añadiendo variedad a la caminata. Después de escapar del hanoko, Wax había ofrecido bajar de los árboles y disfrutar de un paseo más tranquilo, entrar en el puesto como los vencedores que eran. Balancearse tenía sus usos, pero solía hacerte chocar contra tu destino en lugar de llegar con los dos pies firmemente plantados.

—Solo estoy contando aquellas en las que realmente tuvimos éxito —dijo Pan—. ¿Cuántas bolsas vacías trajimos de vuelta?

—Creo que necesitas cambiar tu definición. Sobrevivimos, ganamos. Al menos, así lo veo yo.

—No se puede comerciar con la supervivencia. Y tú no tuviste que enfrentarte a las miradas de mi padre.

El patriarca de Pan cargaba con el peso de altas expectativas. No para él mismo, entiéndase, sino para Pan. Su amigo tenía que ser el mejor en cualquier cosa que Pan decidiera hacer. Lo cual, Wax suponía, era la razón por la que Pan se conformaba con recolectar hongos del suelo de la jungla.

No había mucha competencia en ese campo.

—Tu padre tendrá que buscar a otro a quien molestar cuando regreses con el skar —dijo Wax.

Más adelante, la jungla señalaba su fin temporal con un declive gradual hacia un claro verdoso. Jardines establecidos se extendían en hileras redondeadas al estilo Noctia, en lugar de las líneas sueltas que Wax encontraría alrededor de Kitaye. Los corrales de ganado reemplazaban los sonidos de la jungla con sus propios gruñidos y bramidos; las bestias no eran numerosas, pero sí vocales en sus frustraciones.

Wax y Pan intercambiaron una mirada mientras el sonido crecía, ocultando sus muecas. Vis operaba con un sistema totalmente abierto: los animales eran libres de vagar y, por tanto, de ser cazados. Habilidad y honor, una comida ganada.

Los Noctia tenían ideas diferentes. Los Noctia también tenían afiladas voulges, armaduras y la clave para mantener a raya a los demonios. Así que Vis les dejaba hacer lo que quisieran y se mantenía en silencio.

Sobre lo que Wax no podía, ni quería guardar silencio, era sobre cómo el camino parecía desierto excepto por él y Pan.

—Te dije que el balanceo sería lo mejor —dijo Wax—. Nadie más tiene las agallas para hacerlo todo el camino hasta aquí.

—Esas agallas casi nos hacen caer sobre espinas, casi me disloco el hombro en ese árbol, y esos hanokos deberían habernos comido.

—¿Pero lo hicieron? ¿Lo logramos?

—Quieres que diga que sí.

—¡Quiero que lo grites, Pan! —Wax dio unos rápidos pasos adelante, se volvió para mirar a Pan con los brazos extendidos, esperando que el Gran Sana detrás de él quedara enmarcado en el centro—. Esto es lo que nos propusimos, ¡y no solo lo intentamos, ganamos!

—Hurra.

Desalentador. Wax dejó caer los brazos y con ellos su sonrisa.

—¿Cuál es el problema? Cuando nos fuimos, estabas totalmente decidido a hacer que esto funcionara.

—Todavía lo estoy —dijo Pan, mirando más allá de Wax hacia el puesto Najahn—. Solo que no creo que te estés tomando esto en serio.

—¿Para qué fue todo ese balanceo si no era para tomarlo en serio? Yo nos di la victoria.

Pan puso los ojos en blanco.

—¿Tú nos diste la victoria? Creo recordar que yo también tuve que hacer todo ese balanceo.

—Bueno, claro, pero los Guardianes no deben hacer todo por sus Renovaciones, ¿verdad?

—¿Tú crees que yo sé lo que se supone que debe hacer un Guardián?

Una pregunta justa, y una que Wax no había considerado realmente. ¿Por qué, si no había forma de que terminaran lidiando con el problema? Incluso habiendo llegado tan lejos, Wax pensaba que algo impediría que Pan terminara el trabajo.

Las Renovaciones se suponía que eran héroes, guerreros, reyes, reinas embarcándose en un vasto viaje por las islas. Desafíos en abundancia, peligros por todas partes, decisiones difíciles y sacrificios en cantidad.

No exactamente el material para el que Pan estaba hecho. Wax, aún caminando hacia atrás, trató de medir a su amigo. Habían pasado noches y días aquí viajando, charlando, compartiendo recuerdos nostálgicos y aleatorios de casi dos décadas grabadas en la compañía del otro. Habían bromeado, compartido cenas, agua, frutas arrancadas de ramas al pasar. A lo largo de su vida, a Wax le costaría recordar un solo día en que no hubiera visto a Pan al menos por un minuto.

Con el sol a su espalda, un enrejado de sombras dibujado por los árboles de la jungla, Pan se veía cruzado en oro y negro. Mantenía la cabeza inclinada, sus piernas y brazos se movían sin mucho impulso, como si fueran empujados por algún llamado fantasma. El corazón del hombre simplemente no estaba en esto, a pesar de la declaración hecha en Kitaye.

Estúpido, entonces. Estúpido arrastrarlos hasta aquí cuando Pan no quería terminar la maldita carrera. Wax podría haberse quedado para ayudar a sus padres a reconstruir su casa.

—Esto fue una pérdida de tiempo, ¿verdad? —preguntó Wax.

—¿Qué?

—Arrastrarnos hasta aquí, ¿solo querías demostrarle a tu padre que no te rendirías?

Pan se estremeció, pero no apartó la mirada. Tampoco dejó de caminar.

—Sé lo que quiero, Wax. Esto no es.

—¿Entonces por qué?

—Porque lo que quiero es que mi padre deje de mirarme como si no fuera lo suficientemente bueno, ¿de acuerdo? —Pan señaló a Wax—. Tu padre es un artesano. Bien. ¿El mío? El mío fue cazador durante mucho tiempo hasta que sufrió esa caída, ahora es uno de los mejores pescadores de la ciudad. Él valora la acción. Ganarte el sustento con sangre y sudor es lo que me dice, cada noche, cuando regreso con una bolsa llena de hongos.

—Eso es comida.

Pan se rió.

—No para él.

—Entonces, ¿qué va a demostrar esto, que puedes caminar una larga distancia?

—Que soy lo suficientemente valiente para intentarlo —Pan exhaló y Wax se puso a su lado—. No necesito su aprobación, Wax. No necesito que esté orgulloso de mí. Solo quiero que me deje en paz.

—Entonces yo...

—No harás nada. Esta es mi familia, mi problema. Vendrá directamente a por mí si intentas jugar a ser mi protector. No es que lo necesite, Wax. No esta vez.

—¿Entonces?

—Así que subimos, hablamos con los Najahn, y lo tomamos con calma —dijo Pan—. No sé qué tenemos que hacer para completar esto, pero no voy a ser yo, ¿entiendes? No voy a dejar esta isla. Todo lo que amo está justo aquí.

En eso, al menos, Wax podía estar de acuerdo.

El puesto avanzado Najahn rodeaba el Gran Sana. Estaba cercado por vigas de madera con puntas afiladas que apuñalaban el cielo pero que, a los ojos de Wax, parecían un poco cortas. Cualquier Vis medianamente competente o un hanoko que realmente lo deseara podría trepar a un árbol, tomar impulso y balancearse por encima.

Hacerlo le daría al saltador un buen vuelo y probablemente aterrizaría en un techo de paja inclinado. Los Najahn también tenían aquí sus canalones festoneados, que conducían a barriles de lluvia que, si Wax tuviera que adivinar, estarían rebosando casi todos los días. Había habido un periodo soleado últimamente, pero la lluvia solía ser la amiga común en la isla. La abundancia no podía cambiar el comportamiento, aparentemente.

El camino hacia la puerta ganaba adornos a medida que Wax y Pan se acercaban al último tramo. Bastones plantados en el suelo sostenían antorchas, recién encendidas mientras el sol daba paso a su mitad oscura. El camino de tierra encontró losas, piedras cada vez más entrelazadas con el polvo hasta que Wax y Pan apoyaban sus talones en roca lisa. Una sensación extraña; incluso los muelles de madera de Kitaye tenían una sensación más natural, con el dar y tomar de la madera bajo el peso de Wax.

La mejor señal de que habían llegado vino con los propios Najahn, un solo miembro que se encontraba frente a la puerta de madera teñida de púrpura de la empalizada. Con la voulge lista, el chakram colgado en su espalda, el soldado observó cómo Wax y Pan se acercaban sin decir palabra.

Los dos se detuvieron cerca del guardia, esperando a que el hombre hiciera el primer movimiento. El Najahn les devolvió la mirada, parpadeando de vez en cuando pero sin moverse en absoluto, salvo para espantar alguna mosca ocasional.

—¿Asunto serio, esto de hacer guardia? —preguntó Wax.

—Ignora a mi amigo —intervino Pan—. Estamos, eh, aquí por la Renovación.

El Najahn asintió, levantó su voulge. Alguien detrás de la puerta vio la señal y abrió las puertas.

—Son el segundo grupo hoy —dijo el Najahn, apartándose y haciéndoles señas para que avanzaran—. No habrá intentos esta noche, así que todos tendrán un comienzo parejo cuando salga el sol.

—¿Un comienzo parejo? —preguntó Wax mientras pasaban junto al guardia—. ¿Qué, hay otra carrera?

Pero el guardia solo se encogió de hombros y pidió sus armas, dejando caer la hoja Foti de Wax en una caja de seguridad justo dentro de la puerta.

La puerta se cerró detrás de Wax y Pan después de que pasaran, sellándolos en un puesto que apestaba a auto-importancia. Kitaye tenía sus barrios, sus secciones dedicadas a especialidades, pero en ningún lugar colgaban estandartes declarando quién tenía el poder. Nadie colocaba símbolos fuera de sus casas ni emblemas en sus pechos. Tatuajes, sí, pero eso era simplemente una marca de quién eras. No una jactancia, no un lujo.

La influencia de Noctia se extendía también a los terrenos, con plantas cortadas de cerca en arreglos decorativos. La naturaleza no tenía influencia aquí, solo belleza eficiente.

Al menos su objetivo no era difícil de encontrar: en el centro justo más allá de la puerta, elevándose para dominar los alrededores, se encontraba el cuartel central. Trabajadores Najahn, soldados —Wax no estaba seguro de cómo llamarlos— señalaron en esa dirección a la pareja, diciéndoles que encontrarían comida y un lugar para dormir. Luego, las personas vestidas de cuero y empapadas en sudor volvieron a... ¿cosas?

—No lo entiendo —susurró Wax a Pan mientras caminaban por el puesto—. Todos se mueven, ¿pero no sé por qué?

—Le preguntas a la persona equivocada.

El misterio se resolvió solo cuando entraron en los cuarteles, la estructura de cuatro pisos una muestra de lo que se podía lograr con madera y ambición. Sobre la puerta principal estaba el símbolo Najahn, el círculo de ojos huecos adoptado por Noctia. Parecía mirar con malicia a Wax, y el hombre apartó la mirada, reprimiendo un escalofrío.

¿Quién querría vivir con esa cosa observándote todo el tiempo?

Dentro, los cuarteles les dieron una bienvenida más cálida. Una chimenea central rugía, la piedra manchada por las cenizas y haciendo un buen trabajo calentando una amplia sala repleta de largas mesas. Cada losa de madera rubia tenía seis sillas a su alrededor, cada una impecable contra su dueño. Exceptuando, de todos modos, las ocupadas.

Las linternas colgaban del techo en cadenas elaboradas por los Foti, las baratijas de vidrio mezclándose con la luz del fuego para bañar la habitación en un acogedor dorado. Wax olfateó, captó un espeso guiso en preparación. Después de días comiendo lo que podían forrajear y añadiéndolo a carne salada, algo fresco hizo que su boca se humedeciera.

No es que Wax tuviera mucho para intercambiar. Con suerte, los Najahn perdonarían una comida a los reclutas de la Renovación.

—Esos deben ser los que nos ganaron —dijo Pan, entrando y señalando hacia las dos mesas más cercanas a la cocina—. No parecen Noctia.

Los tejidos y la tinta delataban al grupo —Wax contó

seis— y no solo por su herencia Vis. Sus diseños en espiral contrastaban fuertemente con las líneas geométricas en la piel de Wax y Pan, una señal de que estos dos no venían de Kitaye, sino de Mottilan, la otra ciudad de Vis en la costa este.

Rivales en más de un sentido, entonces.

—¿Quieres hacer algunos amigos? —preguntó Wax.

—Quiero algo de comida, y luego quiero dormir en algún lugar que no sea una rama.

—No fue tan malo.

—Mi espalda dice lo contrario.

La espalda de Wax probablemente estaría de acuerdo con la de Pan; la rigidez persistente era un temporizador en los viajes por la naturaleza. Incluso si tenías toda la comida y el agua que necesitabas, los músculos eventualmente te fallarían.

—¿Supongo que tomamos asiento? —preguntó Pan.

Ningún Najahn se encontraba cerca de la entrada. De hecho, los únicos Noctia a la vista trabajaban en la cocina, visibles detrás de un largo mostrador y la película ondulante de los hornos calientes.

—Tu suposición es tan buena como la mía —respondió Wax, y siguió a Pan hacia la derecha, dejándose caer en una mesa en el lado opuesto a los otros viajeros Vis—. Realmente buscando el ambiente antisocial, ya veo.

—Te garantizo que si hablamos con ellos, todo lo que nos dirán es lo mucho mejores que son.

—Tienes una visión sombría de nuestros compañeros Vis, Pan.

—Tú no comercias tanto como yo. Son todos negociantes escurridizos, Wax. Te quitarán todo y más si no tienes cuidado.

Wax se reclinó en el asiento de madera, maravillándose

del panel trasero. Las sillas no eran algo común en casa. Era más fácil cortar un tronco en dos y apoyarlo en el suelo, dando a la gente un banco si lo necesitaban. O, ya sabes, podías sentarte en el borde de tu casa y dejar colgar las piernas. Aun así, con el fuego calentándolo, Wax se estiró, dejando que sus piernas balancearan la silla hacia atrás.

Se sentía bastante bien.

La sopa, cargada de ñames picados, cebollas y carne fresca —Wax no preguntó qué era, el cocinero no ofreció información— se sentía aún mejor. Pan dejó los cuencos conseguidos en el mostrador sobre la mesa y ambos se lanzaron a comer con descuidado deleite. Cucharas de madera servían para sacar el caldo de su opaco cuenco de arcilla, y Wax ni siquiera notó los símbolos Najahn tallados en el mango durante los primeros sorbos.

Pareciendo una flor dorada superpuesta con triple tallo de hierba, el símbolo le decía a quienquiera que sostuviera la cuchara que era propiedad Najahn, y no de cualquier Najahn, sino de los que vivían en Vis.

—Facciones —dijo Pan cuando Wax se lo señaló—. Es como en casa, ¿verdad? Todos estos Najahn son destinados aquí o a otras islas, durante años, y se unen al equipo local.

—¿Qué significa eso siquiera? —Wax miró a su alrededor—. Nada aquí se parece a Kitaye.

—Apuesto a que se ve diferente al puesto en Kance.

—¿Crees que podrían hacer uno allí? ¿No se lo llevaría el viento?

Pan lo miró fijamente.

—Wax, no sé si estás bromeando o eres ignorante.

—Vamos con ambas.

Siete Islas, con Vis en el extremo más meridional. Wax sabía de las otras lo que pasaba en historias, en los marineros que se detenían para comerciar. Viajar entre las islas por cualquier otra razón parecía tan raro, y ciertamente no estaba en sus planes, que aprender cómo Kance lidiaba con sus constantes ráfagas parecía una pérdida de tiempo. Especialmente cuando podía pasar esas horas balanceándose de flores de sana.

—Supongo que lo descubrirás si ganamos esto —dijo Pan—. Las Renovaciones van a todas partes.

—Pero no vamos a ganar esto, ¿verdad?

Una mano golpeó la mesa, cubierta de tierra y llevando a un brazo fornido hasta un hombre de aspecto duro con una sonrisa retorcida en su rostro. Su cabello enmarcaba la sonrisa, recogido en dos largas coletas y atado con cordel tenso. Sus mejillas llevaban su cena, y sus ojos revelaban un humor sombrío.

—Me alegra oírlo —dijo el hombre, y Wax situó su voz ronca, las arrugas que marcaban su rostro, como al menos una década mayor que Wax y Pan—. No hay necesidad de hacer de esto una competencia. Nosotros llegamos primero, deberíamos tener la primera oportunidad.

Wax lanzó una mirada a Pan, que había vuelto a su sopa. No era un desafío que Pan quisiera enfrentar, y a pesar del propio orgullo de Wax, podía ceder, solo por esta vez, a su amigo. Un Guardián debería seguir órdenes, ¿verdad?

—Me gustaría oírlo —continuó el hombre, plantando su otra palma en la madera. Los cuencos se agitaron—. Di que te saltas esta.

Detrás de él, los compañeros del hombre observaban desde su mesa. Diversión y preocupación cruzaban sus miradas, pero ninguno parecía dispuesto a añadir su propia intimidación.

¿Un plan improvisado, quizás? Wax estudió al hombre, tratando de evaluar si había tomado unas cuantas pintas de cerveza Najahn de más.

—Vinimos desde tan lejos —dijo Pan—. ¿Cómo explicaríamos a nuestras familias, a nuestros amigos, que nos detenemos ahora?

Wax captó el tono particular de Pan, el mismo que había usado desde que eran niños. Buscando una respuesta, intentando jugar una broma a su objetivo.

—Di que perdiste. Di que te enfermaste, que te torciste un tobillo, qué me importa. El punto es que has terminado. Se acabó. Puedes volver a tus árboles y tus peces y dejarnos tener el skar.

El hombre tosió, se limpió algo de baba con el dorso de la mano antes de volver a plantar ambas palmas. Un movimiento que Wax sospechaba que podría ser menos para asustar y más para mantener el equilibrio.

—Podría, pero eso significaría mentir —dijo Pan—. No soy muy mentiroso.

—¿Y eso en qué me afecta?

—Porque simplemente no creo que pueda hacer lo que me pides. —Pan empujó hacia atrás su silla, se puso de pie—. Supongo que tendrás que ganártelo.

Oh, Pan. Tan predecible hasta que decidía hacer algo loco. El intruso tenía que ser casi tan grande como Wax y Pan juntos. Aunque los Najahn no permitían armas dentro de su puesto, las manazas de este tipo parecían más que capaces.

Pero entonces, ¿qué se suponía que debía hacer un Guardián?

Mientras el hombre se volvía hacia Pan, quitando sus palmas de la mesa con esfuerzo tembloroso, Pan cuadró sus propios hombros. Le dio al hombre una mirada que Wax solo había visto en su amigo cuando se negaba a ceder en el precio de sus hongos.

Fue suficiente para poner a un Guardián de pie.

—Verás, esperaba que estuvieras de acuerdo con mentir —dijo el hombre, juntando sus manos y estirando los dedos—. Pero si no vas a tomar el camino fácil, podemos asegurarnos de que esa pierna rota sea bastante real.

Wax recogió el cuenco y lo estrelló contra la cabeza del hombre. Sin preámbulos, sin advertencia, solo el instinto ofreciendo su mejor solución al problema. La arcilla se rompió con un fuerte estrépito, el hombre tropezó hacia su derecha para apoyarse contra la chimenea. Esas grandes manos fueron a su cabeza, frotando un punto que ya no solo estaba sucio, sino que se estaba amoratando y enrojeciendo.

—Wax, ¿qué? —preguntó Pan, con la bravuconería huyendo como solía hacer cuando la pelea realmente comenzaba.

—Estabas a punto de que te apagaran las luces, así que te ahorré la molestia —respondió Wax—. Trabajo de Guardián.

El cuenco debería haber terminado la pelea en ese momento, pero los amigos del hombre, aparentemente no contentos con ver a su amigo lastimado, saltaron de sus sillas y corrieron hacia los dos. Cuatro vagabundos, en diversos pastos y túnicas tejidas, pisotearon, corrieron y gritaron su camino hacia un Wax y Pan en retirada.

El quinto corrió hacia el hombre caído, ayudando al grandullón a alejarse de la chimenea caliente.

—¿Ideas? —preguntó Pan.

—No dejes que te rompan las piernas —respondió Wax—. Las necesitarás por la mañana.

Con su cuenco roto, Wax fue a por la siguiente mejor arma: una silla. La madera ligera facilitó su levantamiento, y con Pan siguiendo su ejemplo, el dúo se paró con ocho patas rechonchas apuntando a sus atacantes.

El cuarteto se negó a ser intimidado.

Wax se enfrentó a un par de mujeres que parecían haber pasado demasiados días en barcos pesqueros. Con piel curtida y ojos duros, las dos, blandiendo sus cucharas de sopa como garrotes, se dividieron a ambos lados de Wax. Su campo de batalla, el estrecho pasillo entre dos largas mesas y sus muebles correspondientes, era un mal candidato para una tenaza. O eso pensó Wax, hasta que la de la izquierda dio un salto corriendo sobre su mesa. Mientras avanzaba en un ángulo difícil para que Wax lo contrarrestara, la otra se lanzó con la cuchara ondeando, golpeando las patas de la silla de Wax.

—Ríndete —gruñó, su voz inflexionada con las sílabas recortadas de Mottilan—. Él ha hecho la oferta correcta. No se suponía que llegarían tan rápido.

—¿Qué se supone que significa eso?

La mujer no respondió, pero entró rápidamente, golpeando la silla de Wax y empujándola hacia la derecha, dejándolo completamente abierto para un asalto saltarín desde la que corría sobre la mesa.

Con todos los saltos que Wax había hecho en su vida, todos los brincos de hoja en hoja a rama a enredadera, nunca había tenido a una persona saltándole encima. Era, francamente, aterrador.

Con los ojos muy abiertos, la cuchara sostenida con ambas manos mientras saltaba, rodillas dirigidas a la cabeza de Wax, la mujer mostraba una figura impresionante.

Una para la que Wax no tenía respuesta. Dejó caer la silla, levantó su brazo izquierdo en un bloqueo fútil, sintió el golpe de la cuchara y luego a la mujer, derribándolo al suelo. La cuchara hizo su segunda aparición, golpeando a Wax en el hombro mientras él pateaba con sus piernas, consiguiendo apenas el suficiente impulso para alejar a la saltadora.

Solo para que su amiga entrara y clavara a Wax en el estómago con su propio utensilio. La sopa que acababa de devorar volvió directamente, salpicando y haciendo retroceder al segundo atacante, aunque solo por un momento.

Levantándose sobre sus manos, Wax, con los ojos llorosos y la sensación de que su estómago estaba listo para vomitar de nuevo, trató de descubrir cómo suplicar una rendición.

No tuvo que hacerlo.

El silbido llegó agudo y severo, justo como el que los Najahn habían usado cuando llamaron la atención de la multitud de la Renovación en Kitaye. Todos los ojos se dirigieron hacia la entrada de los cuarteles, donde tres soldados Najahn se encontraban en su regalia, esas desagradables voulges listas.

—Detendrán esto ahora —dijo el líder, un hombre de rostro estrecho cuya nariz parecía haber sido rota más de algunas veces—. Déjense unos a otros, limpien el desastre. Háganlo, y luego tendré unas palabras con ustedes, chusma.

A pesar del insulto, Wax aceptó el respiro. Pan, que había sido lanzado contra otra mesa, se levantó aún más lentamente. El chef salió con una fregona, se la entregó a Wax sin decir palabra. Unos cuantos pases, algunas sillas devueltas a donde pertenecían, y los cuarteles no parecían haber sufrido daño alguno.

Aunque Wax sentía que podría no retener comida durante unos días.

—Tienen suerte de que haya visto esto antes —dijo el Najahn al grupo reunido, una vez completadas sus tareas de limpieza.

Pan y Wax se quedaron en el lado derecho, en su propia mesa cerca de la entrada, mientras que los seis acosadores tomaron la izquierda. El grandullón, que todavía parecía aturdido, trajo a Wax una pequeña satisfacción.

—He presenciado dos Renovaciones —dijo el Najahn, poniendo su edad más alta de lo que Wax habría adivinado, pero los cascos y la armadura podían ocultar mucho—. Ambas veces, la peor escoria intentó convertirse en héroes. Ambas veces, personas que no tenían ningún negocio dejando sus chabolas intentaron tomar lo que pertenecía a otros seres mejores. —El Najahn los atravesó a todos, uno por uno, con miradas punzantes—. Mañana, tendrán su oportunidad, una que ninguno de ustedes merece, para representar a su isla de la única manera en que alguien en Vis puede importar al mundo. No se roben mutuamente esa esperanza, no cuando tantos lo harán más tarde. —El ceño del Najahn se profundizó—. Su entusiasmo es risible. ¿Pelear, ahora, por el derecho a morir después? Vayan a sus camas y recen por quedarse dormidos. Esperen que la oportunidad los pase de largo. He visto dos Renovaciones, pero he visto muchas, muchas más intentarlo y perderlo todo en el intento.

Los Najahn hicieron de niñeras a partir de ese momento, separando a los dos grupos y enviándolos a sus dormitorios. Pan y Wax se turnaron en un baño caliente, la chimenea valiendo la pena. Wax envolvió sus moretones en toallas calientes, se acomodó en la estera de paja que serviría como su cama. No era exactamente la hamaca de casa, pero una gran mejora sobre las ramas en las que había estado durmiendo. Pan, también, se estiró en la suya con un fuerte y contento suspiro.

Su habitación tenía poco más allá de las dos esteras. Una sola linterna al estilo Noctia colgaba cerca de la puerta, bajada para la noche. No había más muebles salvo un perchero maltratado para colgar ropa. Una ventana con postigos, abierta ahora, daba al puesto y a una noche oscura y nublada. La lluvia llegaría pronto.

Otra razón para estar agradecidos de haber entrado.

—Esa fue una pelea estúpida, ¿no? —preguntó Pan.

—He elegido mejores —respondió Wax—. Aunque no iba a aceptar el trato de ese tipo.

—¿No es esa mi elección?

Wax miró hacia el techo negro. La linterna moribunda lo proyectaba en sombra, y si Wax se concentraba, podía imaginar estar casi en cualquier lugar. Como en casa, con Sawi. En algún lugar donde no tendría que lidiar con las vacilaciones de Pan.

—No te vi tomarla, así que la puse en mis manos. —Wax puso esas manos detrás de su cabeza, haciendo una mueca por el dolor que el movimiento provocó en su costado—. No voy a dejar que esos costeños nos hagan a un lado.

Pan se rió, una risita tranquila.

—Tal vez lo sabía.

—¿Que yo iniciaría una pelea?

—Te pedí que fueras mi Guardián, ¿no? Hay que tomar al buen Wax con el enojado.

—Vengo en paquete completo.

—Si las cosas se ponen peligrosas como dijo ese Najahn, ¿crees que estamos listos para ello?

—Es escalar un Sana, Pan. Incluso si es uno realmente grande, creo que estamos tan listos como podemos estar. —Wax sonrió mientras la linterna se apagaba—. Si yo fuera tú, pensaría en a qué isla irás primero.

—Fácil —respondió Pan—. Foti. Está hacia el oeste, y

hace más calor. Además, apuesto a que podemos conseguir allí equipo de verdad que nos ayudará.

—¿Estás celoso de mi espada, Pan?

—Solo quiero un escudo que la bloquee cuando empieces a blandir.

—Oye.

Después de unos largos días, una noche más larga, la risa se sintió bien. Y cuando la lluvia comenzó a caer, el sueño se sintió aún mejor.

CAPÍTULO 26
TRATOS

Svarde podía afirmar honestamente que nunca había estado en una cueva en el mar. El barco Whent, masivo pero de alguna manera flotante, adquiría la apariencia de una caverna más allá del casco exterior. Con hachas en ambas manos, guiándose por la luz que se filtraba a través de aberturas y por las linternas globo dispuestas periódicamente, Svarde dio sus primeros pasos dentro con cautela. La humedad asaltó su nariz, la constante presencia del mar atrapada en las paredes porosas. El exterior, duro y liso, se suavizaba aquí, volviéndose más esponjoso.

Sus pies casi rebotaban en el suelo.

Eso no evitaba la sensación claustrofóbica: el barco Whent tenía pasillos anchos, sin duda para que aquellos caparazones blindados pudieran moverse, pero las paredes de forma irregular, el techo curvo, junto con el ligero balanceo de la embarcación sobre las olas, lanzaron los sentidos de Svarde a la confusión.

Cuando luchó contra el demonio en la cueva de Vis, se había concentrado en el monstruo excluyendo todo lo demás. Aquí, encontró su punto de referencia: la luz naranja-amarilla que brillaba en los globos. Cada uno le indicaba el siguiente movimiento.

El barco de los Whent se convirtió rápidamente en una madriguera, la lucha de arriba reduciéndose a nada más que vibraciones mientras Svarde continuaba adentrándose. Tenía que haber una escalera hacia arriba, o una escala, pero todo lo que Svarde encontró fueron habitaciones. Lugares excavados donde la tripulación debía descansar, con losas duras sobresaliendo de la pared. Un par tenían lechos de paja. Uno intentaba ofrecer comodidad moderna con una manta de tela. Todos parecían desprovistos de objetos personales.

Tampoco había señal de lo que Maena buscaba robar. Quizás estaba más abajo, pero maldita sea si Svarde podía encontrar una manera de descender.

Los sonidos cambiaron mientras el hombre avanzaba hacia el centro del barco: un nuevo eco recorriendo a Svarde con una cadencia irregular, el tap tap tap de alguien trabajando con un martillo, pero no con el ritmo rígido de un herrero.

¿Quién estaría trabajando en algo ahora, con el barco bajo asedio?

El sonido, sin embargo, proporcionó a Svarde una dirección. En vez de vagar sin rumbo, se orientó hacia el ruido, siguiendo los golpes y los estruendos, ahora salpicados aquí y allá con maldiciones selectas, pero entusiastas. Como si alguien estuviera tan complacido con sus problemas como con sus soluciones.

—¿Dónde me he metido? —murmuró Svarde, solo en los corredores tenuemente iluminados.

Había recorrido las siete islas como Guardián. Se había enfrentado a calamidades y peligros y había salido adelante sin lesiones graves, con esperanza y nuevo poder. Un barco Whent no debería inspirar miedo, no debería traer nada más que un labio curvado y un desafío desdeñoso, pero los golpecitos continuaban, continuaban, continuaban.

Svarde no tenía forma de medir el tiempo, y a medida que se adentraba en el barco —cuyo tamaño parecía solo crecer al entrar— se sentía cada vez menos seguro de dónde se encontraba dentro. Los pasillos se curvaban y se cruzaban en ángulos extraños, y Svarde comenzó a preguntarse si estaba pasando una y otra vez por las mismas habitaciones. El tap, tap lo atraía, pero lo que una vez fue una señal clara parecía provenir de todas partes, de ninguna parte.

Solo un tonto atrae al enemigo sobre sí mismo. Svarde agarró sus hachas con más fuerza, deseando que Kivi hubiera abordado con él. El sentido práctico del ferrite habría ayudado a mantener su mente clara, pero ahora divagaba.

¿Mantendrían los Whent un demonio ahí abajo? ¿Esperando a un enemigo errante? ¿Era todo esto una trampa, y Maena y su tripulación estaban muertos arriba? ¿Serían los huesos de Svarde molidos contra las rocas por ese horrible golpeteo?

Se detuvo. Se detuvo dejando tras de sí un vacío abismal. Svarde se paró en seco, con las botas plantadas en el suelo. Giró, sintiendo algo detrás de él, y solo vio otro globo sereno, parpadeando. Ningún viento agitaba el aire, nada salvo su propia respiración.

Un clic. Un sonido simple y único. Seguido por un rugido, un temblor suave que subía por las botas de Svarde, las espinillas, hasta su cintura y sus dientes. El guerrero siguió el temblor, encontró el corredor y partió en esa dirección.

—¿Eres uno de ellos? —preguntó la voz maldiciente, curiosa y, como siempre, encantada—. ¿De los invasores?

Svarde no vio a nadie. La voz venía de adelante, sí, pero también de abajo. Gritaba desde abajo, entonces, desde las cubiertas inferiores. Se agachó, procurando mantener sus pasos ligeros, sus botas aterrizando con el toque más suave. Respiración baja, sus ojos abiertos y vigilantes.

Qué fácil sería convocar a alguien con una llamada, esperando para disparar, apuñalar, emboscarlos mientras se acercaban al camino recién descubierto.

—¿Hablas, o los Rana finalmente han renunciado a eso también en servicio de su brutalidad? —preguntó la voz.

Svarde permaneció callado. Habría tiempo para palabras una vez que la amenaza hubiera sido neutralizada.

Una amenaza que, al menos, había optado por no atacar a Svarde mientras encontraba el camino hacia abajo: una placa de pizarra, lo suficientemente grande para que un hombre de su tamaño pudiera escalar con facilidad. Ranuras metálicas bordeaban los bordes, proporcionando un camino para que la placa se deslizara.

En cuanto a dónde conducía la escalera, una cosa de cuerda y piedra, ¿quién sabía?

Otro globo ardiente presentaba una habitación más grande, su luz desvaneciéndose más allá de lo que Svarde podía ver desde arriba, sin pasillo, sin paredes cercanas a la vista.

Una elección, entonces. Descender era invitar a una emboscada aún más fácil. Escalar significaba dar la espalda al cuchillo, a la flecha, al garrote. Quedarse arriba significaba más vagabundeos sin sentido, incluso el riesgo de que Maena ganara la batalla y partiera sin él. Fácil suponer que Svarde había sido arrojado por la borda.

Mejor, entonces, bajar, encontrar la pelea y tomar, quizás, un rehén. Al menos eso le daría opciones.

Svarde enfundó sus hachas, pasándolas sobre su espalda. Se alejó del agujero, calculó su tracción, sus piernas, el balanceo del barco.

Los niños de Vis estarían orgullosos de su siguiente movimiento.

—Tengo trabajo que hacer, ¿sabes? —llamó la voz.

Svarde dio dos pasos, saltó y golpeó el agujero justo donde quería. Su cuerpo atravesó el espacio y Svarde se retorció, levantando las piernas y los pies para atraparlos en la pared vacía del agujero. El rebote le dio impulso, uno que Svarde usó para empujarse en un giro de caída hacia la cubierta inferior.

La roca todavía dolió cuando la golpeó, pero la acción rápida habría dificultado que cualquier puñalada lo alcanzara. Al menos, eso es lo que se dijo Svarde mientras salía del giro, las hachas levantando chispas al deslizarse por la roca. Svarde desenfundó ambas, levantando sus mangos frente a su rostro y echando un vistazo a la penumbra.

—Esas no te ayudarán aquí —dijo la voz, y Svarde la rastreó hacia la izquierda, se desplazó, mantuvo sus hachas en alto—. Verás, los viejos métodos ya no son necesarios.

¿Viejos métodos?

Al borde del globo ardiente, emergió una figura sosteniendo algo en su mano izquierda. Llevaba un traje voluminoso, no muy diferente al que Svarde veía usar a los maestros de forja en los hornos más calientes de Foti. El casco, una placa facial completa, se elevaba hasta su frente y sobresalía hacia Svarde, las manchas chamuscadas por todas partes dejaban claro que esto no era solo para exhibición.

Lanzó la cosa en su mano, una pequeña caja con un

broche que reflejaba la luz. Giró una vez y ella la atrapó justo donde la había lanzado, el broche de nuevo hacia ella y perfectamente colocado en su palma.

—¿Cómo te llamas? —preguntó la mujer.

—Svarde. ¿Dónde estoy?

La mujer agitó su dedo índice derecho. Svarde calculó la distancia, imaginó que podría asestar un golpe devastador con su hacha antes de que ella pudiera hacer, bueno, cualquier cosa.

Esa caja, sin embargo.

Había suficientes locos en las islas para hacer que enfrentarse a lo desconocido fuera una proposición arriesgada. Quién sabía qué pasaría si ella la dejaba caer al morir, o si Svarde intentaba recogerla. O Maena y su tripulación.

—¿Entraste aquí caminando, verdad? —preguntó la mujer, luego se detuvo, su rostro arrugándose—. ¿Aunque no pensé que llegaríamos a Noctia hasta dentro de unos días?

Ami podría jugar algún juego mental, utilizar trucos y trampas. Ella podría quedárselos.

—Han abordado su barco. Estoy tratando de regresar a la cubierta superior. Ayúdeme, y me aseguraré de que respeten su vida.

El movimiento llegó más rápido de lo que Svarde hubiera adivinado. La mujer no aparentaba tener habilidad marcial, pero ahí estaba apuntando un extraño dispositivo hacia él: un tubo del largo de su antebrazo, adornado con más diales, artilugios y cachivaches de los que Svarde había visto jamás. Su extremo se dividía en tres piezas curvas que se separaban y luego volvían a juntarse, pareciendo una garra triple haciendo una pinza.

Svarde se habría reído, excepto que la mujer parecía

demasiado seria para juegos y nada en este maldito viaje parecía normal.

—¿Y eso es? —preguntó Svarde, señalando el dispositivo con un hacha.

—¿No te gustaría saberlo? —respondió la mujer—. Es, desafortunadamente, un trabajo en progreso. No tiene nombre. Aunque sí tiene un efecto bastante considerable. Si pudieras guardar esas hachas, estaría encantada de contarte justo en qué has tropezado.

—¿Sin trucos?

—Nada que te vaya a matar, lo prometo.

Ir en el viaje de Renovación había metido a Svarde en todo tipo de situaciones extrañas, el tipo de cosas en las que no podías lanzarte con rabia y esperar sobrevivir. En cambio, la precaución tendía a imponerse, y si alguien te ofrecía la oportunidad de evitar una pelea...

Bueno, la aceptabas.

—Esto —explicó la mujer cuando Svarde guardó sus hachas— es el futuro. Al menos, el futuro según lo ve Whent. Menos dependencia de esas cosas que llevas en la espalda, y más... eficiencia.

Sus ojos brillaban mientras hablaba, una mirada distante que Svarde reconocía de sus viajes con Catya. La Égida se volvía serena cuando pensaba, hablaba sobre a qué isla viajarían después, lo que podría lograr una vez que tuviera todos los símbolos. Nada de eso había salido como habían planeado, pero...

—Tienes que entender —dijo la mujer, guiando a Svarde a través de la bodega. A medida que avanzaban, la mujer, después de encender una pequeña vela en el primer globo, encendió otros. El resplandor resultante mostró un espacio extenso lleno de cajón tras cajón, todos marcados con nombres extraños que Svarde no podía descifrar—. Las islas se están volviendo cada vez más peligrosas, y no menos por culpa de tus amigos Rana.

—Son asaltantes, nada más.

—Díselo a las personas a las que están lastimando allá arriba. A sus familias. —La mujer desechó el comentario, concentrándose nuevamente en los cajones—. Estos ofrecerán una defensa imbatible a cualquiera que elija usarlos. El riesgo será demasiado grande, las pérdidas demasiado altas para peleas sin sentido. —Se animó, una sonrisa extendiéndose—. Lo mejor de todo, los demonios no tendrán ninguna oportunidad.

Svarde asintió hacia el dispositivo que todavía llevaba, —¿Qué hace?

—Te lo mostraría, pero eso arruinaría la sorpresa —respondió la mujer—. Cuando Noctia nos permita llevar estos al mundo exterior, entonces lo verás.

Svarde dudó, miró los cajones. Maena había dicho que podría haber cosas en este barco que podrían ayudar a su viaje hacia la oscuridad. Quizás estas podrían serlo.

—¿Podrías mostrarme cómo usar uno? —preguntó Svarde.

—¿Por qué?

—Porque pienso entrar en la Oscuridad Inferior y destruir a los monstruos que esperan allí.

Ella frunció el ceño, —Normalmente, diría que sí. Pero aún no. Estos no están listos para eso. Al menos, no con manos inexpertas.

—Entonces, ¿por qué me muestras todo esto? —preguntó Svarde—. ¿Cuál es el punto? ¿Por qué no simplemente dispararme y acabar con esto, o mantenerte oculta?

La mujer dio un paso alejándose de Svarde, dirigió el dispositivo hacia él, —Lógica simple, amigo mío. La manera más fácil de sobrevivir a una incursión es conseguir un rehén y esperar a que pase.

Svarde dejó que la mujer lo guiara desde la bodega, hacia arriba en el laberinto cavernoso, uno que ella no tenía problemas para navegar. Después de algunas vueltas, llegaron a una simple escalera tallada en la roca, piedra rojo-grisácea que conducía hacia arriba. Fuera, la luz rosa de Sichi se filtraba a través de las grietas en la puerta que daba a la cubierta superior.

Había sido una larga tarde.

—Una cosa que no entiendo —dijo Svarde— es cómo logran hacer flotar un barco de piedra como este.

—Es roca en el exterior, pero está ahuecado. Con suficiente aire en los espacios, flotará sin problemas.

Svarde sacudió la cabeza. Demasiadas maravillas estos días. Un hacha simple, un simple golpe, y sería feliz.

La cubierta ofreció una historia a primera vista: los asaltantes Rana de Maena habían ganado la primera escaramuza, como lo evidenciaban los Whent heridos que estaban siendo atendidos por toda la cubierta, por los fragmentos de carga robada que se deslizaban por las cuerdas hacia el Tsuro. Sin embargo, la tripulación de Maena no había salido sin bajas, un esqueleto de grupo permanecía en el barco Whent mientras otros, sus maldiciones volando desde el barco Rana de abajo, salpicaban el aire. La propia Maena estaba en el medio de la cubierta, en acalorada conversación con un hombre corpulento que debía ser el capitán Whent.

—Civilizado —dijo la mujer—. Al menos no hemos perdido eso.

Cuando Svarde irrumpió en la escena, atrajo la atención, miradas incrédulas por todos lados. La mayoría se deslizaron rápidamente de él a la mujer a su espalda, con su extraño dispositivo abierto y apuntando.

—¡Annalyse! —gritó el hombre corpulento, pasando junto a Maena hacia Svarde y la mujer—. ¡Este no es el lugar para revelar eso!

—No me mantuviste a salvo, así que ¿qué opción tenía? —respondió Annalyse—. Cumple tu parte del trato y yo cumpliré la mía.

—¿Qué trato es este? —preguntó Maena, siguiendo al capitán Whent, en un tono que sugería menos interés en el trato y más en qué tesoro tenía Annalyse en sus manos—. Tu capitán sugirió que no había mucho de valor en el barco. Solo provisiones. ¿Quizás estaba ocultando algo?

Svarde miró a Annalyse, captó su expresión coqueta, los dedos de la mujer cerca de los botones del dispositivo. Allí, en el resplandor plateado-rosa de Sichi, el dispositivo parecía más extraño que antes, irremediablemente extraño. Peligroso para ellos mismos tanto como para cualquier enemigo.

—Podría haberme matado, Maena —dijo Svarde—. Déjala a ella y sus juguetes. Tenemos cosas más importantes que hacer.

—Parece un arma, Svarde, y podríamos necesitar armas.

—No como esta. Si la mitad de lo que me dijo es cierto, estaríamos arriesgando todas nuestras vidas llevando esa cosa a bordo de nuestro barco.

Maena entrecerró los ojos hacia el Guardián. Lo estudió durante un largo minuto.

—Lo dices en serio, ¿verdad? —preguntó, finalmente.

—Lo dice, y tiene razón —dijo Annalyse—. Esta violencia no es realmente lo mío, pero si intentas tomar esto, te garantizo que no encontrarán lo poco que quede de tu cuerpo. Nunca.

—Annalyse tenía bastante habilidad con las amenazas —reflexionó Maena mientras su barco Rana se alejaba de la nave Whent y continuaba precipitándose hacia el norte—. Lo poco que quede de mi cuerpo. Hmm.

—¿En eso te estás enfocando? —Svarde, de pie cerca en la cubierta superior del barco, le dio a Kivi una palmada muy necesaria—. ¿No en lo ridículo que fue todo eso?

—Nadie murió. Incluso ese que arrojaste por la borda se liberó y volvió a flotar. No sé por qué estás tan perturbado.

—Podríamos haber muerto. Tú eres quien dijo que esta misión es tan importante, pero ¿arriesgas vidas por esto?

—Arriesgamos vidas por nuestra isla, Svarde. Y por el tesoro que podamos encontrar. —Maena esbozó media sonrisa—. Después de que el barco Whent salga de la vista, saldrá un mensaje en una gaviota. Llegará a casa en un par de días, informando a Rana que Whent está tramando algo extraño. Su tecnología no será un secreto por mucho tiempo.

—¿Tecnología? ¿Qué es eso?

El suspiro de Maena se elevó sobre los susurros del océano. —Se está haciendo tarde, Svarde. ¿Tengo que ponerte al día sobre todo lo que te has perdido en la última década?

—¿Qué tal solo las partes importantes?

CAPÍTULO 27

ASESINA DE SUEÑOS

Los demonios atacaban una y otra vez, desgarrando los sueños de Bliss, sus pesadillas cada vez que cerraba los ojos. Despertaba jadeando una y otra vez, agradecida de haber elegido un lugar cerca de las afueras del campamento, en la plaza del pueblo en ruinas, donde nadie parecía notarlo. Incluso Quik, a solo un brazo de distancia, parecía tan agotado después del día que no veía el estrés de su hermana.

Y no debería. El chico ya había hecho suficiente por ella, como lanzarse contra aquel demonio en la orilla. Bliss podía asumir sus problemas, podía manejarlos.

Pero quizás no mientras yacía sobre la hierba.

La noche rara vez se sentía oscura fuera de la jungla, y en el pueblo costero, pocos árboles ofrecían protección contra las brillantes luces de las estrellas. El suave destello plateado acompañó el paseo de Bliss, caminando descalza entre otros cazadores dormidos a través del pueblo en ruinas.

Sin los cuerpos —todos enterrados ya— las casas vacías

y los talleres destrozados adquirían un aspecto etéreo. Un lugar abandonado fantasmal, con nada más que espíritus para llenar los vacíos. Al menos Bliss tenía el constante molesto zumbido nocturno de los insectos, el llamado distante de hanokos y pájaros demasiado irritados para dormir.

Llegar al mismo acantilado donde había luchado contra el demonio fue algo sorprendente. Había estado deambulando sin dirección, pero realmente, considerando todo lo que había estado soñando, tenía cierto sentido que terminara aquí.

Los escalones hacia la costa se mostraban en un gris moteado, con manchas más oscuras aquí y allá mostrando sangre seca derramada de la pelea anterior. Abajo en las rocas, el cuerpo del demonio todavía yacía, besado de vez en cuando por el oleaje. Desde arriba, la forma se difuminaba en los detalles, y Bliss se alegró por ello.

Ya había visto suficiente cabello enmarañado, colmillos, garras.

Bliss buscó su bastón, se dio cuenta de que lo había dejado atrás. Estúpido, no llevar el arma en un paseo nocturno. Deshiva seguía diciendo que los demonios podían atacar desde cualquier lugar, en cualquier momento.

Eso, justo ahí, era por qué Bliss se sentía tan destrozada. Los horrores del día acechaban, sí, y Bliss sabía que nunca olvidaría a las personas que habían apilado aquí, pero ¿la parte que la carcomía ahora?

Había sido capaz. Se había creído capaz de manejar cualquier cosa. Incluso ante el demonio gigante que había aterrorizado a Kitaye, Bliss había mantenido su posición, enfrentado al monstruo y tenido su oportunidad de aplastarlo. Había estado asustada entonces, de una manera distante, un peligro remoto al que respondió con fuego y furia.

El demonio y su colmillo no eran tan simples, tan fáciles de descartar. Bliss era su único objetivo, un enfrentamiento uno a uno en las rocas, y no solo había fallado, sino que había fallado lo suficiente como para hacer de la muerte una certeza.

¿Qué era lo que Wax siempre decía, cuando sus padres preguntaban por qué se iba a otra excursión por la jungla?

Esto es lo que soy.

Entonces, ¿quién era ella? ¿Luchadora, protectora, Lira? ¿O solo un blanco fácil para un monstruo hambriento?

—Es Bliss, ¿verdad? ¿La hermana de Quik?

Bliss giró al oír la voz, sobresaltándose por el repentino sonido, para ver a Deshiva acercándose. Sin más preámbulos, Deshiva clavó su lanza en el suelo y se unió a Bliss en el acantilado, dejando colgar las piernas sobre el borde. Sin su armadura, sin su mirada furiosa, Deshiva debería haber parecido más frágil, débil, vulnerable. En cambio, Bliss solo veía fuerza, confianza.

Si un demonio se atreviera a atacar en ese momento, Bliss no tenía duda de que Deshiva saltaría a la pelea sin pensarlo un instante.

Bliss asintió. Sus manos se agitaron, pero Deshiva no entendería el lenguaje de señas. Sin embargo, la mirada evaluadora de la maestra de caza sugería que Deshiva sabía que Bliss no estaba allí para una charla nocturna.

—Siempre me cuesta dormir después de días como este —dijo Deshiva.

Bliss frunció el ceño, levantó las cejas. Hizo una pregunta con los ojos y Deshiva la captó.

—Esto ocurre en cada Renovación. A veces antes, si Noctia se retrasa en su juego —Deshiva miró más de cerca a Bliss. Su mirada hizo que Bliss se estremeciera, como si cada una de sus debilidades quedara expuesta—. Tú también eres Lira. Me iniciaron poco antes de la última Renovación. Verás cosas esta vez. Más como lo de hoy. Es nuestro trabajo y nuestro deber mantener a salvo las partes de Vis que podamos.

Bliss señaló hacia el campamento, los cazadores dormidos. Luego se señaló a sí misma y a Deshiva.

—Ambas, ahora. Un cambio que impulsé. No hay suficientes Lira, y hay suficientes cazadores con habilidades para acabar con un demonio —Deshiva dirigió su mirada ardiente hacia el mar—. Hubo más demonios la última vez que nunca antes. Sospecho que veremos aún más ahora.

Bliss esperó. Deshiva parecía estar hablando consigo misma tanto como con la cazadora a su lado.

—Solo es una sensación, entiende. Tal vez alguien en Noctia sepa por qué —continuó Deshiva—. Para mí, es suficiente saber que mi lanza tendrá mucho trabajo.

De nuevo Bliss anheló su bastón, deseó que estuviera clavado en el suelo a su lado. Un compañero inquebrantable.

En el silencio, Bliss miró hacia abajo a lo largo del acantilado, vio de nuevo la sangre del demonio pintando las rocas debajo. Recordó por qué había venido aquí, qué había provocado su paseo. Tal vez Deshiva tendría algunas ideas sobre cómo ahuyentar los horrores de su mente. Bliss señaló hacia las rocas, luego a sí misma. Frunció el ceño, se estremeció, luego se tocó la cabeza.

Deshiva meditó durante un largo minuto antes de asentir, volviendo a mirar hacia el océano.

—Si entiendo lo que estás preguntando, no sé si hay

una respuesta que funcione para todos —dijo Deshiva—. ¿Para mí? Fui tras ellos. En la última Renovación, todo mi grupo fue emboscado por unos demonios que parecían arañas hechas de llamas congeladas. Nos mataron a todos, excepto a mí, porque huí —si la admisión provocaba algún recuerdo culpable, el rostro de Deshiva no mostraba ninguno. Su mirada hacia el mar continuaba sin interrupciones—. Esa noche, sola y mojada en una tormenta, decidí que no dejaría que el miedo me gobernara por más tiempo. Después, rastreé a los demonios y los destruí, uno por uno.

Bliss levantó un solo dedo, y volvió a subir las cejas.

Deshiva frunció el ceño—: Bliss, este es tu hogar. No el de ellos. Los demonios no conocen esta jungla, y eso te da ventaja. Úsala, y podrás cambiar las probabilidades.

Bliss asintió. Miró de nuevo hacia el mar. Deshiva hacía que sonara tan fácil.

—Nuestra misión ha terminado. El pueblo ha desaparecido, así que nos llevaremos a los heridos con nosotros, ayudaremos a Kitaye a establecer defensas y resistiremos —Deshiva respiró hondo—. Por muy largo que sea el tiempo de Renovación, defenderemos la ciudad contra todo el mal que venga. Tal como lo hemos hecho cada vez antes.

El largo viaje de regreso, los próximos días y noches en la casa del árbol de su familia, significaban enfrentarse a esos sueños, esas pesadillas. No se irían, no si lo que decía Deshiva era cierto. Confrontar el miedo, doblegarlo a su voluntad. Difícil hacer eso desde su hogar.

—No tienes que volver con nosotros —dijo Deshiva, como si leyera la mente de Bliss.

—Lejos de mí está el retener a una Lira de su destino. Encontramos más huellas de demonios. Parecían ser solo un par, y se dirigían al oeste, hacia las montañas. Nadie vive por allí, así que no arriesgaré una persecución. Si quieres enfrentar tus miedos, Bliss, sigue esas huellas. Mira adónde te llevan.

Bastón, morral, provisiones. Bliss los reunió todos bajo la luz de las estrellas, deteniéndose solo para miradas ocasionales hacia la forma durmiente de su hermano. Él se molestaría al despertar y encontrarla ausente. Incluso podría intentar salir tras ella, aunque Deshiva dijo que mantendría a Quik bien atado al grupo.

Este sería el viaje de Bliss, y solo de ella.

Las huellas del demonio comenzaban hacia el oeste y el sur, adentrándose en la selva y subiendo por las estribaciones hacia la enorme montaña que marcaba el extremo occidental de Vis. No muy al sur se encontraba el pantano por el que había estado vagando hace una semana.

Mientras la jungla reclamaba el cielo sobre ella, Bliss palpó la cuerda alrededor de su cintura. Balancearse en la oscuridad rara vez tenía sentido —las ramas solían doler cuando las golpeabas a alta velocidad—, pero permanecer en el suelo del bosque...

No, tenía que adaptarse. Esto no era un paseo, no era una búsqueda de hongos con Pan o una carrera con Wax. Estaba cazando a los demonios. Encontrar, matar.

Se detuvo, dejó que los insectos la encontraran, que la ligera brisa le acariciara el cabello. Se arrodilló, pasó las manos por las hojas destrozadas y hierbas dobladas que marcaban las huellas del demonio. La destrucción era amplia, demasiado amplia para ser solo uno de esos seres. La tierra y las hojas caídas parecían haber sido volteadas una vez. No una manada completa entonces.

Continuó, manteniéndose agachada y leyendo las señales. Otras evidencias —excrementos, arañazos ocasionales en los árboles, la división y reunión de las huellas— redujeron la posibilidad a dos.

Un par de demonios contra solo ella. Una niña pequeña metida en problemas, viajando por la jungla de noche.

No, una cazadora. Una Lira.

Bliss siguió el rastro mientras el cielo se volvía más claro, y ni una sola vez miró hacia atrás, hacia su hermano, los cazadores, su hogar.

CAPÍTULO 28

EL GRAN SANA

Wax despertó cuando el amanecer se filtraba por la ventana oriental de su dormitorio. Los rayos dorados golpearon sus ojos, haciéndole incorporarse de golpe. Pan roncaba cerca, ajeno a todo hasta que Wax le propinó un golpe en el hombro.

—Es hora de irnos —dijo Wax—. El Najahn dijo que abrirían las puertas temprano.

—¿Tan temprano?

—¿Quieres perder esto porque te quedaste dormido?

Pan gimió y se puso de pie.

—Cada minuto hace que esta cosa de la Renovación sea peor.

Los cocineros ya tenían las comidas preparadas: huevos sencillos de las gallinas del puesto avanzado, plátanos cosechados y un pan insípido. Wax y Pan lo devoraron mientras salían, con sus zapatos de escalada y cuerdas listos. Sin bolsas, porque escalar un sana, incluso uno tan grande como este, no debería llevar más de una mañana.

El Gran Sana de Vis, que según decían había crecido del corazón palpitante del dios, lucía glorioso en plena floración. Sus flores amarillo-anaranjadas se extendían como un paraguas hacia el sol, mientras que la parte trasera brillaba con un rojo rubí desde abajo. El tronco descendía hasta una colina rocosa en su base, hacía mucho tiempo cubierta de arbustos florecientes, helechos y árboles pequeños. Una manga alrededor de la corona.

Algunos Najahn observaban mientras la pareja comenzaba a subir por el sendero despejado, caminando sobre la tierra apisonada más allá de las plantas.

—Si es tan fácil, volveremos antes del almuerzo —dijo Wax.

—Te tomaré la palabra.

Wax sonrió. La pelea de la noche anterior había dejado su huella en sus cuerpos, moretones y músculos adoloridos, pero estar tan cerca de la meta tenía una energía, una vida que le hacía superar el dolor.

Después de todo, esto no era un simple paseo. Era la Renovación. Cuando Pan tomara el símbolo, se convertiría en uno de siete, solo siete, en todas Las Siete Islas. Comenzarían una gran aventura, y aunque Pan no se convirtiera en el próximo Aegis —¿quién querría vivir en Noctia de todos modos?— aún podrían ver lugares a los que Wax no llegaría de otra manera. Aún podrían hacer cosas, conocer gente, encontrar maravillas que pocos en Kitaye verían jamás.

—Gracias, Pan —dijo Wax.

—¿Por qué?

—Por traerme contigo. No todo han sido rosas hasta ahora, pero estoy feliz de estar aquí.

—Sí, bueno, examiné detenidamente todas mis opciones y me di cuenta de que eras todo lo que tenía.

—No lo hagas sonar tan triste.

—No es triste —Pan se encogió de hombros, un movimiento perezoso mientras se acercaban a la siguiente puerta Najahn—. Es solo que no quería arriesgar a nadie más en algo tan peligroso.

—¿Así que soy tu tonto?

—Me alegra que lo hayas entendido.

Wax se rio, Pan se unió, y sus sonrisas se mantuvieron hasta que llegaron a la siguiente puerta Najahn, construida directamente en el tronco del Gran Sana. De cerca, las espinas del gran árbol sobresalían como lanzas, proyectándose en el aire. El sana mismo era lo suficientemente ancho como para albergar una docena de casas en su interior. La corteza, de un rojo bronceado, se cortaba y enroscaba alrededor de sí misma en enredos irregulares, lo que podría haber sido un desorden feo o una belleza caótica, dependiendo de tu punto de vista.

Dos guardias Najahn esperaban junto a la puerta, cada uno sosteniendo su alabarda. Un arco de una sola fila, la puerta no parecía gran cosa, y al principio Wax alcanzó su cuerda, suponiendo que una escalada externa sería la forma más fácil de subir.

—El único camino es a través —dijo el guardia de la derecha—. No pueden ir por fuera.

Wax inclinó la cabeza.

—¿Por qué no?

El guardia sonrió.

—Porque una escalada por ese camino significa un callejón sin salida. Hay brechas que no pueden cruzar. Además, hay cosas destinadas para ustedes en el interior.

Pan y Wax se miraron.

—¿Qué cosas? —preguntó Pan.

—Lo descubrirán como cualquier otro —dijo el segundo guardia—. No son problema si tienen cuidado —Extendió la mano izquierda y abrió la puerta—. Mejor que se vayan. El otro grupo entró hace algún tiempo.

—¿Hace algún tiempo? —preguntó Wax—. Pero nosotros vinimos...

—Ellos eligieron dormir justo aquí —dijo el primer guardia, señalando con su alabarda los arbustos y hierbas pisoteadas cercanas—. Cuando llegamos, estaban listos. Ustedes, al parecer, no lo estaban.

Pan tenía una expresión desagradable en su rostro, una que Wax impidió que se convirtiera en algo peor al poner una mano en el hombro de su amigo y empujarlo hacia adelante.

—Supongo que tendremos que alcanzarlos, entonces —murmuró Wax mientras avanzaban.

La puerta no era gruesa, la corteza que atravesaba medía menos de un paso de dentro a fuera. O, al menos, eso parecía cuando el cerezo carbonizado a su alrededor se expandió en un cilindro alto y hueco. Arriba, arriba y más arriba iba el interior del sana, cubierto de raíces retorcidas, crecimientos musgosos y plantas más extrañas que Wax no podía identificar. Ningún camino obvio se presentaba a través del jardín susurrante, pero no parecía faltar donde agarrarse.

Wax veía todo esto gracias a luces revoloteantes. Los destellos, que debían ser miles, se movían de un lugar a otro, zumbando en grupos o lanzándose solos. Sus resplandores parpadeaban y venían en colores que iban desde azules fríos hasta rojos ardientes. La luz también contenía sonido: un dulce silbido, como una nota soplada a través de una diminuta caña. Mezclado con las enredaderas entrelazadas, hojas y vegetación, el espectáculo le robó el aliento a Wax.

—Creo que valió la pena solo por ver esto —dijo Pan.
—Estoy de acuerdo.

Los dos se quedaron mirando hasta que un crujido de más arriba les recordó la misión y sus consecuencias.

—¿Alguna idea de por dónde empezar? —preguntó Pan.

—¿Qué tal allí? —Wax señaló un montículo ascendente. Parecía que la savia caída se había endurecido, y ahora de ella brotaba una hierba gruesa, cuyo tallo flexible llegaba a un tramo más grueso que cruzaba el cilindro. Ese tramo iba desde el tronco exterior del sana hasta un cilindro interior más grueso y brillante de color rubí, todavía más de tres veces más ancho que Wax estirando sus manos de punta a punta.

—Guía el camino, Guardián.

—Algún día me acostumbraré a que me llames así.

Dile a un hombre que escale, y lo hará con entusiasmo. Al menos, eso es lo que pensó Wax mientras corría hacia el montículo de savia. Su tono ámbar descolorido se endureció cuando Wax se acercó, el brillo convirtiéndose en un reflejo quebradizo, pero que mostraba abundantes puntos de apoyo. Pisando con sus zapatos de escalada, Wax hizo la primera incursión, encontrando la savia dura, sí, pero blanda por debajo.

¿Y la hierba? Pequeñas cerdas cubrían su tallo verde profundo, los toques haciendo cosquillas en la mano de Wax mientras buscaba apoyo en los zarcillos que se ramificaban. Wax probó su peso antes de dejar el montículo, con Pan observando abajo, y encontró la hierba lo suficientemente resistente para sostenerlo.

—No te quedes quieto con esta —gritó Wax hacia abajo—. Se romperá.

—¿Seguro que no eres tú, Wax? Eres más pesado que yo.

—Eso es solo mi ego, Pan.

—Cierto, cierto.

Sonriendo, Wax rebotó por la hierba, lanzándose de

una fronda a la siguiente. El ejercicio trajo consigo la habitual emoción: una aventura que requería sus músculos favoritos. Cada salto requería una mirada calculada, un salto medido, aterrizajes precisos. Luego el siguiente y el siguiente, todos en cascada uno tras otro hasta que cualquier otra preocupación abandonó la mente de Wax.

El crecimiento en forma de telaraña resultó ser una red suave, en la que Wax saltó, agarró y trepó desde la división más alta de la hierba. Al tacto, la red tenía una sensación fría y pegajosa. Sin cerdas. Olía a trébol, un hecho que Wax confirmó mientras se tumbaba sobre su pecho y extendía la mano para ayudar a Pan a copiar su movimiento.

Una vez que los dos estuvieron de pie en el tramo, se volvieron para seguir su curso, encontrar el siguiente camino hacia arriba, un camino trazado para ellos por el propio tramo, escalando el cilindro interior.

¿Y justo en medio de ese camino, esperando con los brazos cruzados y un vendaje alrededor de su cabeza?

—Tú no —dijo Wax.

—Puedes apostar a que soy yo, muchachos. No hay ningún Najahn que os ayude esta vez —El hombre separó las piernas y dobló las rodillas—. La Renovación es nuestra. Esperad aquí hasta que tengamos el skar, entonces podéis subir y conseguir el segundo lugar para vosotros. De lo contrario, ya sabéis lo que os espera.

—¿Lo sabemos, Pan? —dijo Wax, mirando a su amigo, que parecía un poco menos confiado de lo que Wax se sentía.

—No sé, ¿lo sabemos?

Wax leyó el mensaje en esa respuesta: habían llegado lo suficientemente lejos, tenían todas las excusas ahora para volver a Kitaye como valientes que lo intentaron, que estuvieron tan cerca pero no ganaron la honorable carrera. Terminar la aventura aquí con la cabeza en alto.

—No, no lo sabemos —dijo Wax. Nada de rendirse. No ahora—. O te quitas de nuestro camino, o te va a doler mucho más que la última vez.

—Esperaba que dijeras eso —El hombre sonrió, sin moverse de su postura—. Venid a por mí.

CAPÍTULO 29
HACHAS INQUIETAS

El mar se agitaba y traqueteaba mientras se acercaban a la dentada costa sur de Whent. Barras de roca negra sobresalían, sus bordes brillando en la bruma de media mañana mientras la tripulación de Maena luchaba por mantener su embarcación en rumbo. Svarde se aferraba cerca del mástil delantero, con Kivi acurrucada cerca, e intentaba no caerse al oleaje.

Los gritos de los marineros se entrecruzaban en el aire, alternando órdenes llenas de maldiciones mientras las velas se recogían y desplegaban, el timón giraba como enloquecido, y el barco de los Rana surfeaba como un superviviente.

Svarde pensó que nunca había estado tan mareado en su vida. Su estómago daba vuelcos con cada ola, la bilis subiendo y bajando por su garganta, pero se condenaría si alguno de estos rufianes Rana lo viera ensuciar su cubierta.

Porque, si Maena tenía razón, pronto estarían marchando lado a lado hacia un profundo agujero, a un lugar mucho peor de lo que estas olas podrían llegar a ser.

—¿Verdad, Kivi? —gimió Svarde a la ferrita—. Esto no está tan mal.

La ferrita resopló, el calor anaranjado entre sus placas desprendiendo vapor cada vez que las gotas dispersas de agua la golpeaban.

Desde el amanecer hasta ahora, con salvajes vaivenes y chapoteos, la agitación los zarandeó a todos. El barco resistió, mediante qué artesanía Svarde no podía saberlo, hasta que la nave arribó a una playa rocosa. No, ni siquiera una playa, sino una pequeña ensenada entre acantilados dentados y una muerte segura si una ola empujaba el barco contra ellos.

Una mala elección tomada tras la incursión al barco de Whent que forzó un desembarco secreto. Consecuencias que Maena descartó con un encogimiento de hombros, señalando las provisiones saqueadas. Svarde ni se molestó en señalar qué valor tendrían si el barco se hundiera. Algunos solo veían sus triunfos.

Maena ordenó la evacuación y su tripulación obedeció, moviéndose en una manía diferente. Algunos, aparentemente elegidos para vigilar cualquier interferencia de Whent, sacaron sus armaduras y armas, saltando a tierra con sables y corazas de cuero, escudriñando el horizonte neblinoso. Svarde siguió a ese grupo, agradecido por una tarea que entendía.

Los otros, Maena entre ellos, abrieron las cubiertas inferiores del barco y sacaron un cajón tras otro. Comida y agua, equipamiento, antorchas y alforjas para transportarlo todo. Los sellos metálicos Foti en los grandes baúles aseguraban que se mantuvieran secos, un hecho encantador para la tripulación, que no perdió tiempo en cambiarse sus empapadas vestimentas marineras.

Cuando Svarde preguntó quién llevaría todas las cosas extra de aquellos grandes baúles, Maena dijo que nadie.

—Esperaba más gente —fue todo lo que dijo cuando Svarde se preguntó por qué.

Más no se materializaron. Después de que la mañana se desangrara desempacando el barco y reempacándose ellos mismos, Maena y Svarde condujeron a la tripulación desde la playa. Cuarenta fuertes, curtidos y vigorosos. Solo un poco magullados por la incursión en la embarcación de Whent. Una lenta canción surgió entre los marineros, un himno a Rana, esperando aventura, tesoro, suerte y la bendición del río.

Whent ciertamente podría haber usado un río. La isla no mejoraba su aspecto mucho más allá del desembarcadero, aquellas rocas oscuras y agrietadas dando paso a matorrales cortos en terreno duro. La ubicación septentrional de la isla producía una vasta tundra dividida aquí y allá con profundos barrancos y mesetas de cumbres romas, como si el dios que una vez movió estos paisajes se hubiera derrumbado en pedazos, sus huesos rompiéndose y sobresaliendo en ángulos horribles.

Buitres de pelaje espeso y gaviotas se mezclaban en el cielo gris sobre sus cabezas, buscando comida antes del invierno venidero. Un viento cortante se unió a sus vuelos, golpeando las mejillas de Svarde mientras avanzaba desde los confines protegidos de la ensenada. Al principio refrescante, el viento pronto se coló entre los pliegues de su armadura, convirtiendo sus venas en hielo y provocando un temblor entre sus labios.

Su sangre Foti nunca había sido espesa, y una década en el calor de Vis no había hecho nada por su resistencia. Al menos, por los pocos relatos que había escuchado, adentrarse bajo tierra pronto llevaría a un explorador a mundos más cálidos.

Los Rana soportaban el frío con más compostura, sus rostros con sonrisas estoicas, aunque Svarde captó a muchos mirando hacia el mar. El hogar siempre llamaba.

—¿Cuánto falta para nuestro destino? —preguntó Svarde mientras avanzaban.

—Tres días, si nuestra información es precisa. Es una vieja mina, convertida ahora en un pequeño puesto —la boca de Maena se tensó—. No porque faltara tesoro, sino porque los ataques de demonios se volvieron demasiado frecuentes. Whent la selló, un evento que nuestro informante descontento se aseguró de decirme que no estaba justificado.

—¿Estaban seguros de que podíamos alcanzar el Abismo a través de la mina?

—Tan seguros como cualquier otra opción que encontré. Mi tiempo y recursos no son ilimitados, Svarde. No podía seguir rastreando cada isla. Había que desenvainar la espada.

Caminaron durante otra hora, la columna manteniendo un progreso constante de una choza a la siguiente. Las alforjas pesaban, pero no demasiado, su carga reducida por la emoción de la aventura. A medida que el mar desaparecía en el horizonte, los marineros Rana parecían enderezar sus espinas, mirando hacia adelante en lugar de hacia atrás.

Quizás aquellas primeras miradas habían sido despedidas.

Whent ofreció poca recompensa por su caminata hasta cerca del mediodía, cuando, emergiendo de la sombra de un enorme monolito de pizarra, apareció el contorno ondulante de un pueblo. Su marca quedaba al oeste de su destino, fuera del camino y sin importancia salvo por un hecho:

El pueblo parecía estar ardiendo.

El humo se retorcía hacia el cielo, enroscándose sobre sí mismo en jirones caóticos, un negro contra el gris helado. El monolito, redondeado y nudoso, parecía no preocuparse por los acontecimientos en su base, pero Svarde no podía apartar la mirada. En parte porque había poco más que mirar, en parte porque esperaba que Maena dijera algo.

Cuando no lo hizo, cuando, después de algunos minutos, dio la orden de detenerse para la comida del mediodía, Svarde dirigió sus ojos hacia el asentamiento.

—Lo veo —dijo Maena, su voz con la misma congelada rigidez que había tenido durante su interrogatorio sobre la incursión al barco de Whent—. ¿Qué?

—Están en problemas. —La observación debería haberlo zanjado. De hecho, el fuego se había extendido durante la caminata, el humo creciendo más amplio en su alcance—. ¿No deberíamos ayudarlos?

—¿Por qué? ¿Qué bien nos haría eso? Si es un incendio natural causado por su propia idiotez, estarán en camino de apagarlo. Si es una lucha entre las facciones de Whent, entonces poner a mi gente en medio sería una tontería. — Maena sacó una manzana fresca de su alforja, mordió su piel verde y escupió una semilla en el suelo—. Acercarnos al pueblo significa revelar a toda esta isla que estamos aquí. Los señores de la guerra de Whent no aceptarán eso, y encontraremos nuestro viaje cancelado antes de que comience.

Svarde mantuvo su mirada en el fuego. —¿Y si no es ninguna de esas cosas?

Maena dejó que la pregunta flotara. Tomó otro bocado.

—Si son demonios, entonces ya están muertos.

—A menos que aún estén luchando. Incluso si no, podríamos destruir a los monstruos y salvar otros pueblos. Esconderse no ayuda a nadie.

—Esconderse nos mantiene en nuestro rumbo —Maena le lanzó una mirada de desprecio—. Svarde, estoy empezando a arrepentirme de llevarte en esta aventura. No pareces tener el enfoque adecuado.

—Mi enfoque es el mismo que siempre ha sido: ayudar a la gente de este mundo a sobrevivir.

—Entonces hazlo como hablamos. Ataca la fuente. Estas pequeñas reyertas son insignificantes comparadas con lo que buscamos.

Svarde negó con la cabeza. —Me escondí durante tanto tiempo, Maena. Evité estas batallas. Vine a esta isla una vez como amigo. No la abandonaré ahora. Kivi, vamos.

Los ojos de Maena siguieron a Svarde mientras se alejaba en la tundra, pero no oyó ninguna orden de marcha, y las notas melodiosas de tiempos más felices siguieron sus pasos.

El pueblo ofreció su crepitante canción mucho antes de que Svarde alcanzara sus fronteras. Las llamas continuaron creciendo en la hora que pasó caminando, corriendo y caminando de nuevo para llegar a sus afueras. Las lenguas naranjas y rojas saltaban, dispersándose con el viento y alimentándose de los matorrales que abundaban en los huecos entre las viviendas de pieles y palos del pueblo. Gruesos, envueltos en musgos y pieles, los edificios aquí eran achaparrados y fáciles para que un fuego los consumiera. No como las casas de bloques en los hornos Foti, o las laderas de piedra en las crestas de Noctia.

Incluso Vis, con sus casas separadas por árboles y rodeadas de agua, se salvaría mejor de un fuego como este.

Las llamas, sin embargo, no empujaron a Svarde de

nuevo a un trote, con Kivi resoplando una tormenta a sus tobillos.

Los gritos lo hicieron, y el sonido del acero golpeando.

Svarde pasó a través de una empalizada astillada, aunque hecha más con piedras apiladas que con postes puntiagudos. El muro dio la primera pista de que el desastre no era causa de alguna lámpara extraviada o una pipa derramada: tres grandes brechas destrozaban la línea sólida del muro, las irregulares roturas hundiéndose hacia adentro.

—Una carga, o alguna fuerza de embestida —murmuró Svarde a Kivi—. Aunque, ¿por qué sería necesaria cuando las puertas están abiertas?

Alzándose solo un poco más alto que el propio Svarde, las sueltas puertas de madera eran menos una fortificación que un marcador. Las puertas gemelas, normalmente cerradas en el medio, crujían con el viento. La barra para sellarlas yacía abandonada en el camino. La garita, un puesto para una sola persona, estaba vacía e intacta.

Sin resistencia, lo que sugería que las puertas podrían haber sido abiertas no para mantener algo fuera, sino para dejar que los de dentro escaparan.

El calor del fuego comenzó a perforar el frío del aire, golpeando a Svarde y dándole un poco de confort. Sus músculos se descongelaron, su mandíbula se relajó, y sus manos encontraron más fácil agarrar los mangos de sus hachas. Con un movimiento suave, Svarde desenvainó ambas armas mientras caminaba hacia el pueblo.

El fuego debió haber comenzado en las afueras, las mismas por las que Svarde pasaba ahora, ya que los cascarones huecos y carbonizados hablaban de un largo tiempo dejado para alimentar las hambrientas llamas. La ceniza se unía a la brisa, quedándose atrapada en el cabello de Svarde y pareciendo nieve revoloteando. Otros sonidos se alzaron también, un extraño ladrido que llegaba en cadencias entrecortadas. Uniéndose a él, interrumpiéndolo, venían más gritos humanos.

No de dolor, sino de miedo, súplicas. Las palabras estaban demasiado difuminadas por la distancia y el paisaje sonoro de chasquidos para llevar detalles específicos a Svarde, pero su tono llegaba lo suficientemente claro.

El Guardián no aceleró su paso, sino que abandonó el camino. Un enemigo había llegado a este lugar, y permanecer al descubierto invitaba a emboscadas.

Svarde se agachó y se arrastró, con Kivi manteniéndose a sus talones. Miró a través de las viviendas carbonizadas, viendo a través de las brasas y el humo, tratando de encontrar una pista mientras se acercaba a la plaza del pueblo.

No necesitó esforzarse tanto.

La gente restante del pueblo yacía agrupada en el medio, acurrucada alrededor de una estatua marcada por el hollín de alguna mujer que Svarde ni conocía ni le importaba conocer. Lo que importaba en ese momento, aparte de los cien o más campesinos en su prisión improvisada, eran sus guardias.

Svarde contó tres, cada uno más del doble de su altura y contando con una colección líquida de brazos y piernas. Se mantenían en pie, se movían, oscilaban mientras rodeaban a la multitud, cada paso transformando sus formas fundidas y remodelándolas paso a paso. Cada uno mantenía algunas partes consistentes: un brazo sosteniendo una espada o lanza de Whent capturada, dos o tres piernas para fortalecer su postura, y una cabeza malvada, menos un cráneo humanoide y más un erizo con espinas sumergido en alquitrán. Cada uno, también, llevaba las cicatrices que todo demonio ganaba al desafiar el Aegis:

profundos cortes esmeralda cruzaban sus formas, y cuando las criaturas se movían, mientras seguían rodeando a los cautivos, llamas verdes lamían esas heridas y azotaban a sus dueños.

Las criaturas chasqueaban, silbaban, recortaban sus órdenes entre sí y a los cautivos, la mayoría de los cuales oscilaban entre el llanto abierto y miradas silenciosas y condenadas hacia la distancia.

Las criaturas también dejaban clara la fuente del fuego, cada paso dejaba tras de sí gotas anaranjadas y humeantes, como si las cosas estuvieran hechas de lava volcánica. Pequeños incendios comenzaban a su paso, la mayoría marchitándose por falta de combustible y dejando manchas oscuras en el duro suelo cubierto de ceniza.

Svarde miró a Kivi. Estos demonios parecían no muy diferentes a la ferrita, o a cómo Kivi podría parecer sin sus placas de piedra. La ferrita pareció estar de acuerdo, pero no encontró parentesco con los monstruos: sus placas se abrieron y cerraron, vapor brotando en su ira. Afortunadamente, la ferrita se mantuvo baja, detrás del caparazón de una casa destruida.

No es que los demonios parecieran interesados en ningún intruso. Sus cabezas espinosas miraban universalmente hacia adentro, vigilando a sus prisioneros, mientras el fuego continuaba extendiéndose.

¿Qué estaban esperando?

Svarde sintió los mangos de sus hachas. Las armas eran de fabricación Foti, forjadas en los hornos más calientes, pero quién sabía si podrían resistir el contacto con las cosas fundidas. ¿Correría, cortaría, solo para encontrarse sosteniendo nada más que un muñón, y rápidamente ser... no, Svarde sacudió la cabeza.

Catya siempre había dejado claro que sus mentes

debían ser su mejor ventaja. Considera la situación más de cerca. Los demonios habían capturado herramientas humanas para su propio uso. Si su piel podía derretir metal al contacto, entonces ¿cómo podían empuñar espadas?

Pero, ¿podrían morir por una?

—¿Lo averiguamos? —susurró Svarde, y Kivi resopló.

Tres contra dos. No eran malas probabilidades.

Svarde y Kivi cerraron un anillo quemado más, acercándose a una sola tienda carbonizada de los demonios que circulaban. Un hombre dentro del grupo captó la mirada de Svarde, sus ojos ensanchándose hasta que Svarde se llevó un dedo a los labios. El hombre asintió de la manera más sutil, desviando la mirada.

Gente valiente, estos.

Svarde golpeó a Kivi en el hombro, una señal para la ferrita. Estate lista, sé implacable.

Cuando el siguiente demonio pasó cerca, Svarde cargó, sin decir nada mientras mantenía sus hachas en alto, apuntando a un corte en la espalda del demonio. La cabeza con púas colgaba demasiado alta para que Svarde la alcanzara, así que lo que equivalía al torso del monstruo tendría que servir.

Mientras Svarde se movía, en un ataque oblicuo alrededor del marco de la tienda quemada, los dos compañeros del demonio en el lado lejano del círculo avistaron a Svarde y levantaron una tormenta de clics. El objetivo de Svarde comenzó a girar, un lento giro acuoso iluminado por esas heridas verdes que brotaban. El dolor desorientó a la criatura en su propia maniobra, la lanza de piedra robada en su agarre temblando hacia abajo para clavarse en el suelo mientras Svarde se acercaba para el primer golpe.

Ambas hachas cortaron transversalmente, el brazo izquierdo liderando, el derecho siguiendo. Sus bordes afilados dibujaron líneas esmeralda a través de la cáscara negra del demonio, rociando sangre de brasas calientes con sus cortes. Svarde sintió poca resistencia, como si cortara a través del agua, y su golpe llevó sus brazos abiertos hacia la derecha de la criatura. Con un agarre inverso, Svarde habría partido a la criatura por la mitad.

Al menos, eso es lo que habría sucedido si el demonio, chasqueando como loco, no hubiera pateado con una pierna central que no existía un momento antes. El pie fundido golpeó a Svarde en el pecho, enviándolo volando de vuelta a la tienda en ruinas.

Rodeado de estanterías rotas y carbonizadas, Svarde se levantó, su equipo de cuero ahora tan manchado de gris y blanco como todo lo demás. El demonio, bañado en verde humeante por sus nuevas heridas, fluyó hacia él con un largo paso, luego dos, antes de dudar hasta detenerse vacilante.

Incluso un monstruo como este se tomaría un segundo cuando se enfrentara a una mirada de tal amenaza, odio y ansia de batalla como la que Svarde llevaba en ese momento, hachas en mano, el siguiente golpe ya en movimiento.

CAPÍTULO 30

PRIMER ATAQUE

El ala rosa pálido revoloteó cerca de su ojo. A través de su fino filamento, Bliss vio el sol, alto en el cielo, ahuyentando algunas nubes. La mariposa se agitó de nuevo —posada en su nariz— y luego se marchó con la siguiente ráfaga, revoloteando colina abajo. Bliss se incorporó, balanceando las piernas fuera de la gruesa rama. Su cuerda se tensó, manteniéndola sobre la delgada madera. Su bastón estaba junto al tronco ámbar ondulado del árbol, con la cuerda cumpliendo doble función: mantener el arma cerca. Su zurrón colgaba sobre su cabeza, atado a la siguiente rama.

Su odre, refrescado con el rocío matutino antes de que Bliss escapara a su siesta, le refrescó la garganta, haciendo que el mango bajara fácilmente. El pescado salado la hizo relamerse, pero necesitaría la energía.

Hoy atraparía a los demonios.

Los monstruos no se movían rápido. Carecían de dirección, deambulando desde la jungla hacia sus biomas más altos y dispersos. Arañaban árboles, marcaban nuevo territorio y cazaban pequeñas criaturas antes de seguir adelante.

Bliss no tenía tales distracciones.

Había seguido las huellas hasta una hendidura entre la colina y la montaña más grande, un valle abrupto sombreado de la luz solar e invadido por hierbas trepadoras. Pequeñas flores blancas mostraban marcas de pisadas, y un corte profundo en el extremo más alejado del estrecho valle parecía un probable escondite para esas cosas.

Así que Bliss había retrocedido un poco, encontró el árbol y guardó algo de energía.

Al descender al suelo, Bliss recurrió a algunos trucos. Usando su odre para ablandar la tierra, Bliss se embadurnó los hombros y la cara con el lodo recién hecho. Metió hojas en su tejido y en su cabello atado. Camuflaje, cualquier cosa para ganar un segundo, darse una oportunidad.

El camino de regreso al valle adquirió un aspecto más agradable a la luz del día, con flores floreciendo y más mariposas recorriendo las hierbas altas. En lo profundo de la jungla, el día sería caluroso, pero aquí arriba el aire se sentía fresco, vigorizante. Bliss lo respiró profundamente, girándose de vez en cuando para mirar hacia atrás, contemplando la isla que se extendía a sus espaldas.

Regresaría convertida en una mujer diferente, una sin miedo, o no regresaría en absoluto.

A medida que se acercaba al valle, Bliss ralentizó su paso y se agachó. El demonio contra el que había luchado en la playa había estado durmiendo durante el día. Con suerte, estos harían lo mismo, pero no tenía sentido arriesgarse. Mantener un perfil bajo, llegar viva hasta sus objetivos.

No era un mal plan.

El silbido suave desde atrás la hizo saltar. En un movimiento fluido, Bliss giró, sacando su bastón y barriéndolo entre la hierba. La punta vino a descansar sobre la nariz de un hanoko verde pálido, el gran felino mirándola fijamente a través de sus verticales ojos color topacio.

Bliss se tensó, controlando su respiración. Sabía cómo manejar a los gatos. Un pequeño susto y esas cosas, por aterradores que pudieran ser sus seis patas y garras, se alejarían corriendo en busca de presas más fáciles.

Este apartó el bastón con el hocico, con las orejas hacia atrás, y dio un paso más cerca. Su boca se abrió, mostrando dos dientes húmedos sobre sus labios rosados. El silbido desapareció, reemplazado por un gruñido gutural.

Sin embargo, a pesar de todo, Bliss se encontró concentrada en el cuerpo del gato y en las profundas líneas rojas en su costado derecho. El pelo perdido y los parches apelmazados, aún brillantes, hablaban de una mala noche.

Retirando su bastón y dando un paso atrás para mantener el palo entre ella y el gato, Bliss se irguió, tratando de no parecer agresiva.

Los hanokos podían pelear por territorio, claro, pero los adultos tendían a evitarse entre sí. Vivir sus vidas solitarias. Era extraño ver a uno herido así. Extraño, al menos, hasta que recordó qué otra cosa podría haber hecho una incursión reciente en el hogar de la bestia.

El hanoko avanzó de nuevo. Otra pata hacia adelante. Podría abalanzarse ahora, un salto fácil, y caer sobre Bliss. Derribarla al suelo y terminar las cosas con sus dientes, pero dudó.

Porque ella no era lo que preocupaba al hanoko. Bliss dio un paso hacia un lado, señalando con el bastón hacia el valle, la hendidura al otro lado de la cresta de la colina. El hanoko la observaba, aún gruñendo.

Bliss asintió a la criatura y luego dio un solo paso

lento hacia la cresta. El hanoko no avanzó de nuevo. Sus garras entraban y salían de las patas. La respiración de la criatura se volvió pesada, un hedor en contraste con el aire limpio.

Bliss se movió de nuevo. El gato no la persiguió.

¿La atacaría tan pronto como le diera la espalda?

Era difícil decirlo, pero el hanoko no parecía hambriento. Herido, sí, pero los músculos vestían esos huesos. Se movía con gracia y fuerza.

Bliss tenía que esperar que hubiera venido aquí con venganza en mente, o al menos en defensa de su propio hogar. De lo contrario, podría tener que pelear contra tres cosas hoy, y eso... podría ser arriesgarse demasiado.

Se señaló a sí misma, luego a la hendidura. Esperaba que el gato entendiera. Esas rendijas de topacio solo la observaban, pero el gruñido cesó. Sin siseos, sin tensarse para saltar. Una mariposa revoloteó entre ellos y por un segundo Bliss pensó que podría posarse en la oreja del gato, una imagen perfecta, pero el viento se llevó a la pequeña criatura.

Con un asentimiento más, Bliss dio otro paso lateral, manteniendo su bastón a mano. El gato permaneció quieto, y ella siguió avanzando, un pie tras otro hasta que cruzó el borde de la colina y comenzó a descender por el otro lado hacia las malezas cubiertas de flores. Las flores se dispersaron con sus pasos, y Bliss volvió a su andar agachado, aunque esta vez las miradas hacia atrás no eran para admirar su viaje, sino para confirmar que el hanoko no estaba a punto de atacar.

El gato, sin embargo, no la persiguió más allá de la colina.

Tal vez el hanoko la estaba manipulando, esperando que ella lo librara de los demonios intrusos. Una estrategia inteligente. Bliss sonrió. Estaría feliz de devolverle al gato su territorio.

En el lado opuesto del valle, la hendidura estaba sombreada, cubierta por una losa de roca gris rojiza, una que había sido azotada por rayos y lluvia durante más años de los que Bliss podría conocer. Sus hoyos eran profundos, desapareciendo en el límite hacia la sombra, como si alguien hubiera sacado una cuña de la base del acantilado.

Y allí, durmiendo, con el masivo pecho subiendo y bajando con una calma constante, yacía un demonio. Bliss se congeló, miró más de cerca, entrecerró los ojos, esperó y entró en pánico.

Solo un demonio yacía en la hendidura. El otro, si alguna vez había estado aquí, ya no estaba. Bliss giró, con cuidado de mantener sus pasos silenciosos, y miró a través del pequeño valle. Ningún demonio a la vista, nada acercándose para emboscarla.

Tomó un respiro lento, diciéndole a su corazón que se calmara. Los monstruos no eran exactamente amistosos. Tal vez se separaron. Quizás el otro simplemente siguió adelante, dejando a su compañero atrás. Encontraría las huellas después de ocuparse de este.

Una sonrisa encontró su camino de regreso. Quizás, solo quizás, tendría un poco de suerte después de todo.

Pisando las malezas —enredadas, fibrosas, suaves— Bliss apenas hizo ruido en su aproximación. Tenía su bastón en ambas manos, sostenido cerca de su cintura donde podía hacer un golpe potente. El vientre blando del demonio estaba justo ahí, y un buen golpe podría incapacitar al monstruo, confundirlo, para que Bliss pudiera terminar con él con un golpe en la cabeza.

Su visión pareció difuminarse mientras se arrastraba hacia la hendidura. Los sonidos se desvanecieron, salvo el pulso en sus oídos por los latidos de su corazón. Con la boca seca, Bliss contuvo la respiración. Las garras del demonio parecían afiladas, aunque algunas se habían roto, sus uñas cortadas al arañar. Su melena burdeos se enroscaba alrededor de la cabeza del demonio, con el único colmillo grande asomando. Como los otros, profundos cortes sangrientos entrelazaban su piel, un regalo del Aegis.

El demonio estaba a punto de recibir un regalo de Vis.

Bliss tensó las piernas, agarró su bastón con fuerza. El vientre, blanco y expectante, estaba justo allí.

Podía oír a Deshiva: —Golpea tu venganza.

Bliss plantó su pie izquierdo, empujó el bastón hacia adelante con ambas manos. La punta roma, bambú endurecido que había estado con Bliss desde que podía caminar, se clavó en el demonio y siguió avanzando, empujando la piel hacia atrás y expulsando aire, triturando huesos. Bliss no se detuvo, inclinándose hacia adelante en una carrera incluso cuando el demonio se despertó sobresaltado, sus garras arañando.

Pero el peso del monstruo era inmenso. El primer golpe acertó, pero mientras Bliss se inclinaba, sintió que la masa del monstruo empujaba hacia atrás. El demonio rodó para incorporarse, emitiendo un jadeo doloroso y lanzando tierra, malezas y flores con sus garras.

Terminado el primer golpe, Bliss retiró el bastón, lo apuntó correctamente y atacó de nuevo, dirigiéndose esta vez al colmillo. El estrecho ojo del demonio se asomó a través de sus rizos enmarañados y vio el movimiento; su pata delantera derecha golpeó y desvió el ataque de Bliss, lanzándolo hacia el techo de piedra.

Como una serpiente, el demonio siguió su golpe con un giro sinuoso, atacando a Bliss con su único colmillo. Esta vez, Bliss tuvo la respuesta correcta, bajando el bastón desde su desviación y rechazando el ataque, golpeando el hocico del demonio contra la tierra.

La iniciativa significaba vida. Bliss no podía dejar que el demonio recuperara el aliento. Rebotó sobre sus pies, saltando hacia adelante y embistiendo con el bastón nuevamente.

En lugar de retroceder, el demonio la enfrentó de frente, lanzándose en un jadeo asfixiante. Bliss golpeó el hombro del demonio, un golpe que quebró algo, pero el impacto liberó el bastón de sus manos. Bliss apenas registró su pérdida, cuando el propio demonio se estrelló contra ella, derribando a la joven valle abajo.

Bliss golpeó el suelo primero, sintió las garras del demonio desgarrando su tejido, resbalando en el barro y dejando arañazos. Los ataques del monstruo erraron su objetivo, deslizándose sobre las hojas y la tierra, y el demonio, torpe en su intento, rodó fuera de Bliss colina abajo. Por un momento, Bliss simplemente se quedó tendida entre las malezas, aturdida por no haber muerto.

Entonces sus manos fueron a su cintura, sacando la cuerda que esperaba allí. Bliss se incorporó, plantó su mano izquierda en las plantas y miró.

En lugar de apresurarse para otro ataque, el demonio parecía tambalearse, revolcándose en el follaje. Los jadeos se volvieron más duros, más ásperos. Más desesperados.

La comprensión amaneció. Con ese golpe inicial, Bliss podría haber hecho más que molestar a la bestia. Debilitarla, tal vez. O al menos darse una oportunidad real.

Corrió, tensando la cuerda entre sus dos manos, y saltó. Su altura en la pendiente la llevó hasta el demonio y aterrizó sobre los hombros de la criatura, haciéndola tambalearse, haciéndola sisear. Las garras del monstruo arañaron, pero las extremidades, como las de un hanoko, estaban diseñadas para saltar, para atacar hacia abajo, no hacia arriba en su espalda.

Bliss se apartó cuando el demonio se giró y la atacó. Arrojó la cuerda sobre su cabeza, ignorando el colmillo que pasó lo suficientemente cerca como para morder su tejido, para arrancar más hojas. En cambio, tiró con fuerza, agarró la cuerda con toda su fuerza.

Los hilos aceitados resistieron, y Bliss pasó las hebras de una mano a otra, apretándolas y deslizando un nudo sobre el cuello del demonio. Este intentó otro jadeo, otro aullido gorgoteante mientras Bliss apretaba más fuerte, manteniendo sus piernas fijas en los costados del monstruo.

El demonio trató de correr, trató de quitarse a Bliss de encima, pero la cuerda se mantuvo firme. La melena del monstruo golpeó a Bliss, los pelos pegajosos dejando marcas en su piel.

No sería derribada. No ahora.

La cuerda se tensó más, el demonio se sacudió una, dos, tres veces, antes de que algo cambiara. Su lucha pareció agotarse, un silencio gradual. Las patas quedaron flácidas, la bestia se asentó sobre la hierba, y con un último y débil intento de atacarla, el demonio exhaló su último aliento.

Y Bliss respiró su primero, una bocanada con los ojos bien abiertos. Mantuvo la cuerda apretada, se mantuvo en la espalda del demonio, esperando un engaño que no llegó. Esperando una trampa que no se activó.

Solo cuando una mariposa aterrizó sobre el demonio, sin que el monstruo moviera un músculo, Bliss soltó la cuerda.

Se bajó de la espalda del demonio, liberó su cuerda, con los ojos siempre en el monstruo, esperando cualquier señal.

Concentrada en su venganza.

CAPÍTULO 31

LA ESCALERA TEJIDA

El bruto se mantenía como si pensara que Wax vendría a por él para derribarlo. Como si fueran a encontrarse palma contra palma, frente contra frente, para determinar la superioridad mediante pura fuerza bruta.

Que siguiera pensando eso.

Wax le indicó a Pan que fuera por la izquierda, esperando que su amigo viera la oportunidad y siguiera moviéndose. El objetivo del bruto era bastante obvio: retrasar a estos dos para que quien ellos hubieran nominado para la Renovación pudiera entrar tranquilamente y llevarse el premio. Wax apostaría a que también habrían repartido a sus otros imbéciles a lo largo del camino hacia arriba, solo para mayor protección.

Lo que significaba que tendrían que encargarse de este tipo, y rápido.

Correr por la red elástica le dio a Wax una idea de cómo hacerlo.

—Corre justo delante de mí —dijo Wax mientras se acercaban—. Salta cuando yo aterrice.

El viejo truco del rebote. No era precisamente un movimiento desconocido en la jungla, donde las frondas flexibles servían como prácticas plataformas de lanzamiento. Si el hombre de Mottilan lo captaría o no... ya lo descubrirían.

Wax flexionó las rodillas, dio un salto hacia el cielo, o al menos tan lejos como su impulso le permitió. En el aire, recogió las rodillas hasta el pecho, sintió la caída, cerró los ojos justo antes del impacto —no tenía sentido dejar que alguna espina errante se los arañara— y hundió la superficie esponjosa con él. Pan, justo adelante, debería estar sintiendo cómo su apoyo se deslizaba hacia atrás, debería estar...

—¡Eh! —El grito enfadado del tipo fue toda la prueba que Wax necesitaba mientras salía disparado de su posición en bola, aterrizando con un tambaleo.

El enemigo estaba frente a Wax, sin mirarlo, siguiendo a Pan mientras este aterrizaba en el lado opuesto del hombre. Pan cayó con toda la gracia de un pez agitándose, golpeando primero con su costado. Sin embargo, a pesar de su falta de estilo, Pan acabó donde necesitaba estar: más arriba en el sendero que envolvía el tronco.

Sonriendo, embriagado por la victoria, Wax aprovechó la ventaja. Avanzó de un salto, golpeó al tipo más grande con una embestida en carrera. El hombre cayó, golpeando y rebotando en la planta elástica, y Wax cabalgó la ola, rodando hacia adelante e impulsándose para seguir los pasos de Pan.

El zopenco maldijo, y Wax supuso que el hombre los perseguiría, pero por el momento llevaban ventaja.

—¡Corre! —gritó Pan, con la risa vibrando en los bordes de su voz.

Llega un momento en cada aventura en que, bueno, la aventura se apodera de todo. Los días alocados zambulléndose por la jungla habían sido divertidos, aunque un poco sin rumbo. Quién sabía si el dúo llegaría primero al puesto avanzado de Najahn, quién sabía qué harían cuando llegaran, pero aquí, aquí había conflicto, objetivo y amenaza en igual medida.

Y nada que Pan y Wax no pudieran manejar.

Hacia arriba, el material elástico dio paso a enredaderas nudosas, el crecimiento nuevo y viejo superponiéndose. Las plantas desecadas se habrían desmoronado sin sus hermanos más nuevos como soporte, un enrejado crujiente que facilitaba la escalada.

Los insectos luminosos continuaban iluminando el camino, sus mágicas presencias posándose, a menudo, en las manos y la cabeza de Wax mientras avanzaba. Unos minutos escalando enredaderas llevaron al dúo a un nivel completamente nuevo, alcanzado cuando Wax se acercó a Pan, trepando a una plataforma rígida de madera. No, no era madera: un intenso color canela perteneciente a una vasta cabeza de hongo. El hongo se adhería al tronco interior del sana, sus cinco esferas de bola de polvo extendiéndose hacia fuera, abajo y arriba. Zarcillos rizados de color vainilla colgaban en mechones desde los bordes, los que estaban sobre Pan y Wax casi rozando sus cráneos. A lo largo de los bordes rizados, fragmentos turquesa destellaban al ritmo de los insectos luminosos, alguna danza natural que Wax no entendía pero apreciaba de todos modos.

—Veo que Mertz no hizo nada, como siempre —dijo una nueva voz, igualmente aserrada y femenina—. Lo mantenemos con nosotros por su músculo, y ni siquiera puede hacer eso.

Wax y Pan siguieron la superficie inclinada de la bola de polvo hacia el tronco, donde el propio hongo mostraba cortes cicatrizados que conducían más arriba. Bloqueando el camino estaba la mujer, más alta que Pan y Wax, sin nada más que aburrimiento en su rostro tenso. Su atuendo, sin embargo, no coincidía con su expresión: fluido y azul claro, como si un torbellino hubiera sido esculpido para su cuerpo, la túnica se movía con ella mientras la mujer se agachaba hacia adelante, ambas manos frente a ella en una línea diagonal.

—¿Qué está haciendo? —preguntó Pan.

—Ni idea. Pero el camino está más allá de ella.

—Déjame tomar la iniciativa en esta, ¿de acuerdo? Tengo un plan.

¿Pan tomando la iniciativa? Wax podía adaptarse a eso. Su amigo se acercó caminando lentamente hacia la mujer, que observaba, manteniéndose en su postura. Cuando Pan se acercó a un par de zancadas de distancia, se detuvo, luego pateó la superficie del hongo. El golpe atravesó la parte superior del hongo, empujando hacia abajo y haciendo que un trozo saltara al aire. Pan agarró el pedazo esponjoso y beige y lo arrojó directamente a la mujer.

—¡Ve! —gritó Pan mientras el gran bloque de hongo volaba.

Wax comenzó a avanzar mientras la mujer desviaba el hongo; el bloque no llegó a desviar completamente el asalto de Pan, pero lo rompió en trozos más pequeños, cada uno cayendo sobre ella como una suave lluvia pegajosa.

Pan casi logró pasar por su derecha antes de que la mujer recuperara el control. Su pierna derecha destelló, atrapó el tobillo derecho de Pan y lo envió rodando sobre la superficie de la bola de polvo. Wax, siguiendo el ejemplo de su amigo, arrancó de una patada otro trozo de hongo y, a mitad de zancada, lo lanzó hacia la espalda de la mujer.

El hongo no era exactamente pesado, pero tampoco era

aire. La mujer parecía estar a punto de seguir con una patada a la cara de Pan, un golpe que nunca llegó, ya que el lanzamiento de Wax golpeó su espalda y la hizo tropezar hacia adelante. Hacia adelante, justo en la torpe patada de Pan.

El cazador de hongos golpeó la espinilla de la mujer, haciéndola gritar y caer. Adelantándose, Pan se arrastró desde debajo de su caída, levantando más trozos de hongo mientras se dirigía hacia la escalera ranurada.

Wax recogió otro trozo de hongo, comenzó a correr, y cuando la mujer se había enderezado, mirando furiosa a Pan, la golpeó nuevamente, enterrando ese rostro ya no aburrido bajo más porquería de bola de polvo. Otro grito se unió a las maldiciones amortiguadas de la mujer: Mertz, que subía por la escalera de plantas y llegaba demasiado tarde para cambiar el campo de batalla.

Wax llegó a las ranuras no tres segundos después de Pan, saltando y encontrando asideros en la suave carne del hongo. Escalar la escalera emitía un aroma extraño, un poco como algunas cenas insípidas que preparaban sus padres. Más arriba, la escalera continuaba hasta que el hongo, cuyas alturas estaban sombreadas en un blanco sedoso, desaparecía. Aparecía un estrecho agujero cortado donde la escalera continuaba.

—¿No ha sido genial? —gritó Pan desde arriba mientras escalaban—. ¡Nadie sospecha de la bomba de hongos!

—¿Bomba de hongos? ¿Tienes un nombre para eso?

—¡Por supuesto! Tienes que estar dispuesto a sacrificar una bola de polvo para salvarte.

—¿En serio?

La risa salvaje de Pan fue la única respuesta. Mientras subían, Wax echó un vistazo hacia abajo, vio a la mujer y a

Mertz en lenta persecución. Sus voces resonaban hacia arriba, aparentemente discutiendo entre ellos.

Disensión entre las filas: bien.

—¿Qué crees que es esta cosa? —preguntó Pan mientras se acercaban a la seda.

—Pensé que era una telaraña —dijo Wax—. Ya no estoy tan seguro.

La duda surgía de las gruesas formas blanco-plateadas en la seda, aparentemente envueltas en los hilos. Casi tan grandes como los dedos de Wax, las formas no parecían amenazantes, pero muchas se movían mientras los dos se acercaban, retorciéndose en sus pequeñas prisiones.

—Me está dando muy mal rollo —dijo Pan.

—Entonces sigue escalando y las dejaremos atrás.

—Sabes que tendremos que bajar, ¿verdad? Toda esta gente, estarán esperando.

—No pueden tocarte una vez que tengamos la estrella. Y si ellos la consiguen, ¿qué les importaremos nosotros?

—¿Venganza?

Buen punto. Sin los Najahn aquí actuando como árbitros, estas personas podrían decidir que golpear a Wax y Pan por diversión valía la pena.

—Entonces tendremos que ser más inteligentes, Pan. No debería ser muy difícil.

Esa afirmación se puso a prueba cuando la escalera terminó, llevándolos a un bosque sedoso. La parte superior del hongo parecía estar disolviéndose a su alrededor, con la telaraña creciendo desde los extremos desintegrados de la bola de polvo. Casi como un moho, pero con un propósito secundario. La seda se extendía hacia arriba y alrededor de ellos, con hebras tan cercanas que extender la mano en casi cualquier dirección significaba tocar esa sustancia pegajosa. Wax pasó el dedo a lo largo de una hebra cerca de su cabeza, y las delgadas líneas se alejaron con él, pegándose a su piel. Frías al tacto, ligeras, casi invisibles sin los insectos luminosos... Wax parpadeó. Los insectos luminosos. No estaban aquí arriba. Los hilos eran demasiado gruesos para ellos. Pero no demasiado gruesos para la luz. El plata-azul se elevaba por debajo de ellos, reflejándose en la seda en un espectáculo centelleante, al que se unía un resplandor más dorado desde arriba.

—Luz del sol —dijo Pan, igualando la mirada de Wax—. Nos estamos acercando a la cima.

—Sí, pero ¿cómo vamos a seguir avanzando?

—Allí. —Pan señaló, un poco más allá de la curva. Los hilos sedosos se espesaban, esas formas retorciéndose en un racimo colgante que conducía hacia arriba—. Parece que vamos a subir por una escalera viviente.

Caminar sobre la seda se sentía un poco como caminar sobre hierba mojada, con trozos adhiriéndose a ellos después de cada paso. Las hebras temblaban mientras Pan y Wax avanzaban sobre ellas, pero su fuerza combinada servía bastante bien como suelo. ¿En cuanto a la escalera viviente? Los llamaba con propósito retorcido, en espiral por una cavidad demasiado perfecta en la seda. Cada peldaño temblaba, los capullos apilados tan densamente que eran casi sólidos. Absorbían la luz, brillando con una radiancia mate.

—Tengo que decir —murmuró Wax mientras él y Pan evaluaban el primer escalón—, que hay cosas muy raras aquí dentro.

—Verdad. Quiero llevarme algo, ver si podemos cultivar más. Comerciar con ello.

—Primero el skar, luego el saqueo, Pan.

—Cierto, cierto.

Mertz y la mujer escalaban la escalera de hongos mientras Wax tomaba el primer escalón, retomando la delantera. Su aparición puso un extra de energía en los pasos de Wax y Pan, los elásticos capullos sirviendo como un apoyo antinatural. Cada vez que el pie descalzo de Wax golpeaba la siguiente superficie, podía sentirla moviéndose debajo de él, los capullos haciéndole cosquillas en los dedos de los pies. No era exactamente una sensación que le encantara.

—Eh, ¿Wax? —preguntó Pan después de que hubieran subido cinco escalones—. Creo que están eclosionando.

Wax giró, mirando el escalón debajo del suyo, donde Pan miraba sus propios pies. Los pequeños capullos blancos aumentaron su temblor, vibrando ahora con intensidad. Aparecieron grietas a lo largo de sus superficies plateadas, líneas negras extendiéndose como una cáscara de huevo rompiéndose. Wax vio el desastre desarrollándose también en su propio escalón.

—¡Seguid moviéndoos! —chilló Wax, girando sobre un talón y lanzándose escalera arriba.

Pan lo siguió, los capullos estallando tras ellos. Un zumbido, un ruido de chirrido se elevó, amplificado por la seda, cuyas hebras actuaban como un instrumento y resonaban con el concierto viviente. Los escalones ya no se retorcían bajo el pie de Wax: comenzaron a picar, punzadas penetrantes mientras los insectos emergentes iban por su primera comida. Wax alcanzó a ver un par en los escalones de adelante, pequeñas cosas parecidas a orugas con dientes puntiagudos en sus cabezas. Se erguían y se lanzaban cuando Wax y Pan pasaban, apuñalando sus pies, sus espinillas, cualquier cosa que los pequeños monstruos pudieran agarrar.

—¡Esto es un asco! —gritó Pan.

—¡Solo unos pocos escalones más!

Arriba, la escalera de seda terminaba con lo que parecía

un techo marrón enmohecido y plano. El último escalón quedaba al alcance de ese techo, un alcance que Wax logró mientras sus pies golpeaban el último descanso.

Con un empujón, el marrón cedió, filtrando un destello dorado crudo. Wax encontró un asidero, duro y crujiente, y se impulsó hacia arriba, rodando sobre la nueva superficie. Apartó a las feroces orugas con las manos, dispersándolas por las hojas, porque eso era lo que había aquí: hojas, grandes y festoneadas con agujeros bordeando sus bordes, esas brechas conduciendo a la luz que se filtraba hasta la seda de abajo. Por encima de ellos, un bosque espinoso se alzaba mientras el mismo tronco disminuía hacia el pistilo del sana. La gran flor con su floración ocultaba el sol aquí arriba, creando un cielo rosa y púrpura. Debajo de él, mientras Wax y Pan se ponían de pie, quitándose los bichos de encima, esperaba un trío enfurruñado.

Los últimos de los costeros, y estos tres se encontraban frente a la espina más baja. A diferencia de Mertz y la mujer de abajo, ninguna diversión, ningún aburrimiento flotaba en sus rostros. —No queríamos que llegarais tan lejos — dijo el hombre del centro, un tipo fornido con una cicatriz en forma de media luna a lo largo de su pecho desnudo—. No iréis más allá.

CAPÍTULO 32

DE HACHA Y LLAMA

La duda invita al ataque. Una máxima Rana entre las muchas que los marineros habían inculcado en Svarde durante el viaje. La mayoría eran violentas, vulgares o ambas, pero esta fue la que Svarde utilizó cuando saltó hacia el monstruo, sus hachas volando sobre su cabeza en un doble corte.

La criatura de alquitrán fibrosa, con su hoja carbonizada extendida, ofreció poca defensa. Ya fuera porque creía que las hachas de Svarde no podían hacerle daño real o por alguna otra ilusión, Svarde no lo sabía ni le importaba. Lo único que importaba era la ligera resistencia cuando sus hachas se hundieron, el rocío verde que saltó y le picó las mejillas. El vuelo de Svarde lo llevó contra la criatura, una decisión necesaria para el golpe mortal pero no obstante peligrosa: un intenso calor se encendió dondequiera que la ropa de Svarde tocaba al demonio, su piel burbujeaba cuando rozaba el negro humeante, e incluso los ojos de Svarde se rebelaron ante el roce cercano, abrasándolo hasta dejarlo tambaleándose ciegamente hacia atrás.

A pesar de todo, el demonio aulló, su estridente

chirrido era un sonido horripilante que provocó gemidos y gritos de los cautivos en la plaza. Cuando Svarde sintió la estructura en ruinas contra su espalda, cuando el dolor retrocedió, abrió los ojos parpadeando y vio una cosa derritiéndose.

Un charco esmeralda que se extendía, el cuerpo del monstruo parecía devorarse a sí mismo, con la piel prendiéndose fuego desde la sangre interior, convirtiéndose en una antorcha verde-anaranjada mientras su lava líquida se extendía por debajo.

Svarde se hizo a un lado, mirando sus hachas y confirmando que, aunque brillaban tan calientes como la piel del monstruo, sus filos de acero aún se mantenían.

Los otros tres demonios no tomaron la muerte de su camarada con buen ánimo. Con uno permaneciendo cerca de los cautivos, los otros dos se deslizaron separándose, cada uno rodeando a Svarde. Los edificios en ruinas proporcionaban poca cobertura, la trampa que intentaban los demonios era visible todo el camino.

No es que Svarde tuviera muchas opciones.

—Eso es lo que os espera a todos vosotros —gruñó el hombre. Ya fuera que los demonios pudieran entenderlo o no, Svarde pensó que sus palabras transmitirían el mensaje a través del tono. Estas no eran cosas sin mente si podían sostener una espada. Quizás podrían ser manipulados, intimidados—. ¿Quién es el siguiente?

En algún lugar de los edificios detrás de él, Kivi acechaba. Cuándo atacaría la ferrita, Svarde no lo sabía. La estrategia, en este punto, era mejor cambiarla por instinto, y Svarde tenía una opción destacada.

Mientras los dos demonios iban hacia la izquierda y derecha de Svarde, ambos apuntando a un ataque por la espalda, el guerrero Foti cambió su postura y se abalanzó hacia adelante, directo hacia el último que protegía a los cautivos.

A diferencia de su antiguo amigo, el demonio no fue tomado desprevenido. En cambio, sus brazos cambiaron a un agarre doble sobre la larga hoja carbonizada mientras sus piernas se acortaban y multiplicaban. Una araña negra enfrentaba a Svarde en la plaza, y su arma tenía alcance.

Con un golpe a dos manos, el demonio fue directo a la forma cargante de Svarde. Un hacha ascendente atrapó la hoja, la habría desviado de no ser por la maldita fuerza de la cosa. El arma de Svarde atrapó la espada por su parte inferior, mientras el propio Svarde se agachaba para asegurarse de que el filo de la hoja solo rozara su pelo. En cambio, el hacha se enganchó en la espada, el balanceo levantó y arrojó a Svarde hacia su derecha.

Rodó en la polvorienta plaza, con cenizas elevándose a su alrededor, brasas aterrizando en su cabello. Svarde se sacudió el dolor, oyó gritar a un niño y giró, ambas hachas en una defensa cruzada frente a su cráneo.

El instinto lo salvó, como lo había hecho tantas veces antes.

La hoja ahumada del demonio se estrelló contra sus hachas, empujando a Svarde hacia atrás sobre una rodilla. Sus brazos ardían, el peso que ejercía sobre ellos era demasiado, demasiado constante. El sudor y la sangre perlaban la frente de Svarde, picándole los ojos, aunque en la borrosidad Svarde podía distinguir esas patas de araña avanzando, listas para derribarlo desde abajo.

—Eres una cosa podrida —maldijo Svarde al monstruo. Difícilmente un grito de batalla para las leyendas, pero el calor le robaba el aliento.

Esas piernas erraron su objetivo. Una mancha plateada-grisácea se abalanzó sobre el demonio desde su lado derecho, aplastando esos endebles soportes y quebrando sus huesos líquidos. El verde brotó y Svarde sintió que el peso desaparecía mientras Kivi rodaba, mordía y arañaba en el centro viscoso del demonio.

El monstruo no estaba seguro de qué hacer, su espada bajó hacia sí mismo y erró el blanco mientras Kivi se negaba a quedarse quieta. Con la apertura, Svarde se recuperó, y entonces envió sus hachas en un golpe uno-dos para cortar los brazos que empuñaban la espada, luego la cabeza que los dirigía.

Como su hermano, la criatura se desintegró, derritiéndose hasta no ser más que un charco hirviente.

La gente de Whent vitoreó, su desgarrado estímulo el mejor sonido que Svarde había escuchado en todo el día.

Y uno que cambió, tan rápido como llegó, a advertencias.

Los dos demonios restantes vinieron hacia Svarde y Kivi desde lados opuestos, su lento cerco sin dar frutos a tiempo.

—Tú encárgate del feo —dijo Svarde, y Kivi resopló.

Girando, Svarde observó al que venía en su dirección. Como la bestia que acababa de despachar, este sostenía su espada con ambas manos. A diferencia de aquel, esta bestia mantuvo sus piernas en dos, cambiándolas por más brazos, estos sosteniendo cualquier escombro que pudiera encontrar. Ladrillos, garrotes, un montón de ceniza para cegar a Svarde.

Siempre horribles, los demonios.

Mirando a la izquierda, Svarde se impulsó en esa dirección, dirigiéndose hacia el taller de herrería relativamente intacto. Como cualquier forja, el edificio tenía buenos cimientos para resistir el calor, su estructura aún en pie. El demonio lo siguió, sus crujientes advertencias sin duda anunciando alguna condena segura o algo similar.

No es que a Svarde le importara. El demonio recibiría su merecido como los otros.

Corriendo dentro de un marco de puerta destrozado, Svarde evaluó su campo de batalla elegido. Efectivamente había una forja, el horno de piedra apilada y el yunque bien trabajado justo delante de Svarde. A la derecha había barriles de enfriamiento, carbonizados pero no completamente quemados. En los estantes a lo largo del techo colgaban herramientas, calibradores, martillos y similares. Algunos de ellos colgaban en ángulos, sus vigas de soporte quemadas.

A la izquierda, sostenidos por estantes, estaba la producción principal del herrero: equipo agrícola. Hoces, guadañas y picos para asuntos de minería. No exactamente las mejores herramientas para tener en una pelea con un demonio.

Svarde sintió que el monstruo se acercaba, el calor aumentaba, y él avanzó directamente, saltando el yunque y cayendo al otro lado, su espalda hacia el horno. La entrada se rompió cuando el demonio balanceó su espada, cortando los soportes debilitados. El techo de paja suelta cayó con el golpe, prendiéndose fuego al tocar al demonio.

Con su nueva corona ardiente, el demonio avanzó hacia la herrería, sus zancadas ahora más lentas, más seguras. El brazo con el ladrillo se alzó, encontró a Svarde y arrojó.

Incluso sabiendo que venía, listo para esquivar, Svarde no fue lo suficientemente rápido. Cayó a la derecha, tratando de usar el yunque como cobertura, pero el ladrillo de todos modos golpeó de refilón el hombro izquierdo de Svarde. El dolor llegó rápido, pero el grueso cuero de Svarde mantuvo la articulación intacta.

No así el horno detrás de él. El ladrillo golpeó fuertemente las piedras apiladas en su esquina inferior derecha, cortando a través de los bloques debilitados. El horno se inclinó hacia Svarde, las piedras comenzando a desprenderse.

Svarde se tiró hacia su derecha, arrastrándose por el suelo cubierto de paja. Levantó un hacha para desviar una estocada de la hoja del demonio, un golpe penetrante que, aunque lanzado con un solo brazo, tuvo suficiente fuerza para convertir la carrera de Svarde en un rodamiento.

El guerrero se estrelló contra arados recién hechos, cayendo con el estante en un enredo. Herramientas metálicas se clavaron en las piernas y brazos de Svarde, y sintió algo perforar su costado a través de la armadura.

El demonio profirió otro grito agudo, mostrando su ser ardiente, con el techo de paja ahora completamente envuelto en llamas sobre sus cabezas, para cernirse sobre Svarde.

Antes de que el guerrero pudiera intentar otro movimiento, el demonio le arrojó la ceniza, cubriendo la cara de Svarde con brasas abrasadoras. Intentó retroceder, intentó levantarse, pero se encontró atascado.

Pero podía levantar sus hachas, y lo hizo.

La espada se balanceó, el demonio chillando mientras iba por la cabeza de Svarde. Svarde desvió una vez, dos veces y, a la tercera, giró para poner el estante en el camino de la espada rodando sobre su pecho.

La hoja quemó a través del arado, el estante, y golpeó la espalda de Svarde, derritiendo su cuero y arrancando un grito que Svarde nunca antes se había oído hacer. Su visión se tornó púrpura, sus pulmones raspaban por cualquier cosa en el aire hirviente.

Pero estaba libre.

Svarde pateó con sus piernas mientras los restos del estante caían. El demonio levantó la hoja, trató de empalar a Svarde de nuevo, pero Svarde invirtió su terreno anterior, pateando sobre su espalda herida y trayendo nuevamente sus hachas —nunca podía soltarlas, jamás— sobre su frente. La estocada rebotó, deslizándose en la tierra cerca de la oreja de Svarde.

Su pelo ardía, el olor apestaba.

La herrería no permitía más retirada, así que con la espada carbonizada a su lado, Svarde rodó hacia adelante. Levantándose sobre sus pies y estallando hacia adelante pasando al demonio, Svarde balanceó un hacha por encima de su cabeza, cortando uno de esos brazos extra. El esmeralda roció, el demonio se retorció y persiguió.

Cuando había entrado en la herrería un minuto antes, el lugar estaba dañado pero comparativamente intacto. Ahora yacía expuesto al cielo, su forja diezmada salvo por el robusto yunque. Y, permaneciendo bajo el lado del techo humeante, esos barriles de lluvia.

Enfundando sus hachas mientras corría, Svarde agarró el primer barril que pudo, doblándose y levantando y lanzando. El barril contenía agua y eso lo hacía más pesado de lo que Svarde esperaba, pero el miedo y la desesperación son buenos aliados en el momento adecuado, y ayudaron a Svarde a enviar el barril estrellándose contra el demonio que se acercaba.

El barril estalló sobre la parte inferior del cuerpo del demonio, inundando las piernas con agua fría. El alquitrán pegajoso se endureció en un destello vaporizado, el demonio desplomándose mientras su torso superior seguía moviéndose mientras su mitad inferior quedaba pegada al suelo. La hoja carbonizada repicó contra el suelo, rebotando del agarre del demonio.

El monstruo miró a Svarde, su cabeza sin ojos crujiendo

de rabia, ira mientras Svarde desenvainaba un hacha y terminaba el trabajo.

Afuera, Kivi y el último demonio intercambiaban golpes mientras los supervivientes de la ciudad observaban. La ferrita demostró ser ágil, lanzándose al interior cuando el demonio intentaba balancear su espada y desatando garras sangrientas o dañinos cabezazos. Sin embargo, esos movimientos tenían un costo, ya que Svarde, emergiendo de la herrería, vio al demonio patear a Kivi y enviar a la ferrita rodando en el polvo, un blanco fácil para una estocada.

—¡Por aquí, grandísimo bastardo! —gritó Svarde, sosteniendo sus hachas en alto.

Cuando dio un paso hacia el demonio, sin embargo, con la intención de romper en una carrera, la pierna derecha de Svarde vaciló. Cayó sobre una rodilla, mirando la extremidad, confundido.

Entonces notó el rojo que corría por la pierna. Dejando caer un hacha, pasó un dedo a lo largo de la franja roja, la siguió por su muslo y alrededor de su cintura, hasta la línea aún caliente, aún entumecida a lo largo de su espalda.

Svarde parpadeó. Intentó concentrarse.

El crujido creció, y miró hacia él. El último demonio, acercándose con su espada en ese devastador agarre doble. Detrás de él, tendida de lado en el polvo, yacía Kivi, inmóvil.

Svarde sacó su segunda hacha, la sostuvo en su mano izquierda, observó al demonio acercarse mientras riachuelos rojos corrían por sus ojos.

—Lo siento, Catya —murmuró—. No pude lograrlo por ti.

Cuando el demonio se paró sobre él, con la espada en alto, Svarde tomó la energía que le quedaba, gruñó una maldición y se lanzó contra la criatura.

Un Guardián, después de todo, debería morir luchando.

CAPÍTULO 33

ZAMBULLIDA

La garra golpeó a Bliss más fuerte que cualquier cosa antes. El zarpazo del demonio la alcanzó en el hombro izquierdo y la arrojó fuera del cuerpo del viejo demonio, enviándola rebotando y rodando entre las hierbas floridas. Hojas y tierra volaron, rocas ocultas se clavaron en la piel de Bliss hasta que finalmente se detuvo contra la pendiente levantada, con la boca llena de tierra.

Vamos, Bliss. Luchó contra el pánico, superó el dolor de su hombro y se incorporó.

El nuevo demonio se alzaba sobre el otro, olfateando a su antiguo... ¿amigo? ¿Funcionaban así los demonios? ¿Los que se acurrucaban juntos en la cueva vivían como manada, como grupo?

Basta. Bliss sacudió la cabeza y se puso de pie. Esos pensamientos eran distracciones, y lo que importaba ahora era sobrevivir.

Su bastón y cuerda yacían cerca del cuerpo del viejo demonio, fuera de su alcance e inútiles. No tenía cuchillos, piedras ni otras herramientas salvo sus manos desnudas, y éstas ni siquiera molestarían al monstruo.

Hablando de eso, el demonio terminó de olfatear. Alzó el hocico hacia el cielo y emitió un gemido sibilante, una tos aguda y ondulante. ¿Un lamento? ¿Un grito de venganza?

Bliss optó por lo segundo, porque cuando el demonio bajó la cabeza se giró hacia ella, y una mirada funesta emergió de aquellos ojos dorados.

Sin armas y poco a su alrededor que pudiera utilizar, Bliss tomó la única opción que tenía: correr.

Un rápido giro sobre sus talones y un impulso enviaron a Bliss sobre la cresta de la colina. La pendiente descendente se convirtió en una carrera tambaleante mientras corría hacia los árboles, hacia la dudosa protección de la jungla. Detrás de ella, jadeando su desafío, el demonio la perseguía.

La primera capa de la jungla desplegaba árboles gruesos intercalados con helechos varias veces más altos que Bliss. Bajo ellos, hojas dispersas y palos componían un suave suelo forestal, y todo resplandecía bajo el sol del mediodía. Pájaros y criaturas más pequeñas huían ante la aproximación de Bliss, aunque supuso que era el demonio persiguidor quien causaba la mayor parte del pánico.

Las opciones revoloteaban en su mente con cada pisada, mientras Bliss planeaba y descartaba una tras otra. ¿Podría recoger un palo y usarlo como arma? ¿Trepar a un árbol e intentar esconderse?

Ninguna parecía viable: el demonio ciertamente podría escalar un tronco con esas garras, y ¿qué rama serviría contra una piel tan gruesa, unas garras tan mortíferas?

Bliss necesitaba cambiar el escenario, llevar el campo de batalla a un lugar donde su forma más pequeña tuviera ventaja. Así que inclinó su carrera, dirigiéndose hacia el sur a lo largo de la pendiente de la colina.

El demonio galopaba tras ella, sus garras no hacían

ningún secreto de su aproximación. Bliss miró hacia atrás y vio la melena roja del demonio fluyendo detrás de su forma masiva, su mandíbula de colmillo único abierta y tragando aire mientras corría. Tierra y piedras volaban, formando una nube detrás del monstruo. El suelo temblaba con su peso.

Pero Bliss también volaba, sus piernas y brazos bombeando, sus pies golpeando cada curva de la tierra y rebotando, capturando el impulso y convirtiéndolo en velocidad extra. Sus pulmones cantaban, sus ojos abiertos captaban todo, y encontró la jungla unos latidos antes que su perseguidor.

Y saltó.

Sin una cuerda, columpiarse era una misión de locos, pero en este preciso momento, ser una loca parecía la única forma en que Bliss podría sobrevivir.

Aprovechando la altura de la colina, Bliss voló y aterrizó en una enorme fronda más abajo. Ramas y hojas golpearon su cara en el camino, dejando líneas arañadas, arrancando mechones de pelo enganchados, pero Bliss ignoró todo eso.

Pequeños dolores para momentos breves.

Inclinándose hacia adelante para moverse con la curva descendente de la fronda, Bliss bombeó sus pies a lo largo de las anchas hojas, escalándola y esperando otra opción.

El helecho se estremeció cuando el demonio se estrelló contra él, desgarrando lo verde. La fronda de Bliss cayó al separarse del tallo central, y de nuevo Bliss tuvo que dar un salto, estirando los brazos hacia una liana.

Pero un salto sin un lanzamiento estable no era gran cosa, y Bliss se quedó corta, aterrizando duramente sobre su pecho en el fango de hojas y barro.

El demonio rugió su victoria, avanzando como un terror devorante. Bliss se dio la vuelta, vio al monstruo saltar alto, con ojos dorados abiertos y salvajes de rabia, y ella se encogió volviendo a subir por la pendiente.

La inclinación de la colina traicionó al demonio, cuyo salto lo llevó por encima de la cabeza de Bliss, con las garras traseras arrancando justo donde Bliss habría estado si se hubiera quedado quieta, esperando el final. En lugar de eso, el demonio no golpeó nada, su vasta mole estrellándose contra las resbaladizas hojas. El impulso arrastró al demonio girando hacia varios árboles donde golpeó la corteza, partiendo los troncos con chasquidos agudos.

Bliss lo oyó todo a sus espaldas, ya de pie y corriendo más hacia el sur, agachándose bajo más ramas y saltando sobre helechos más pequeños.

El demonio gruñó y reanudó la persecución.

A su izquierda, Bliss divisó un gran tronco podrido, su longitud inclinándose pendiente abajo, y se zambulló hacia él. Demasiado pequeño para Wax, quizás también para Sawi, el tubo era perfecto para Bliss. Se raspó los brazos en los bordes al entrar, deslizándose de cabeza por el tronco lleno de musgo. Su húmedo interior bullía de insectos, todos los cuales Bliss ignoró mientras pateaba con las piernas, encogía los brazos y se deslizaba.

Podría haberse movido más rápido por fuera, manteniendo un sprint a muerte, pero sobrevivir a esto, como señaló Deshiva, requeriría tanto cerebro como pies veloces.

El demonio no parecía estar de acuerdo, golpeando el tronco con fría furia. El impacto aplastó la entrada del tronco, haciendo estallar la madera y enviando el resto rodando fuera de su lecho de hojas. Acurrucada en el centro del tronco, Bliss rodó mientras el árbol muerto descendía por la ladera, retumbando y crujiendo contra sus hermanos vivos.

Bliss cerró los ojos y ofreció una rápida plegaria a Vis

para que la ayudara a superar esta terrible situación. No es que Vis fuera un dios muy dado a las oraciones: o elegías abrazar la vida que Vis creaba a tu alrededor o, como Noctia, la pavimentabas con piedra y malicia.

Ese abrazo golpeó a Bliss con fuerza después de un breve y aterrador momento en el aire. El tronco voló desde un acantilado más pronunciado y pequeño para romperse en el aire, precipitando a Bliss hacia un bosquecillo lleno de hongos. Trozos de madera se estrellaron contra ella, a su alrededor, añadiendo astillas a la letanía de heridas que había acumulado durante los últimos minutos de huida.

Pero seguía viva.

El tronco rodante le compró a Bliss unos momentos, al menos a juzgar por el jadeo del demonio que rugía desde algún punto más arriba de la colina. Bliss aprovechó esos momentos, obligándose a levantarse y continuar. Murmuró una disculpa a Pan mientras pisoteaba los valiosos hongos —volverían a crecer, a diferencia de Bliss.

Más profundo en la jungla, por el suelo del bosque, corrió, siempre confiando en su brújula interna para mantener el rumbo sur. A medida que los árboles crecían más altos y las frondas más grandes, su mundo se oscurecía, las sombras tomaban el control mientras corría, con el demonio siempre persiguiéndola.

Bliss no iba a lograrlo. Una parte de ella pensó que llegaría al gran pantano del sur, donde sus innumerables trucos y trampas podrían nivelar las cosas contra el demonio. En cambio, la jungla se extendía por delante, un miasma negro que seguía y seguía. Sin su cuerda, sin su bastón, no tenía opciones para un desplazamiento más rápido.

Y el demonio aún la perseguía, aún ganaba terreno, a

pesar de que Bliss había intentado todo lo que sabía para esquivar y desaparecer.

Así que se detuvo aquí, en un claro formado alrededor de un enorme tocón de árbol. En lo alto, lianas llenas de flores rosadas y moradas colgaban. Musgos, frescos bajo sus pies descalzos y arañados, cubrían el suelo del bosque. El aire se mantenía bochornoso y caliente, haciendo juego con el sudor que corría por sus brazos y espalda.

En un brazo, Bliss sostenía una piedra que había recogido un poco atrás. Su forma triangular terminaba en una punta roma, como un diente astillado. En la otra mano descansaba una rama gruesa, aunque lo suficientemente podrida como para que pareciera susceptible de romperse al primer golpe.

Esas eran sus armas.

Este era su plan.

Bliss se volvió hacia el árbol detrás de ella, dejó el palo apoyado contra su tronco y dio un fuerte salto, utilizando la roca para morder la corteza y ayudarse a trepar por su grueso tronco ámbar.

El demonio se acercaba cada vez más. Jadeando su rabia.

Bliss llegó a las primeras ramas, cuyos delgados cuerpos apenas servían para una emboscada, así que siguió subiendo. Dos ramas más arriba, el tocón quedaba ahora muy abajo.

Bliss se arrastró por la rama. Sosteniendo la piedra en una mano, curvó la otra alrededor de su boca, y emitió un llamado particular.

El gemido aullante podía escucharse por la noche y temprano en la mañana a lo largo de la jungla, y aunque el de Bliss no tenía del todo el volumen, poseía el tono correcto, contaba la historia adecuada a quienes pudieran escuchar.

Bliss esperaba que algunos estuvieran prestando atención.

El crujido de ramas atrajo su mirada hacia abajo. El demonio había vuelto a entrar en escena, olfateando alrededor del tocón, siguiendo su olor. Todavía no había mirado hacia arriba.

La oportunidad seguía siendo suya.

Ojalá Wax y Quik pudieran verla ahora.

Cambió la posición de la piedra, la agarró con ambas manos mientras se ponía de pie en la rama, con las piernas en una línea cuidadosa, los talones plantados. Tensó las rodillas, observando al demonio mientras éste rodeaba el tocón, olfateando, siguiendo los puntos en el musgo que sus pies habían pisado segundos antes.

Su cabeza se congeló, se elevó, giró hacia el árbol que Bliss había trepado, considerando.

Ahora.

Saltó, con el más ligero impulso de sus piernas, justo lo suficiente para sacudir la rama y lanzarse hacia un lado. Bliss aplanó su cuerpo, impulsando primero sus brazos hacia abajo, dirigiendo con la piedra, con la cabeza no muy detrás.

El aire silbó junto a sus oídos, su estómago se hundió. El demonio miró hacia arriba, sus ojos dorados ensanchándose, por una vez no con ira, sino con sorpresa.

Con miedo.

CAPÍTULO 34
ESPINAS

Tres contra dos, y Wax quería decir que estaba listo. Él y Pan se encontraban uno al lado del otro sobre el suelo crujiente, cubierto de hojas y ramas, mirando directamente a los tres secuaces costeros. Sus oponentes, separados entre sí y parados frente al ascenso espinoso hacia la cima del sana, mostraban expresiones determinadas, sus tejidos gruesos, sus brazos y piernas adornados con brillantes vendajes.

Wax interpretó los colores: Kitaye utilizaba tintes y tintas en la piel para mostrar el lugar que ocupabas en la sociedad; la costa, en cambio, usaba telas. Los tres que tenía delante, las dos mujeres en los extremos, pertenecían a la casta de navegantes, un grupo duro y curtido cubierto de perforaciones y miradas impasibles. El del medio llevaba los pañuelos marrones propios de los artesanos, los constructores. Hombros anchos, espalda grande y rodillas flexionadas como las de un carpintero.

No eran soldados, pero, ¿quién en Vis lo era realmente?

—¿Por qué? —preguntó Pan, no, gritó hacia el otro lado—. ¿Cuál es el objetivo? Vuestra persona ya va en cabeza.

—Una garantía —respondió el hombre del medio—. Es nuestro honor, Kitaye. Vosotros tuvisteis el último Renewal. Ahora es nuestro momento.

Ah, síndrome de ciudad secundaria. Al menos, así lo llamaban en Kitaye. La ciudad más grande de Vis tenía la ubicación central de la isla, su acceso más fácil a los recursos y mejor localización comercial. Los costeros tenían todo el derecho a sentirse inferiores, porque lo eran.

—Entonces ganáoslo —dijo Wax—. Ayudad a vuestro elegido a conseguir el símbolo. No nos deis una paliza.

—Una cosa logra la otra, ¿no? —preguntó la navegante de la derecha.

La mano de Wax ansiaba la hoja Foti. Si pudiera desenvainar esa espada, mostrar a estos tres que él y Pan no eran un par de pardillos a los que se podía intimidar... aunque, tal como estaban las cosas, una pelea aquí no acabaría bien.

Tenían que encontrar otra manera.

Los tres costeros parecían contentos de dejar que Pan y Wax discutieran, lo cual era justo: mientras el camino hacia arriba estuviera bloqueado, su ganador del Renewal tendría todo el tiempo del mundo para conseguir el skar y reclamar el honor. En cuanto a los otros dos de abajo, sus maldiciones habían cesado hace un par de minutos, aparentemente ahuyentados por los bichos que eclosionaban.

—¿Dónde nos deja eso? —preguntó Pan, desviando la mirada hacia las espinas, luego a Wax y de vuelta—. No creo que podamos atravesarlos a puñetazos, y a menos que hayas escondido alguna arma secreta en ese tejido, tenemos pocas opciones.

Wax miró alrededor. El tronco interior del sana se estrechaba a medida que se acercaba a la cima, convirtiéndose en esa masa espinosa. La piel exterior simplemente terminaba, dándose la vuelta y plegándose hacia el centro, rompiéndose en los bordes como tantas ramas moribundas. Hebras de hojas se extendían aquí y allá, ramitas débiles que ofrecían poca esperanza para una combinación de trepar y saltar.

Solo el tallo central, decorado con esas espinas gruesas y escalables, ofrecía alguna esperanza de llegar a la cima.

—El único camino es a través —dijo Wax—, o nos rendimos. Nos sentamos y esperamos a ver qué pasa.

Pan comenzó de nuevo con cómo habían llegado bastante lejos. Cómo su padre estaría orgulloso de él por esto, incluso si no conseguía el skar. Wax ignoró las racionalizaciones y miró más de cerca al trío.

Ni él ni Pan eran luchadores, pero tampoco lo eran estos tres. Si pudieran provocarlos, hacer que se volvieran...

—Engañémoslos —susurró Wax, y Pan se calló mientras su Guardián detallaba la idea, por absurda que pareciera.

Con el plan establecido, la pareja se dio la vuelta, Pan sin poder evitar que los nervios se reflejaran en sus ojos abiertos, y caminaron hacia los tres Guardianes. Ellos se tensaron ante su aproximación y mantuvieron su formación.

—¿Todos vosotros planeáis ser Guardianes? —preguntó Pan mientras se acercaban—. ¿No son cinco un número grande?

Los tres se miraron entre sí, encogiéndose de hombros.

—Somos amigos —dijo el constructor—. Ya lo resolveremos.

—Oh, oh —Wax negó con la cabeza. Ahora estaban a cinco zancadas firmes de la línea opuesta, a ocho del tallo y la primera espina—. Estáis buscando problemas ahí. ¿Quién va a renunciar al honor?

El constructor resopló.

—Como he dicho...

—Deja de hablar con ellos, Korrus —espetó la navegante de la derecha—. Traman algo, puedo olerlo.

—Definitivamente sospechoso —añadió la de la izquierda—. ¿Ves su cara? —se rió entre dientes—. No me importaría jugar a las piezas con ese.

—No hay nada sospechoso en hacer preguntas simples —dijo Wax—. Solo pienso que, si vais a llevar las esperanzas de toda la isla con vosotros, quizás deberíais resolver los detalles primero.

Tres zancadas ahora. Wax mantuvo las manos libres. Pan también. Su amigo había enderezado los hombros, mostrando una sonrisa plácida. No exactamente sumiso, sino inofensivo. Apacible.

Bien.

—Quizás deberías ocuparte de tus propios asuntos —respondió Korrus—. Y volver a donde estabais.

—Bueno —dijo Wax, alargando la palabra. Una zancada ahora. Las dos navegantes se acercaron, formando un semicírculo alrededor de Wax y Pan—. Estaba pensando, ya que no tenéis resuelto el asunto de los Guardianes, ¿tal vez nos dejaríais acompañaros?

La pregunta los hizo retroceder. Una petición ridícula, pero quizás no tanto. Guardianes de toda la isla habían sido elegidos antes, si Wax recordaba bien sus historias.

Aunque eso no importaba. Tan pronto como Wax vio los ojos de Korrus cruzarse en confusión, en consideración mientras el hombre imaginaba ese escenario descabellado, Wax lanzó un alarido.

El fuerte grito, destinado a cortar el aire, quebró la quietud de la mañana, haciendo eco alrededor del tronco y sobresaltando al trío costero. Wax siguió el grito haciendo lo que todo Guardián debería: lanzándose directamente contra el estómago del enemigo.

Pan, por una vez, hizo exactamente lo que debía, esprintando hacia adelante con el ímpetu justo para esquivar un tardío y sorprendido agarre de la navegante de la izquierda. Wax, golpeando a Korrus con una carga de hombro, rebotó contra el hombre más grande y aterrizó en el suelo, primero con el trasero. Korrus gruñó, se giró para perseguir a Pan, y Wax le dio una patada, golpeando su tobillo izquierdo y enviándolo tambaleando a la cubierta.

Las navegantes comenzaron a perseguir a su amigo, pero habían perdido dos pasos en la conmoción, pasos que Pan aprovechó. El recolector de hongos alcanzó el tallo y saltó, enganchando sus brazos alrededor de la espina inferior y subiéndose a la lisa púa verde púrpura. Wax sintió cierto orgullo al ver lo rápido que Pan dirigió su mirada hacia arriba, encontró la siguiente espina y saltó hacia ella.

No haces movimientos tan rápidos a menos que sepas lo que estás haciendo.

Korrus también sabía lo que hacía, levantando a Wax por su tejido y sosteniéndolo sobre el suelo crujiente de hojas.

—¿Por qué has hecho eso? —gruñó el constructor—. Ahora tu amigo va a salir herido.

—¿Lo hará? —Wax señaló con la cabeza hacia el tallo.

Las navegantes perseguían, pero sus saltos no eran tan precisos, sus agarres vacilantes, sus pies inestables sobre las espinas. Una vida pasada en barcos y escollos rocosos no te preparaba para una escalada en la selva.

—Sí, mira. —Korrus arrojó a Wax al suelo, haciéndolo rebotar en la rígida superficie. El tejido de Wax bloqueó el daño, salvo por un rasguño en sus piernas.

Korrus pisoteó hacia el tallo, encontró una espina más o

menos a la altura de su rodilla y la pisó. La púa, tan larga como los brazos del hombre, se partió, y el constructor la recogió en sus enormes manos y la rompió de nuevo, convirtiendo el extremo puntiagudo en una pequeña punta de flecha.

Wax se dio cuenta, mientras se ponía de pie a toda prisa, de que Korrus podía lanzarla bastante lejos.

Pan, cinco espinas arriba y varias por delante de las navegantes, se preparaba para su próximo salto cuando Korrus se echó hacia atrás, con la púa lista para lanzar. El golpe ni siquiera necesitaba alcanzar a Pan, solo acercarse lo suficiente para desviarlo en su salto.

Una caída desde esa altura sería, si no fatal, definitivamente el fin de la breve participación de Pan en el Renewal.

—¡No! —gritó Wax, corriendo hacia Korrus.

Las navegantes miraron hacia abajo, Pan no. Su amigo dobló las piernas, saltó, y el constructor lanzó. La púa voló, con puntería suficiente. El proyectil rozó las piernas de Pan mientras sus brazos se envolvían alrededor de la siguiente espina, y un salpicón rojo descendió.

Su amigo gritó.

—¡Aguanta! —gritó Wax—. ¡Ni se te ocurra soltarte!

Korrus giró cuando Wax se acercó, extendiendo su mano izquierda. No muy diferente a una rama mala que esquivar. Wax se dejó caer sobre sus piernas, se deslizó por el suelo, y luego se levantó mientras el puñetazo de Korrus pasaba sobre su cabeza. Lanzándose con la mano derecha, Wax dio un fuerte golpe en el estómago del hombre, justo donde lo había golpeado con el hombro anteriormente.

Korrus gimió, retrocedió un paso, y Wax aprovechó la oportunidad para saltar, impulsándose desde el tallo para llegar a la siguiente espina.

Las navegantes se separaron ante la vista, una continuando la escalada tras Pan mientras la otra esperaba, mirando fijamente a Wax. Más arriba, Pan, con las piernas sangrando, logró acomodarse sobre la espina. El pobre tipo arrancaba tiras de su tejido, tratando de envolver los dos cortes.

Antes, todo esto parecía un juego extraño. Una carrera seguida de una pelea de bar y una extraña escalada hasta la cima. La gente seguía diciendo que había riesgos serios, pero Wax no había visto ninguno, no hasta la espina lanzada. Que el casi fatal accidente de Pan no hubiera venido de alguna criatura o peligro terrible, sino de otro habitante de Vis tratando de ser codicioso... desató una creciente rabia.

Wax no habría dicho que era alguien propenso a enfadarse, que mantenía la cabeza fría, pero maldita sea, era el Guardián de Pan, y ahora Pan estaba herido.

De ninguna manera permitiría que Pan cayera.

Retrocedió cerca de la punta de la espina, luego corrió hacia adelante, saltó y se impulsó desde el tallo del sana para llegar a la siguiente. El salto y agarre de Pan funcionaba lo suficientemente bien, pero era lento, te dejaba vulnerable ante imbéciles que esperaban como las navegantes. El impulso de Wax lo puso a nivel de la espina, permitiéndole aterrizar directamente sobre ella con una postura arrodillada, con los pies plantados.

Justo donde la navegante podía patearlo.

Su pie, descalzo, voló hacia la cabeza de Wax. Él levantó una mano para bloquear, una defensa delgada que no impidió que el golpe de la navegante lo atravesara y golpeara la sien de Wax. Se tambaleó, extendiendo sus piernas para engancharlas alrededor del cuerpo de la espina, manteniéndose en su lugar.

La navegante recuperó el equilibrio después de la

patada, cambió de pie y atacó con fuerza por el otro lado. Wax, con los oídos zumbando por el primer golpe, giró, atrapó el pie con ambas manos, todavía recibiendo un golpe en la barbilla en el proceso. Sus dientes golpearon su labio, llenando su boca con un fresco sabor a hierro.

Pero se mantuvo firme y tiró.

La navegante maldijo, su pie restante resbaló en la superficie redondeada de la espina y se deslizó. Wax la soltó y la navegante se precipitó, golpeando con fuerza el suelo y gimiendo. Korrus, sin siquiera intentar escalar, se acercó para revisar a su compañera.

Qué amable. Sin problema para matar a Pan, pero quiere asegurarse de que su amiga no se haya sacudido demasiado el cráneo.

—¡Wax! —llamó Pan, todavía aferrado a la espina—. ¡Esto no pinta bien!

La segunda navegante estaba ahora en una espina debajo de Pan, y dos por encima de Wax. Parecía estar considerando la mejor manera de llegar al nivel de Pan, quien, con las piernas parcialmente vendadas, estaba listo para apartar cualquier ataque a patadas.

Escupiendo algo de sangre, Wax se levantó sobre sus temblorosas piernas, encontró la siguiente espina y saltó hacia ella. Deslizó sus manos alrededor, se impulsó hacia arriba y escuchó a Pan gritar de nuevo.

La navegante había encontrado una ruta alternativa, saltando hacia la izquierda, encontrando otra espina cerca de la altura de Pan. Si había otras espinas alrededor del tallo, la navegante podría situarse por encima de Pan, y luego mantener la altura o saltar hacia abajo, tratando de derribar a Pan en el proceso.

Cualquiera de las dos opciones era inaceptable.

—Aguanta ahí —gritó Wax, evaluando su próximo salto.

Las espinas se desplegaban en una línea, el mismo instinto fijando la secuencia ahora como siempre lo hacía para él. Wax trazó los saltos, la velocidad, dónde plantaría sus pies para impulsarse hacia el siguiente.

La navegante tenía la ventaja por el momento.

Pero no por mucho tiempo.

CAPÍTULO 35

ALIADOS INESPERADOS

Bliss golpeó al demonio y en un instante sintió que sus brazos crujían, su barbilla chocaba contra la piel del demonio y la roca entre sus manos se hundía profundamente, todo a la vez. Su cuerpo siguió, impactando contra la espalda del demonio y saliendo despedido en un torpe revolcón que terminó con ella tumbada en el musgo, convertida en un lío enmarañado mientras jadeaba en busca de aire.

Su objetivo resollaba, gritaba, se dejó caer de lado y se retorcía, esas garras acercándose peligrosamente a Bliss mientras el demonio intentaba extraer la roca de su espalda.

No estaba muerto.

Bliss seguía repitiendo esa frase en su mente, esperando que el demonio ralentizara y detuviera sus patadas. Había puesto todo en el salto, había hundido esa roca tan profundamente... el demonio no debería, no podía estar vivo. Sin embargo, ahí estaba, arrojándose contra un árbol, frotando su cuerpo herido contra él.

La piedra cayó sobre el musgo con el más leve golpe

sordo, teñida de un rojo rosáceo por el impacto, pero ya fuera, inútil.

Bliss sacudió la cabeza. Intentó que su cuerpo respondiera, pero sus brazos se negaban a funcionar. Sus hombros florecían con nuevos dolores. Sus piernas temblaban sobre la hierba, el rocío adhiriéndose a su piel. Fresco. Por encima, el sol centelleaba a través de las ramas.

No sería la peor última visión.

El demonio resopló, gruñó. Sacudió su melena. Aquellos ojos dorados ya no mostraban miedo, sino ira, estrechas rendijas enfocadas únicamente en Bliss.

Ella le devolvió la mirada desafiante. Su única arma, esa mirada feroz, y al demonio no le importaba. Dos largos pasos lo pusieron cara a cara con Bliss. Abrió su boca, el único colmillo amenazante. El aliento mortal de la criatura la bañó, destruyendo la compostura de Bliss con un ataque de tos. Una última oportunidad para que sus costillas le recordaran que también estaban magulladas o rotas.

Al menos ese dolor pronto desaparecería.

Pero el mordisco no llegó. El colmillo no impactó. El demonio emitió un alarido sorprendido, girando la cabeza mientras el monstruo tropezaba hacia un lado.

Bliss había hecho la llamada, y el hanoko había respondido.

El felino gris verdoso de seis patas se aferró a la espalda del demonio, aprovechando sus patas y dientes al máximo potencial. El hanoko esquivó los contraataques descontrolados del demonio, sabiendo que tenía ventaja y utilizándola para destrozar a su oponente.

No era una simple caza para alimentarse. Era un ejemplo, una advertencia para cualquier cosa que se atreviera a desafiar el territorio de este hanoko.

El demonio, después de menos de un minuto, yacía

caído sobre el musgo, su amenaza reducida a nada más que estremecimientos agonizantes. El hanoko, con un agarre victorioso en la garganta del demonio, mantuvo su presa hasta que el demonio dio su último espasmo.

Bliss sintió que su cuerpo emergía del shock. Un despertar lento y doloroso mientras músculos y huesos se descubrían magullados, sí, pero no completamente rotos. Sus piernas reaccionaron primero, y Bliss se llevó las rodillas al pecho, rodó hacia adelante, mientras sus costillas volvían a protestar.

La más leve presión en sus muñecas la hizo estremecerse, haciéndola morderse el labio para distraerse del dolor.

No estaría empuñando el bastón en un futuro cercano.

La mandíbula le dolía, la cabeza le pulsaba con la euforia combinada de la supervivencia y el dolor de la misma.

La selva pareció florecer a su alrededor cuando Bliss se puso de pie; aves e insectos, pequeñas criaturas peludas, todas emergiendo con el depredador antinatural derrotado. Un nuevo canto se elevó, una sinfonía de susurros y gorjeos.

Su nota grave sonó detrás de ella, el gruñido bajo del hanoko. Bliss se dio la vuelta, manteniendo sus inútiles manos abajo, su cuerpo en media cuclillas. Parecer demasiado amenazante, o demasiado sumisa, y el hanoko podría buscar una segunda víctima.

Mantenerse en el término medio, dejar claras sus intenciones, y tal vez el gran felino se llevaría su premio y la dejaría en paz.

Grandes ojos encontraron los suyos, rendijas verdeamarillentas, sin nada de la malicia del demonio pero con toda la curiosidad de un gato. El hanoko soltó su presa, mirando atrás una vez como para confirmar su éxito. Bliss permaneció inmóvil, respirando, preguntándose cómo podía seguir respirando.

La relación de un cazador con un hanoko debería estar guiada por exigencias. Armas y números listos para alejar a los felinos, hacerles saber que no interfirieran con lo que los humanos estaban haciendo. Bliss no tenía nada de eso, y el felino lo sabía.

El hanoko se acercó, se irguió sobre sus seis patas hasta alcanzar una altura superior a la de Bliss. Sus dos colmillos principales colgaban sobre su labio, lo bastante cerca para tocar su frente. El hanoko la olisqueó una vez. Bliss cerró los ojos.

Podría estar satisfecha con este final. Al menos Vis había ganado, esta vez.

El hanoko olisqueó de nuevo, en su cara. Luego una tercera vez, en su pecho.

El lengüetazo llegó repentino, un barrido áspero y húmedo a lo largo de su brazo izquierdo. El peso dolió, Bliss se encogió, el hanoko hizo lo mismo antes de darse cuenta de que la mujer no planeaba ningún ataque.

Bliss intentó sonreír, retrocedió un paso. Se encontró inestable sobre el musgo, el dolor y las molestias aumentando a medida que la adrenalina del combate se desvanecía. Resbaló, cayó, y sintió al hanoko poner su pata sobre su pecho, manteniéndola abajo.

Miró hacia arriba, a esos ojos verde-amarillos, mientras la selva se desvanecía y su canción adquiría una nueva línea: el ronroneo retumbante del hanoko.

El fresco odre de agua la despertó, su agradable contacto en su frente provocando el lento regreso de Bliss a la consciencia. Su cuerpo aún dolía, pero sentía nuevas líneas a lo largo de sus brazos y piernas. Gruesas vendas cubrían su pecho bajo su tejido.

¿Y mirándola desde arriba?

El hermano más enfadado que jamás había visto.

Quik, con sus guanteletes de madera colgando de su cintura, vertía una letanía de preguntas, exigencias, amonestaciones y más. Bliss apenas escuchó nada, las palabras amortiguadas por el asombroso hecho de que aún siguiera viva.

Detrás de Quik, sonriendo ante su diatriba, estaban Deshiva y varios otros cazadores. Parecían haber cortado y empaquetado ya partes del demonio —su colmillo, las garras, la melena—. Premios, quizás, para Kitaye.

—Premios para ti —dijo Deshiva cuando Quik hizo una pausa para respirar—. Esta fue tu presa, Bliss. Te los has ganado.

Bliss levantó su mano derecha. Su muñeca vendada dificultaba los gestos, pero Quik siguió las señas.

—Dice que el hanoko hizo la matanza —dijo Quik, recostándose y negando con la cabeza—. Como si eso importara. No puedo creer que fueras tras ellos sola.

Deshiva se agachó, su rostro tornándose serio:

—¿Dónde está el segundo, Bliss? Ya que estamos aquí, me gustaría verlo destruido.

Bliss esbozó una pequeña sonrisa e hizo un gesto simple.

—Está muerto —tradujo Quik, parpadeando hacia ella—. ¿Tú lo hiciste?

Bliss asintió, Deshiva se rio.

—Mira a esta —dijo la cazadora—. Dos demonios, y todavía es una jovencita. Kitaye tiene suerte de tenerte, Bliss.

—Suerte de que sigas viva —murmuró Quik. Se puso de pie—. Vamos a llevarte de vuelta al campamento. Está oscureciendo, así que tendremos cuidado.

"¿Cómo?", gesticuló Bliss antes de que Quik apartara la mirada.

—¿Que cómo te encontramos? El gato vino a buscarnos. Actuaba de forma extraña, así que lo seguimos. —Quik extendió la mano y la puso en el hombro de Bliss—. Suerte. Así es como te encontramos. —Apretó, Bliss se estremeció —. Nunca, Bliss, nunca me hagas sentir eso de nuevo, ¿de acuerdo? Somos un equipo, una familia.

—Una que habla demasiado —anunció Deshiva—. Vamos a movernos. Hay mucho terreno que cubrir, y hacerlo con una chica en nuestros brazos no será rápido.

CAPÍTULO 36

UNA RUINA HUMEANTE

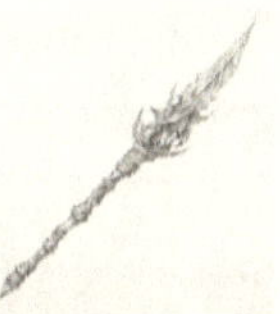

La piedra golpeó al demonio en lo alto de su hombro, provocando un chorro verde hoja. El golpe del monstruo se desvió hacia la izquierda, fallando a Svarde por la más mínima fracción, dando tiempo para que la carga suelta y descuidada del Guardián impactara.

Svarde ardió con el impacto, fundiéndose con el alquitrán caliente y las líneas de cicatrices verdes, para luego rebotar hacia la derecha, arrastrando sus hachas tras él. El demonio emitió un grito furioso, comenzando a traer su espada de vuelta mientras Svarde se liberaba tambaleándose de su ataque.

El golpe nunca llegó: dos piedras más impactaron en el demonio, ladrillos rotos lanzados con rapidez que dieron en la cabeza bulbosa del demonio y en sus brazos larguiruchos. El agarre del monstruo se aflojó, la hoja se hundió en el suelo y cavó un surco ardiente en la tierra, pero sin ir a ninguna parte.

Svarde, con los ojos ardiendo, vio la fuente: los habitantes del pueblo, liberados de la mirada mortal de su captor, habían tomado su propia defensa. Madres, padres, niños se liberaron de la estatua central y se dispersaron, algunos recogiendo escombros que pudieran usar y lanzándolos contra el último demonio.

Svarde se dio la vuelta, la oportunidad de sobrevivir restaurando suficiente energía para mantenerlo erguido, sus hachas sostenidas a la altura de su cintura. Sus filos brillaban en naranja, goteando la sangre de lava verde y caliente.

Las armas querían más.

Las piedras azotaban al demonio, forzando a la criatura a soltar su espada, encoger sus piernas y sacar más brazos para desviar los golpes.

Brazos que funcionaban bien contra las rocas, pero que poco podían hacer contra las hachas de Svarde.

El guerrero Foti prorrumpió en un canto grave mientras destrozaba al monstruo, las palabras siguiendo un ritmo propio de una forja ardiente, uno que funcionaba igual de bien para convertir al humeante demonio en ruinas.

Al terminar, Svarde estaba de pie sobre un charco verde esmeralda y negro, con humo elevándose a su alrededor, surgiendo también de él mismo, donde las salpicaduras se derretían en su armadura, quemando su cabello y barba.

—Gracias —dijo un hombre, con ropa chamuscada como un patchwork, pero que parecía la de un granjero. Se acercó a Svarde, le dio una mirada lenta y hizo una mueca —. Tiene que venir con nosotros, ahora. Por favor.

Svarde, con la reanimación del combate agotándose, le dio al granjero una mirada sombría.

—¿Ir adónde?

—Esas cosas, no fueron las que causaron todo esto —el hombre lanzó una mirada hacia el interior del pueblo, hacia el monolito que se cernía sobre él—. Lo que las creó podría volver en cualquier momento.

—¿Lo que las creó?

El hombre negó con la cabeza. Detrás de él, los otros habitantes del pueblo seguían el plan de huida, dirigiéndose hacia los campos lejanos. Algunos pocos encontraron bolsas, pero la mayoría simplemente pusieron sus pies en marcha, arrastrando amigos y familiares con ellos.

—Un demonio que nunca antes había visto —respondió el hombre—. Destruyó nuestras murallas. Mató a nuestra milicia. Y no es aleatorio. Es... —el hombre palideció, como si no pudiera aceptar lo que estaba a punto de decir.

No tenía que hacerlo. Svarde lo sabía.

—¿Inteligente? —preguntó Svarde, y el hombre asintió —. Algunos demonios son así. No todos carecen de mente —el guerrero se enderezó, divisó a Kivi, todavía en el suelo —. Marchaos, entonces. Yo me ocuparé.

El hombre se quedó mirando, con la boca abierta, como si pretendiera dudar de la capacidad de Svarde para cumplir lo prometido, pero captó la mirada fulminante del guerrero y se calló. Pronto sus pasos se sumaron a la multitud que se alejaba.

Kivi no podría huir a ninguna parte, al menos no rápidamente. La espada del demonio había acertado en sus patas traseras, asestando un duro golpe que había agrietado su piel rocosa negro-plateada. Svarde puso una mano en la cabeza de la criatura y escuchó el suave resoplido de Kivi.

—Necesito conseguirte algo de piedra —murmuró Svarde—. Al menos hay bastante por aquí.

Los ladrillos y bloques carbonizados no eran exactamente la comida favorita de Kivi, pero servirían en un apuro. Envainando sus hachas, Svarde se dedicó a recoger algunos en la plaza silenciosa. Su espalda sangrante hacía que cada movimiento fuera doloroso, un reloj que marcaba la resistencia de Svarde, pero podría aguantar un tiempo más. Tendría que hacerlo.

El demonio volvería para verificar a sus cautivos, sus soldados, y si Svarde tuviera que enfrentarlo solo, al guerrero no le gustaban sus posibilidades.

El sol se inclinaba, cayendo a través de un cielo cruzado por estelas de humo. Svarde colocó piedras junto a Kivi, la despertó lo suficiente para que la ferrita mordisqueara la roca. Encontró su propia bolsa, caída antes de su primera carga contra los demonios, y jadeó al sentir el agua limpia en su garganta carbonizada, la sensación del pan y la carne entre sus dientes manchados de ceniza.

Vendar sus heridas resultó difícil, el corte a lo largo de su espalda imposible de alcanzar, y su filtración de sangre mantuvo un flujo constante mientras Svarde se movía, se sentaba, esperaba con sus hachas el regreso.

Una tabla que crujió despertó a Svarde. El crepúsculo se extendía ahora sobre el pueblo, con profundos tonos púrpuras y negros. Sombras. Kivi roncaba y resoplaba, dormida junto a él con su comida de piedra ya terminada hacía tiempo. La espalda de Svarde mantenía su ardor constante, aunque no había sido suficiente para mantener al hombre despierto.

En cuanto al sonido, su fuente se encontraba cerca de la entrada del claro, observando el vacío con ojos rojo cereza. Un trío de ellos, colocados en una cabeza redondeada sobre una forma larguirucha, envuelta en humo retorcido y cambiante. El demonio captaba la luz del sol que se desvanecía, su figura torciendo el resplandor, transformándolo de negro puro a una forma pintada, casi hermosa.

Mientras Svarde, sentado contra la estatua central, observaba, los bordes brumosos del demonio se desprendían, flotando hacia arriba y luego hacia abajo hasta el suelo para formar charcos de humo. Esos pozos negros, no más grandes que las cabezas de las hachas de Svarde, comenzaron a burbujear, a brillar en verde, y luego a espumar formando versiones más pequeñas de los demonios que ya había despachado. Los dos pequeños crecieron sus piernas y avanzaron, con sus cabezas de gota mirando de un lado a otro, buscando respuestas.

O, quizás, trampas. El demonio mismo, el amo de esta incursión en particular, mantenía sus tres rubíes fijos en Svarde. Esperaba, aparentemente contento con mantener la mirada fija en el guerrero.

Confuso, hasta que Svarde saboreó al demonio, lo olió en su lengua y en su nariz. Un ácido de carbón, fétido y también, Svarde parpadeó mientras trataba de entender, inquisitivo. No exactamente palabras, pero una impresión vino con el sabor en su lengua, vino con el olor en su nariz.

Una simple pregunta, cuestionando a Svarde de dónde había venido.

Durante años habían circulado rumores sobre demonios que podían hablar, que no eran los horrores sin mente que Noctia y el Najahn enseñaban a todos a temer. Esos rumores, sin embargo, venían con las mismas circunstancias: hablaran o no, tuvieran inteligencia o no, los demonios seguían luchando por destruir, por matar, por aniquilar.

Lo que los convertía en monstruos de todas formas.

—No importa de dónde vine —dijo Svarde al demonio, su voz un gruñido resplandeciente. Un discurso que no había pronunciado desde que estuvo junto a Ami y Catya, en la última resistencia antes de que ella tomara el manto del Aegis—. Lo que importa es a dónde vas tú.

Svarde levantó un solo hacha, la apuntó hacia el demonio. Aquellos tres ojos de rubí destellaron. Los pequeños monstruos gemelos se sacudieron, como si fueran tirados por una correa, y detuvieron su búsqueda para dirigirse hacia Svarde.

A la altura del tobillo, sin hojas. Svarde observó su aproximación sin nada parecido al miedo. Solo una determinación inquebrantable.

Desenvainó la segunda hacha, esperó.

Los dos pequeños demonios se acercaron, llegaron a un par de zancadas de distancia y se extendieron hacia Svarde.

Y Kivi despertó.

Con las patas traseras heridas, la ferrita tenía músculo en el frente. Con un resoplido furioso, abrió sus respiraderos, se lanzó y destrozó al primer demonio con una mordida envolvente. El verde caliente burbujeó alrededor de los labios de granito de la ferrita, humeando mientras chisporroteaba hacia el suelo. El segundo demonio logró un giro, una vuelta curiosa, antes de que Kivi también se lo comiera, tragándoselo y eructando, satisfecha con el aperitivo.

Aquellos ojos de rubí destellaron de nuevo. Un sabor diferente surgió en la lengua de Svarde, en su nariz: ira, curiosidad, un desafío.

El humo a lo largo de los bordes del demonio se resolvió de nuevo, convirtiéndose no en más pequeños demonios sino en espadas gemelas. Espadas carbonizadas como las otras, solo que estas eran tan largas como Svarde de alto, y parecían ser parte del cuerpo del demonio, una extensión tanto como cualquier brazo o pierna. A través de cada una corría una línea roja singular, una que se expandía mientras el demonio se deslizaba hacia Svarde, el fuego rubí extendiéndose en forma de telaraña a través de las armas.

—Bonito truco —dijo Svarde, poniéndose de pie—. No te servirá de nada.

Kivi gruñó a sus pies. El demonio no pareció importarle.

Svarde bajó sus hachas a su cintura, invirtiendo el agarre para poner los filos hacia el enemigo, las cabezas apuntando hacia abajo. El demonio hizo el movimiento opuesto, levantando sus hojas en alto, cruzándolas frente a su rostro.

Una jugada defensiva, hecha para bloquear el ataque de Svarde y aniquilarlo con un corte cruzado descendente.

Predecible.

El demonio aceleró al acercarse, el deslizamiento silencioso resultaba algo inquietante. Ni tierra ni hierba marcaban su paso. Aquellas hojas temblaban, aquellos ojos destellaban.

Svarde lanzó el hacha de su mano derecha, la arrojó hacia arriba, girando, bien alto. El demonio arqueó sus ojos, sus hojas para seguir el arma, y no vio el agachamiento de Svarde, su mano derecha deslizándose detrás de él para agarrar su odre.

—Toma un trago —dijo Svarde, lanzando el odre medio lleno a la cara del demonio que miraba hacia arriba.

El odre golpeó, estalló contra la piel de alquitrán caliente del demonio, rompiéndose en un desastre chisporroteante. El demonio se retorció, y el hacha de Svarde descendió, un perfecto golpe de punta a punta a través de una defensa repentinamente abierta. Sus espadas se agitaron, el hacha mordiendo el hombro del demonio, y Svarde se metió dentro, golpeando hacia arriba con su otra hacha para desviar una espada, para abrirse paso y asestar...

El golpe caliente se hundió en el estómago de Svarde, una estocada hirviente y penetrante de una daga oculta en el humo. El hacha en la mano izquierda de Svarde completó su oscilación sin fuerza, trazando una línea estrecha a través del medio del demonio, y sin hacer nada para evitar que el monstruo empujara a Svarde contra la estatua.

El guerrero sintió la piedra golpear su dolorida espalda, sintió la daga hirviente atravesarlo y clavarlo allí.

A sus pies, Kivi resoplaba y gruñía, mordiendo al demonio y siendo barrida por las espadas. El monstruo parecía herido, sangraba llama verde por donde el hacha arrojada había mordido su hombro, un parche marrón muerto en su cuerpo donde había golpeado el odre.

Aquellos ojos de rubí se acercaron y, mezclado con su propia sangre, Svarde saboreó la victoria, el triunfo.

Pero el guerrero escuchó algo más. Un silbido, transportado por el viento.

CAPÍTULO 37
EL SKAR

Cada tallo de sana tenía su propio carácter. La sensación del tronco, la gruesa piel esmeralda dando paso a espinas rojizas, todo cruzado con diminutas líneas. Algunos llevaban vellos casi imperceptibles mientras otros mostraban cicatrices de hanokos y otras criaturas empeñadas en encontrar un sorbo de savia en su interior.

La Gran Sana contaba su propia historia, una desgastada por el tiempo. Las manos de Wax encontraban un agarre tras otro mientras se aferraba e impulsaba, rebotando desde su espina inferior hasta arriba, corriendo para adelantarse a la marinera en su asalto de buceo contra Pan. Su amigo intentaba mantener el equilibrio, la herida en su pierna no le hacía ningún favor sobre la frágil superficie de la espina.

Wax aterrizó, su espina ligeramente más alta que la de la marinera, pero en el lado equivocado del tronco. Ir hacia la derecha lo llevaría hacia el enemigo, hacia la izquierda lo llevaría hacia Pan. Ninguno a una distancia fácil para saltar.

Tendría que ser creativo.

—¡Baja! —gritó la marinera a Pan—. Estás demasiado herido para continuar. Es un riesgo sin sentido.

—Déjame en paz —contestó Pan, y el corazón de Wax se estremeció ante el dolor en sus palabras.

Claro, Pan tenía una manera de meterse en problemas durante sus aventuras. Su despiste ante sus propios alrededores, sus saltos vacilantes a menudo lo dejaban arañado, golpeado o casi devorado, pero siempre con amigos cerca. Una salida fácil del peligro, un círculo protector si algo verdaderamente desagradable ocurría.

Aquí, solo estaba Wax, y justo ahora, Wax le estaba fallando a su amigo.

Arriba y a su izquierda, otra espina sobre él. Un salto lejano, demasiado para intentar trepar, pero Wax no necesitaba eso. Al menos, no todavía.

La marinera parecía nerviosa por su propio salto, gritando de nuevo a Pan que simplemente se rindiera. Mantenía los ojos abajo, ignorando a Wax. Una decisión justa, porque se necesitaría algo especial para acercarse a ella sin darle tiempo suficiente para reaccionar.

Algo especial como esto.

Wax echó a correr, apenas un gran paso, que era todo lo que la espina permitía. Plantó su pie izquierdo, lo sintió resbalar ligeramente en el lado inclinado de la espina, y despegó. Voló hacia la izquierda, pero también hacia adentro, hacia el tronco, levantando sus piernas mientras volaba y girando sus pies para que se encontraran con el tronco en ángulo, presionando justo lo suficiente de sus plantas contra su gran superficie ondulada.

Wax presionó hacia abajo en el contacto, esa fricción instantánea dándole posibilidades, y con el impulso, voló más alto, rebotando hacia fuera y hacia arriba, justo hacia la espina más alta.

Todavía no lo suficientemente alto para trepar, pero suficiente, con los brazos extendidos, para conseguir un agarre suelto.

Wax se balanceó, sus piernas deslizándose hacia adelante mientras sus manos se aferraban a la punta adelgazada de la espina. La piel envejecida dio a sus palmas suficiente agarre para redirigirse, para balancear su torso hacia fuera y hacia atrás, dando una vuelta alrededor del tronco mientras Wax se soltaba.

Se soltó, y esperó no estar equivocado. Un error aquí significaría una caída de la que Wax no saldría caminando, una que también lo pondría justo al alcance del constructor y su amiga marinera.

El balanceo dejó a Wax volando con los pies por delante, un movimiento sedoso poniéndolo justo en el objetivo, un objetivo que Wax no quería golpear de espaldas.

Voltear su cuerpo en el aire no era algo que hubiera aprendido a hacer en un momento. Habían sido años quemados volando de fronda a fronda, de árbol a árbol, dándose cuenta de que un músculo contraído aquí, un giro de hombro allá, podía poner a Wax en la forma correcta para que su aterrizaje lo llevara directamente al siguiente salto.

Aquí, ahora, necesitaba que su aterrizaje no lo matara.

La marinera gritó algo que Wax no captó. Una maldición, tal vez, o un chillido de sorpresa. A Wax no le importaba, porque si no conseguía que su cuerpo...

Sus pies golpearon algo blando, algo que gruñó, que detuvo el propio impulso de Wax mientras la patada empujaba a la marinera fuera de la espina. El mismo Wax cayó, su estómago golpeando la espina y haciendo burbujear el aire de sus pulmones, bilis desde su estómago. Sus manos, sin embargo, hicieron lo que los reflejos entrenados les enseñaron: se aferraron, se sostuvieron, y Wax se mantuvo colgado, sus piernas cayendo por el costado de la espina mientras su barbilla descansaba sobre su piel fría y ondulada.

Wax se arriesgó a mirar hacia abajo, levantando la cabeza de la espina. Muy abajo, la marinera golpeada yacía inerte en el suelo, plana sobre su espalda. Tenía la intención de encontrar a Pan, pero Wax se encontró atrapado mirando el cuerpo, deseando que se moviera, que diera alguna señal. Sus nervios se adormecieron lentamente. Razones, excusas invadieron su mente, como si Wax estuviera defendiendo su caso ante sus compañeros y la única forma de ganar fuera soltar tantas posibilidades como pudiera.

Parpadeó, finalmente, cuando el ardor caliente fue demasiado para mantener los ojos abiertos. Korrus y la otra marinera se acercaron, se arrodillaron cerca de su amiga.

Wax quería gritar que lo sentía, quería decir que había sido culpa de la propia marinera, pero no podía encontrar el aire, la voluntad. Como si gritar hacia abajo fuera admitir que había hecho esta cosa, este acto que surgió de un instinto por proteger a Pan y nada más.

Una mano agarró la muñeca de Wax, silenciando la duda, las voces por un breve momento. Pan, habiendo escalado la sana hasta el nivel de Wax.

—Vamos —susurró Pan—. Tienes que ayudarme un poco.

Claridad. Un objetivo sencillo, libre de dilemas morales, dilemas éticos. Wax empujó con los codos, deslizó una pierna sobre la espina y se sentó junto a Pan. Su amigo le ofreció una sonrisa temblorosa, luego miró las vendas sueltas en su pierna. Ya estaban empapadas.

—Sobreviviré —dijo Pan—, creo.

Wax alcanzó su propio tejido, pensando en añadir a las vendas, pero Pan lo detuvo, asintiendo hacia arriba.

—Quienquiera que tengan allá arriba ya está bastante adelante. Vamos, Wax. No hicimos todo esto para perderlo ahora.

—¿Estás seguro?

—No hasta este momento. —Pan se puso de pie, ayudó a Wax a levantarse. Ambos tuvieron que pararse talón con punta en la espina que se estrechaba—. Intentaron matarme, Wax. El viejo yo habría huido. Me habría rendido. Pero ahora no. Ya no más.

Wax comenzó a deslizar la mirada hacia abajo nuevamente, las palabras de Pan trayendo de vuelta el cuerpo, y Pan silbó. No tan limpio, tan agudo como el propio silbido de Wax, pero suficiente para traerlo de vuelta.

—Te necesito conmigo, Guardián.

Un frío estremecedor recorrió a Wax, lavando la duda, la confusión. Guardián. Podía ser eso.

—Estoy contigo.

Sin acoso, la escalera de espinas resultó más fácil de escalar. Wax lideraba, haciendo cada salto y luego volviéndose para ayudar a Pan a completar lo mismo. Con su pierna herida, los saltos de Pan eran azarosos, a menudo quedándose cortos, así que Wax se tumbaba a lo largo de la espina, alcanzaba con su mano y atrapaba a Pan mientras su amigo hacía el salto. Pan alcanzaba hacia arriba, se unía a Wax, y los dos planeaban el siguiente salto.

El tronco interno de la sana superaba a la corteza endurecida exterior, revelándose como un nuevo crecimiento dentro de la vieja cáscara muerta. Mientras Wax y Pan saltaban sobre los últimos extremos con púas del tronco exterior, Vis se extendía debajo de ellos. La brillante jungla verde resplandecía con el rocío diurno, con la niebla agrupada en valles bajos y nubes flotando por encima. Las aves dividían la diferencia, planeando y graznando con el viento.

Arriba, la flor de la sana esperaba, las espinas creciendo más gruesas y fáciles cerca de la cima. Un pequeño agujero, no más grande que las trampillas que muchas casas en los árboles tenían, parecía cortado en un pétalo rojo rosado.

—Ese es el camino —murmuró Wax mientras él y Pan examinaban la ruta—. Sin embargo, no hay señales de la otra persona.

—Si ya tuvieran el skar, ¿no bajarían?

—Eso pensarías.

No se presentó ninguna respuesta a la pregunta, así que los dos siguieron adelante, una espina tras otra. Wax descubrió que el simple proceso servía para mantener el miedo a raya, como si todo lo que se necesitara para vivir con el asesinato fuera la repetición de las tareas cotidianas.

Los pétalos de la sana se volvieron más resplandecientes a medida que la pareja se acercaba, su paleta de colores abarcando un espectro, volviéndose más brillantes hacia el centro de cada pétalo y profundizándose hasta el negro en los bordes. La luz del sol brillaba, mostrando las líneas que se desplegaban dentro de los pétalos gigantes.

—Nunca he visto nada más hermoso —dijo Wax mientras se posaban en la última espina.

—¿Ni siquiera Sawi? —dijo Pan, luciendo pálido por la pérdida de sangre, aún logrando una broma.

—Eso no es justo.

—¿No puede un tipo divertirse un poco antes del final?

Wax negó con la cabeza, calculó la distancia hasta el

agujero. Un salto fácil y agarre, los pétalos de la sana más que suficientemente gruesos para su peso.

Pero ¿dónde estaba la persona que iba delante de ellos? Si los Najahn tenían razón, y los skars esperaban en el medio de la flor, ¿entonces tenían que haber llegado hasta aquí?

—Ten cuidado —dijo Wax, apuntando su salto—. Esto no tiene sentido.

—¿Lo dices ahora?

—Pan, ¿cuándo te volviste sarcástico?

—Cuando me apuñalaron la pierna, Wax. Puso todo en una nueva perspectiva.

Riendo, Wax hizo el salto. Sus manos atraparon la superficie suave, casi pastosa del pétalo. Sintió el calor puro del sol en sus dedos. Un agarre sólido, y Wax se impulsó hacia arriba y a través.

La clara luz del sol golpeó tan fuerte que sus ojos se volvieron blancos, sombreando todo lo suficientemente lento, como patrones que se aclaran de un sueño. Las líneas se grabaron, los ojos de Wax se enfocaron hacia el medio de la gran flor, donde un montículo índigo se elevaba desde los pétalos que se reunían.

El centro de la sana sobresalía, cada fibra extendiéndose, curvándose más hacia el exterior, hacia el sol. La pelusa azul en esas fibras se estremecía con el viento cálido.

—¿Ves algo? —preguntó Pan.

—Veo una gran flor de sana —respondió Wax. Dio un paso adelante, alejándose del agujero. Sostuvo una mano en alto para bloquear el sol—. Nada más.

El pétalo tembló cuando Pan subió a su lado.

—¿No hay skars? —preguntó Pan.

—No puedo ver ninguno, ¿puedes tú?

—Es demasiado brillante para ver mucho. ¿Tampoco hay ninguna persona?

—¿Tal vez tomaron todos los skars y encontraron otra forma de bajar?

Wax y Pan caminaron por el pétalo hacia el centro de la sana. La increíble vista merecía algunas miradas, pero cualquier triunfo por haber llegado hasta aquí se vio lavado por la simple confusión.

—Se me ocurre —meditó Pan— que deberíamos haberle preguntado a los Najahn cómo son estos skars.

—El Aegis los usa, ¿verdad? En un collar?

No es que Wax hubiera visto alguna vez a un Aegis, o recordara a alguno de los candidatos que habían pasado en la última Renovación, pero pensó que ahí es donde todo terminaba. —¿Así que no pueden ser tan grandes?

—Eso es al final. ¿Quizás los cortan?

La pregunta de Pan encontró su respuesta cuando los dos llegaron al centro de la flor, al borde azul y esponjoso. Escondidas bajo las hebras, justo en el centro del montículo, había pequeñas piedras verdes. O, al menos, parecían piedras, y compartían su color con el verde forestal del tallo de la sana. Cada una parecía del tamaño del pulgar de Wax, y aunque al principio Wax pensó que su brillo provenía del sol, una mirada más cercana cambió esa idea: los pequeños objetos tenían su propia luz interior.

—Supongo que los encontramos —dijo Wax, entrando en el azul. Su peso sacudió las hebras, liberando polen al cielo. Wax alcanzó las piedras, luego se detuvo, retrocedió —. Lo siento, esto es todo tuyo.

—Me preguntaba si lo ibas a recordar —dijo Pan, intercambiando lugares—. O si habías cambiado de opinión.

—Después de esto, quedarse en Kitaye no parece tan mal.

—Sigues siendo mi Guardián, Wax.

—Vaya.

Pan se rió, hizo una mueca por su pierna, luego metió la mano en el azul. Salió con un solo skar verde, descansando en su palma. Ambos lo miraron fijamente.

—Está caliente —dijo Pan después de unos segundos.

—¿Eso es todo?

—Eso es todo.

—¿Ningún gran despertar? ¿Visiones de poder o algo?

Pan le lanzó una mirada escéptica—. Has estado escuchando demasiadas historias.

—Tu padre cuenta la mayoría.

—Exactamente.

La brisa pasó rápidamente. El sol continuó su lento viaje hacia el horizonte. Y no pasó nada. No se escucharon tambores, ningún líder Najahn apareció de la nada para declarar a Pan el legítimo candidato de la Renovación.

—Esto es profundamente decepcionante —dijo Wax.

—¿Quizás eso es todo? ¿Tenemos el skar, ahora volvemos a bajar?

—¿A través de esa gente que realmente nos odia? —Wax no mencionó el cuerpo. No lo mencionaría—. ¿Podemos encontrar otra manera?

—No la hay —las palabras vinieron del otro lado del polen azul, ligeras y cansadas. Emergiendo sobre el cardo después de ellos apareció un rostro moteado por el sol, la última mujer del grupo desde abajo. Levantó las manos, mostrándolas vacías—. Es una larga caída.

Wax y Pan intercambiaron una mirada, luego el segundo levantó el skar.

—¿No tomaste uno?

Ella se estremeció ante la piedra verde en la mano de Pan. —Pensé en ello. Durante mucho tiempo. —Sus brazos se cerraron alrededor de su cuerpo, como si estuviera protegiéndose de un escalofrío, aunque el sol hacía que fuera caluroso aquí arriba—. Hablamos mucho sobre ello en el camino. Cuál de nosotros tomaría el skar. Me ofrecieron a mí como voluntaria.

—¿Te ofrecieron como voluntaria? —preguntó Pan. Wax intentó mirar más de cerca, confirmó que la mujer, que no parecía mucho mayor que Bliss, no tenía armas, ni cuerdas, ni otros trucos—. ¿No se supone que esto es una elección?

—Honor contra paraíso —la mujer se encogió de hombros, miró desde la Gran Sana hacia el este. La suave pendiente de la jungla hacia aquella costa lejana se extendía en brillante esplendor—. Ese es el truco, ¿no? Todos visten todo esto con algún manto dorado para que no notes todo lo que estás renunciando.

—Así que no tomaste uno. —Pan miró el skar en su mano, se lo mostró a Wax—. Eso significa, um...

—Significa que ganas —continuó la mujer—. Significa que ahora tengo que inventar una excusa, una razón.

—Diles la verdad —dijo Wax—. No hay nada de qué avergonzarse.

—Fácil de decir cuando tu ciudad no ha depositado su confianza en ti. —La mujer se alejó del polen, caminó hacia un pétalo de la flor mientras Pan y Wax observaban—. Pensamos que Kitaye iría por el libre albedrío, así que nos concentramos. Escogimos a nuestro más rápido, me escogieron a mí, y corrimos hasta aquí. Iba a traer la gloria de vuelta. Luego iríamos por todas las islas, recogeríamos los tokens, y hurra, me convertiría en el próximo Aegis.

—Atrapada en Noctia para siempre —murmuró Pan, pero la mujer captó las palabras en la brisa, le dio un brusco asentimiento.

—Ni siquiera una adulta completa, y aquí están, diciendo que solo viviré unos pocos años más atrapada en alguna prisión Najahn —dijo la mujer, sacudiendo la cabeza—. No se sentía real hasta que estuve donde ustedes están ahora. ¿Y sabes qué? No lo quiero. No quiero la obligación, no quiero renunciar a todo esto. Una oportunidad para una vida real.

Wax pasó de mirar a la chica a mirar a Pan, quien había adoptado un aspecto enfermo. El mismo peso que había derribado a la mujer de su objetivo ahora recaía sobre él.

—No te preocupes, amigo —dijo Wax—. Podemos tomarnos nuestro tiempo. Disfrutar la aventura. Dejar que alguien más gane el juego.

Pan tragó saliva, asintió, mantuvo su agarre en el skar. —Será mejor que no me dejes ganar, Wax.

La sonrisa le salió fácilmente. —Pan, estás hablando con un maestro de los retrasos. Encontraré tantas maneras de desviarnos del curso que nunca olerás Noctia.

La mujer se rió, se unió a Pan. La tensión se disipó. Pan todavía parecía menos que encantado, pero habría tiempo para que eso se desvaneciera. Por ahora, hey, habían ganado, y...

La flor se sacudió. El pétalo detrás de Wax tembló, y él se giró, Pan con él, para ver al constructor, seguido por los dos primeros bromistas que habían esquivado al subir, trepando a la flor.

No parecían exactamente amistosos.

Korrus dio el primer paso hacia el grupo, sus ojos encontrando a la mujer. —¿Tomaste el skar?

Ella vaciló. Wax no.

—Ella eligió su propia libertad, grandulón. Pan es nuestro hombre ahora. —Wax puso una mano en el hombro de Pan, luego suavizó su mirada—. ¿Está ella bien?

—Está viva —dijo Korrus, todavía mirando a la mujer—. ¿Está diciendo que no tomaste uno? Dime que está mintiendo.

Wax vaciló. La marinera no estaba muerta. Increíble. Y sin embargo, cualquier felicidad que sintiera por no convertirse en un asesino flaqueó ante las sombrías miradas de Korrus y sus dos asociados.

—No lo está —respondió la mujer elegida, retrocediendo un paso. Estaba a mitad de camino alrededor del montículo central, parecía como si pudiera salir corriendo, aunque Wax no tenía idea de adónde—. Te dije que no estaba segura, y cuando subí aquí, tomé mi decisión.

—Te volviste contra tu ciudad —gruñó Korrus, siguiéndola en ese paso. Wax y Pan, cerca del lado izquierdo del montículo, estaban justo fuera del camino del hombre—. Pusimos nuestra fe en ti.

—Una elección que hiciste sin mí.

—Todos tenemos que vivir con ellas. Es parte de estar en nuestro mundo.

—¿Deberíamos irnos? —susurró Pan, tocando el hombro de Wax.

¿Cómo se irían? Los compañeros de Korrus estaban parados frente a la única salida, y sus miradas decían que no iban a apartarse.

Wax negó con la cabeza, observó mientras Korrus y la mujer continuaban su discusión. Los temperamentos encendidos no eran algo inusual en Kitaye. Las peleas a puñetazos ocurrían. Se emitirían disculpas, la gente volvería a sus vidas.

Esto tenía una sensación diferente. Korrus no parecía enojado, no como un hombre que hubiera sido insultado o frustrado. Parecía decidido, resignado, destinado.

Una mirada, se dio cuenta Wax, que había visto en el

rostro de Svarde cuando el hombre mayor había acabado con el demonio en la cueva.

—Se acabó. —Wax no se dio cuenta de que había dicho las palabras, al principio. Las escupió cuando Korrus alcanzó a la mujer, que se estaba quedando sin espacio en un pétalo de la flor—. Pan tiene el skar. Él ha ganado el derecho. No hay nada más por qué luchar.

Korrus se detuvo, miró hacia el sol, con los ojos cerrados. Como si estuviera en algún ritual.

—Wax, ¿por qué dijiste eso? —preguntó Pan—. No creo que eso lo haga más fácil.

—Iba a hacerle daño.

—Sí, ahora nos lo hará a nosotros.

Korrus suspiró, lo suficientemente fuerte como para llevar sobre la cima de la flor.

—¿Cuánto tiempo ha pasado desde que ganamos el derecho? —preguntó Korrus. Una pregunta que todos sabían responder. Un siglo o más, al menos. Nadie vivo había visto una Renovación de Mottilan—. Esta vez hicimos todo bien. Kitaye no nos insulta de nuevo.

—¿Insulto? —preguntó Pan.

—Insulto —respondió Korrus, escupiendo una vez hacia la mujer antes de pisar fuerte en su dirección—. Todo lo que hace tu ciudad se impone sobre nosotros. Intentamos, luchamos, y ustedes acaparan sus recursos, toman todo el comercio y piden más. —Los bordes del hombre se suavizaron, el ladrillo convirtiéndose, por un momento, en arcilla—. Un honor nos daría una oportunidad, daría a las islas una razón para vernos, para visitarnos, para comerciar, para ayudar.

—No entiendo —dijo Pan—, pero estoy seguro de que podemos hablar. Los ancianos...

—Los ancianos nos dieron esta tarea, y no les fallaremos. —Korrus extendió su mano—. Si ella no tomará el skar, entonces otro lo hará.

El propio Korrus parecía demasiado viejo para que los Najahn lo permitieran. Wax miró a los otros dos, cerca de la salida. Lo suficientemente jóvenes, apenas.

—No va a suceder. —Pan apretó la piedra contra su pecho—. Por derecho, yo tomé el skar.

Korrus miró más allá de Pan, por encima de su hombro hacia los otros. Una mirada fea, allí. El estómago de Wax se estremeció. La otra mujer se había sentado en su pétalo, lejos, y miraba sobre la jungla sin expresión. Lágrimas, unas pocas, captaban la luz del sol en sus mejillas.

—El skar, y el derecho, pertenecen a quien regrese con él a los Najahn —dijo Korrus, su voz cayendo a una pizarra —. Dámelo.

—No.

Un Pan desafiante debería haber sido inspirador, debería haber hecho a Wax sentirse orgulloso, pero no aquí. No cuando el vano resultado dejaría a alguien, tal vez a ambos, en el lado equivocado de tantos puños.

—Déjalo, Pan —dijo Wax—. Esto no vale la pena morir.

—¿Morir? —Pan levantó las cejas, miró a Wax como si su amigo hubiera perdido la cabeza—. ¿Quién está hablando de morir?

—Yo tomaría su consejo —dijo Korrus—. Como advirtieron los Najahn, las lesiones, las fatales, suceden aquí todo el tiempo.

Wax miró fijamente a Pan, inclinó la cabeza y esperó que su amigo pudiera entenderlo. Había un momento para héroes, y un momento para sobrevivir.

Cuando Pan encontró la respuesta, no miró a Wax con el reconocimiento resignado que Wax esperaba. En cambio, el dolor encogió esos ojos, tensó esos labios.

—Vaya Guardián estás hecho —murmuró Pan, antes de volverse hacia el constructor—. ¿Crees que es un honor robarlo? ¿Tomarlo por la fuerza?

—No era mi plan original, pero tendré ese skar —respondió Korrus, y extendió su fornida mano.

—Hazlo, Pan. —Wax empujó a su amigo hacia adelante—. Volvemos a casa con una historia, y nuestras vidas.

Pan lanzó otra mirada fulminante hacia Wax, pero incluso él podía ver que las probabilidades no estaban a su favor. Con una reticencia temblorosa, el hombre puso la piedra en la mano de Korrus.

Pan giró en un solo movimiento, se alejó de Korrus, pasó junto a Wax y se dirigió hacia la salida.

—No me llames cobarde nunca más, Wax —dijo Pan mientras caminaba—. Me abandonaste.

Wax abrió la boca, descubrió que no tenía nada que decir. Korrus miró el skar, los otros dos dejando su puesto, pasando junto a Pan hacia su amigo más grande.

Wax todavía estaba al borde del polen, mirando a Pan mientras el hombre llegaba a la puerta, el camino hacia abajo. ¿Cómo podría haberlo hecho diferente? No había ningún lugar donde correr. Korrus los superaba en fuerza, y una pelea aquí significaría que uno de ellos caería, rodando demasiado lejos hacia un final brutal.

No había habido otra opción.

—¿Cuál de ustedes dos lo quiere? —preguntó Korrus—. Tendrán que llevar el skar abajo.

Llevar el skar abajo. Pan tenía una pierna sobre el agujero ahora, calculando la caída. Wax echó un vistazo, vio al trío examinando el skar. Miró un poco más allá a las otras ocho o nueve piedras brillantes, justo allí. A medio paso y un alcance de distancia.

—¡Pan! ¡Atrapa! —Wax estiró el brazo, agarró un

segundo skar. A su contacto, un calor punzante inundó su mano, como si hubiera atrapado un palo directamente del fuego. Más razón para lanzarlo rápidamente.

Wax flexionó su muñeca, lanzando la pequeña piedra hacia el objetivo. Pan, por lo que podría haber sido la primera vez en su vida, levantó una mano y atrapó el skar en el aire.

—¡Corre! —gritó Wax, avanzando en su propia carrera hacia el agujero.

El trío que hablaba de destinos a su izquierda reaccionó lento, pero el grito de Korrus dejó claro que el hombre entendía lo que estaba pasando.

—¡Deténganlos! ¡No pueden ser los primeros en bajar! —El grito áspero de Korrus sonaba como si le hubieran pateado los riñones.

Pan cayó abajo, y Wax se deslizó al acercarse al agujero, liderando con su pierna izquierda y dejando que la superficie suave del pétalo le diera una buena escapada.

Las maldiciones lo persiguieron, palabras inofensivas rebotando en una sonrisa ardiente.

Toma eso, probabilidades imposibles.

Wax alcanzó a Pan en las espinas, ambos haciendo saltos cuidadosos de una a la siguiente. Bajar significaba impulso, significaba un deslizamiento más fácil, pero su ventaja creció: el trío perseguidor no tenía la confianza oscilante de Wax y Pan, su estilo de rebote de todo riesgo y toda recompensa.

Los dos llegaron al nivel de hojas costrosas, ambos arrodillándose para absorber el salto. Pan lanzó a Wax una brillante sonrisa.

—¿De dónde sacaste esa idea? —preguntó Pan mientras se levantaban, dirigiéndose hacia la sección telarañosa que esperaba.

—El grandulón mencionó ser el primero en regresar, supuse que no importaba qué skar tuviéramos.

—Tienes suerte de que lo atrapé.

—Sabía que no fallarías.

Desde arriba, Korrus rugió de nuevo, exigiendo que Wax y Pan se detuvieran. La voz del hombre resonó por el tronco, demostrando que el tipo realmente podía gritar cuando quería.

No es que importara. Podía gritar todo lo que quisiera.

Pan llegó primero a las escaleras de telaraña, los escalones un desastre frágil comparados con lo que habían sido antes. Los capullos reventados yacían abiertos, sus contenidos arrastrándose a lo largo de los filamentos blancos.

—Esto es realmente asqueroso —dijo Pan, resbalándose. Mantenía la piedra en su mano izquierda, presionada firmemente contra su pecho—. Esperemos que las otras islas no sean tan malas.

—Si ganamos, ¿a quién le importa?

Wax se sacudió los insectos que se acercaban mientras bajaba detrás de Pan. Los pequeños monstruos mordisqueaban y se escabullían, pero volaban rápidamente cuando se los apartaba. Adelante, Pan tropezó, rodó, la telaraña pegándose a su tejido. Demasiado fina para detenerlo, Pan se abrió camino torpemente hasta la escalera.

—¡Date prisa! —gritó Pan, Wax tratando de ser menos estúpido en su caminar.

Pan desapareció por la escalera. Wax, sacudiendo la cabeza, rebotó a lo largo de la telaraña. De nuevo Korrus rugió una amenaza, demasiado lejos para importar.

Sigue hablando, grandulón. Nadie está escuchando.

Wax llegó a la escalera, echó un vistazo hacia atrás al sendero de telaraña y no vio ni un solo pie. Demasiado atrás.

Agarrando los peldaños construidos en la corteza, Wax bajó, sus manos y pies bailando de una línea a la siguiente.

Hasta que un gruñido sorprendido, un jadeo áspero detuvo a Wax, forzándolo a mirar hacia abajo.

Pan estaba de pie en la suelta telaraña vegetal, el último descenso circular antes de la salida, sus brazos extendidos, sus piernas a medio paso. Sobresaliendo de su costado, como un crecimiento anormal, estaba la larga espina rota que el constructor había usado para perforar a Pan anteriormente.

¿Empuñándola? Viéndose tan sorprendida por su movimiento como Pan lo estaba al recibirlo, estaba la marinera. No la que Wax había noqueado —esa, notó Wax, se apoyaba contra la base de la escalera—, sino su compañera.

Pan cayó hacia adelante, plantando la cara en la masa vegetal. La marinera que lo había apuñalado retrocedió un paso mientras Wax superaba su shock, bajando los últimos peldaños para aterrizar cerca de su amigo.

—¿Qué has hecho? —gritó Wax hacia la marinera, aunque era malditamente obvio lo que había hecho.

—No pensé que entraría tan profundo —dijo la marinera, cayendo en excusas desesperadas. Wax la ignoró, se arrodilló junto a Pan. Sintió la pegajosidad húmeda cerca de la herida, sintió que se extendía.

—Pan —dijo Wax, sintiendo alrededor de la espina, tratando de decidir si sacarla o no. Las garras de hanoko podían quedarse atascadas en las personas, y sacarlas era una jugada peligrosa. Esto podría ser lo mismo—. Pan, quédate conmigo.

Volteó a Pan, girando la espina punzante hacia arriba y alrededor. Wax miró a su amigo, la cara floja, los ojos abiertos buscando, encontrando los suyos.

—Voy a levantarte —dijo Wax—. Aguanta.

Pan empujó su mano izquierda contra el pecho de Wax. El calor llegó a través de los dedos cerrados de Pan, el brillo verde.

—Tómalo —susurró Pan.

—Eso no va a pasar...

—Dile a mi padre que fui el primero —susurró Pan sobre Wax, sus labios articulando el sonido.

—Se lo dirás tú mismo.

Los labios de Pan temblaron, el color se drenó, la más ligera sonrisa. —Él te creerá a ti.

Wax sintió que los dedos de Pan comenzaban a aflojarse, sus puntas trazando más ampliamente contra el tejido de Wax. Por instinto, Wax levantó su propia mano, agarró el token mientras caía libre.

El brazo de Pan siguió, quedando plano contra el suelo.

—No —dijo Wax, poniéndose en cuclillas, colocando su hombro contra el pecho de Pan y envolviendo su mano izquierda libre alrededor de su amigo. Con un esfuerzo, Wax se puso de pie, tambaleándose sobre el inestable apoyo—. Vamos a salir de esta, juntos.

Dio un solo paso.

—Detente —dijo la marinera, su voz ahogada—. No puedes llevar el skar. No puedes.

Wax dio otro paso, lanzando la única mirada fulminante que pudo reunir a través del shock. —Intenta detenerme.

Arriba, más cerca ahora, la voz de Korrus bramó de nuevo. La marinera respondió esta vez, gritando que había ralentizado a Wax, pero no lo siguió cuando Wax se impulsó en una caminata tambaleante a lo largo del tronco.

El círculo de musgo, hojas, lo que fuera que se había sentido tan libre y elástico en el camino hacia arriba se convirtió en una danza muerta ahora. Entumecido por todas partes, salvo por el calor en su mano derecha, Wax se concentró en sus pies, en colocar bien las plantas. Seguir moviéndose, eso es todo lo que tenía que hacer. Seguir moviéndose, y Pan estaría bien.

Con cada paso, la espina rebotaba contra la espalda de Wax. Con cada paso, la sangre de Pan empapaba sus pantalones.

CAPÍTULO 38

VIEJOS GUERREROS

El virote pasó rozando la cabeza de Svarde mientras arremetía contra el enorme demonio. La pequeña saeta, apenas más larga que el dedo de Svarde, le rozó el cabello y se hundió en la piel humeante del demonio. Líneas verdes se extendieron desde el punto de impacto, filtrándose como lava esmeralda.

El gigantesco demonio, si le importaba, no lo demostró. En cambio, blandió aquellas largas cuchillas hacia Svarde, quien levantó un hacha, listo para una carga berserker.

Solo para encontrarse rodando por el suelo, con el hacha rebotando lejos, y una ferrita rocosa inmovilizándolo. La herida en la espalda de Svarde le ardía, pero las cuchillas del demonio fallaron su objetivo.

Kivi, presionando su corta cola de piedra sobre el pecho de Svarde, lo mantuvo contra el suelo mientras lanzaba un desafío resoplante al monstruo.

Un desafío acompañado por varios virotes más, todos zumbando en el aire y alcanzando al demonio en su pecho, en sus largos y voluminosos brazos. Uno se clavó en la frente del demonio, finalmente arrancándole un furioso estertor. Gotas verdes humeantes formaban charcos en el suelo. Las espadas se agitaban, intentando desviar los disparos.

—Déjame levantarme, lagartija —gruñó Svarde, intentando incorporarse, solo para sentir otra mano en su hombro, presionándolo de nuevo contra el suelo.

—Creo que ya has jugado bastante en esta pelea —dijo Maena, con el sable en la otra mano. Le guiñó un ojo a Svarde, silbó de nuevo, y otra andanada de virotes pasó volando.

Esta vez, Kivi siguió la descarga, lanzándose y embistiendo contra la base del demonio. Los marineros de Maena siguieron a la ferrita, rodeando a Svarde con sus espadas desenvainadas y sus ballestas disparando.

El demonio recibió impactos por todo su cuerpo, pero el monstruo aún conservaba vida, y con ella su furia. Aquellas gigantescas espadas hicieron volar a los marineros, apartando sus débiles bloqueos y derritiendo sus armaduras. Una patada golpeó a Kivi y envió a la ferrita estrellándose contra los restos carbonizados de la herrería.

Los humanos tenían la ventaja del número, pero carecían de las armas y la fuerza necesarias.

Hasta que Maena hizo su movimiento.

Corriendo hacia el demonio, sacó su pequeña ballesta de la funda en su cintura, la levantó y apretó el gatillo. Su virote se clavó directamente en un brazo armado que se balanceaba hacia ella, cortando la muñeca y haciendo que el demonio soltara la espada. La espada humeante se hundió y golpeó el suelo, quedando erecta como algún monumento diabólico.

Con su oportunidad asegurada, Maena dejó caer la ballesta y extendió su mano izquierda, pidiendo otra arma. Una petición ridícula en plena batalla, pero que de algún modo fue satisfecha por su tripulación de Rana cuando un segundo sable voló por el aire directamente hasta su mano.

A toda velocidad, Maena saltó contra la forma arremolinada del demonio. Sus botas encontraron apoyo en la cintura del monstruo, mientras un fuego amarillo cobraba vida al contacto. Si Maena sintió el calor, no lo demostró, clavando los dos sables en el pecho del demonio, uno tras otro, una y otra vez, incluso mientras las llamas se extendían por sus vendajes.

El demonio, frenético, tomó su espada restante y la giró hacia sí mismo. Svarde gritó una advertencia, secundada por los marineros de Maena, y en el último momento Maena abandonó sus sables, dejándose caer al suelo y rodando mientras la estocada del demonio se clavaba en su propio vientre.

Fuego verde estalló, la forma cambiante del demonio se disolvió en abundante lava caliente, hundiéndose con un último estertor quejumbroso en el suelo.

De los dos sables, solo quedaban las empuñaduras, resplandeciendo doradas en el calor.

—Es difícil ignorar tantas almas huyendo —dijo Maena, nuevamente vendada y cubierta con cataplasmas para aliviar las quemaduras en sus piernas—. Especialmente cuando afirmaban que un guerrero asombroso seguía luchando por su ciudad.

Svarde, encorvado sobre una sopa harinosa mientras caía la noche, gruñó.

—¿"Asombroso"? Les pregunté, seguramente debían estar equivocados —continuó Maena—, ya que el único guerrero por aquí es un viejo, pasado de su mejor momento.

—Apenas tengo poco más de treinta.

—Un viejo, como dije.

—Tú debes tener la misma edad que yo...

—¿Quién está contando esta historia? —Maena sonrió, y solo las arrugas en sus ojos revelaban el dolor que debía estar sintiendo.

A su alrededor, los marineros de Rana se habían dispersado, formando un campamento improvisado en la plaza en ruinas del pueblo. La mayoría tenía vendajes frescos para quemaduras recién adquiridas. Petates extendidos, listos para lo que prometía ser una noche fría. Habían dejado atrás las tiendas, innecesarias para el esperado descenso a la oscuridad. Las fogatas crepitaban, la conversación flotaba y, detrás de todo, excavando entre sus ruinas, regresaban los habitantes del pueblo.

—Así que le dije a mi tripulación: vaya, debemos encontrar a este guerrero asombroso —Maena, entre sorbos de vino helado de Whent rescatado de entre los escombros, seguía hablando—. Porque podríamos usar sus talentos en nuestro viaje, y por supuesto estuvieron de acuerdo.

—¿Ah, sí?

—Y mira, aquí estamos, habiéndote rescatado de una muerte segura, hundiéndote así en una deuda con nosotros.

—No pedí ser rescatado.

Maena se rió.

—Claro que sí. Allá en Noctia, cuando revelaste tus esperanzas. Si realmente buscas detener esta Renovación, este terrible ciclo, entonces pediste un rescate. Solo que con otras palabras.

Y Svarde pensó que Ami había sido irritante. Maena parecía tener la misma habilidad para retorcer sus palabras y sus acciones en su contra.

Sin embargo, Svarde se encontró sonriendo de todos modos. Al menos hasta que probó otro sorbo de la sopa. Insípida, y con ceniza flotando en ella. Las provisiones, al parecer, serían escasas en esta aventura.

—No te preocupes, Svarde —dijo Maena—. Esto no se trata solo de ti. Salvamos el pueblo. Su gente estará agradecida. Descansaremos aquí unos días. Recuperarnos, reabastecernos, rearmarnos, ya que tus demonios tenían la costumbre de derretir nuestras espadas. Luego, comenzamos la verdadera búsqueda.

Svarde asintió. Su mirada se desvió hacia Kivi, acurrucada junto al fuego, con una roca medio comida cerca de su boca. La ferrita mostraba cicatrices frescas en su piel de escamas rocosas.

—Estos demonios eran inteligentes —dijo Svarde—. Están empeorando.

—Siempre —respondió Maena, desaparecida la actitud fanfarrona—. Cada Renovación trae ahora nuevas amenazas peores. No son inconscientes, estos.

—Tampoco son simples bestias. —Svarde dio un golpecito al hacha apoyada contra su muslo—. Si nos enfrentamos a muchos más como ese, será difícil encontrar la victoria.

—Si fuera fácil, amigo mío, alguien ya lo habría hecho.

CAPÍTULO 39
LA CAJA

Pan no volvió a pronunciar palabra. El Najahn que estaba fuera del Gran Sana levantó a Pan de los hombros de Wax, lo dejó en el suelo y, tras una lenta mirada, lo declaró muerto. Acto seguido, otorgaron a Wax su nuevo título.

Cubierto de sudor, con las piernas como troncos por haber cargado a Pan durante todo el descenso, Wax no escuchó las palabras. Quería sentarse junto a su amigo, intentar vendar la herida, encontrar algún ungüento, alguna hierba o bebida que devolviera la vida a Pan.

En cambio, los Najahn se lo llevaron. Uno de los guardias levantó un cuerno negro dorado hasta sus labios y sopló, emitiendo un sonido cristalino que resonó por todo el campamento. El otro se interpuso entre Wax y el cuerpo de Pan. Cuando Wax protestó, el Najahn negó con la cabeza y lo guio por el sendero.

—Podrás llorar después —dijo el Najahn, con un toque de compasión en su voz—. Él te esperará.

Esa espera sería larga. Después de soplar el cuerno, el Najahn vestido de cuero, todo en púrpuras, negros y dorados, guio a Wax por el camino. Varios más, estos con túnicas púrpuras más holgadas, pasaron junto a ellos, deteniéndose como uno solo para felicitar a Wax.

—Te acostumbrarás a eso —dijo su escolta Najahn ante la expresión perpleja de Wax.

Las palabras, que tan a menudo acudían prestas a la intuición de Wax, no aparecieron. Su vida, que hace un momento transcurría entre un encuentro delirante tras otro, parecía ahora fijada sobre un riel dorado.

—Estuve aquí para el último —continuó el Najahn mientras descendían por el sendero—. Era como tú. Aturdido. Lo superarás pronto. —El Najahn le dio una palmada en la espalda a Wax, haciéndole tropezar ligeramente—. Recuerda, hay seis más como tú. El concurso apenas comienza.

—¿Concurso? —La boca de Wax se sentía llena de pan, pero se aferró a la pregunta, una forma de escapar de la imagen del cuerpo ensangrentado de Pan que bailaba tras sus párpados.

—Eres el primero en bajar. Eso te convierte en el Renovador de Vis —suspiró el Najahn—. Ahora tienes que conseguirte algunos Guardianes, y luego irás a las otras islas. —Una risita—. Ninguna tan buena como esta, por supuesto. Por eso he elegido quedarme aquí. Ni siquiera Noctia...

El Najahn siguió divagando durante todo el descenso, sus palabras envolviendo a Wax en un consuelo ajeno. Wax realmente no las escuchaba, no le importaba lo que dijera el hombre, bastaba con que existieran.

La coraza se rompió en el centro del puesto avanzado, después de parar en los barracones para comer, beber y bañarse. Wax no se detuvo en nada de eso: la comida sabía a polvo, el agua estaba rancia, y el baño se tiñó de rosa mientras la sangre de Pan se desprendía de él. Su tejido y envolturas, rasgados, fueron desechados. Una nueva túnica Najahn lo esperaba después de salir de la bañera moldeada en piedra, una demasiado grande para él, pero lo suficientemente cómoda.

Esa comodidad se desvaneció cuando Wax salió de su habitación y encontró a un nuevo Najahn esperándolo, el mismo imperioso de la noche de la pelea, quien les había advertido sobre los peligros que estaban a punto de enfrentar.

El estrecho pasillo se sofocaba con su presencia, su armadura formal —completa con la voulge y el chakram en su espalda— llenando el espacio más allá de la puerta de Wax.

—¿Tienes el skar? —preguntó el Najahn, estudiando a Wax con ojos entrecerrados y un ceño fruncido.

—Aquí mismo. —Wax lo sacó de los pliegues de la túnica, de pequeños bolsillos tejidos en el pecho. La piedra verde seguía cálida, agujas punzando su mano al agarrarla —. ¿Por qué?

—Querrán verlo. Siempre lo hacen.

—¿Ellos?

Una leve mueca de desprecio. —Todos los que quisieron ser tú, pero fracasaron. Están afuera, y querrán pruebas.

Wax miró el skar. En la cima del sana, había parecido casi hermoso, extraño. Ahora parecía maldito. ¿Pan había muerto por esto?

—No tengas dudas —dijo el Najahn, y Wax levantó la mirada, preguntándose si detectaba la más mínima amabilidad—. Has sido marcado. Si renuncias al skar ahora, Vis se quedará sin Renovador.

—¿No puedo...?

El Najahn negó con la cabeza una vez, de manera

cortante. Extendió la mano y cerró la de Wax alrededor del skar.

—Cuando salgamos, te entregarán un collar para el skar. Lo pondrás dentro, y nunca te lo quitarás hasta que termine el viaje.

El Najahn señaló hacia el pasillo, en dirección a las escaleras. —Adelante.

Wax volvió a mirar la piedra en su mano, luego encontró los ojos del Najahn. —Esto no era lo que yo quería.

El Najahn inclinó la cabeza en señal de interrogación.

—Mi amigo. Él debía tener esto. Yo iba a ser su Guardián.

La comprensión iluminó las facciones del Najahn. —El cuerpo. Desafortunado, pero una realidad. Las Renovaciones son una empresa sombría. Algo que se debe soportar, no celebrar. Puede ser difícil ahora, pero aprenderás a mirar más allá de estos momentos por el bien de todos. —De nuevo esa leve sonrisa, como si el propio Najahn hubiera estado en los zapatos de Wax en algún momento—. Con el tiempo, las vidas perdidas en tu estela no serán más que fantasmas. Acosando tus pasos, quizás, pero ignorados mientras mantengas la mirada hacia adelante.

De nuevo el Najahn asintió hacia las escaleras. Apoyo emocional, una larga sesión descifrando el corazón desgarrado de Wax no parecían estar en la agenda. La ominosa predicción del hombre sobre el futuro de Wax tampoco ayudaba, así que en lugar de arriesgarse a más, Wax volvió a meter el skar en su bolsillo y continuó.

El destartalado puesto avanzado se había transformado. Lo que había sido un somnoliento barracón con sus estructuras de apoyo, ahora resplandecía en los tonos anaranjados y púrpuras del atardecer. Las nubes que se espesaban en lo alto anunciaban una tormenta nocturna, pero por ahora su único regalo era la luz solar reflejada y un respiro del calor diurno de la jungla. Ese descanso parecía ser apreciado por la multitud que esperaba a Wax, la mayoría cubiertos de sudor, tierra y fastidio.

El reconocimiento se extendió entre Wax y la mayor parte del público, varias docenas de nativos de Vis con sus tejidos y envolturas, bolsas y ceños fruncidos. Como él y Pan, habían estado en camino para probar suerte y convertirse en el Renovador. Como Pan, habían fracasado.

A diferencia de Pan, aún conservaban sus vidas.

Ninguno de ellos la merecía más que él.

El imperioso Najahn se paró junto a Wax y, con una sola mano levantada, acalló la conversación que había comenzado en el momento en que Wax hizo su aparición. Por un segundo, el único sonido provino de la jungla, del latido del corazón de Wax y del crujir de los techos. Wax habría prolongado ese segundo si hubiera podido, el último instante entre su pasado y su futuro.

El discurso del Najahn pasó rápido. Contenía poco más que el nombre de Wax, una petición para que Wax mostrara el skar —Wax lo hizo— y luego una proclamación de que él, ahora, poseía las esperanzas de Vis para convertirse en el próximo Aegis.

Durante cada palabra, Wax sintió las miradas de la multitud, sintió los ojos clavados en él desde un lado en particular, donde el grupo que había matado a Pan, los costeros que habían usado la violencia y fallado, se consumían en su rabia. Wax se preguntó por qué no sentía ira, furia, un desesperado deseo de cruzar el campo y estrangularlos.

La respuesta llegó después del discurso, cuando el Najahn invitó a Wax a una comida, a beber con las fuerzas de Noctia. Una invitación que Wax declinó, alegando agotamiento.

Wax había sido quien arrojó el skar. Él había ofrecido una vía de escape a Pan, una oportunidad de perseguir ese destino, y había sido él quien invitó al ataque. Si hubiera dejado la maldita roca entre aquellos zarcillos azules, Pan todavía estaría vivo.

Wax tomó su cena en su habitación. Tomó una bebida, luego dos, luego tres. La cerveza diluyó la noche, allí en esa pequeña caja de madera.

CAPÍTULO 40

GUARDIANES

Durante el regreso a Kitaye, los días transcurrieron lentamente. Deshiva presionó a los cazadores sanos para que marcharan más rápido, con la esperanza de llegar a la ciudad y encontrar más demonios que perseguir. Bliss, Quik y los otros heridos avanzaban a paso constante y suave.

Quik hizo que Bliss recreara su lucha contra los demonios una y otra vez, primero como una historia, y luego, conforme pasaban las repeticiones, como un ejercicio.

—Si quieres ser cazadora —dijo Quik—, entonces hagamos de ti una.

Debatieron sobre tácticas con los otros trece de su desaliñado grupo, aprovechando al máximo las noches alrededor del fuego con estrategias. Cómo atraer, cómo camuflarse, cómo destruir.

Bliss sabía usar su bastón, pero, más allá del limitado entrenamiento de Lira, nunca le habían enseñado los trucos de un cazador. Colocar trampas, sumergir dardos improvisados en plantas venenosas. Pintarse con camuflaje y, más que eso, elegir los lodos correctos, los tintes adecuados que la mantendrían tanto disfrazada como fresca, sana, protegida.

Y más: los alijos. Por todo Vis, los cazadores almacenaban suministros para quienes estaban en largas expediciones con necesidades de emergencia. Uno no había estado lejos de donde Bliss luchó contra los demonios, y le habría proporcionado armas nuevas, agua fresca, mejores probabilidades.

Magullada, golpeada, pero recuperándose, Bliss llegó a Kitaye con la cabeza en alto. Un regreso victorioso interrumpido por las guirnaldas, las flores colgadas entre las casas y los puestos aún en reparación.

'¿Qué es esto?', signó Bliss a Quik, quien, como ella y los otros cazadores, se detuvo en el límite de Kitaye para contemplar boquiabierto la transformación.

Era media mañana, y la música sonaba. Las especias usadas solo para celebraciones flotaban en el aire. Las sonrisas reservadas para la esperanza iluminaban los rostros de los transeúntes, y los abrazos dados a los cazadores que regresaban contenían poco miedo y mucho amor.

—No tengo idea —dijo Quik—. Vamos a casa. Mamá y papá lo sabrán.

Pero sus padres no estaban por ahí. La casa del árbol estaba vacía, parecía reparada y lista. Además, flores adornaban su escalera. Frutas en cestas tejidas esperaban en la base del tronco. ¿Regalos?

—Wax —murmuró Quik mientras los hermanos observaban el tesoro—. ¿Qué habrá hecho ahora?

'Él y Pan iban a intentar la Renovación. ¿Crees que lo lograron?'

La casa del árbol de Pan estaba cerca y, aunque también había escapado de los daños causados por los demonios —estar alejada de la costa tenía sus ventajas—, las flores aquí, las cestas, tenían un color diferente. Más morados y negros, pero igual una casa vacía.

Quik comenzó a hacer preguntas entonces. Las respuestas dirigieron a la pareja hacia el largo muelle, donde encontraron una multitud apretada. Tantos que debían ser todos los que no estaban encargados de la comida o de tareas vitales.

Siguiendo a Quik, Bliss y su hermano llegaron al borde del agua, con olas tranquilas en un día tranquilo, aunque había llovido durante la noche. La arena húmeda se pegaba a sus pies, un cambio agradable del suelo rocoso, lleno de hojas y ramas del bosque. Las gaviotas volaban en círculos sobre sus cabezas, esperando bocadillos. Y tenían buenas razones para quedarse: la celebración de esa noche sería inmensa.

—Lo logró —dijo Quik mientras observaban la escena al final del muelle.

Wax estaba de pie junto a la líder de Kitaye, una mujer ornamentada con un tejido arcoíris deslumbrante. Los padres de Wax lo flanqueaban, cada uno con una mano sobre su hombro y la otra sosteniendo un brazalete tejido. Los diversos líderes de Kitaye también se alineaban en el muelle, todos elevándose y descendiendo en canciones, oraciones realmente, a Vis.

'¿Dónde está Pan?', signó Bliss, tirando de la manga de su hermano. 'Wax está ahí como si fuera la Renovación'.

—No lo sé —el ceño fruncido de Quik, sin embargo, insinuaba que tenía una idea.

Wax levantó el skar cuando la última canción llegó a su fin, la pequeña piedra atrapando la luz del sol y brillando, incluso desde esta distancia. La líder de Kitaye tomó algo de un Najahn de aspecto sombrío a su lado. Wax colocó el skar en el collar, lo pasó alrededor de su cuello, y la líder lo aseguró. Extendió ambas muñecas, y en cada una, los padres de Wax ajustaron un brazalete. Así marcado, la líder le dio a Wax un suave empujón hacia el centro del muelle.

—Bliss —murmuró Quik—, creo que nuestro hermano está en problemas.

Ella nunca había escuchado un vítores más fuerte.

La hoja descansaba sobre el agua, un suave carruaje con su carga envuelta en el medio. Los suaves bordes verdes, que ya comenzaban a mostrar el más mínimo marchitamiento, se curvaban hacia arriba y alrededor de Pan. Una multitud mucho más pequeña se encontraba en un muelle más lejano, ya que el principal fue cedido después de la ceremonia de Wax para el atraque de un barco Kance. Las brillantes velas de filamento de esa embarcación resplandecían bajo la luz de las estrellas, en el reflejo de la llama de las antorchas junto a la playa.

Bliss encontró sus ojos pegados a esas velas, pegados a cualquier otra cosa, en realidad, excepto a la hoja y la despedida que representaba.

La última vez que vio a Pan, había sido un campeón nervioso. Elevándose a las expectativas de su padre por primera vez, justo cuando la misma Bliss estaba asumiendo su propio desafío con los cazadores.

Habían estado emparejados tan a menudo bajo los doseles, mientras Sawi y Wax se columpiaban en lo alto. Pan parecía conocer los nombres, el carácter de cada planta de la jungla, y se los explicaba todos a Bliss, quien se encontró recordando cada gesto de fastidio, cada suspiro aburrido que había dado en respuesta.

Esas eran deudas que le debía a Pan, deudas que no podía pagar. Al menos, no a él, no directamente.

Los padres de Pan se acercaron al borde del muelle, un largo bastón hecho para empujar botes a lo largo del fondo poco profundo del mar sostenido entre ellos. Flores púrpuras y negras coronaban sus tejidos. Una mirada aguda podría haber detectado lágrimas en esos ojos, pero Bliss se negó a hacerlo.

En cambio, encontró a su hermano y se paró cerca de Wax. Como ella, él había estado en una aparente confusión todo el día. Quik extrajo un breve resumen de los labios de Wax, un relato seco con pocos detalles, terminando solo con una escolta de Najahn de regreso a Kitaye.

Cómo murió Pan, cómo Wax terminó con el skar... eso podría venir después.

Se alzó un cuerno de caracola, una nota suave que resonó sobre el oleaje. Alguien entonó un llamado a Vis para que guiara a Pan en su próximo viaje, y sus padres empujaron la hoja. Los bordes curvados atraparon el viento arremolinado, la corriente giratoria en la ensenada, y la hoja comenzó su lento viaje hacia el mar abierto. Ondulaciones en el agua marcaban a nadadores listos para ayudar a guiar la hoja si la naturaleza fallaba, pero Vis debía tener a Pan en alta estima, porque ni una sola vez su hoja vaciló, ni una sola vez volvió atrás.

Sawi se unió a ellos más tarde, la noche viva con jolgorio mientras Kitaye celebraba una vez más ser anfitriona de la Renovación de la isla. Los cuatro se sentaron en la casa del árbol familiar, Bliss, Quik y Wax. Sus piernas colgaban sobre el vacío, mientras Quik llenaba tazas de madera con dulce vino de melocotón.

Habían terminado otro brindis por Pan, el tercero esa noche, y los ojos de Wax tenían un aspecto vidriado. Bliss, con su propio rostro sonrojado, sin embargo le lanzó una pregunta a Quik: cuando Wax se tambaleaba así, solían salir declaraciones audaces y estúpidas.

El hermano mayor no hizo nada, no dijo nada, solo se

encogió de hombros con una sonrisa triste. El dolor y la gloria iban de la mano esta noche.

—El Najahn —dijo Wax, su habla tan burbujeante como su bebida—, me dijo que me fuera. La carrera, dijeron, ha comenzado. Es posible que ni siquiera sea la primera Renovación. Otras islas podrían estar ya en marcha.

'¿Te importa?', preguntó Bliss.

—Por supuesto que sí —respondió Quik mientras Wax, mirando a su hermana, dio un trago profundo—. ¿Por qué molestarse en tomar el skar si no va a ganar, verdad Wax?

—Cierto —Wax miró fijamente la taza mientras la bajaba de sus labios—. No estaría honrando a Pan si no lo hiciera, ¿sabes?

—A Pan no le importaría —intentó Sawi.

—Me lo dio a mí, Sawi. Mientras moría, me lo entregó —Wax puso una mano sobre el collar. No llevaba un tejido, la joya Noctia descansando desnuda sobre su pecho —. Cuando no debería haber tenido fuerzas para preocuparse por nada, se preocupó por esto. Voy a ir. Tengo que hacerlo.

La oportunidad estaba allí mismo, también. El barco Kance partiría en otro día, dirigiéndose a Foti. Wax podría conseguir un viaje, ir a buscar su segundo skar.

Al menos, eso es lo que dijo.

—Entonces no irás solo —Quik se acercó con el odre de vino y llenó la taza de Wax—. Los hermanos no dejan que los hermanos vayan de aventuras sin ellos.

Wax le dedicó una sonrisa a Quik—. Los cazadores ni siquiera notarán que te has ido.

—¿Así es como le hablas a tu Guardián?

La palabra llevó a Wax a un estado de ánimo diferente, del que se sacudió con una mirada hacia el mar.

—¿Estás seguro de que eso es lo que quieres ser? —le preguntó Wax—. Ser mi Guardián no será fácil.

—Ser tu hermano no puede ser más difícil.

Wax miró a Sawi—. ¿Qué me dices, Sawi? El Najahn dijo que puedo tener tantos Guardianes como quiera. ¿Te apetece una aventura?

Sawi esbozó una sonrisa, negó con la cabeza—. Quik es un cazador completo. Puede hacer lo que quiera. Yo estoy desbordada.

—¿Y? ¿Esta es la Renovación?

Sawi inclinó la cabeza, se apartó de Wax—. Tú estás eligiendo irte, Wax. No es mi culpa que no pueda ir contigo. Tengo mis propias promesas que cumplir.

Wax resopló, pareció que estaba a punto de soltar algo en respuesta. Algo de lo que se arrepentiría. Así que Bliss se estiró, agarró la muñeca de Wax.

'Si quieres otro Guardián, me tienes a mí', signó.

—¿Qué hay de los Lira? —preguntó Quik mientras Wax miraba con los ojos entrecerrados a Bliss, como si intentara descifrar si estaba bromeando—. ¿No tienes…?

'Los Lira se trata de proteger a Vis, de protegernos. Un Guardián es lo mismo'. Bliss esbozó una sonrisa difusa. 'Además, necesitarás a alguien que sepa cómo matar a un demonio contigo'.

Wax se rió—. ¡Eso es! Una verdadera asesina, mi hermana —sacudió la cabeza—. Bien, mamá y papá van a perder la cabeza, pero somos nosotros. Como siempre ha sido.

—A salvar el mundo —añadió Quik, levantando su taza—. ¡Por la Renovación de Vis y sus Guardianes!

Esta vez, Bliss bebió profundamente, y dejó que el vino se la llevara lejos.

CAPÍTULO 41

DESCENSO

Los puntos de sutura a lo largo de su espalda le picaban. Svarde tendría que quitárselos bajo tierra en la oscuridad. Sus brazos, piernas y cabeza estaban mejor con vendajes empapados en ungüentos para ayudar a sanar esas quemaduras. Una imagen común entre la tripulación de Maena mientras se reunían en la madrugada frente a una colina ascendente. Las hogueras moribundas humeaban al mismo ritmo que el aliento frío de Svarde. Kivi resopló a sus pies, su piel rocosa brillante donde los arañazos habían sanado.

Ante ellos, como si alguien hubiera clavado una estaca en la tierra y la hubiera arrancado, aguardaba una abertura de cueva tan ancha como larga era la nave Rana. Detrás de los marineros de Maena se alzaba una muralla erizada de púas vigilada por torres de guardia, una muralla cubierta actualmente de andamios, en reparación después de que los demonios de alquitrán y ceniza la hubieran destrozado.

Los soldados Whent que custodiaban las murallas habrían supuesto obstáculos para la misión de Maena, pero los agradecidos habitantes del pueblo sirvieron como emisarios, una ventaja inesperada. De lo contrario, el plan habría sido escalar el muro en la noche más profunda, confiar en la suerte y desaparecer bajo la piedra antes de que la luz del día los descubriera.

Ahora los aventureros estaban reabastecidos, descansados y listos. Svarde percibió confianza entre las varias docenas de marineros. Las bolsas colgaban apretadas, rebosantes de provisiones. Suficiente para varias semanas.

—Y si eso no es suficiente —dijo Maena, de pie junto a Svarde y, como él, observando a la tripulación—, volveremos y traeremos más.

—Hasta que encontremos la fuente y la exterminemos —dijo Svarde.

—Exactamente. —Maena suspiró y asintió una vez—. ¿Listo, Guardián?

—He esperado diez años por esto, Maena. Vamos.

La capitana Rana silbó, su llamada cristalina desencadenó el golpeteo sincronizado de pies, los grupos de batalla establecidos mientras el orden de marcha aseguraba que nadie quedara sin antorchas, sin cobertura de ballesta y sable.

Los soldados Whent y los trabajadores les desearon suerte, los gritos resonando en el aire fino. Bajo cada uno de ellos, Svarde escuchó el alivio de que los Rana se iban y los Whent se quedaban.

Bien. Aquí no se necesitaban cobardes.

—Vamos, Kivi —dijo Svarde, dando una larga zancada y colocándose a la cabeza de la expedición.

La ferrita resopló, corrió justo al lado de Svarde, y juntos los dos cambiaron un sol naciente por una oscuridad creciente, la roca cerrándose a su alrededor con cada pisada.

La Renovación ha comenzado, y con ella el viaje de Wax a través de Las Siete Islas. Primero viene Foti, una roca arrasada por la lava conocida por su cerveza y su hierro. Cruzar desde sus costas hasta la Gran Forja es una aventura llena de ojos vigilantes, criaturas resplandecientes y cuchillos invisibles.

Continúa la aventura de Wax con *El Sendero de la Llama*:

AGRADECIMIENTOS

El Precio de la Paz da inicio a una gran nueva aventura, y es una que simplemente no sería posible sin todos aquellos a mi alrededor que me dan el tiempo y, bueno, la paz para convertir palabras en historias. Mi esposa, mis hijos, mis gatos: todos sois amados y apreciados por todo lo que hacéis. Mis amigos y familia también: vuestra energía me da el impulso para escribir, aunque solo sea para daros algo divertido para leer.

Y, por supuesto, los lectores, que prestan su valiosa atención a estos relatos y me dan tanto inspiración como propósito. Gracias por permitirme tener el mejor trabajo del mundo, y espero que sigáis disfrutando de estas historias.

~Adam

SOBRE EL AUTOR

A.R. Knight teje historias en una casa helada en Madison, Wisconsin, principalmente dominada por un par de gatos. Después de verse absorbido por la rutina laboral durante la crisis económica de 2008, comenzó a pasar aburridas reuniones surcando el espacio y viviendo grandes aventuras.

Con el tiempo, dedicándose a podcasts, guiones, relatos cortos y otras novelas, encontró una historia en la que podía sumergirse y un elenco de personajes tanto entretenidos como llenos de corazón.

¡Gracias, como siempre, por leer!
www.blackkeybooks.com

Para Sonja

SIN TÍTULO